Elogios a las novelas de Ted Dekker y Erin Healy

«Una obra perfecta repleta de romance, política, escándalos y suspense ininterrumpido».

—Laura Wilkinson, saltadora olímpica, ganadora de la medalla de oro

« . . . no menos vertiginosa que la prosa del autor en solitario ganador del Christy Award, sino más apasionante según nos vamos adentrando en la vida de una mujer con unas relaciones familiares retorcidas y dolorosas . . . »

—*Publishers Weekly*

«Dekker y Healy forman un gran equipo capaz de crear un astuto suspense redentor. *Beso* te embelesa las emociones y es intelectualmente fascinante: ¡no te lo pierdas!»

—Lisa T. Bergren, autora de *The Blessed*

«El cerebro humano podría ser considerado como la auténtica última frontera; sabemos muy poco acerca de él y aun así hace funcionar el mundo tal y como lo conocemos. Así que cuando escritores como Erin y Ted exploran esas regiones misteriosas, yendo hacia lugares complicados como la memoria, el alma y las relaciones, me siento enganchada. La creatividad de esta historia de suspense casi seguro que también enganchará a otros lectores. ¡Realmente memorable!»

—Melody Carlson, autora de *Finding Alice* y *The Other Side of Darkness*

Llamas

Llamas

TED DEKkER Y ERIN HEALY

GRUPO NELSON
Una división de Thomas Nelson Publishers
Desde 1798

NASHVILLE DALLAS MÉXICO DF. RÍO DE JANEIRO

Editora general: *Graciela Lelli*
Traducción y adaptación del diseño al español: produccioneditorial.com

ISBN: 978-1-60255-391-0

Impreso en Estados Unidos de América
11 12 13 14 15 QG 9 8 7 6 5 4 3 2 1

*«Esa parte de nosotros que debe ser consumida es algo así
como los rastrojos de un matorral; debe marcharse, debe
quemarse en el terrible fuego de la realidad hasta que no
quede nada . . . salvo aquello que se supone que somos».*

—MADELEINE L'ENGLE

PARTE I

Ignición

1

Salazar Sanso alzó los prismáticos y echó una ojeada al extremo de la empinada pendiente que se adentraba en el sonrosado desierto de Nuevo México. A través de las lentes examinó el modesto campamento gitano que abrazaba la base de la colina. Un impetuoso riachuelo la separaba de veinticinco tiendas que eran una combinación de recias lonas y altas estructuras de madera. Alrededor de ellas había gran cantidad de camionetas y unos pocos todoterrenos, algunas tiendas más grandes que Sanso supuso que serían instalaciones para escuela y servicios médicos y, cómo no, una enorme casa de reunión, que quizá una vez fuera el granero de un ranchero.

Los niños jugaban a la pelota fuera del campamento, sin golpearla a mucha distancia. Un grupo de hombres fumaba cerca de la entrada de la casa de reunión. Se veía a pocas mujeres. Gran parte de la comunidad (unos cien o ciento veinticinco según su estimación) estaban con sus casetas de feria en Albuquerque durante el fin de semana.

—Dime lo que estoy buscando —le dijo Sanso a la mujer que estaba de pie junto a él. Una ráfaga de aire caliente le revolvió el cabello y le golpeó la barba mal afeitada. La inusual humedad del viento anunciaba tormenta. Por el oeste las densas nubes se arremolinaban entre el campamento y el sol de media tarde.

—Tiene la piel más clara que los demás, y es más alta. —Callista sujetaba una fotografía borrosa de una mujer joven con vaqueros azules. Sanso bajó los prismáticos y la sujetó. Tenía el cabello del color de la piedra rojiza sumergida en agua de Nuevo México, ojos oscuros, piel bronceada, cara en forma de corazón. Caminaba junto a otra mujer que vestía una larga camiseta e iban agarradas del brazo, con sus cabezas inclinadas una sobre la otra—. Dicen que es la hija de una *gají*.

—¿Una mujer no gitana? Pero Jason Mikkado es el líder de ese grupo.

—Por eso es por lo que la toleran. Después de todo, ella es la única hija que le queda. Pero le cuesta . . . controlarla. Si él no fuera el *rom baro*, creo que ya la habrían expulsado. La llaman *Rom Ameriko* a espaldas de él.

—¿Pero no a espaldas de ella? —Sanso se rió de la caricatura. Una gitana americanizada. Alguien que no puede formar parte ni de los gitanos ni de los de fuera, los *gajé*. Era un insulto malicioso.

—No le importa en absoluto lo que cualquiera pueda pensar de ella.

—Bien. Es más joven de lo que esperaba.

—Tiene diecisiete años. Pero no te dejes engañar.

Sanso le guiñó un ojo a Callista.

—¿Estás diciendo que ella y tú estáis hechas de la misma tela?

—Cuando yo tenía diecisiete años era puro cachemir. Ella está hecha de tela vaquera. Pero sabe reconocer el cachemir cuando lo ve. Aspira a ser cachemir. Podríamos ser . . . amigas. O algo así.

Sanso volvió a estudiar el campamento y se fijó en que un sedán oxidado se acercaba a poco más de un kilómetro y medio de distancia, levantando una nube de polvo rosáceo del desierto bajo el creciente cielo gris.

—¿Cooperará?

—Sí, si la he juzgado correctamente —Callista hizo una pausa—. Se parece más a ti.

Él no podía rebajarse a preguntar cuánto se parecía. ¿Sería simplemente que la chica compartía su gusto por la buena comida? ¿O también sentía su misma necesidad de pisotear las barreras impuestas por la familia y la cultura, barreras que le impedían a uno alcanzar su máximo potencial? Cuando él tenía diecisiete años le dio la espalda a su acaudalada familia del sur de Estados Unidos para poder convertirse en señor de su propio reino. Su padre y sus hermanos nunca le hubieran permitido ser algo más que un sirviente.

—Tú siempre dices que parecerse es algo malo —dijo él.

—Para ella podría ser así.

Aquello sería cierto si compartía al menos la mitad de sus anhelos.

—¿Sigue en pie el intercambio para el martes?

—Sí. Un millón de dólares. Lo confirmamos esta mañana.

—¿De qué es de lo que dudan?

Callista colocó las manos sobre sus caderas.

—Dudan de que no tengamos dudas.

El sedán, un Chevy cochambroso, iba a toda velocidad. A menos de medio kilómetro del campamento el coche abandonó la estrecha y sucia carretera por la que había transitado y se lanzó en picado hacia la casa de reunión. El neumático delantero del lado del conductor parecía desinflado.

El coche mantuvo su ritmo mientras atravesaba el perímetro y dio un frenazo enfrente de los hombres que fumaban. Se abrió la puerta y salió la conductora dando un portazo.

Sanso se concentró en su ceño fruncido. Aquí estaba la chica de tela vaquera, una extraña nacida dentro del grupo, donde él la necesitaba.

Janeal Mikkado llevaba unos pantalones vaqueros. Y unas chanclas. Un calzado que los más conservadores desaprobaban. A Sanso le encantaba aquella chica.

Sus supuestos zapatos pasaron chancleteando por delante del grupo de hombres. Los más mayores desviaron la mirada. Sanso siempre había encontrado divertida aquella extravagancia gitana: todo lo que estuviera de la cintura para arriba se consideraba puro y bueno. Una mujer podía andar con el pecho descubierto y ni siquiera parpadearían. Pero todo lo que estuviera debajo de la cintura se consideraba sucio, impuro, tabú. Una verdadera gitana debía cubrírselo.

El hombre más joven del grupo le lanzó una mirada lasciva y se inclinó sobre Janeal, diciéndole algo que probablemente sólo ella escucharía. Rápida como una imponente serpiente de cascabel, le atizó un puñetazo al hombre bajo las costillas sin romper el ritmo y avanzó hacia la casa de reunión. El hombre se dobló, agarrándose el estómago, intentando tomárselo a risa.

Sí, aquella chica iba a hacerlo bien.

2

Janeal Mikkado irrumpió en la casa de reunión. Por fuera, el edificio se parecía más a lo que una vez había sido: un enorme y viejo granero abandonado décadas atrás por un excéntrico ranchero que murió sin herederos. El bisabuelo de Janeal había adquirido por diez mil dólares en una subasta aquella remota propiedad, demasiado árida para poder ser una hacienda próspera. La *kumpanía* gitana liderada por Jason Mikkado regresaba allí cada primavera y se quedaba durante el verano haciendo negocios con la gente de Albuquerque, entreteniendo a los turistas estrechos de miras que pensaban que los gitanos no tenían identidad o cultura más allá de la adivinación y los trucos de magia.

Por eso mismo Janeal odiaba a los de fuera, los ingenuos *gajé*. Y aun así amaba el mundo exterior, la promesa de libertad, alternativas y oportunidades. Cada día, cada hora, jugueteaba en su mente con la idea de abandonar ese lugar.

Si no hubiera sido por su padre, se habría marchado justo entonces; le habría dejado allí, junto con su novio Robert y su mejor amiga Katie, que decían que tenían tanta curiosidad por el mundo como ella, pero en cuanto se les presionaba mostraban sólo fingido interés por él. Se burlaban de su fascinación como si no fuera más que la fantasía infantil de una niña, aunque nunca fueron crueles a propósito.

Su padre no tenía idea de las esperanzas que albergaba, ni tampoco de la amargura con la que ella a veces se envolvía; con aquello acallaba la soledad de su ser más aventurero. Confiarle aquellos pensamientos a él hubiera sido lo mismo que darle la espalda después de todo lo que había sufrido. De toda la gente que ella conocía, él era el único al que de verdad amaba. En el sentido más profundo y sincero de la palabra *amor*, ella entendía que eso era algo que no podía definir ni identificar más allá de su relación con él.

Ni siquiera el amor que tenía por Robert Lukin se le acercaba.

No, aún no había encontrado el valor necesario para marcharse. No hubiera podido irse y volver en vacaciones, como había escuchado que los *gajé* de su edad hacían. Abandonar la *kumpanía* hubiera sido lo mismo que repudiarla (y con ella a todos sus integrantes). Así ellos, también, hubieran sido libres para repudiarla a ella. Finalmente. Janeal no tenía ninguna duda de lo que la gente de aquella comunidad pensaba de ella.

No es que lo necesitase, pero eso le proporcionaba una razón más para odiarles. No la hubieran dejado pertenecer al grupo aunque hubiese querido.

Algún día se marcharía. Algún día, cuando supiera que podía soportar no volver a ser bienvenida allí nunca más, cuando fuera consciente de que su padre también era capaz de soportarlo.

Dentro del edificio, Janeal dudó cuando vio a la señora Marković, que había aparecido ayer cuando la *kumpanía* se preparaba para el festival anual y había pedido su hospitalidad para el fin de semana. Tenía noventa y ocho años, decía, aunque uno de los ancianos comentó que la había visto entrando en el campamento directamente desde el desierto y no creía que tuviese más de setenta. Animados por Jason, se había quedado con una familia joven en el límite del campamento, pero pasaba las horas más cálidas del día al fresco de aquel edificio. Desde la mecedora de roble macizo junto a la ventana delantera tenía una vista perfecta del pasillo entre las tiendas y observaba las entradas y salidas de todo el mundo.

Las manos de la mujer, del color del papel de embalar, descansaban cruzadas sobre su falda dorada y fucsia. Tenía la larga cabellera gris echada sobre los hombros y no había dejado de sonreír desde que llegó, enseñando una dentadura extraordinariamente sana.

Pero cuando Janeal llamó su atención aquella tarde, la señora Marković sólo le ofreció un brusco asentimiento de cabeza. Un gesto breve y ligero que parecía que tiraba de la manta de los pensamientos de Janeal, poniéndolos al descubierto. Sobresaltada, Janeal cerró de lleno aquella parte de su mente.

Giró a la derecha y subió de dos en dos las escaleras que llevaban a la sala de juegos. Si tenía suerte, Robert ya habría terminado su trabajo y ella podría descargar su frustración sobre él mientras obtenía toda su atención.

A diferencia del exterior de la estructura, de la que su padre había dicho que era mejor dejar en su estado ruinoso para evitar atraer a los alborotadores mientras la *kumpanía* pasaba el invierno en California, el interior se había renovado y reconstruido para convertirse en un espacio comunitario práctico y agradable, que incluía un área social, una sala de conferencias, una cocina y los despachos de su padre. En el ala norte de la construcción Jason Mikkado le había añadido unas habitaciones privadas.

En la parte de arriba, había transformado un viejo desván en una sala de juegos que ahora ocupaba todo el espacio entre el frente y la trasera del granero. El tejado se inclinaba hacia ambos lados.

Janeal dejó de subir escaleras cuando sus ojos cruzaron el plano del suelo. Echó una rápida mirada.

Contra la pared de la izquierda, en el suelo que servía de techo a la cocina y al comedor, había tres viejos juegos de *arcade* amañados para poder jugar sin tener que introducir monedas o fichas.

Extendidos en el centro de la sala había un billar, un futbolín y una mesa de ping-pong. El resto estaba ocupado por sillas de café que rodeaban unos tableros de ajedrez y de damas.

La lámpara de Tiffany que se suspendía encima de la mesa de billar llenaba la habitación de una deprimente atmósfera roja.

Robert no estaba. Janeal suspiró y giró la planta del pie para bajar las escaleras. Puso la mano sobre el pasamanos de hierro forjado y sintió una descarga eléctrica que le golpeó con violencia el brazo.

Se estremeció, se dejó llevar y escuchó al mismo tiempo el aire chasqueando tras su oreja derecha. También cerró los ojos, aunque no se dio cuenta de eso hasta que los abrió.

Su sombra se alargaba frente a ella y se derramaba sobre las escaleras alfombradas de verde, balanceándose como un fantasma aferrado a sus tobillos sacudido por un extraño resplandor rojizo. Janeal se dio la vuelta.

La lámpara de Tiffany oscilaba con suavidad.

Miró fijamente los objetos durante unos cuantos segundos, intentando adivinar qué podía haberla puesto en movimiento. Ni idea. Su arco se acortaba con cada vuelta hasta que al final volvió a quedarse casi quieta.

Sin tocar la barandilla Janeal bajó las escaleras frotándose la palma de la mano. Todavía sentía el cosquilleo.

Pasó de largo frente a la señora Marković sin mirar a la vieja mujer, aunque Janeal sintió sus extraños ojos sobre ella. Trotó por la sala de reunión, dando grandes zancadas hacia la puerta trasera y atravesando el vestíbulo hasta la oficina de su padre. Irrumpió allí dentro.

Su novio saltó en su asiento cuando ella entró y volteó su vaso de plástico con café sobre su mano derecha.

—Santo cielo, Janeal. Me gustaría que dejaras de hacer eso.

—Lo hago tan a menudo que deberías estar acostumbrado —sonrió ella para quitarle hierro a sus palabras y agarró unos pañuelos de una caja. Mientras secaba el escritorio pensó que quizá no tenía que haber dicho aquello—. No quería entrar sin avisar.

—Por supuesto que no querías hacerlo —Robert suspiró profundamente y enderezó el vaso—. Tú irrumpes en todas partes sin pretenderlo porque eso es lo que haces. Eres un tornado.

Se preguntó porqué se molestaba en refrenar lo que decía mientras que Robert no vigilaba nada sus propias palabras. Ella frunció el ceño y dio un paso hacia la puerta. Él la alcanzó y la agarró del brazo.

—Lo siento. No es la mejor metáfora para lo que le ha pasado a tu familia —dijo él sin disculparse del todo—. Lo entiendo. Pero es lo mejor que puedo pensar sobre ti. —Ella se cruzó de brazos—. Tómatelo como un cumplido.

Intentó verle el lado cariñoso a su tono de voz.

—Qué bueno que no quedaba mucho —dijo ella señalando al vaso vacío.

—Qué bueno. Dame eso. —Él alzó la mano para tomar los pañuelos húmedos y desmenuzados y ella le agarró la mano y tiró de él para darle un beso. Él ni protestó ni se rezagó.

Robert se liberó de sus labios y se inclinó sobre ella para echar los pañuelos a la papelera. Janeal se deshizo de sus dedos y se centró en sus pies.

—Así que, ¿qué te encendió hoy?

Ella recopiló sus pensamientos.

—Katie.

Robert se rió de ella. Por supuesto que se reía. A los ojos de Robert, Katie no podía equivocarse.

—¿Qué habrá podido hacer Katie para molestar a cualquiera?

—Nada. Precisamente por eso. Katie nunca hiere la sensibilidad de nadie.

—Pareces un poco alocada.

—No estoy alocada, Robert.

Él le tomó las manos, prendiendo de nuevo su atracción por él.

—Así que dime qué es lo que Katie *no ha hecho* para que tú estés tan disgustada.

Janeal suspiró y pensó que una de las razones por las cuales no se podía resistir a Robert era porque él tenía aquel extraño poder para desactivarla cuando ella quería salir ardiendo. Eso, y probablemente porque la amaba incluso aunque todos en la *kumpanía* le habían dicho que no debía hacerlo.

No se había parado a pensar en la posibilidad de que su amor por ella no fuera otra cosa que su propia rebelión contra la *kumpanía*. Eso hubiera podido explicar su comportamiento titubeante de los últimos tiempos.

Dejó aquella inquietante idea a un lado sin rechazarla del todo y se inclinó sobre la mesa de su padre. Robert le rodeó los pies con los suyos y esperó a que ella se explicase.

Era igual de alto que ella, pero el doble de ancho. Su piel morena hacía que la de ella luciera tan blanca como el alabastro, aunque también había un montón de color en la suya. El áspero cabello negro de Robert caía descuidadamente por su frente y le cubría las cejas. Tenía los labios carnosos y la cara cuadrada: un auténtico y guapo romaní.

—Tenías que haber visto la cola que había junto a su caseta en la feria.

—¿Sí? ¿Lo hizo bien, entonces? Esta mañana estaba nerviosa.

—Nerviosa. Si la hubieras visto habrías pensado que nació leyendo la buenaventura.

—Así que es algo innato. —Su sonrisa parecía innecesariamente risueña.

—¡Es un fraude, Robert! Todo lo que hacemos en esos eventos es un fraude.

Robert soltó sus manos y dio un paso atrás.

—Ya hemos hablado de esto. No es un fraude. Es entretenimiento. Los *gajé* siempre están dispuestos a pagar con su dinero un poco de divertimento cultural. Así es como nos ganamos la vida.

—Nuestra *cultura* no va de leer la buenaventura. Es música, arte e historia. ¡Los *gajé* también pagarán por eso!

—No tanto —Robert empezó a amontonar los papeles que había desparramado cuando ella entró. Tenía diecinueve años y le habían puesto a cargo de la administración de las cuentas de la *kumpanía*: una enorme declaración de la fe de su padre en la madurez y la habilidad de Robert—. ¿Y desde cuándo sientes tanto aprecio por nuestra «cultura»?

Janeal frunció el ceño.

—Katie siempre dijo que nunca se rebajaría a hacer algo así.

—No se está rebajando haciendo esto. Katie es guapa y tiene la voz de una sirena. Es toda una modelo. —Janeal odiaba que Robert hablara así de Katie, aunque ella misma admiraba su belleza. Pero él no tenía por qué señalarlo todo—. Nadie en esta *kumpanía* ha tenido jamás algo malo que decir de ella. Salvo . . .

Salvo ella. Por lo menos él tuvo la entereza de callarse. Golpeó el filo de los papeles para enderezarlos.

—Está haciendo su parte para conseguir recursos para el grupo —terminó Robert.

—No tiene por qué hacerlo tan bien —murmuró Janeal.

Robert se puso derecho y miró a Janeal a los ojos.

—Tú lo odias de todas maneras. ¿Qué te importa si Katie lee la buenaventura por diversión?

—Porque eso refuerza la idea que tienen los *gajé* de nosotros. Que somos unos timadores. Unos estafadores. Unas víboras.

—¡Escúchate! Tú no tienes mejor impresión de tu propia gente. Defiendes una cosa y la contraria, Janeal.

—Puede que me gustara más «mi gente» si ellos no reforzaran sus propios estereotipos con esa clase de comportamiento.

—Si tu caseta de comida hiciera tanto dinero como la de la adivinación no creo que estuvieras tan disgustada.

El calor encendió las mejillas de Janeal.

—Eso no es cierto.

—Sabes que tengo razón.

—Estás muy equivocado.

Janeal se giró hacia la puerta, incómoda por el rumbo que había tomado la conversación. Todo lo que Janeal quería era un poco de simpatía, un poco de compasión.

—Me hice un tatuaje hoy —murmuró, sin estar segura de por qué se molestaba en contárselo en ese momento. Poco antes había pensado que él lo encontraría seductoramente atrevido.

Las cejas de Robert se alzaron.

—Sí que has tenido que ofenderte para hacer eso.

—¿Puedes parar ya?

—Veamos, pues.

Giró la pierna a un lado y se alzó el bajo del pantalón vaquero. Sobre su tobillo, justo donde su esbelta canilla comenzaba a curvarse, había un tatuaje de un sol en llamas. Robert silbó de la sorpresa y se inclinó para tocarlo. Ella apartó la pierna.

—Tu padre nunca va a enterarse, ¿verdad?

—No si tú no se lo dices —susurró ella dejando caer el bajo.

Robert se incorporó.

—Tal vez deberías dejar de ir a estas cosas si tanto te molestan. No vayas a la feria. Hay mucho trabajo que hacer aquí en el campamento.

—Si yo no voy, ¿quién cocinará el *sármi*?

Las coles rellenas de Janeal se conocían incluso en otras *kumpanías*. Su trabajo en la cocina era la fuente de los únicos elogios que había recibido de su gente.

Robert se apoyó en el marco de la puerta y se cruzó de brazos. Ella intentaba leer su expresión, pero cuando creyó ver enfado miró para otro lado. Aquella conversación no había resultado ser lo que ella había planeado. Él se aclaró la garganta.

—¿Trajiste algo nuevo para mí hoy?

Janeal se marchó sin estar segura de si estaba más disgustada con ella misma o con él. «Mañana», le había dicho. Mañana seguramente tendría sobras. La caseta de Katie había atraído hoy tres veces más clientela, y cinco veces más dinero en efectivo.

3

Después de que toda la troupe de la feria regresara, y tras haber servido la cena, Janeal besó a su padre en la mesa del comedor y salió, dejando a Jason con los consejeros y compañeros que solían comer con el líder. El día había sido provechoso y había multitud de asuntos felices que discutir para disimular su rápida salida.

Cada tarde caminaba hasta lo alto de la colina más baja, lo que sólo le llevaba unos quince minutos de subida. A menudo Robert o Katie, o ambos, iban con ella. Aunque no aquella noche. Aquella noche ella se había escapado antes de que ninguno de ellos pudiera preguntar adónde iba. Aquella noche necesitaba lograr desentrañar algunas preguntas de su mente sobre Robert y Katie y su propio futuro dentro de aquella pequeña familia de viajantes.

A pocos pasos de la puerta trasera de la cocina, Janeal tomó su camino favorito a través del riachuelo. Había atravesado la extensa serie de quince piedras del tamaño de un paraguas tantas veces a lo largo de los años que podía saltar sobre ellas en la oscuridad sin mojarse siquiera. Cuando llegó al otro lado inclinó su cuerpo en el ángulo de la pendiente y empezó a escalar. El aire y la tierra compartían el aroma de la lluvia fresca, que había pasado por allí antes del atardecer como un político, rápidamente y con la justa presencia para ser convincente.

No quería quedarse estancada en aquel ciclo vital de los gitanos, pasando los veranos en Nuevo México y los inviernos en California. Despreciaba aquel modo de ganarse la vida, sacándole a los *gajé* el dinero que quisieran darles o buscando trabajo como mano de obra barata. Aquella actitud la había convertido en una extraterrestre dentro su propia comunidad, pero no era suficiente para ganar el favor de los de fuera, que la despreciaban por ser romaní.

Romaní en parte. Tenía el pelo tan claro que una persona normal no podía adivinarlo a simple vista; sin embargo, cuando iba a la feria, formar parte de aquellas compañías era todo lo que necesitaba cualquiera para condenarla. Y le molestaba que los demás murmuraran de su madre, una mujer no gitana que Jason tomó como esposa. Aunque su cuerpo no lo fuera, la mente de Rosa Mikkado era romaní hasta la médula. Había muerto quince años atrás junto con los otros hermanos de Janeal, cuando un tornado desgarró su comunidad en Kansas.

Los pies de Janeal resbalaron por una capa superficial de rocas sueltas, cayendo de frente y frenándose con las manos hasta que la tierra dejó de deslizarse; entonces continuó la subida.

¿Acaso encajaba en algún sitio?

En lo alto de la colina se dejó caer y se sentó sobre el borde, balanceando las piernas, observando su hogar veraniego allí abajo. Las lámparas de interior habían convertido algunas de las tiendas en luciérnagas vespertinas. Unas pocas familias habían encendido fogatas en el exterior. Alguien estaba haciendo sonar una radio. Como la feria de fin de semana estaba llegando a su fin, mañana el campamento podría descansar y jugar.

Podría salir a hurtadillas. Conduciría hasta Santa Fe. Si su pequeña cafetera conseguía llevarla hasta allí y su padre no se enteraba.

Escuchó un ruido detrás. Pasos sobre la grava. ¿Había subido Robert por otro camino, buscándola? Sabía muy bien que no debía seguirla si se encontraba en uno de esos «estados de ánimo» suyos, como él llamaba a esos momentos. También le molestaba eso: que incluso su naturaleza contemplativa pudiera ser utilizada en su contra en aquel lugar. Giró la cabeza para ver.

—¿Robert?

Dos personas que no reconoció se acercaban. Una mujer, creyó, y un hombre. El sol ya se había escondido y uno de ellos sostenía un haz de luz directamente contra su rostro. Ella alzó el brazo para protegerse los ojos.

—¿Janeal Mikkado?

—¿Quién pregunta?

—Un amigo de tu padre.

Un amigo de su padre habría ido al campamento para preguntar por ella. Cualquier otro acercamiento hubiera sido inapropiado. Incluso los *gajé* sabían eso.

—No lo creo —dijo ella. Se incorporó sobre sus rodillas preguntándose si debía echar a correr. La curiosidad y algo más que no sabía cómo llamar la mantuvieron parada en el sitio. Le empezó a hormiguear la palma de la mano, allí donde la barandilla de hierro de la escalera le había sacudido.

El rayo de luz bajó y el hombre se rió.

—Tenías razón sobre ella —dijo a la mujer, aunque mirando a Janeal. Le entregó la linterna a su compañera y metió las manos en los bolsillos de sus pantalones oscuros. Con cuatro grandes zancadas se colocó en el mismo borde de la oscura colina, pero cuidando de mantener la suficiente distancia de Janeal para que ella no pensara que quería lastimarla.

Era la primera vez que se encontraba a un extraño allí arriba, y más uno que supiera su nombre.

Por lo que podía ver con aquella pobre luz, el hombre era más joven que su padre y bastante más mayor que ella. Iba bien vestido, con unos pantalones, cinturón y una camisa abotonada. De manga larga a pesar de que era verano. La luz de la luna se reflejaba en sus zapatos. Su barba y su cabello oscuro (que le llegaba a los hombros, peinado hacia atrás) estaban perfectamente recortados, haciendo juego. Le llegó un fuerte olor especiado y se preguntó si él se peinaba con esencia de clavo. Quería tocar su pelo.

Ese deseo la sobresaltó.

Era esbelto, atractivo. Guapo. De hecho, más deslumbrante que Robert: más delicado que rudo, más intelectual, supuso ella. Más poderoso, o más capacitado para estar al mando, al menos. Se dio cuenta de que le estaba mirando fijamente.

Algo centelleó en el lóbulo de su oreja. Diamantes. Había visto muchos. Los hombres de su *kumpanía* llevaban joyas como aquellas a las ferias; bromeaban diciendo que era de lo más seguro usarlas allí, entre los *gajé*, que suponían que los gitanos eran pobres y que sus joyas eran falsas.

—¿Amas a tu padre?

La voz del hombre sacó de golpe a Janeal de sus pensamientos.

—¿Qué?

—¿Amas a tu padre?

La pregunta era tan inesperada que se le escapó la respuesta fácil.

—¿Eso qué . . . ?

—Tal vez nada. Tal vez todo.

La respiración de Janeal sonaba como el viento atravesando un túnel.

—Por supuesto que le amo.

—¿Te ama tu padre a ti?

Janeal frunció el ceño desconcertada.

—Creo que deberías preguntarle a él.

—No, no hace falta. Los hijos saben cuando son los destinatarios del amor de sus padres. ¿Lo eres tú?

—Yo . . . sí. ¿Qué es esto?

—Una comprobación . . .

—¿Quiénes son ustedes? —preguntó ella—. ¿Y por qué están aquí?

Él le miró a los ojos por primera vez, y ella no pudo sostener su mirada. No creía que estuviera enfadado, pero sus ojos eran como faros que la dejaban al descubierto.

¿Al descubierto de qué? No tenía nada que esconder.

—Me llamo Salazar Sanso. Y estoy aquí porque quiero que salves la vida de tu padre.

El sobresalto hizo que a Janeal se le acelerara la respiración.

—Su vida no está en peligro —dijo ella fingiendo seguridad.

Él sacó sus manos de los bolsillos y entrelazó los dedos.

—No estaba seguro de que estuvieras dispuesta a hacer esto si no sentías que tu padre te quiere.

—¿Hacer qué?

Sanso señaló y los ojos de Janeal siguieron la línea de su brazo, que apuntaba la mole oscura de un automóvil.

—¿Permitirías que te enseñara algo?

Ella dio un paso atrás. Tendría que haber estado aterrada. Eso era lo que pensaba cuando se dio cuenta de que solamente estaba ansiosa, quizás curiosa, lo que lanzaba un pequeño pálpito de emoción a través de su pecho. Pero aquello no eclipsaba su cautela. No era una tonta; era una chica joven en un oscuro desierto con un hombre de oscuras intenciones.

—¿Qué necesitas enseñarme allí que no podamos discutir aquí?

—Que soy digno de confianza.

No se esperaba aquello. Una respuesta la disuadió.

—Si vienes conmigo y yo te traigo de vuelta intacta dentro de dos horas, dudarás menos de mí que si te doy un sermón aquí y ahora y después me marcho dejando que cuestiones mi visita espontánea.

La fuerza de su deseo de ir con él la sorprendió, pero dijo:

—O puedo irme contigo y no volver a ser vista nunca más.

—Estás a salvo y te estoy diciendo la verdad: la vida de tu padre está en peligro; a menos que tú le salves de sus enemigos, estará muerto para el miércoles por la mañana. Ven. Deja te que lo enseñe. No voy a hacer daño a la única persona en el mundo que puede ayudarle.

Quizá, después de todo, fuera una estúpida. Más que eso, sin embargo, era una hija que se interpondría entre su padre y la muerte sin dudarlo ni un instante.

Y quizá, si la obligaran a contar la verdad, reconocería que había sido una hija que había estado dispuesta a abandonar a su padre, después de todo.

Él extendió su mano hacia ella, haciéndole señas con la palma hacia arriba para que se acercase: era la suave mano de un hombre que nunca ha conocido el trabajo manual.

Janeal deslizó sus dedos en ella.

4

El coche olía a piel nueva (como la prístina talabartería de unas cuadras, como un tipo de vida que daba el lujo por garantizado). Janeal recorrió el asiento trasero con las yemas de sus dedos. Se preguntaba de qué color sería, y si su padre se habría sentado allí alguna vez.

—Creo que es una estupidez traerla de vuelta —le había murmurado la rubia a Sanso mientras ataba el trozo de tela en la parte de atrás de la cabeza de Janeal—. No sabes lo que va a hacer.

—Salvará a su padre, Callista.

Callista apretó de tal manera la venda de los ojos que enganchó el cabello de Janeal tan fuerte que la hizo gritar.

—No me castigues a mí por tu discusión con él —soltó Janeal—. No tengo que ir contigo.

Sanso la hizo callar con una mano amable sobre su espalda y la condujo lejos de Callista. Aquel aroma a clavo era mucho más fuerte que su amenaza de no ir con ellos.

Incluso así, Janeal decidió no hablar más hasta que llegaran a su destino.

Sin embargo, su silencio bien pudo haber sido su perdición, porque Sanso y Callista parecían estar bastante contentos así, lo que le proporcionó mucho más tiempo del que necesitaba para darse cuenta del peligro en el que se había metido. Cuando el coche paró y las puertas se abrieron no se sentía segura de nada.

Callista la ayudó a salir del coche. Janeal se dejó guiar arrastrando los pies por una zona pavimentada. Escuchó el sonido de una puerta que se abría y luego la mujer la empujó dentro de un espacio cerrado.

—Para aquí —dijo Callista, y luego le quitó la venda de los ojos sin deshacer el nudo, deleitándose, creyó Janeal, en arrancar el fino mechón de pelo atrapado de su cuero cabelludo.

Permanecieron de pie en el oscuro pasillo. Detrás de Callista, una señal roja de salida brillaba sobre una puerta metálica con una barra de apertura. Delante había unas líneas de linóleo en el suelo que conducían a otra puerta. Sanso la estaba atravesando.

Callista tenía la piel clara y unos cuarenta años, aunque se vestía como si desease ser todavía una quinceañera. A la luz del vestíbulo, ligeramente mejor, Janeal la reconoció como una de las mujeres que había visitado su puesto en la feria y había comprado unas cuantas raciones de *sármi* a lo largo del fin de semana. Una vez se había detenido a charlar. Janeal lo intentó pero no pudo acordarse de lo que hablaron.

—Te conozco de la feria.

—Voy a muchas ferias.

Callista le dio la espalda a Janeal y se dirigió a la puerta de enfrente. Janeal la siguió. Cuando cruzaron la puerta, se encontró en una sala poco iluminada que olía a pescado y cigarrillos. Podría haber sido una oficina salvo porque no había escritorio. Unas estanterías revestían tres de las cuatro paredes, dejando hueco únicamente para la puerta por la que ella había entrado y una puerta más en el otro extremo de la sala. Por encima de las estanterías, cerca del techo, había tres pequeñas ventanas en dos de las paredes que dejaban entrar la luz de la luna.

En medio de la habitación, un sofá de terciopelo en forma de C rodeaba una mesa de café y ocupaba gran parte del espacio. Una televisión de pantalla plana dominaba la cuarta pared de la habitación. Tres lámparas de pie, colocadas a intervalos detrás del sofá, desprendían una luz amarillenta en forma de conos.

En una de las esquinas, sobre una mesita iluminada por velas, había un plato lleno de comida. Sanso estaba sentado junto a ella.

—¿Tienes hambre? —le preguntó a Janeal.

Ella negó con la cabeza.

—Entonces siéntate y dame un minuto.

Janeal se sentó con cautela en un extremo del sofá. Callista salió de la habitación.

Sanso no dijo nada mientras comía a grandes bocados (por el aroma ella supuso que sería pescado con arroz), acompañando cada mordisco con un sorbo de vino. La cubertería de plata tintineaba al chocar contra su plato, pero ni tan siquiera eso era suficiente para tapar el sonido de la respiración de Janeal, que ella encontraba molesto y, de alguna manera, más enervante que el propio hecho de no saber dónde se encontraba exactamente o por qué estaba allí. El que él aplazara su explicación sólo le causaba irritación, lo que se mezclaba, como en un mal experimento científico, con las demás emociones de su estómago.

Observaba su enorme boca mientras comía y deseaba que su cuerpo estuviese lo suficientemente tranquilo para escucharle masticar.

¿Su padre ya la habría echado en falta? Probablemente no. De vez en cuando salía a caminar un par de horas o más con Robert y Katie cuando anochecía. Teniendo en cuenta que aquel día había perdido los estribos, ninguno de los dos la echaría de menos hasta la mañana siguiente.

El sonido de su silla chirriando contra el suelo trajo de vuelta la mente de Janeal a la habitación.

Sanso se limpió la boca, agarró su vino y rodeó el sofá. La emoción irrumpió de nuevo en la sangre de Janeal. Por un momento se preguntó si el sentimiento haría estallar las paredes y mutaría de miedo controlado a la clase más horripilante de peligro. Sin quererlo, le echó un vistazo a la puerta por la que Callista había salido y deseó que regresara.

Como si lo hubiera provocado, la puerta se abrió y la mujer se acercó sujetando un vaso. Se inclinó sobre el sofá y dejó el vaso, lleno de un líquido del color del ámbar, sobre la mesa de café que estaba frente a Janeal. Luego se dirigió a la esquina y se sentó en el lugar que Sanso había dejado vacío. Janeal tomó el vaso y lo olisqueó. Zumo de manzana. ¡Como si fuera una niña de dos años! Lo volvió a dejar donde estaba.

—Mira —dijo Sanso acercándose a una de las estanterías—, la razón por la que dudaba del cariño de tu padre por ti es porque él también ama el dinero. Quizá más que a ti.

Janeal le miró con odio; todas aquellas palabras eran inadecuadas.

—No hay duda de que él ama el dinero más que a *mí* —dijo—. En el pasado hicimos negocios, buenos negocios de los que tú no has tenido noticia. Pero creo que Jason ya no me aprecia. Alguien le ha pagado mejor.

Aquella idea sonaba fuera de tono en el cerebro de Janeal.

—¿Quieres que crea que tú y mi padre eran . . . ?

—¿Qué? ¿Amigos? No es un término muy preciso —Sanso agarró una fotografía de una de las estanterías y la giró hacia Janeal.

—¿Una competición amistosa, entonces? —intentó Janeal.

Sanso soltó una risita.

—No, amistoso no. Nada amigable. Ahora mismo es su vida o la mía, y le tengo en el punto de mira.

Janeal bajó la vista al suelo, sin saber si necesitaba o no una explicación. Había entendido mal a aquel hombre. Había cometido un terrible, terrible error con él.

Se sentó frente a ella en el sofá esquinero. Sus pies casi se tocaban.

Ella temblaba. Agarró el vaso de vino de Sanso, colocado junto a aquel asqueroso zumo, y le estampó el contenido en su impecable camisa blanca. Ella ahogó un grito y se puso en pie, aturdida por la idiotez de sus reflejos. ¿Qué había hecho?

Intentó recobrarse.

—Mi padre no tiene enemigos.

—Oh, sí que los tiene, y yo estoy entre los peores —Sanso, impasible, se puso en pie para agarrar su mano y empujarla de nuevo hacia el sofá.

A Janeal se le encogió el estómago. Sanso ni siquiera parecía estar enfadado con ella, aunque lo habría preferido antes que aquello . . . aquella espeluznante calma paternal. Agarró el vaso de zumo y le dio un largo trago. Odiaba el zumo de manzana y aquella dulzura empalagosa suya. Ojalá Callista hubiera traído café solo. O, mejor, ojalá se hubiera bebido el vino en vez de arrojárselo encima a él.

—Esto es una broma de mal gusto —dijo ella arrepintiéndose en ese mismo momento de su mala elección de palabras.

—Yo nunca bromeo, Janeal Mikkado. Pero no tengas miedo de mí. No estás en peligro —él echó un vistazo señalando la habitación—. ¿Tú ves armas? ¿Alguna amenaza para tu bienestar? ¿Te ha intimidado alguien?

Janeal negó con la cabeza sin apartar los ojos de él.

—Por eso estás segura aquí —dijo él—. Segura conmigo.

Él sonrió tanto que su bigote se curvó, lo que, más que hacerla sentir a salvo, le hizo tener la sensación de que de un momento a otro él la iba a atravesar con un cuchillo. Él tendió la fotografía enmarcada ante sus narices.

Cuatro hombres rodeaban con sus brazos los hombros de los otros como hermanos. Desde la izquierda, se veía a Sanso, a su padre y a dos de los ancianos de la *kumpanía*, uno de los cuales había muerto inesperadamente el pasado verano. Por comida en mal estado, pensaron. Jason llevaba un pendiente que Janeal le había regalado por su cumpleaños hacía sólo dos años.

Sanso se inclinó y le alzó la barbilla con los nudillos.

—Mírame para que sepa que me estás entendiendo, chica.

Ella mantuvo su mirada lejos de él. *Tú no me controlas, CHICO.*

Él extendió los dedos y apretó su mandíbula hasta que ella hizo una mueca de dolor.

—Mírame.

Ella se encontró con sus ojos, temblorosa.

—Tu padre aceptó un millón de dólares de la DEA, la Oficina Antidroga, para tenderme una trampa con una operación falsa que tendrá lugar el martes por la mañana. Ahora la vida de tu padre vale un millón de dólares. Y tú tienes hasta la medianoche del lunes para pagarme por su rescate.

Un día.

—Mi padre no tiene esa cantidad de dinero —susurró ella. Desde luego, no en efectivo. Los gitanos tenían multitud de bienes que invertían en la comunidad y que compartían con sus miembros necesitados. Pero el efectivo no era su divisa preferida. Si tuviera en su poder una cantidad como aquella se lo habría dicho. La habría *alertado*. Como hizo cuando guardó aquellas piedras en bruto durante dos semanas en nombre del *rom baro* de . . .

—Lo tiene, y tú vas a encontrarlo. Y después me vas a decir dónde está y yo iré a recuperarlo. Porque si no lo haces, tu padre morirá, y probablemente tú morirás, y no me importa cuántos más de tu preciosa y pequeña *kumpanía* mueren contigo —escupió el nombre de su grupo.

Un millón de dólares. Un *millón* de dólares. Atónita, Janeal se dio cuenta de que su primer pensamiento no fue para la seguridad de su padre, sino para aquello que podría hacer con un millón de dólares si lo encontrara antes que Sanso.

—Me estás mintiendo —le desafió ella—. Mi padre nunca ha hecho negocios con tratantes. No hay dinero.

Liberó su mandíbula. Sanso ya se había sentado.

—Esa es la idea romántica que tendría la única hija superviviente de tu precioso padre. No te va a llevar mucho tiempo conocer la verdad de la naturaleza humana, Janeal.

Si su padre tenía aquella cantidad de dinero habría huido con él y habría recolocado a la familia en un nuevo lugar donde ni la DEA ni aquel Sanso los hubieran encontrado jamás. ¿No lo habría hecho? La *kumpanía*, en su conjunto, apenas conseguía reunir unos cientos de miles cada verano, y eso trabajando juntos. ¿Cómo iba a tener su padre tanto dinero escondido en algún sitio, guardado bajo llave sin decírselo a nadie, ni siquiera a ella? Él se lo contaba todo.

Bajó la mirada y observó fijamente la fotografía hasta que Sanso se la quitó y la colocó sobre la mesa de café.

—Si hubiera drogas en la *kumpanía* creo que lo sabría.

—No hay. Tu *kumpanía* solamente es una estación de paso. Todos ustedes, los gitanos, son un atajo de traficantes. Mientras tú cocinas tus panes de col suceden muchas cosas en las casetas. ¿Por qué crees que los de la DEA le pidieron ayuda a Jason? Es la muerte por mi mano o la cárcel por la de ellos. Ese es el lío en el que se ha metido él sólo.

—Si mi padre tuviera tanto dinero, no se quedaría allí quieto con él.

—Está esperando la otra mitad, que conseguirá cuando me traicione como el Judas que es.

Dos millones de dólares. Lo que podrían hacer ella y su padre con eso . . .

—¿No sería menos problemático que me secuestraras para pedir el rescate?

Sanso chasqueó la lengua y negó con la cabeza.

—¿Y traer a los Antidroga y a otra docena de cuerpos de seguridad justo delante de mi casa? No, soy un hombre paciente, y creo que a su debido tiempo tú estarás de acuerdo conmigo en que traer el dinero es lo que más te interesa, y lo más fácil para todos.

La luz de la luna prendió los ojos de Sanso, reflejándose en ellos como un estanque a medianoche. La respiración de Janeal se aceleró, tal y como pasaba cuando Robert la miraba durante mucho rato.

Aquella involuntaria comparación entre el hombre que amaba y aquel, aquel . . . criminal asombrosamente atractivo fascinó un lejano rincón de su cerebro.

—He visto la inquietud que reina entre tu gente —susurró Sanso. La palabra *inquietud* brotó como la tentación de una serpiente—. Hay cadenas que te unen a ellos que yo puedo romper —se puso en pie y se volvió a sentar junto a ella. Sin tocarla, la habló al oído, con su aliento agitando sus cabellos—. No sería indigno de mí compartir con generosidad algo de todo esto con una preciosa joven. Puedo enseñarte el mundo que tanto deseas ver.

Las manos de Janeal comenzaron a inundarse de un sudor frío. «Eres repugnante». Pero no pudo encontrar la fuerza de voluntad para decirlo. En aquel momento, cuando la vida de otro, que no la suya, estaba en peligro, le encontraba fascinante, y notó por su postura relajada que él lo sabía. Le lanzó una mirada a Callista, que seguía sentada en la esquina. La expresión de la rubia parecía engreída: aparentemente estaba encantada con el curso que estaba tomando la conversación. Janeal se separó de Sanso para darle otro sorbo al zumo, y para pensar. Cuatro segundos era todo lo que necesitaba.

—Un millón de dólares no debe ser más que calderilla para alguien como tú —dijo ella aferrándose a su copa—. No se merece tantos dolores de cabeza.

Había algún detalle en todo aquello a lo que debía prestar atención, si podía averiguar lo que era.

—En simples dólares sí que lo es. Pero yo soy un hombre de principios. Mis razones para exigir ese dinero no tienen tanto que ver con su valor real como con su . . . valor simbólico.

¿Simbólico?

Sanso sacó un pañuelo de su bolsillo y empezó a secar el vino de su camisa.

—El dinero me pertenece. La DEA me lo robó el año pasado asociándose con un traidor como tu padre —continuó—, y yo estoy decidido a reclamarlo. Es mío por derecho, y no tolero a los ladrones que se entrometen en mi trabajo duro. No se puede poner precio a la reputación de un hombre.

—Pero puedes poner precio a la vida de mi padre.

—Tengo que hacerlo. Es muy simple: tú me das el millón de dólares, yo te doy la vida de tu padre.

Janeal no se creía una sola palabra: ni que el dinero fuera suyo, ni que fuera a perdonar la vida de su padre a cambio, ni siquiera que fuera cierto que había tanto, tanto en juego como Sanso le había hecho creer. Por primera vez aquella tarde, el miedo la golpeó de lleno en el corazón, un miedo punzante de pensar que su padre no confiaba en ella, que no le contaba todo, que no la incluía de lleno en la verdad de su vida.

Janeal se puso en pie, intentando romper algo que sólo podía describir como un tirón gravitacional hacia aquel horrible hombre que comerciaba con vidas y mentiras con tanta facilidad. Caminó sobre la circunferencia del sofá hasta el lado opuesto de la mesa de café.

—Encontraré el dinero, y dejaremos este lugar con tanta rapidez que no podrás localizarnos.

Sanso rodeó con su puño el pañuelo arrugado y examinó sus uñas.

—Tengo pasaportes para todos los países de América del Norte y del Sur, además de muchos otros. No creo que quieras que te persiga alguien como yo.

Janeal se sentía mareada. Dejó que sus hombros se hundieran otra vez en uno de los cojines. Eso estaría bien. Tenía que aparentar estar resignada.

Tenía que haber un modo de desbaratar los planes de aquel hombre, sólo había que pensar un poco. Lo pensaría junto a su padre, que se lo explicaría todo. Con lo que ella sabía ahora encontrarían una manera de conservar el dinero y protegerse el uno al otro.

—No creo que haya ningún dinero —repitió ella, sin estar segura de por qué seguía apretando la misma tuerca.

—También crees que puede que tenga razón, suficiente para obligarte a buscar. Y cuando lo encuentres, lo tomarás, lo esconderás y me llamarás para decirme dónde está. Te daré un número antes de que te marches. Como dije, puedes confiar en mí.

—Será difícil encontrar algo que no existe.

—Te prometo una décima parte de eso que no existe para demostrártelo. Y entonces cambiarás de idea.

Janeal no estaba muy segura de lo que quería decir. ¿Una décima parte del dinero? Tenía la mente confusa. ¿Cambiar de idea?

—¿Sobre qué? —dijo en voz alta. Sentía la pesada mano de Sanso sobre su cabeza, jugando con los mechones de su pelo. ¿Se había movido?

—Sobre mí, chica. Creo que vendrás conmigo antes de que esto termine.

—Quiero ser capaz de . . . —¿cuál era la palabra?—¿Qué pasa si necesito . . . ? —se tapó los ojos con la mano—. ¿Quieres que te llame?

—Sí, chica, podrás llamarme.

Y Janeal cayó en un profundo sueño en contra de su voluntad.

5

Alguien la estaba sacudiendo con brusquedad.

—¿Janeal? ¿Janeal, estás bien?

Fue dándose cuenta de los detalles despacio, científicamente, como si no tuvieran nada que ver con ella. Una piedra afilada se le clavaba en la cadera. Tenía el brazo derecho atrapado incómodamente bajo su cuerpo. Podía oler el polvo que se acumulaba dentro de su nariz.

—Janeal.

Más sacudidas. Alzó su mano libre y aquella persona hizo un ruido que sonó a alivio.

—Ayúdenla a sentarse —dijo otra voz. Alguien agarró su mano alzada y empujó. Ella hizo que sus ojos se abrieran apenas una ranura y parpadeó por el sol. Debajo de ella el río fluía ruidosamente hacia el oeste.

—Oh.

—¿Cómo rayos te quedaste dormida aquí?

Su mente realizó una lenta conexión entre la voz y el nombre. Katie. Era la mata de rizos negros de Katie, que le llegaba a los hombros y apenas se retenía por una estrecha cinta que siempre se ponía cuando iba apresurada y no tenía tiempo de domar su cabello. Katie alargó su mano y sacudió la mejilla de Janeal. Ella escuchó caer guijarros.

—Esas piedras bien podrían haber sido un lecho de plumas —dijo la otra voz. La voz de Robert. Estaba sentado a su otro lado y le quitaba gravilla del brazo. Janeal se cubrió los ojos con las manos.

—¡Puaj! —se sentía lenta y confusa.

Robert tecleaba un número en un teléfono móvil. Se inclinó sobre él con los ojos cerrados y él puso un brazo sobre sus hombros mientras esperaba la respuesta. Katie le daba palmaditas en la espalda.

—La encontramos —dijo él—. Se había quedado dormida en la colina —después escuchó y se rió—. Sí, sí que lo es. Bajaremos con ella en un momento. De acuerdo.

Cerró el teléfono.

—¿Ella es qué? —preguntó Janeal.

—Ella es una vaquera —dijo Katie—, durmiendo bajo las estrellas en vez de en su propia cama. Es una culebra nocturna que caza lagartijas a todas horas.

Janeal sintió cómo una risa silenciosa sacudía el cuerpo de Robert.

—Es toda una individualista —dijo él—, siempre buscando maneras de hacer que a su padre le suba la tensión.

Katie se rió tontamente.

Janeal se enderezó y le frunció el ceño a Robert.

—Eh, para. Mi padre no puede haber dicho nada de eso —le vio poniendo los ojos en blanco hacia Katie y le dio una palmada en el brazo—. ¡Déjalo ya!

¿Cuántas bromas habían compartido aquellos dos a sus expensas? Sospechaba que compartían algo más que eso: un roce, un coqueteo, una mirada significativa. La amistad mutua del trío no solía enfadarla, pero aquella mañana Janeal les encontraba irritantes a ellos dos.

—De acuerdo —le concedió Robert—. No teníamos que haber dicho eso.

—Así que, ¿qué dijo que soy?

—Un problema. Dijo que eres un problema.

—O quizá dijo que *tienes* un problema —musitó Katie. Ella clavó sus talones en la pendiente de bajada de la colina.

—Nunca *tiene* problemas con él —dijo Robert.

—Cierto. Más o menos. *Tú eres* el problema, Janeal. No es una noticia bomba precisamente.

Robert hizo otro comentario burlón pero Janeal no lo escuchó. Miraba la palma de su mano, donde había escritos diez números, intentando recordar qué eran y por qué pensaba que tenían algo que ver con la palabra *problema*.

Un millón de dólares.

Janeal cerró el puño, totalmente despejada. Los otros parecían no haberse dado cuenta de su mano. Estaban demasiado absortos en sus propios comentarios ingeniosos.

—¿Qué harían ustedes si encontraran un millón de dólares? —preguntó ella interrumpiendo algo que decía Robert.

Robert miró a Katie a través de Janeal.

—¿Está en el mismo planeta que nosotros? —preguntó.

—En serio, chicos. Si tuvieran un millón de dólares, ¿qué harían con él?

O cien mil, para el caso. *Apostaré el diez por ciento de ello a que cambias de opinión...*

—Lo pondría en el fondo común de la *kumpania* —dijo Katie recostándose sobre las palmas de sus manos.

—No, no lo harías —le desafió Janeal—. Un *millón* de dólares. Podrías viajar. Empezar una nueva vida en algún lado. Llevarte a unos pocos amigos contigo. Emprender un negocio de verdad por tu cuenta en vez de tener que estafar un puñado de . . .

—Si Katie dice que lo pondría en el fondo común eso es lo que haría —Robert le lanzó a Janeal una mirada de advertencia que la hirió. Intentó recordar la última vez que se había puesto de su parte en algo.

—¿Por qué no crees que lo haría? —dijo Katie. La imperturbable Katie. Janeal pensó que sería más interesante si *reaccionase* de vez en cuando, devolvérsela a Janeal en la cara, ser un poco emocional. Luchar contra ella por Robert, si eso era lo que quería.

¿Eso era lo que Katie quería? Janeal se lo preguntó seriamente por primera vez. Katie le estaba hablando a ella pero miraba a Robert.

—Jason es un buen *rom baro*, Janeal. Confío en que él haría lo más correcto con el dinero.

—Sólo era una pregunta. Hubo una época en la que me habrías ofrecido una respuesta más imaginativa.

Robert intervino de nuevo.

—Yo pondría en marcha un fondo para emergencias médicas para niños.

¿Por qué siempre hacía eso, por qué salía en defensa de Katie?

Janeal negó con la cabeza.

—Ustedes dos son unos buenos samaritanos. Si tuvieran un millón de dólares en efectivo en las manos me apostaría la mitad de ese dinero a que se lo piensan dos veces.

—Quizá —reconoció Robert—. No me importaría ir a Egipto.

—¿Egipto? —preguntaron las dos muchachas a la vez.

—Y a Sudáfrica.

Si esa era la medida de sus pensamientos quizá no debiera contarles nada de la demanda de Sanso. Desde luego no hasta que encontrara el dinero.

—Yo iría a Grecia —dijo Janeal—. Y también me compraría uno de esos nuevos Mercedes y lo conduciría hasta Nueva York.

—¿Desde Grecia? —se mofó Robert. Janeal hizo como que no le había escuchado.

—Me haría con un desván en el centro y un trabajo en una revista de política internacional. Trabajaría a mi aire y compraría libros y visitaría todos los museos y pasaría los viernes por la noche en clubes de jazz. Daría fiestas los domingos por la tarde y prepararía grandes comidas para mis amigos y colegas.

Ninguno de los dos dijo nada durante un minuto entero.

—Y reservarías algo de dinero para tu padre —dijo Katie.

Janeal suspiró. Katie había cambiado en los últimos meses; se le había atrofiado el pensamiento o tal vez se había vuelto demasiado conformista. A Janeal se le pasó por la cabeza la fugaz idea de que Katie estaba reprimiendo también a Robert. ¿Por qué les había pedido a aquellos dos que soñaran un poco con ella?

Quizá para evitar la pregunta más importante que la sobrevolaba: ¿qué planeaba hacer su padre con el dinero que Sanso aseguraba que tenía? ¿O con el dinero que la DEA supuestamente le había prometido? ¿Sobreviviría lo suficiente para darle uso? ¿Y habría alguna manera de que ella los salvara a ambos, a él y al dinero?

Robert se puso en pie y se sacudió los pantalones; entonces se inclinó para ayudar a Janeal a levantarse, y después a Katie.

¿Qué era lo que sabía hasta ese momento? Primero, creía que Sanso mataría a su padre si el dinero desaparecía. Segundo, había algo en aquel dinero que Sanso necesitaba que no tenía nada que ver con su valor real.

Janeal se preguntó si podía conseguir que su padre no siguiera adelante con su trato con la DEA. Le darían a Sanso su dinero y se mostrarían sorprendidos cuando él no se dejara caer en la trampa. Por supuesto, la DEA pediría que se le devolviese su dinero, ¿y cómo se lo reembolsaría su padre?

Tenía que haber algún modo de dar a Sanso el dinero y de guiar a los de la DEA hasta él después de que todo ocurriera. Desde luego, ella no sabía dónde estaba Sanso, y él había dicho que no se presentaría en persona a reclamar su dinero mañana por la noche. Pero si ella podía hacerlo, su padre podría terminar con dos millones de dólares: tanto con el cebo como con la segunda mitad de su trato.

Si es que había una segunda mitad.

Si es que algo de lo que le había contado Sanso era cierto.

Y si su traición a Sanso saliese mal, nunca se perdonaría por la muerte de su padre.

El trío comenzó a caminar ladera abajo hacia el campamento. Muchos de sus vecinos dormían aquel lunes por la mañana, cansados después del riguroso trabajo en la feria el fin de semana. Imaginaba que en algún lugar de aquel campamento (en una tienda, un coche, un agujero en el suelo) había un millón de dólares, amontonados y envueltos y listos para un trueque por drogas, y se preguntaba cómo de difícil iba a ser encontrarlo.

Janeal le lanzó otra mirada de soslayo a los números que tenía en la mano. Diez números. ¿Una cuenta bancaria? ¿Qué haría con un número de cuenta sin saber a qué banco pertenecía?

Un número de teléfono.

Sí, chica, podrás llamarme.

Se guardó la mano en el bolsillo mientras descendían por la pendiente a trompicones. Podía controlar sus nervios. Tenía que hacerlo.

Robert y Katie bajaron delante de Janeal. Él sujetaba la mano de Katie para ayudarla a mantener el equilibrio. Era ágil en la caseta de adivinación, pero patosa en una caminata. Incluso así, Katie nunca declinó una invitación para unirse a ellos, un hecho que fastidiaba a Janeal ahora que Katie y Robert habían llegado a un punto llano y se giraban para esperarla.

Robert no soltó la mano de Katie. Una llamarada de celos lamió la mente de Janeal, y ella le dio la bienvenida. Las emociones, al final, eran algo digno de experimentar en aquel lugar desértico donde toda relación humana estaba seca.

—¿Qué pasaría si alguien les dijera que en realidad el dinero está escondido ahí abajo y que todo lo que tienen que hacer para quedárselo es encontrarlo? —preguntó Janeal.

—¿Qué dinero? —preguntó Katie.

—Su millón de dólares —le facilitó Robert torciendo la sonrisa.

—¡Yo empezaría a buscar! —dijo Katie.

—¿Pero se lo quedarían? ¿Le dirían a todo el mundo que empezara a buscar? ¿Se conformarían con una parte? —ella se acercó a la pareja y les pasó de largo, agarrando la mano libre de Robert mientras se iba, tirando de él para que se separara de Katie—. ¿Hasta dónde llegarían?

—Yo no me complicaría —dijo Katie siguiéndoles lentamente—. Se lo diría al *rom baro*. Dejaría que él decidiese.

—Eso es obvio, Janeal —Robert se clavó en el sitio para esperar a Katie e intentó liberar su mano de la de su novia. Janeal aguantó.

Sería obvio si hubiera una situación en la que su padre pudiese tomar una decisión objetiva. Janeal estaba indecisa, no sabía si preguntar a su padre acerca de la historia de Sanso. Podía negarlo todo o decir que era cierto y enviar a Janeal lejos hasta que el peligro pasara. No tenía forma de hacer preguntas, después de todo, sin divulgar que Sanso la había secuestrado. Además, aún no estaba convencida de que el dinero existiese, aunque no podía plantearse otra explicación para el comportamiento de Sanso.

—¿Y qué pasa si el dinero implica a los *gajé* —insistió ella— y ellos también lo quieren?

—¿Es suyo? —preguntó Robert.

Sí y no.

Robert sacudió la cabeza incrédulo y su sonrisa se volvió impaciente. Janeal decidió liberarle.

—Entonces cuéntaselo a Jason y a la policía *gajé*. Nosotros no quebrantamos sus leyes.

—¿Nunca? —Janeal arqueó las cejas.

—*Yo* desde luego no. Mucho menos en ese escenario tuyo. Ya es suficiente.

—Sus leyes no son aplicables a nosotros.

—Eso te gustaría pensar.

—¿Y qué ocurriría si al encontrar el dinero alguien pudiera morir?

Katie ahogó un gritito.

—Eso sería terrible.

—Pero al mismo tiempo, ¿encontrar el dinero podría significar salvar una vida? ¿Qué harían entonces?

—Lo que dices no tiene sentido —dijo Robert.

—Sigo pensando que Jason sabría lo que hacer —insistió Katie.

—No si tiene un conflicto de intereses —dijo Janeal—. Entonces la decisión la tendríamos que tomar nosotros tres. Todo el peso de la situación descansa en nuestras cabezas.

—¡Cielos, Janeal! ¿Qué has estado haciendo allí arriba toda la noche? ¿Soñando con una novela?

Katie inclinó ligeramente la cabeza.

—Aunque es una idea interesante, Robert, ¿no crees?

La mirada que Robert le ofreció a Katie no le pasó desapercibida a Janeal. Durante una fracción de segundo su frustración fue sustituida por aprecio. Estaba contento de que Katie estuviese allí. Contento de que sus generosos modales fueran más grandes que su leve aburrimiento. Contento de no estar a solas con Janeal.

—Para pasar el tiempo, quizá —la mano que colocó en su cadera le hacía ver a Janeal que solamente accedía para poder terminar aquella conversación—. Si tuviera tiempo y no lo tuviera que emplear en buscar a mi novia errante.

Aquella acusación fue como una puñalada para Janeal. Creía que él no quería herirla, que ella le había causado una preocupación innecesaria y que sólo estaba cansado. Se estaba equivocando al asediarles con tantas preguntas sin ofrecerles la historia completa.

—Tienes razón, lo siento. Ustedes dos han hecho muy bien en venir a buscarme. No quería preocupar a nadie.

Un rayo de arrepentimiento atravesó el rostro de Robert y ella esperó que así fuese. Empezó a bajar la colina y envió algunas piedras volando hacia abajo.

—Tú no has dicho lo que harías, Janeal —dijo Katie.

—Todavía no he decidido qué hacer —dijo Janeal. Las palabras se quedaron en el aire antes de que ella reconociera su desliz. Agachó la cabeza y se apresuró para llegar a su casa antes de que ellos dos le pidieran que se explicase. Aunque no sabrían qué preguntar.

6

A la una en punto, aquella misma tarde, Robert encontró a Janeal gateando por la parte trasera del Lexus de su padre. Había echado hacia atrás los asientos plegables de los pasajeros para examinar los compartimentos ocultos de debajo. Después de haber estado cuatro horas buscando el dinero tenía la opinión dividida entre si Sanso no había dicho más que fanfarronadas o si su padre estaría muerto en unas pocas horas.

—¿Buscando paquetes de dinero? —le preguntó él.

A Janeal se le hizo un nudo en la garganta.

—Una llave de cruceta —murmuró cuando vio que los huecos estaban vacíos—. Tengo un pinchazo.

En parte era verdad. Había pensado que debía ir al lugar de la feria a ver si el dinero estaba guardado en alguna de aquellas caravanas . . . hasta que descubrió que uno de sus neumáticos había perdido demasiado aire para llevarla.

Robert abrió un compartimento en el panel lateral, sacó la llave y se la dio.

—¿Quieres explicar de qué iba toda esa extraña conversación de esta mañana? —preguntó él.

—¿Quieres explicar qué pasa entre Katie y tú? —replicó ella.

A juzgar por su mandíbula abierta, Robert estaba estupefacto.

—¿De qué estás hablando? Nosotros tres somos amigos desde hace años. No ha cambiado nada.

—Algo ha cambiado, Robert. Y sé que no soy yo.

Robert dudó durante un segundo más de lo que debía antes de decir:

—No es verdad.

—¿Ella te gusta?

—Por supuesto que me gusta. Es . . .

—Ya sabes a lo que me refiero.

—No voy a contestar a eso, Janeal. ¿Cuánto tiempo te he amado, a pesar de todas tus cabezonerías? —la proclama parecía forzada.

¿Lo suficiente para hartarte?

Janeal saltó del vehículo y volvió a colocar las alfombrillas sobre el hueco de la rueda de repuesto. No estaba segura de lo que necesitaba de Robert ahora mimo, en aquel momento en particular, cuando no podía decidir qué camino tomar y el reloj marcaba la huida de las horas del día.

Quizá necesitase que él la creyese. Que creyese *en* ella. Incluso en sus cabezonerías. ¿Eso haría que algo cambiase? No estaba segura pero decidió correr el riesgo.

—Anoche un hombre y una mujer me visitaron en la colina.

Robert parpadeó.

—¿Otra novela bullendo en tu mente?

—Me llevaron . . . no sé dónde. Era una oficina o algo así. El hombre dijo que hay dinero escondido en este campamento, dinero que mi padre había conseguido haciendo un trato con el gobierno de Estados Unidos.

Robert cruzó los brazos y se apoyó contra el parachoques trasero. Ella trató de juzgar su expresión, pero no pudo.

—Quería que yo lo encontrase por él. Si no lo hago, matará a mi padre.

Robert asintió.

—No me trates con condescendencia —reaccionó ella enojada—. Puedes creerme o no.

—¿Te hizo daño?

Janeal negó con la cabeza y Robert exhaló.

—¿Por qué pasaste la noche en la colina?

—Yo no . . . Creo que me drogaron. No me acuerdo.

—Parecías muy lúcida cuando te encontramos.

El escepticismo desequilibró sus cejas. Una clara y obvia incredulidad.

Robert se rascó el nacimiento del pelo sobre su oreja derecha.

—Esto no tiene nada que ver con que estuvieras disgustada por lo de la lectura de manos de Katie de ayer, ¿verdad?

—¡Robert! ¿De verdad crees que esto es alguna clase de loca llamada de atención? Yo nunca . . . No puedo creer que pienses . . .

—No sé qué pensar —dijo Robert—. No, espera. Sí que lo sé. Creo que debes mantenerte firme con tus preguntas hipotéticas —se incorporó y cerró la puerta trasera del vehículo antes de empezar a marcharse—. Y dale a Katie un poco de cuerda. Estás celosa de ella.

—Parece que tengo razones para estarlo.

—Sigue así y las tendrás.

Janeal parpadeó. Robert se marchó con paso airado. Ellos dos habían tenido su ración de discusiones, pero nunca como aquello. Debía seguirle, pensó, pero no podía. El asunto del dinero, de la vida de su padre, necesitaba atención más urgente. Cuando hubiese terminado pondría su mente a encontrar la manera de hacer que Robert volviese a ella. Ya no había sitio para tres personas en este romance.

O quizá debía tomar el dinero y huir. Dejar a los dos tortolitos a su aire.

A eso de las cuatro de la tarde Janeal empezó a dejarse llevar por el pánico. Había buscado en cada escondite posible, y a no ser que el dinero estuviese enterrado en una bolsa en algún lugar de los cientos de kilómetros cuadrados de desierto, se había quedado sin ideas. Excepto una.

Janeal agarró la llave de cruceta que había tomado del coche de su padre y se dirigió a su desvencijado Chevy. Podía cambiar su rueda pinchada por una de repuesto e ir a ver si el dinero estaba en las caravanas de la feria. Si no, iría derecha a su padre y se lo contaría todo, dándole tiempo para reunir al resto de hombres del campamento contra lo que fuera que ese lunático de Sanso había planeado. Y después ella podría llamar a Sanso y decirle lo que hacer con sus amenazas.

El maletero de su coche estaba lleno de toda clase de cachivaches. No lo había limpiado en . . . tal vez nunca, no desde que su padre le había entregado aquel montón de chatarra cuando tenía quince años. Kits de emergencia, un par extra de botas de montaña y sandalias, mantas, una guía telefónica, tres cajas de utensilios de cocina y provisiones y una maleta llena de camisas y pantalones vaqueros de reserva. Por lo menos tendría que descargar un tercio de todo aquello para sacar la alfombra que cubría la rueda de repuesto.

Unos minutos después, con toda su porquería en el suelo alrededor del parachoques trasero, levantó la esquina del panel.

Y vio que en vez de un neumático había fajos y fajos de billetes de cien dólares. A pesar de que había estado buscando precisamente aquello, el verlo en la realidad la desconcertó durante un minuto. ¿Qué hacía allí, en su coche?

Agarró rápidamente un montón y lo recorrió con el pulgar, haciendo un rápido cálculo de cuántos fajos de efectivo habían sido escondidos debajo del suelo de su gran maletero, y mentalmente hizo la cuenta de los ceros. Fácilmente llegaba al millón.

La textura del dinero en sus manos, suave, compacto, siempre tan resbaladizo en los billetes nuevos, bloqueó su capacidad de sentir cualquier otra cosa que sucediese a su alrededor.

Lo que podía hacer con todo aquel dinero (o con un par de pequeños fardos) la abrumaba con oportunidades. Libertad, aventura y descubrimiento.

Sanso le había hecho una especie de oferta con respecto a aquel dinero. Ella podría llevarse una parte, ¿no era eso? ¿Una parte si se unía a él?

Unirse a un hombre que era el enemigo de su padre. No, aquella idea era despreciable. En vez de eso, ¿quién se percataría de un fajo perdido? ¿O dos?

¿Qué le pasaría a su padre si ella se marchaba con todo aquello sin volverse para mirar atrás?

Que él moriría dos veces, de modo figurado y literal, y su vida pasaría a estar llena de libertad y odio hacia sí misma. Rechazó la idea en dos segundos.

Sin dedicar mucho tiempo a procesar sus decisiones, Janeal trazó un plan: tomaría parte del dinero y llamaría a Sanso para hacerle saber dónde se encontraba el resto, justo allí en su desastroso coche. Después de llamar a Sanso se lo confiaría a su padre y haría que él llamase a su contacto de la DEA, y así ellos le tenderían una pequeña trampa por su cuenta. Anticipar el plan un día.

Si Janeal hubiera sido una chica de llevar faldas, hubiera tenido multitud de escondites en los metros de tela para dos o tres fardos de billetes. Deslizar siquiera uno dentro de las curvas ajustadas de sus pantalones vaqueros era más que un desafío, pensó. Al final decidió plegar uno en su cinturilla y cubrírselo con la camiseta. Cuando oscureciera podría volver por más. No mucho más. Unos pocos que ni Sanso ni la DEA pudieran echar de menos. Y cuando lo hicieran, de todas maneras, ¿qué podrían hacer si sospechaban que ella se lo había llevado?

Usaría uno para demostrarle a su padre que decía la verdad (que Sanso se lo había contado todo y que ella había encontrado el dinero). Ya decidiría qué hacer con el resto, con su propio pellizco, más tarde.

Janeal cubrió el dinero y comenzó a devolver las cosas al maletero.

—¡Janeal!

La sorpresa al oír su nombre fue tan grande que se incorporó y se golpeó la cabeza con el maletero. Gritó y se cubrió la zona del golpe con la mano. Con los ojos llorosos echó un vistazo miope al lateral del coche y vio a su padre dirigiéndose a toda prisa hacia ella.

La piel morena de Jason Mikkado había sido curtida por cincuenta veranos bajo el seco sol del desierto. Las líneas más profundas le enmarcaban las comisuras de la boca y los ojos, unas líneas de expresión que se acentuaban al sonreír y que no podían borrarse a pesar de la tragedia familiar. Aún conservaba el cabello tan negro y espeso como un veinteañero, y sus ojos, del color del chocolate, eran claros y brillantes. Sin embargo, hoy estaban teñidos de preocupación a pesar de que sonreía abiertamente.

A ella se le aceleró el pulso como si fuera una niña pequeña pillada con la mano metida en un plato prohibido de caramelos.

—Papá —dijo frotándose la cabeza.

—¿Qué estás haciendo?

Ella bajó la vista hacia las tres cajas de utensilios de cocina que descansaban junto a sus pies sobre el polvo rojo.

—Yo, eh . . . —sus ojos se posaron sobre la llave de cruceta que había tomado de la camioneta—. Cambiando una rueda.

Gracias a Dios que no tenía que mentir a su padre sobre aquello. No podía mentirle a él.

Los billetes en su cintura comenzaron a hacerle cosquillas en la base de la columna. Había docenas de razones por las que debía contárselo todo a su padre justo en ese momento. Janeal abrió la boca, después dudó. Podía contárselo después de haber regresado por más, ¿no era cierto?

—¿Por qué no dejas que yo haga eso por ti? —dijo Jason agarrando la llave.

—Yo puedo cambiar una rueda. Tú estás ocupado.

La risa de su padre la confortó y le calmó el corazón al galope.

—No has cambiado una rueda en tu vida.

Ella le devolvió la sonrisa evaluando la preocupación de sus ojos. No quería que ella encontrase el dinero.

No confiaba en ella.

El corazón de Janeal se hundió.

—No puede ser tan difícil —dijo ella.

Él ladeó la cabeza.

—Cierto. Para ti nada es demasiado difícil, ¿verdad?

—Sólo porque lo hago después de ti.

—Eres mucho más que mi media naranja —dijo Jason—. Tu madre siempre estaba dispuesta a intentarlo casi todo, afortunadamente para mí —le agarró la llave a Janeal—. De lo contrario no se habría casado conmigo ni me hubiera dado unos hijos tan guapos. Pero, como a ti, lo que mejor se le daba era la cocina. ¿Así que por qué no vas a ayudar a Verónica con la comida y dejas que yo me ocupe de esto?

Sus pies se quedaron enraizados en el suelo polvoriento. La estaba echando, escondiéndole la verdad, obligando a abrir una brecha entre ellos.

—De acuerdo, ¿seguro que no te puedo ayudar? Si me quedo tirada sola en el desierto uno de estos días . . .

Jason Mikkado lanzó una cordial risotada que burlaba su miedo.

—Convencerías a una manada de lagartos de Gila para que te remolcasen, sin duda.

—Bien, entonces tú ganas —se recostó sobre el coche, sin querer irse, esperando encontrar la valentía necesaria para preguntarle qué había escondido—. Ha sido un buen fin de semana de feria.

Su padre comenzó a descargar muy despacio los bártulos que ella había devuelto al maletero.

—Uno de los mejores, sin duda. Continuará mejorando durante el verano, sin embargo. Deberíamos tener un gran año.

—Escuché que Katie lo hizo muy bien en su primer día en la caseta.

Jason la miró como si estuviera intentando discernir la verdadera naturaleza de su halago. Y quizá ella *deseaba* algo de su padre que no podía conseguir de Robert, la sensación de que Katie no la sobrepasaba en todos los aspectos que le importaban a Janeal: en su relación con Robert, en valor para la *kumpanía*, en talento y belleza . . .

Por el amor de Dios. Podía aferrarse a sus celos por Katie cuando quisiera, pero parada allí en la presencia de su padre tenía que centrarse en su propio egocentrismo.

¿Tan equivocada estaba, sin embargo, al desear todo aquello: el amor desinteresado de un buen hombre, la confianza de un padre, afirmación, aventura?

¿Un pellizco de un millón de dólares? Janeal miró sus pies. Necesitaba tiempo para pensar en ello. Una hora tal vez.

Janeal no tenía una hora. Tomó una decisión rápida. Llamaría a Sanso y le diría dónde estaba el dinero. Eso le saciaría y mantendría a su padre con vida. Después le contaría a su padre el resto. Si se lo contaba ahora nunca la dejaría realizar esa llamada a Sanso. Más tarde, sin embargo, ella necesitaría su ayuda para traer a los de la DEA a tiempo.

—Sí —dijo finalmente su padre—. Katie lo hizo bien. Será una de las favoritas.

Janeal asintió e hizo como que se marchaba.

—No tiene nada de sorprendente. Katie, ya sabes.

Su padre se enderezó y sacudió la llave contra ella como en una regañina.

—No, no es sorprendente. Sin embargo, Janeal, debes recordar una cosa. —Ella se giró hacia él—. Las cartas y las bolas de cristal nunca satisfacen tanto como una buena comida —él le guiñó un ojo. Luego blandió la llave contra las sandalias en sus pies—. Ahora ve a cambiarte de zapatos antes de poner el pie en esa cocina, o los mayores se irán a la cama hambrientos y se levantarán malhumorados.

7

Janeal no tenía teléfono móvil, aunque a menudo deseaba uno. Aún no había convencido a su padre de que necesitaba aquella conexión con el mundo. A veces pensaba que él veía el teléfono como una amenaza para ella, un artefacto que podía cortar los últimos hilos que la mantenían conectada a la *kumpanía*. A él. Y quizá fuera así.

El teléfono de Robert le había costado ciento cincuenta dólares. Bien, ahora ella podía comprarse uno sin que su padre lo supiera.

En vez de cambiarse de zapatos, como le habían ordenado, se dirigió a la casa de reunión por la puerta delantera con la intención de usar el teléfono del vestíbulo trasero. La silla de la señora Marković en la ventana del frente estaba vacía.

Todos los de la *kumpanía* tenían permiso para usar el teléfono, aunque casi ninguno lo hacía. Había pocas razones para llamar a nadie de fuera del campamento.

Janeal marcó los números escritos en su mano.

Una mujer contestó con voz baja.

—¿Sí?

Janeal perdió el hilo de lo que quería decir. ¿Había esperado que Sanso contestase? Miró el vestíbulo y susurró:

—Yo . . . ¿Soy Janeal Mikkado? —estaba molesta consigo misma por haberlo dicho como una pregunta.

—Espera un minuto.

Le dio la sensación de que esperó muchos minutos, a medias preocupada porque Sanso no fuera más que una broma después de todo, y a medias por ser interrumpida por alguien que quisiese utilizar el teléfono.

—Janeal, sí. —Sanso sonaba más a serpiente de lo que su nombre sugería—. ¿Tienes algo para mí?

—Está en mi coche. Debajo de la alfombrilla del maletero.

—Bien. Bien. ¿Y tu padre no sabe que lo encontraste?

Aún no, idiota.

—No.

—Porque tú entiendes que si ha preparado tu coche como trampa yo no estaré allí para caer en ella. De hecho, yo no estaré allí en absoluto. Enviaré lacayos que puedo negar que conozco. Lacayos que se ponen muy felices cuando les doy libertad para hacer daño cuando las cosas no salen como yo quiero.

En ese instante Janeal se cuestionó el plan que había puesto en marcha. Si la DEA no podía apresar a Sanso esa noche, ¿qué le podría imponer aquel hombre como consecuencia de su traición? Tal vez debiera dejar que se llevara el dinero e intentar defenderse de las autoridades al día siguiente. Pero su padre . . . ¿Qué pasaría con él si el dinero se desvanecía?

—Y si desaparece algo de dinero, incluso un solo billete, lo sabré.

—Mira, no me paré a contarlo, ¿sabes?

Sanso chasqueó la lengua.

—Si lo hubieras hecho entenderías mejor cuánto estaría dispuesto a ofrecerte. Y hay más, Janeal Mikkado. Mucho más a lo que tendrás derecho si eliges la vida que te ofrezco.

Janeal apretó el auricular y lo reconsideró. Quizá marcharse con Sanso sería la solución que necesitaba. Se marcharía con él y con el dinero, dejaría una nota a su padre explicándole todo lo que había pasado, prometiéndole mantener el contacto y de dirigir a la DEA hacia Sanso a la primera oportunidad. Ellos trabajarían con su padre bajo esas circunstancias, ¿no era cierto?

—El coche no está cerrado —dijo ella.

—¿Has pensando en mi oferta?

En su completo *dominio*, más bien. Le daría el dinero y huiría con él a cambio de la vida de su padre. Su padre viviría, pero si algo iba mal nunca más podría volver a ser bienvenida en la familia.

—No . . . no puedo marcharme. No es como si nuestra gente pudiera ir y venir a su antojo, ¿lo entiendes?

—No estaba pensando en que regresases, Janeal, no una vez que hayas probado lo que yo tengo para ofrecerte. Algo me dice que no querrías hacerlo.

—Mi padre . . . si yo hiciera eso . . .

—Piensa en su supervivencia como tu recompensa.

El estómago de Janeal dio un vuelvo. Ella quería aquella recompensa. También quería aquel dinero.

Colgó antes de darle una respuesta de la que se arrepentiría.

Al darse la vuelta se chocó con la señora Marković. Janeal ahogó un grito. Las piernas de la vieja mujer eran más estables que las ramas de un roble e igual de enraizadas. ¿Cuánto tiempo había estado allí? Janeal debía disculparse, pero la mujer habría estado escuchando a escondidas, y aquella era la peor ofensa.

Janeal hizo el gesto de marcharse para rodear el gran cuerpo de la mujer. La ágil señora Marković le cerró el paso.

—Perdón —dijo Janeal.

La señora Marković se inclinó hacia delante, estirando el cuello un poco para colocar su diminuta y redonda nariz justo bajo la de Janeal.

—Las estoy viendo, niñas. —El aliento de la mujer olía a menta fresca.

Janeal abrió la boca. ¿Niñas? Ella no era una niña. Miró por encima de la señora Marković hacia el vestíbulo. Estaba vacío.

—Por favor, déjeme pasar —dijo Janeal.

La señora Marković negó con la cabeza.

—A ninguna de ustedes, no. Ustedes dos no deberían tener libertad para rondar este lugar. Las veo.

Janeal dio otro paso y la señora Marković continuó bloqueándole el camino.

—Aquí estoy yo sola, señora Marković. Le prometo que seré la única que se marche. ¿De acuerdo?

—Nadie puede hacer una promesa semejante. Desde luego no ustedes, niñas.

Janeal se enojó. Forcejeó para abrirse paso entre la mujer y la pared y el brazo de la señora Marković se movió para agarrar su muñeca.

La electricidad golpeó el brazo de Janeal como lo había hecho en la sala de juegos, sólo que esta vez corrió, zumbando por sus nervios y a través de los músculos de su cuello, directamente hacia su cabeza con un estruendoso *¡crac!* de huesos rotos. La cabeza de Janeal se encendió con el dolor más poderoso que jamás hubiera experimentado. Irradiaba del centro de su cerebro como una explosión estelar, aporreando el interior del cráneo como millones de mineros con picos.

Sólo la fuerte sujeción de la señora Marković evitó que se derrumbase sobre el suelo.

—Hijas, están llenas de mentiras —dijo la señora Marković sin ánimo de censura. Levantó su mano hacía la cabeza chirriante de Janeal, después colocó la otra mano sobre su pelo y lo acarició maternalmente—. No se mientan a ustedes mismas. Hay dos cámaras en cada corazón, una para Judas y otra para Juan.

Janeal tiritó, aunque no tenía frío. Quería escapar de aquella conversación descabellada. Deslizándose sobre la suave melena de Janeal, los tiernos dedos de la señora Marković hicieron desaparecer el dolor.

—Uno debe ser despedido, o ambos morirán.

A Janeal le dolía demasiado la cabeza para adivinar el significado de aquel balbuceo. Se apoyó contra la pared hasta que el dolor se desvaneció por completo, y cuando al final abrió los ojos, la señora Marković se había ido.

8

A pesar de las instrucciones de su padre, Jancal no ayudó a Verónica con la comida aquella noche, ni tampoco se puso unos zapatos aceptables. En vez de eso se saltó la cena, porque casi le llevó tres horas escribir la carta que tendría que dejar para Jason, la carta que explicase lo que había decidido hacer y por qué. Aunque había esperado pacientemente para arrastrarlo afuera y hablar con él cara a cara, los ancianos no habían dejado de hacerle compañía desde que llegaron a la hora de la cena y ella no se atrevía a mencionar a Sanso o al dinero frente a ellos.

—Podemos hablar a cualquier hora esta noche —le dijo él, poniendo una mano sobre su brazo cuando ella le pidió que hablasen en privado—. Pero estos hombres necesitan mi atención ahora para que puedan volver con sus familias.

Pero las horas del reloj pasaban, y sabía que sería afortunada si podía ver a Jason antes de que terminase la partida de póker semanal de los lunes. Si era capaz de participar aquella noche. A veces estaba tan ocupado que no llegaba a tiempo.

Al no estar segura de cuándo se presentarían los «lacayos» de Sanso, Janeal sabía que no podía esperar mucho más a que él estuviera listo.

Se decidió: se marcharía con Sanso aquella noche. Para salvar a su padre tendría que abandonarle.

Una vocecita en el fondo de su mente le dijo que en realidad estaba haciendo lo que ella deseaba. Había encontrado la excusa para abandonar el campamento y podría reivindicar que su huida ayudaría a su padre en vez de herirlo. Al final podría justificar sus propios deseos sin admitir otra verdad: que quería el dinero de Sanso, que se sentía atraída por su personaje de chico malo, que . . .

Janeal silenció la voz.

Aunque la mayor parte de las caravanas se quedaban en Albuquerque durante la semana, la de la cocina regresaba para ser limpiada cada fin de semana, y se aparcaba detrás de los garajes, donde había acceso al agua corriente y espacio para desordenar sin ofender a nadie. La gran estructura guardaba el Lexus de su padre, que él apenas utilizaba, el equipamiento que la *kumpanía* necesitaba para reparar máquinas y autos y tanques de gasolina para otros vehículos.

Tanto ella como el resto de cocineros solían dejar el tráiler aparcado un día o dos antes de arremangarse y ponerse a fregar.

Aquella noche, sin embargo, Janeal limpió uno de los grasientos mostradores donde preparaban la comida, decidió que aquel horripilante encuentro con la señora Marković solamente había sido una desafortunada señal de su caída inminente hacia la demencia y después escribió a su manera tres borradores de explicaciones inadecuadas sobre por qué había huido con Sanso antes de decidirse por uno que tuviera sentido.

Fueran cuales fuesen las consecuencias a corto plazo con la DEA, al menos al final no matarían a Jason Mikkado. Tampoco matarían a Salazar Sanso. Ella lo creía así, le escribió a su padre, o no se habría ido.

La atracción por el dinero y la vida fuera de la *kumpanía* fueron una ocurrencia de última hora que no mencionó.

Se enredó tanto en la explicación que no se dio cuenta de que se le estaba yendo la luz del día hasta que la puerta trasera de la caravana se abrió y un enorme rayo de luz irrumpió en el apestoso interior.

—¿Qué estás haciendo aquí? —Robert entró acompañado por Katie.

Janeal se afanó en juntar todas las hojas de la carta y doblarlas. Se metió los papeles en el bolsillo trasero. Tenía que regresar a la casa comunitaria, donde su padre y ella tenían sus habitaciones.

Robert se dio cuenta de sus gestos (sus ojos se dirigieron al bolsillo, el lápiz partido, los fajos de papeles descartados en el suelo), pero no dijo nada.

—Sigues desapareciendo —dijo Katie—. ¿Estás bien?

—Estoy bien —murmuró Janeal frunciendo el ceño hacia Robert. No estaba dispuesta a confiar en él después del modo en que le había respondido aquella tarde—. Necesitaba un poco de espacio.

—O un condenado escondite de los bandidos *gajé* —dijo Robert—. Pero no creo que el perímetro del campamento sea tu mejor baza.

Janeal se giró para responderle a la cara pero contuvo su lengua cuando que vio que no se estaba burlando de ella. Miró a Katie. Ella tampoco estaba de broma. ¿Le había contado Robert su historia? ¿La creían?

¿Acaso le importaba?

—¿Qué hora es? —preguntó.

Robert miró su reloj.

—Son más de las diez.

—¿No tienen nada mejor hacer? ¿Jugar al póker con los hombres?

—Muchos de ellos fueron a ver un torneo en Río Rancho. No quisimos ir.

Ella deseó que lo hubiesen hecho. El fajo de billetes que había tomado a primera hora de la tarde estaba en su cuarto. Cinco mil dólares. Los recogería cuando regresase a dejar la nota para su padre.

Robert la miraba perplejo. Se apoyó contra el mostrador agobiándola.

—Katie y yo queremos oír más de lo que te pasó anoche.

La petición directa enfadó un poco a Janeal. ¿No le había contado ya lo suficiente? ¿Qué más quería saber?

—Me pasé de la raya esta tarde —dijo Robert.

—No, no lo hiciste —dijo Janeal, aunque pensaba que sí lo había hecho.

—Oh, sí que lo hizo —insertó Katie—. Me contó lo que dijo. Fue un completo pazguato.

Janeal se aclaró la garganta, preocupada por si Robert había mencionado también de paso sus acusaciones sobre ellos dos. Estaba pensando en quitarle importancia cuando Robert intervino otra vez, quizá previniendo que Janeal abriese otra caja de Pandora.

—¿Encontraste el dinero? —preguntó Robert.

—Lo hice.

Katie se puso la mano sobre la boca. Robert aparentó sorpresa.

—¿Dónde está?

Janeal frunció el ceño.

—¿Ahora quieres saber?

—Mira, estoy intentando disculparme.

Ella recogió los trozos de papel del suelo y los tiró en una olla de caldo. Sacó una caja de cerillas de un cajón cercano al horno y encendió uno, y después lo arrojó a la olla.

—¿Cuánto hay? —preguntó él.

—Un millón.

—¡Un millón! —repitió Katie como un eco—. Todas aquellas preguntas que nos hiciste esta mañana . . . ¿Te dijo él que había tanto? ¿Por qué no dijiste nada?

—Dije muchas cosas. —La diversión se hizo un hueco en la irritación de Janeal.

Katie sacudía la cabeza. Puso una mano en el brazo de Robert y se inclinó hacia él.

—Si esos *gajé* han amenazado la vida del *rom baro* . . .

—No podrán hacerle nada a mi padre.

—¿Cómo sabes eso? —preguntó Katie.

—Me he ocupado de todo.

—¿Qué quieres decir? Dinos qué pasó.

Los legajos desechados por Janeal ardieron en segundos. Janeal no tenía tiempo para explicárselo todo, y aunque lo tuviera no sabía si quería. Se escurrió entre ellos en el pequeño espacio e intentó alcanzar la puerta.

—Janeal —suplicó Katie—. Por favor, no te vayas. Dinos qué podemos hacer para ayudar.

—Nada.

—¿Dónde vas?

—Ahora va a ponerle gasolina al coche y conducir hasta Nueva York —la observación de Robert no era una pregunta, y Janeal vio algo entre miedo y acusación saliendo por la comisura de sus labios—. ¿O era a Grecia?

—Por supuesto no lo hará. Ama demasiado a su padre para hacerle eso, ¿verdad, Janeal?

Los ojos de Janeal aún estaban fijos en los de Robert. ¿Acaso podría haber adivinado que ella lo abandonaría? ¿Quería que lo hiciese?

—Va a darle ese dinero a quien sea que lo requiere para que su padre esté bien, para que nosotros estemos bien, para que toda la *kumpanía* esté bien. ¿No es eso?

Janeal bajó la mirada.

—Es un poco más complicado que eso.

—¿Cómo de complicado? —le desafió Robert. Cuando Janeal intentó salir él se interpuso y le agarró la muñeca—. ¿Por qué no nos lo explicas?

Katie se acercó y tocó la mano de Robert, instándole silenciosamente a que dejara marchar a Janeal. Él lo hizo.

Desde la parte trasera de la caravana Janeal no podía ver u oír nada que se saliera de lo normal en el campamento. Con suerte la gente de Sanso no se haría ver hasta después de la medianoche. Podía pasar aquellas horas a solas, paseando de un lado a otro de su cuarto, o . . .

Miró a sus amigos. Robert aún parecía enfadado, pero Katie . . . estaba pálida y miraba a Janeal con tanta preocupación que Janeal decidió explicarle su dilema. En apenas dos minutos le ofreció la versión abreviada.

Katie no creía en la posibilidad de que alguien en la *kumpanía* hubiera hecho jamás esa clase de atroces negocios con Sanso. Robert no expresó su opinión sobre el asunto. Janeal interpretó su silencio como comprensión. Explicó su miedo a lo que el gobierno pudiera hacer con su padre cuando no pusiera ni a Sanso ni el dinero bajo su disposición. Pero su miedo era aún mayor, sin embargo, cuando pensaba en lo que le podía pasar a su padre si Sanso no se salía con la suya.

—Me voy a ir con él —dijo ella en un susurro apenas audible para que ellos lo escucharan. No miró a ninguno de sus amigos.

—No puedes —susurró Katie—. Janeal, ¿y si te mata?

—No creo que lo haga —dijo ella.

El asco arrugó la cara de Robert.

—¿Por qué no? ¿Porque ya lo has hablado con él? ¿Ya han hecho planes? Janeal se giró hacia él.

—¡Estoy haciendo lo que haga falta para salvar la vida de mi padre!

—¿Cómo va a ayudar a tu padre que te largues con ese animal? —preguntó Robert—.Es lo que tú deseas, Janeal, y no tiene nada que ver con tu padre, o con *nosotros*, o con ninguno de esta comunidad.

—Ese hombre le matará; ¿no lo entiendes? Si piensas que tengo ideas egoístas en la cabeza . . .

—¿Por qué debería pensarlo, Janeal? ¿Qué te ha prometido a cambio de que le devuelvas el dinero? ¿Una parte? ¿Un coche elegante? ¿Su *cama*?

Janeal se puso la mano en el estómago como si acabara de golpearla. No sabía si se sentía más herida por que Robert pensara tan mal de ella o porque parecía que él quería que se marchara lejos.

Controló su respuesta.

—Si me voy con él podré conducir a Sanso hasta la DEA cuando llegue el momento. Podrán recuperar su dinero y la *kumpanía* recuperará su perdón. Eso vale la pena, ¿no crees? Y la *kumpanía* me dejaría regresar. Incluso puede que regresa como una heroína. Sin duda, mi padre . . .

—No sabes lo que ese hombre puede hacer contigo —repitió Katie.

—Puedo manejarlo —dijo con más confianza de la que sentía.

Robert encendió la linterna y la empujó a un lado para saltar el primero de la caravana.

—¿Qué estás haciendo?

—Creo que el *rom baro* debería tener algo que decir en lo que tú has decidido, teniendo en cuenta que tus amigos no.

El temperamento de Janeal se encendió.

—¡No puedes decírselo! *Sabes* que no me dejará hacerlo.

—¡Exacto! ¿Y eso te importa? —le espetó Robert. Katie al final se puso en pie, luciendo afligida y recelosa de encontrarse en medio de aquel punto muerto.

—¡Harás que le maten! ¿No te importa que siga con vida? Si Sanso no llega a ese dinero . . .

—No seas ingenua, Janeal. Esto es un problema de la DEA. Dejemos que ellos lo solucionen. Tú no tienes por qué hacerlo. Tampoco tu padre.

—¡Ellos le tienen con cargos por tráfico de drogas!

—Según Sanso.

—Bien, ¿por qué si no la DEA habría elegido a mi padre para el trabajo? ¿Y por qué habría él accedido a ir adelante con su plan?

—¿Por el dinero? No lo sé, Janeal, pero esto no es algo que tú debas llevar a solas. Deja que sea el gobierno quien proteja a los suyos.

—Lo *harán*. ¿No lo entiendes? ¿No tienes idea de cómo pudo Sanso averiguar lo de la trampa en primer lugar? Ellos *protegerán* a los suyos, pero mi padre, tu *rom baro*, ¡no es uno de ellos!

Katie abrazó a Janeal. Ella la apretó, con las cejas alineadas expresando preocupación. En vez de aceptar la simpatía de su amiga, Janeal sentía cómo se inclinaba hacia el borde de un precipicio. Decidió dejarse caer.

Nadie la entendía, ni siquiera ellos dos, que la habían estado apartando tan poco a poco de su círculo que no se había dado cuenta hasta hoy. Ya no le importaba que no la comprendiesen, que no la necesitasen.

Janeal se deshizo del abrazo y le lanzó una mirada fulminante a Katie.

¡Y Robert! Si realmente tenía la intención de informar a su padre de lo que había hecho, de lo que había planeado hacer, sería mejor que fuese a la casa de reunión antes que él. Saltó de la caravana y echó a correr.

—Janeal, espera.

Ella no quiso esperar. Escuchaba los pies de Robert golpeando el polvo mientras giraba para seguirla. Ignoró sus intentos de que razonara y las súplicas de Katie para que aflojara el ritmo. En vez de eso se puso a pensar en cómo Robert la atajaría cuando se encontraran a menor distancia de la casa de reunión. Seguramente tendría que dejarle ir hacia su padre.

Ella, por otro lado, podría ir directamente hacia las llaves de su coche. Saldría del campamento y llamaría a Sanso desde Albuquerque, haciendo que se encontrara con ella allí.

Como había anticipado, Robert aceleró hacia la casa de reunión como un pequeño chivato. Por primera vez Janeal sintió asco por su novio. Katie podía quedárselo si quería. Janeal se dirigió al garaje. Necesitaría unos cuantos litros de gasolina. Katie vaciló y después siguió a Janeal.

—¿Qué estás haciendo?

—¿Qué es lo que parece? —dijo mientras se llevaba una lata roja de la balda.

—¿Adónde irás?

—A ningún sitio que le importe a nadie de aquí. —Abrió la puerta lateral con la palma de la mano y se dirigió a la cocina de la casa de reunión. Guardaba las llaves en un gancho de la puerta. Apenas unos cientos de kilómetros y el depósito de propano que calentaba sus reservas de agua se interponía entre ella y la huida.

—Janeal, por favor. —Katie sujetó fuertemente el hueco del codo de Janeal.

—¿Qué? —Janeal tiró de su brazo.

Las dos se miraron a la cara en la oscuridad. Janeal escuchaba el sonido de los hombres gritando a cierta distancia. Se dijo a sí misma que debía ser una discusión sobre un juego de cartas en una de las tiendas más lejana.

Katie apartó la mirada.

—Te irás, y él se quedará sin ánimos para liderarnos, Janeal. Se retirará y dejará las decisiones a alguien como Rajendra, y entonces . . .

—Mi padre no es un pelele. Y si no me voy, *morirá*. —O sería empujado hasta la cárcel por el mismo gobierno que había intentado conseguirle un indulto. ¿Y entonces qué? Entonces la *kumpanía* se quedaría sin líder y ella se quedaría sin padre y él sin familia . . . ¿y cómo iba a ser eso mejor que lo que ella estaba planeando?— ¿Qué te costaría escucharme?

Janeal se precipitó a la puerta de la cocina que Robert había dejado abierta de par en par. Dentro, con la lata de gasolina en su mano izquierda, tomó las llaves de los ganchos, las guardó en el bolsillo de sus pantalones vaqueros y dio la vuelta para regresar. Toda la maniobra no le llevó más de tres pasos. A través del marco de la entrada de la cocina vio a Katie aún de pie en el gran espacio vacío entre el garaje y la casa de reunión. Sin embargo, miraba más allá de Janeal, hacia los gritos. El ruido la hizo parar. ¿No había dicho Robert que los hombres se habían ido a un torneo de póker?

No le importaba especialmente.

Janeal olió el humo. Era más de químicos que de madera, y se preguntó fugazmente qué podría causar . . .

El sonido de unos pies huyendo a la desesperada llegó desde el fondo del vestíbulo. Entre las voces de los hombres se escuchaban los gritos de las mujeres.

La puerta entre la cocina y el comedor se abrió con tal fuerza que golpeó la pared y rebotó. Robert la golpeó mientras se dirigía hacia Janeal sin perder el ritmo.

—Vete —le gritó.

Janeal no se movió.

—¡Vete!

La alcanzó en ese mismo momento y la empujó hacia la entrada con tanta fuerza que ella tropezó con el gran escalón de hormigón. Se le cayó la lata de gasolina con un gran estrépito y se bamboleó hasta enderezarse. Él la agarró por el brazo y casi se lo arranca.

—¿Qué estás . . . ?

—¡Katie! —Robert levantó el brazo y lo agitó en su dirección—. ¡Katie, *muévete*!

Ella lo vio y entonces dio un paso en su dirección.

—¡No! *¡Corre!*

Janeal había ajustado al fin su paso al de Robert y ambos se apresuraron hacia Katie.

—¿Qué ha pasado?

Robert agachó la cabeza y apretó el paso.

—Los amigos de tu gente se me adelantaron.

9

Desde el asiento trasero del Mercedes plateado, que corría rebasando los límites de velocidad, Salazar Sanso miraba con el ceño fruncido a Callista en el asiento del conductor. Él no tenía que estar haciendo aquel viaje hacia el campamento de Jason Mikkado. En aquel momento sus hombres tendrían que estar entregándole el dinero en las manos. Pero Janeal era una tonta.

Una tonta preciosa y salvaje.

¿Qué había hecho con su dinero? La anticipación de su hallazgo fue el único lado positivo en aquel giro de los acontecimientos.

—Juran que los billetes no están en su coche —dijo Callista por enésima vez.

—Ella lo cambió de lugar —dijo él.

—¿Por qué haría eso arriesgándose a tu cólera?

—Porque se cree más lista de lo que es.

—Es lista.

—Lo justo para ser igual de estúpida al mismo tiempo —él escupió las palabras.

Los ojos de Callista se movieron rápidamente para encontrarse con los de él en el espejo retrovisor, pero no dijo nada.

Estaban a menos de dos kilómetros del campamento romaní. Sus hombres habrían tenido muchas oportunidades de ponerlo todo bajo control para cuando llegasen.

—¿Ya la han encontrado? —preguntó él.

—Debe estar a cientos de kilómetros de aquí ahora mismo.

—No, no lo está.

Callista, por suerte, no preguntó cómo es que él sabía eso. Tenía muy poca paciencia para preguntas aquella noche.

—El campamento está intacto —dijo ella—. Hemos asesinado a diez hombres y hemos acorralado a casi todos los demás, las mujeres y los críos.

—¿Cuántos?

—Cerca de setenta personas.

—Al menos hay ciento veinte personas viviendo allí.

—Muchos de los hombres están en la ciudad.

—Afortunados ellos.

—Hasta que regresen.

—Prepara una emboscada.

—Salazar, no vale la pena.

—No me digas lo que vale la pena, mujer. Tú sabes lo que vale una apuesta aquí. Quiero todo lo que necesito, o lo quiero todo reducido a cenizas.

Callista pisó el acelerador.

Sanso miró el reloj.

—Mata a cualquiera que intente huir. ¿A cuántos de los nuestros hemos perdido hasta ahora?

—A tres.

—Podemos permitírnoslo. Al menos su sangre no está en mis manos.

Callista no dijo lo que él quería, que tenía un sentido del humor malvado y pervertido. En lugar de eso, dijo:

—Nadie parece saber dónde está Janeal, y Jason tampoco lo sabe o no quiere decirlo. Están esperando a que tú llegues para explicarles qué pasará ahora.

Sanso sacó una pequeña pistola del bolsillo interior de su chaqueta; comprobó la cámara y olisqueó el cañón.

—Si Janeal es tan lista como tú crees entenderá al instante que la única manera de salvar la vida de su padre y evitar que vaya a la cárcel es viniéndose conmigo. Y la única manera de que venga conmigo es trayéndome el dinero con ella.

—Estás desperdiciando una atención innecesaria en la chica. Ella no ha resultado como creíamos. Iremos al plan B.

—Pero yo *quiero* a la chica, querida. No hay razón para que no la tenga.

Esta vez él sostuvo la mirada de Callista a través del espejo. La envidia estaba creciendo en ella.

—¿Por qué siempre deseas a las únicas que no creen que gobiernas el firmamento?

—No te pongas celosa.

—Quema el campamento. Quema el dinero. Y que no se hable más de ello.

Sonó un teléfono móvil en el asiento junto a Callista.

—¿Por qué no nos salimos ambos con la nuestra esta noche? —dijo Sanso—. Diles que inspeccionen el campamento y que después lo quemen. Una a una, todas las tiendas, hasta que encontremos el dinero o hasta que se extinga el fuego.

Callista abrió el teléfono para contestar la llamada a la vez que le decía a Sanso:

—Yo creo que ella ya se ha ido. Tendrás que usar a su padre para hacerla regresar.

—No. Todavía estará allí porque cree que le ama. No se marchará. Pero si algo aprendí de la muchacha anoche es que su amor por el dinero es más fuerte que su amor por su precioso papá. No sabía eso de sí misma hasta anoche, pero funcionará a mi favor, ¿no crees?

10

—¿Dónde está mi padre? —le preguntó Janeal a Robert. Los tres se agazapaban detrás del garaje. Robert intentaba recuperar la respiración.

—No . . . no lo vi.

—¿Entonces qué fue lo que te mandó tras nosotras como si tuvieras escorpiones en los zapatos? —preguntó ella.

Robert estiró el cuello por la esquina del edificio. Los disparos se habían intensificado.

Se disparó un arma y Katie se estremeció.

—Necesito encontrar a mis padres —susurró ella. Janeal apretó más fuerte a su amiga.

—Robert —dijo Janeal.

Él la ignoró, así que le empujó la espalda con su zapato.

—Contéstame.

—Rajendra —dijo Robert sin girarse. Se escucharon dos disparos más. ¿Qué estaba pasando allí afuera?

—¿Rajendra *qué*? —demandó Janeal. El temor de que estaba apunto de enfrentarse a la responsabilidad de su horrible, horrible error la perturbó.

Robert se dio la vuelta bruscamente y se encaró con Janeal.

—Rajendra *muerto*, Janeal. Rajendra en los escalones de la casa de reunión sangrando por la boca. ¿Necesitas más detalles?

Janeal retrocedió y Katie empezó a llorar. Robert blasfemó.

—Tiene dos niños —murmuró Katie.

Janeal soltó a Katie y empezó a ponerse en pie.

—Necesito encontrar a papá.

Robert tiró de ella de nuevo hacia el suelo.

—Tú te quedas aquí. Yo iré a encontrarle para hacerle saber que estás bien. A tus viejos también, Katie.

—Puedo encargarme de buscar a mi padre —dijo Janeal.

Ahora el humo iba en aumento, pero los disparos y los gritos parecían haber disminuido.

—Quédate aquí, Janeal.

—No te preocupes, Robert. Tú márchate y yo haré lo que me parezca.

Robert se frotó los ojos con los dedos índice y pulgar y suspiró.

—Sí que lo harás, ¿verdad? —Dejó caer su mano y la deslizó cerca de Janeal, tomando las suyas—. Sólo por esta vez, ¿podrías hacer lo que yo quiero?

Se inclinó hacia delante y ella pensó que iba a besarla, firme y seguro de sí mismo, de tal manera que le sería imposible seguir siendo así de obstinada. Sin embargo, él pareció pensárselo dos veces y se echó hacia atrás.

Janeal intentó zafarse de sus manos, pero su apretón le pellizcaba los nudillos.

—Por favor. Quédate aquí con Katie hasta que regrese.

Por supuesto. Se trataba de Katie, no de ella.

Frunció el ceño.

—No dejes a Katie sola. Te necesita.

Ella asintió y Robert la soltó. *Daba igual.*

Apartándose de la pared del garaje, se puso en pie y le tendió la mano a Katie.

—Tenemos que ir a mi coche. Tengo las llaves.

—¿Qué hay en tu coche?

—El dinero. Si tenemos suerte.

Tiró de Katie, que se levantó como una muñeca inerte.

—Por alguna razón, creo que ni el dinero ni la suerte estarán de nuestro lado esta noche. —La expresión de Katie se había reducido hasta la pura incredulidad.

—¿Y qué? —dijo Janeal tirando de ella mientras rodeaban el edificio en dirección contraria a Robert—. Honestamente creo que no eres una vidente muy digna de confianza.

Al otro extremo del campamento, tres tiendas estaban totalmente sumergidas en humo y llamas. Una de ellas era la que Katie compartía con sus padres y sus dos hermanos pequeños. Robert no los vio por ningún lado.

A unos cincuenta metros de donde él se encontraba, detrás del centro médico, una gran cantidad de mujeres y niños se apilaban en la parte trasera de una camioneta mientras los hombres se gritaban unos a otros desde las tiendas. Uno de ellos llevaba un cubo de agua hacia una tienda a la que aún no le habían prendido fuego. Robert escuchó un disparo. El hombre se desplomó, el cubo se derramó y el suelo seco se bebió el agua.

Robert podía sentir un hedor como nunca antes había olido ninguno, una especie de putrefacción chamuscada que se elevaba desde el fuego químico. Carne, reconoció sin pensarlo demasiado. Carne humana.

¿Todo aquello sólo por *dinero*?

Se tapó la nariz y la boca con la camiseta. Tenía que encontrar al *rom baro*. Tenía que encontrar a su propia familia. No podía ver su tienda desde donde estaba, pero no había humo en aquella dirección.

Los rezagados intentaban saltar dentro de la abarrotada camioneta mientras se marchaba, hasta que alguien empezó a disparar sobre ella. Una mujer se cayó de la parte trasera y una niña empezó a gritar. La camioneta aceleró mientras los disparos persistían. Una de las balas alcanzó una rueda e hizo que la camioneta virase, lanzándola contra una tienda en llamas. Los pasajeros se dispersaron, tropezando y cayéndose e intentando ayudar a los demás antes de que las llamas alcanzasen el tanque de gasolina.

Robert se precipitó hacia la mujer, sin estar seguro de que no le fueran a disparar antes de alcanzarla. Pero nadie pareció notar su presencia. Las llamas acariciaban las lonas de una cuarta tienda, y el caos puesto en acción por aquel enemigo invisible le servía de distracción a todos los demás. Ella estaba tendida boca abajo, con su larga cabellera cubriéndole la cabeza y los hombros. Él la agarró por las axilas y la arrastró hacia la parte baja del porche trasero del centro médico. Estaría protegida allí, al menos hasta que el edificio estallase también en llamas.

El farol que colgaba de un palo junto a la puerta con mosquitera lanzaba un poco de luz a través de los tablones astillados del rudimentario porche y les iluminaba a franjas.

Dio la vuelta a la mujer. Había perdido una bota. Su falda se había rasgado por las rodillas, por donde él la había arrastrado. Su blusa estaba manchada de la sangre que aún rezumaba bajo sus costillas, aunque respiraba. Despacio, y con jadeos poco profundos, pero Robert podía ver su pecho subiendo y bajando como el agua mansa de un lago.

Se le fueron los ojos a su cara.

—¿Señora Golubovich?

Tenía los ojos cerrados y no parecía escuchar a Robert mientras le hablaba. Vivía con los padres de él, una abuela adoptada cuya propia familia la había excomulgado de su *kumpanía* por haber entablado negocios con los *gajé*. Jason Mikkado sintió que el juicio de sus parientes había sido demasiado severo.

Robert le comprobó el pulso y tuvo problemas para encontrárselo.

—Señora Golubovich, voy a tratar de encontrar al doctor.

Sacó una navaja de bolsillo de sus pantalones, la abrió y cortó un gran trozo de tela del dobladillo de la blusa de la señora. La utilizó como una gasa, colocándola sobre sus costillas para intentar parar la hemorragia. Él le levantó la mano del mismo lado y se la colocó sobre el vendaje improvisado, aplicando presión.

—¿Puede sujetar esto?

Sus labios se movieron como si estuviera hablando en sueños, pero no salió ningún sonido. Los músculos de su mano no respondían.

—Sujete esto. —Él la ayudó un minuto—. ¿Salieron mis padres?

Sólo podía esperar que lo hubieran hecho. Se escucharon muchos disparos más al otro lado del campamento.

—¿Iban ellos con usted en la camioneta?

Los labios de la señora Golubovich dejaron de moverse.

—¿Sabe dónde están?

Empezaron a dirigirse hacia donde estaban gritos y voces de hombres que no reconocía. Le llegó a los oídos el sonido de un coche moviéndose despacio, con el motor ronroneando, con los neumáticos aplastando los guijarros. Escudriñó más allá del porche pero no vio nada desde aquel lado de la estructura. El olor del humo se había intensificado, y ahora podía oír con claridad el chisporroteo, los dientes del fuego devorando el crujiente festín cercano.

—Quédese aquí.

Robert quitó la mano de su lateral y el brazo de la vieja mujer se deslizó hasta el suelo. Robert intentó contenerlo, cualquier cosa con tal de mantener la sangre a raya, pero ella no respondía. Su pecho había dejado de moverse.

La sangre había dejado de manar.

Malditos. Malditos todos. ¿Quién había maquinado aquella especie de matanza por un dinero que aún no tenían en sus manos? ¿Quién era aquel monstruo de Sanso con el que Janeal se había enredado? ¿Por qué aquel hombre no pedía el dinero? Cualquiera allí se lo hubiera dado con gusto.

La primera explicación que le vino a la cabeza no dejó espacio para ninguna más: Janeal había hecho algo estúpido. Tan estúpido que esta vez todos ellos tendrían que pagar un precio mucho más alto que la típica vergüenza cultural.

Si sobrevivían a esto, cortaría con ella.

Robert abandonó la luz rota del porche y se escurrió hacia la penumbra más segura. Furtivamente, a lo largo de la parte trasera del edificio, llegó hasta la esquina e intentó evaluar la situación. Estudió la zona central del campamento.

Una ventana se hizo añicos sobre su cabeza y le llovieron cristales sobre el cabello. Se escabulló y sintió pequeños fragmentos afilados en la parte de atrás de su cuello y sus manos. Alguien estaba saqueando el centro médico. Intentó sacudirse de encima los cristales con cuidado de no dejar ninguno cerca de los ojos.

Por un momento tuvo miedo de abrirlos. Pero el sonido de la voz de Jason Mikkado hizo que la amenaza de los cristales pareciera insignificante. Robert miró. Pequeñas salpicaduras de diamante cubrían el polvo del desierto alrededor de sus pies.

En el centro del campamento, enfrente de la escuela, el *rom baro* permanecía de pie, como una barrera, con los brazos cruzados frente a un turismo de chapa brillante. Era imposible ver el color en aquella noche iluminada únicamente por el fuego. La puerta trasera del coche estaba abierta y de allí surgió un hombre alto con cabello oscuro y una chaqueta reluciente.

Los hombres se examinaron el uno al otro durante un momento.

—Nuestro intercambio no estaba planeado hasta mañana —dijo Jason.

—Tenía motivos para venir antes —dijo el hombre.

Robert notó que los disparos habían cesado, aunque el sonido de los saqueos a su alrededor continuaba.

—¿A qué viene esta violencia, Sanso? Tengo tu dinero; confío en que tú tendrás mi producto. Si hubiera algún problema que justificase tan drásticas medidas, tendríamos que ser capaces de discutirlo.

—A partir de ahora tú y yo discutiremos de muy poco, Jason. ¿Dónde está tu hija?

Robert pensó que era una mala señal que los ojos del *rom baro* parpadeasen lejos de la mirada de Sanso, como si la pregunta llegase por completa sorpresa. Su tono no cambió con la respuesta, sin embargo.

—A salvo fuera de tu alcance. Ella no tiene nada que ver con esto.

—¿De verdad lo crees? A tu hija se la conoce por saber crear problemas que ninguna otra persona tendría imaginación para causar. Tengo que ver a tu hija.

—No.

—Sí. Porque esta es la cuestión: o ella tiene mi dinero (y entenderás que no confío en que me lo entregue sin antes comprender lo que está en juego), o ustedes dos lo tienen, en cuyo caso no me decantaría por negociar con cada uno individualmente.

—Yo tengo tu dinero, Sanso, y si vienes conmigo te lo daré ahora mismo. Pero acaba con esta masacre. Mi gente no ha hecho nada por ofenderte.

Sanso se rió.

—¿Cómo es que los líderes están tan ciegos respecto a sus propias familias? Tu hija te ha engañado, Jason.

—Te llevaré hasta el dinero ahora, antes de que lo hagas arder sin darte cuenta.

—Ya he *buscado* el dinero, ¡y ha *desaparecido*! —Sanso sacó un cuchillo de su bolsillo de atrás y lo arrojó al suelo, donde se clavó en mitad del zapato de Jason. El *rom baro* gritó y se agachó para agarrarlo. Sanso le pateó la barbilla y Jason cayó hacia atrás, golpeándose la cabeza contra el suelo. Fue el propio Sanso el que sacó el cuchillo del zapato.

Les hizo señas a dos hombres que estaban apostados junto al coche, que pusieron a Jason de pie y le encaminaron hacia a la casa de reunión.

—Ahora —le dijo Sanso a Jason— vamos a encontrar a tu diabólica hija.

11

Janeal no tuvo que acercarse mucho a su coche para ver que no era posible que el dinero siguiese allí. Las cuatro puertas de la vieja bestia oxidada estaban abiertas, además del maletero, cuyo contenido había sido desparramado detrás del coche, incluyendo la alfombrilla que cubría el hueco de la rueda de repuesto.

—Se lo ha llevado —dijo.

Katie permanecía detrás de ella, mirando el coche sin llegar a comprender lo que significaba aquella extraña visión.

Janeal pensó en el fajo de billetes escondido en su habitación. Cinco mil dólares. Calderilla si se comparaba con un millón. Sanso no podía haberse vuelto tan loco por algo tan pequeño.

Janeal se aproximó al coche. Alguien había destrozado tres de las ventanillas y había rajado el parabrisas. El kit de primeros auxilios también había sido esparcido. El contenido de su maleta estaba desparramado por las rocas. Pensó que alguien tuvo que haber pasado con el coche por encima de una de las cajas de artilugios de cocina. La otra caja descansaba a su lado, con los utensilios y las recetas bailando con la brisa.

¿Dónde estaba la tercera caja?

Un pensamiento cruzó la mente de Janeal al mismo tiempo que Katie abandonaba el coche para correr hacia los incendios.

—¿Dónde vas? —gritó Janeal. Persiguió a Katie, agarrando de camino su maleta vacía. Amenazaba con abrirse e intentó mantenerla cerrada mientras corría.

—Tengo que encontrar a mis padres. Caleb y Jeremy deben . . .

—Robert está buscándoles. —Janeal la alcanzó y le sujetó la mano, deteniéndola—. Quédate conmigo. Voy a la casa.

Una bocanada de aire caliente arrojó la masa de rizos de Katie sobre su cara. No se lo apartó. A lo lejos, el crujido de una estructura implosionando hizo que Janeal se imaginase una tienda derrumbándose entre relucientes ascuas y carbón encendido.

—No sé por qué ese dinero es tan importante para ti, Janeal.

—No se trata del din . . .

—Vas a la casa para encontrar el dinero.

—¡Pero no sé si está ahí!

—¿Entonces por qué vas a mirar?

—Porque . . . tú no lo entiendes, Katie. No tengo tiempo de explicártelo.

Katie sacudió la cabeza.

—Cuando lo encuentres quizás puedas ayudar al resto de nosotros a salvar vidas. Si es que te importa.

Katie se escapó de Janeal y echó a correr.

La maleta le pesaba en las manos. El asa le rajaba los nudillos. Katie nunca lo entendería; no podría entender lo que realmente estaba en juego allí. Janeal no tenía más tiempo para intentar convencerla.

Corrió hacia la casa de reunión.

Lo que había pasado fue que Janeal se dio cuenta, en un destello de lucidez, de que la tercera caja de utensilios fue la que su padre utilizó para llevarse el dinero cuando le cambió la rueda. Ahora, como *rom baro*, si no se había marchado con los demás a Río Rancho para ver el torneo de póker estaría en el campamento, tratando de minimizar los daños de los incendios causados o . . . seguramente, si la furia de Sanso estaba arraigada en el dinero desaparecido, estaría tratando de negociar con su enemigo.

En ningún caso estarían en la casa de reunión.

Mientras su padre y Sanso estuvieran ocupados Janeal podría ir a la casa y encontrar el dinero. Si podía hacerse con él antes que Sanso, aún sería capaz de ayudar a su padre, de pagar con ello su rescate. Jason no pudo haber tenido mucho tiempo para esconderlo concienzudamente, y ella conocía sus lugares preferidos en aquella estructura adicional que era su hogar. La búsqueda no le llevaría mucho tiempo. Con un poco de sentido común y otro poco de suerte aún podría salvarle, aún cuando la comunidad estuviera de hecho perdida.

De aquello no era ella responsable, y lo sintió como un alivio. Había hecho todo lo que Sanso le había pedido. No pudo evitar que su padre moviera el dinero.

Janeal corrió hacia la cocina, y ya había atravesado la puerta cuando vio la lata de gasolina que había dejado allí antes. Después de pensárselo dos segundos, la recogió y se la llevó a la casa con ella. Quizá la necesitase, pensó mientras salía de la cocina hacia el vestíbulo que conducía a las habitaciones de su padre. Con toda probabilidad, Sanso lo haría arder todo. Tenía que pensar más rápido que él. Rociaría la casa de reunión con gasolina, le diría que el dinero estaba dentro y le amenazaría con hacerlo saltar en llamas si no soltaba a su padre.

Esperaba encontrar primero el dinero.

Alguien gritó su nombre. Allá afuera, en la dirección del centro médico. Se quedó paralizada. La casa de reunión estaba en silencio. Su nombre le llegó de nuevo, tenue pero lo suficientemente cerca para que ella creyese que era de alguien conocido.

Alguien conocido y temido.

12

Robert corrió agazapado. El campamento no era muy extenso y no podía llevarle mucho llegar hasta el garaje. El mayor problema era que en aquel momento los hombres de Sanso estaban buscando a otros como él, escondidos, con la atención lejos de la matanza y el fuego.

Robert calculaba que Sanso no tendría menos de cuarenta hombres armados con él, y que habrían aparcado sus vehículos en el perímetro del campamento. Aunque en la *kumpanía* había más de cien personas, casi dos tercios del grupo estaba formado por mujeres y niños. En su conjunto, la comunidad estaba menos organizada y menos armada (eran más pacíficos, en otras palabras) que aquel grupo de *gajé* criminales.

—¡Janeal! —gritó alguien. *Sanso*, pensó Robert—. ¡Janeal Mikkado! Tienes algo que me pertenece. ¡Así que yo he tomado algo que te pertenece a ti!

Un disparo escupió guijarros a la pierna de Robert, enganchándose después a la gruesa suela de sus botas de trabajo, causando que se le retorcieran hacia abajo el tobillo y la rodilla. Cayó y rodó, y sintió cómo los fragmentos de cristal que aún tenía asidos del cabello le arañaban el cráneo.

La inercia que le empujaba cesó de golpe cuando su columna topó con la viga de soporte de una tienda. Se le fue la respiración y le llevó unos cuantos segundos hacerla volver. Cuando lo hizo el dolor le atravesó la pierna izquierda y el tobillo.

—¡Janeal Mikkado, tráeme lo que quiero para que tu padre viva!

Robert examinó rápidamente su zapato preguntándose si había sido herido. Una bala de pequeño calibre se le había clavado en la suela de goma, tan caliente que había derretido los materiales evitando así que Robert pudiera extraerla para echar un vistazo más de cerca.

Robert se agazapó otra vez con los dientes apretados por el dolor, y se deslizó por el suelo de madera de la tienda hasta el extremo opuesto, lo que le dio una panorámica del pasillo que se dirigía a la casa de reunión. Las siluetas de dos pistoleros se movían adelante y atrás enfrente de las escaleras, parando cuando vieron a Sanso aproximarse mientras guiaba al cojo *rom baro*.

—¡Jason!

Los ojos de Robert se desviaron hacia donde provenía la voz. Pertenecía a un hombre que corría por aquel espacio abierto hacia su líder, agitando los brazos y llorando. Robert reconoció inmediatamente al padre de Katie.

—Jason, ¿qué está pasando? ¡Mi Crystal, mis chicos, mi Katie!

Jason trastabilló y Sanso no hizo nada para evitar que se cayese. El padre de Katie gruñó y alcanzó a Jason cuando un disparo partió la noche en dos. El hombre se desmoronó.

Robert dio un grito ahogado.

Una mujer gritó y después dijo «¡Padre!»

Katie.

Katie salió corriendo bajo la luz parpadeante hacia la inmóvil figura. Jason se inclinó sobre sus rodillas tratando de alcanzarla, como rogándole que parase y se apartase.

Robert estaba seguro de que Katie no era consciente de nada más que del horror de lo que había sucedido. Él salió de su escondite para pararla y se encontró de repente erguido en el pasillo entre dos tiendas antes de darse cuenta de lo que había hecho.

—¡Katie, no! —gritó. Una de las oscuras figuras que estaban frente a la casa de reunión levantó su arma.

—¡No! —gritó Robert, una palabra apropiada para todo el mundo al mismo tiempo.

Katie se desplomó sobre su padre cubriendo su espalda como una manta.

El hombre que apuntaba con su arma no disparó y Robert vio entonces que la mano levantada de Sanso se lo había impedido.

El traficante se inclinó sobre la chica llorosa y le agarró la larga cabellera con un puño. Robert dio un paso adelante sin querer. Sanso forzó la cara de Katie a inclinarse hacia él. Ella tenía los ojos muy cerrados y la boca abierta en un lamento.

Sanso le golpeó en la sien.

—Cállate para que pueda verte bien.

Katie cerró la boca pero no abrió los ojos. Seguía llorando tan fuerte que Robert podía oírla.

—Sí, creo que te reconozco —dijo Sanso—. De una foto. Con tu amiga Janeal. ¿Es una buena amiga?

Los hombros de Katie se agitaban.

—Una buena amiga según mis fuentes. Tal vez puedas serme de ayuda. Ponte de pie, vamos. Ponte de pie.

Sanso levantó a Katie por el pelo que aún agarraba en su puño. Katie puso las manos allí también y agarraba los nudillos de él mientras se levantaba sobre sus rodillas y después sobre sus tobillos temblorosos. No abrió los ojos en ningún momento.

—Sí —dijo Sanso. Soltó su cabello como si lo lanzase. Ella se encorvó bajo la fuerza de su empujón y cayó sobre una de sus rodillas—. Sí, ayuda a tu *rom baro* a levantarse y caminar, ya que es demasiado débil para hacerlo él sólo. Después me ayudarás a mí.

Robert corrió hacia la tienda más cercana protegiéndose detrás del breve aleteo de pasos. Katie deslizó una mano bajo el brazo de Jason para ayudarle a levantarse, pero Robert pudo ver que ella no tenía fuerza. Jason se levantó solo ayudándose de su mano libre.

Robert les podría seguir tan de cerca como le fuera posible, ayudaría cuando no estuviera expuesto, o . . .

Sonó un *crack* en la parte de atrás de su cráneo y sintió cómo un trozo de cristal se le clavaba en la piel detrás de su oreja derecha, hincado por algún objeto contundente.

El mundo giró, y sólo se vio capaz de tener un último pensamiento.

¿Dónde estaba Janeal?

13

En su habitación, en el extremo opuesto del ala añadida, y sin encender ninguna luz, Janeal lanzó en la maleta el fajo de cinco mil dólares que había tomado antes. Aterrizó junto a una muda de ropa y una fotografía de sus padres y sus hermanos muertos, tres hermanas, que fue tomada antes de que ella naciera. Permaneció de pie en el centro de aquel pequeño espacio sobre una alfombra rosa de trapo, imaginando el cuarto a la luz del día e intentando pensar qué más podría querer llevarse con ella. Tenía segundos para decidirse.

Sus ojos se posaron sobre un paquete de semillas que descansaba bajo un rayo de luz de luna que atravesaba la ventana. Katie se lo había regalado cuando cumplió los quince. Eran guisantes de olor, demasiado frágiles para aquel desértico clima veraniego. Janeal había pretendido plantarlas en la base de California durante el invierno, pero se había desanimado con las prontas heladas de los dos últimos años. Eso y la idea de que algún día tendría un lugar acogedor y más permanente para que florecieran. Aquello, después de todo, fue por lo que Katie se los había dado.

—Para que los plantes en ese lugar con el que sueñas —decía la tarjeta.

Agarró el paquete y lo lanzó a la maleta junto con el fajo de billetes. La cerró de nuevo y la dejó en el vestíbulo. Después volcó la lata de gasolina y vació casi un cuarto de ella sobre su cama, la alfombra y el escritorio junto a la puerta. Echó un poco dentro de su armario, por si acaso.

Fue a la habitación de su padre y comprobó los lugares donde él solía guardar sus objetos de valor. No tenía mucho porque siempre llevaba encima sus mayores tesoros: su anillo de boda, el reloj grabado de su décimo aniversario, un tatuaje en la espalda que llevaba impreso el nombre de «sus chicas». Pero en la tabla suelta debajo de su cama encontró un cuchillo con mango de marfil que le había regalado su hermano, que ahora era *rom baro* de una *kumpanía* en Canadá. En la lámpara opaca encontró las llaves del Lexus. En la caja fuerte, detrás del cuadro de un viñedo de California, encontró su diario, el anillo de boda de su madre y una pequeña bolsa de piedras sin tallar que no había visto antes.

Janeal se llevó aquellos objetos, haciendo planes para encontrar una manera de volverlos a poner bajo el recaudo de su padre después de que la casa se quemase y ella estuviera de camino con Sanso.

El escondite construido en la cabecera de la cama con forma de librería estaba vacío.

No había dinero.

Janeal corrió hacia la maleta y lanzó todos aquellos objetos allí dentro, todo excepto la sortija de diamantes de su madre, que deslizó en su propio dedo. Estaba más segura en su mano que en una valija que podría o no sobrevivir a aquella noche.

Repitió a toda prisa el proceso de la gasolina en el cuarto de su padre. No llevaba en la casa más de tres minutos y ya había roto a sudar. Sólo quedaba un lugar donde mirar.

Su confianza se desvanecía mientras corría hacia el baño. Bajo el tenue brillo de la luz nocturna abrió el armario de las medicinas y vació el contenido en el lavabo. Una caja de cerillas sonó al caer sobre el montón. La recuperó y la guardó en el bolsillo de sus pantalones. Sacó a la fuerza las baldas de cristal de la repisa y con los nervios dejó caer una. Estalló al chocar contra el lavabo y sus pedazos se esparcieron por el suelo.

Sacó la última balda y después arrancó el panel trasero, rompiéndose dos uñas en el proceso.

Una cascada de fajos de billetes se derramó sobre el lavabo.

—¡Janeal Mikkado!

La voz que minutos antes la había llamado desde el exterior ahora subía desde el vestíbulo. Aunque podía provenir de cualquier lugar de la casa.

—¡Janeal Mikkado, estoy buscando mi dinero!

Janeal apelotonó los billetes dentro de la maleta, sacando la muda de ropa cuando vio que no iba a caber todo.

Las puertas de la casa comenzaron a abrirse a golpes, rebotando en los topes o en las paredes como si alguien las estuviese golpeando.

Cuando llegó al último fajo estaba hiperventilando y le costaba pensar. No era posible que él hubiese regresado tan pronto. Ella no podía dejarle pasar al baño y hacerle saber que ya tenía el dinero.

Cerró la maleta y agarró la lata de gasolina, arrastrándola tras de sí mientras corría hacia su habitación y después hacia el final del vestíbulo.

. . . entró corriendo en la habitación, abrió la ventana que había sobre su escritorio, se subió y arrancó la mosquitera de una patada . . .

. . . levantó con esfuerzo la maleta hasta el escritorio, lo arrastró por la superficie y lo lanzó al suelo . . .

. . . se tiró por la ventana y aterrizó sobre su espalda, junto a la maleta, respirando con dificultad.

Aparte de las llamaradas en la distancia y los lejanos disparos ocasionales, la noche estaba tranquila.

Aún tirada en el suelo, buscó las cerillas de sus pantalones, sacó una y la prendió raspándola contra la zona rugosa que había en un lado de la caja.

El palo de madera se partió por la mitad.

Al quinto intento encendió otra y se aseguró de que estaba ardiendo antes de lanzarla dentro de su habitación.

La tercera no quería encenderse.

Se le empezaron a escapar lágrimas de ira y frustración en contra de su voluntad.

Poniéndose en pie, sacó tres cerillas de la caja y las encendió a la vez; después las apoyó sobre la mosquitera desgarrada y las arrojó a la alfombra empapada en gasolina.

Empezó a arder como el rojo sol de Nuevo México.

—¡Janeal Mikkado! ¡Tienes la vida de tu padre en tus manos!

Janeal miró fijamente aquel sol rojo y dejó de respirar. Él tenía a su padre. Su padre estaba en la casa. Su padre llevaría a Sanso a . . .

Alguien estaba llorando incontroladamente. No era su padre.

¿Qué había hecho?

Tres llamaradas salieron de su habitación hacia el vestíbulo.

Janeal se alejó corriendo de la ventana, con la maleta balanceándose contra sus talones, hacia la colina a la que había trepado tantas veces con sus amigos. En la base, una pila de rocas que se habían desprendido de la ladera habían formado un pequeño muro. Lanzó la maleta detrás y corrió de vuelta a la casa de reunión. Las llamas ya habían arrasado con el techo de las habitaciones de la vivienda. Corrió hacia el otro lado de la casa y se dirigió a la puerta de la cocina.

La habitación estaba llena de humo. La atravesó, encorvándose por debajo de la mitad de su cuerpo, sujetando el cuello de su camisa sobre la boca. Los ojos le ardían por las lágrimas y el calor. Irrumpió en el comedor. A la izquierda, a través de las puertas acristaladas, pudo ver las llamas y el humo consumiendo la entrada y las habitaciones. Dedos de humo se apelotonaban debajo de la puerta. Las cristaleras empezaban a encorvarse por el calor.

Se movió a la derecha, hacia el vestíbulo que derivaba en la oficina de su padre y que pasaba por la gran sala de reuniones.

No había señales de nadie. También estaban apagadas las luces. Solamente el fuego de afuera arrojaba un poco de iluminación vacilante dentro de la gran sala.

—¡Papá! —gritó ella—. Papá, ¿dónde estás? *¡Papá!*

A la izquierda de la puerta principal la trayectoria de las escaleras seguía el curso de la pared y después doblaba la esquina, conduciendo hacia el gran espacio abierto de la sala de juegos. A la derecha estaba la señora Marković sentada en su silla, mirando por la ventana.

—¡Señora Marković! ¡Tiene que irse ahora! —Janeal corrió a su lado—. ¡Tiene que salir!

La vieja señora giró la cabeza para mirar a Janeal y sonrió al mismo tiempo.

—¡Por favor, váyase! —suplicó Janeal.

—Váyanse ustedes —dijo la señora Marković moviendo su muñeca de una forma ambigua hacia la escalera—. Ustedes dos. Ustedes deciden ahora.

—¿A quién le hablas?

Janeal gritó y se giró hacia la nueva voz. Salazar Sanso estaba de pie en las escaleras en la esquina del descansillo, apoyado contra la pared con los brazos cruzados. Tenía la cara escondida en las sombras. Ella se recuperó rápidamente y se volvió para ayudar a la señora Marković a levantarse de su silla. Estaba vacía. ¿Dónde habría . . . ?

—Parece que tienes las manos vacías, Janeal —Sanso miraba hacia abajo como si fuera un halcón a punto de abatirse sobre un ratoncillo. Ella contuvo la respiración e intentó cambiar de marcha mentalmente. ¿Dónde estaba la señora Marković?

—¿Por qué estás haciendo esto? —le reclamó—. ¡He hecho todo lo que me pediste! ¡Dejé el dinero exactamente donde dije . . . !

—Eres una estúpida al traicionarme.

—Yo no quería . . . yo no . . . Quiero ir contigo. Por favor.

Sanso descendió despacio los escalones. Detrás de ella, en el comedor tal vez, Janeal escuchó cómo explotaba un cristal. Se preguntó si el fuego habría golpeado el cuadro de luces al otro lado de la gran mesa de nogal.

—Eras más reacia la última vez que hablamos —dijo él—. Es mejor que seas directa conmigo. Eso evita —señaló las tiendas ardiendo afuera más allá de la ventana delantera— malentendidos.

—Seamos claros, entonces —dijo Janeal preguntándose si sonaría tan aterrorizada como se sentía—. Cuando sepa que no se le hará daño a mi padre, me marcharé contigo.

Ahora Sanso estaba de pie frente a ella y alzó la mano para levantar su barbilla hacia él. Le hablaba como un amante, susurrándole suave y cariñoso, pero las palabras eran del todo equivocadas.

—Sí, seamos claros. Un buen número de esta pequeña tribu tuya está muerta a estas alturas. La culpa es de tus herramientas de comunicación poco rigurosas. Y si no me ofreces el dinero antes de que esta choza arda, el resto de ustedes morirá también.

Él soltó su barbilla y deslizó un dedo por los botones de su blusa, y después dejó caer su mano.

—A excepción de ti, tal vez —susurró—. Aún no me he decidido del todo contigo —él bajó su cara hacia la de ella—. Espero que podamos tener dos o tres minutos para decidirnos.

Todo el cuerpo de Janeal se agitó cuando Sanso la besó, tocándola únicamente con los labios, como si estuviera comprobando su sinceridad. Un simple paso atrás les separaría. Un simple paso atrás quizá terminara con la vida de su padre. Y con la suya. Ella le devolvió el beso no del todo en contra de su voluntad. Después de unos segundos él rompió el contacto.

—Ahora bien, esto es prometedor —susurró él—. Sabes comunicarte cuando quieres, ya veo.

Se dio la vuelta hacia las escaleras y empezó a ascender, parando en el cuarto escalón para mirar sobre su hombro y decir:

—Soy bastante bueno convenciendo a los demás. Ven, veamos quién juega mejor a este juego.

¿Por las escaleras? Estaba loco si pretendía quedarse en el edificio. Sin duda aquello era parte de su plan. Janeal miró hacia atrás, a la parte del edificio que estaba ardiendo. No podía saber si el fuego se había desplazado ya hacia el pasillo de la oficina. Aún así, el hombre no estaba en sus cabales si pretendía subir las escaleras en aquel barril de pólvora en llamas cuando la puerta delantera estaba a sólo dos metros de su mano. Miró la puerta. Qué sencillo sería huir . . .

—Tu padre está esperando —dijo Sanso mientras doblaba la esquina de las escaleras.

—No sé dónde está el dinero —dijo de repente. Sanso siguió caminando—. Alguien lo encontró y lo cambió de sitio . . . quizá alguien que estuviera observándome.

—No digas más —dijo él mientras su cabeza desaparecía en la habitación superior—. No eres muy convincente cuando mientes.

Janeal se apremió para subir las escaleras hacia la sala de juegos. Podía oler el humo en el aire. Los juegos de mesa la separaban de una puerta al otro lado de la habitación que daba a un tramo exterior de escaleras. Junto a la puerta, unos taburetes de bar cubiertos de vinilo rodeaban una mesa de póker de fieltro verde.

El destello de una tenue lámpara colgante iluminaba a su padre, encaramado en uno de aquellos taburetes.

—Papá.

Dio unos cuantos pasos hacia él antes de percatarse de que había otra figura sentada sobre otro taburete en la pared de atrás. ¡Katie! Tenía sobre la cabeza, detrás de ella, como en una aureola, la diana de dardos, y las muñecas y los tobillos atados a los barrotes de metal del taburete. Tenía los ojos cerrados y su cara parecía hinchada, acentuada por la pobre luz de la sala. ¿Estaba consciente?

—¿Katie?

Su amiga entreabrió los ojos.

Una mano invisible y helada salió de la oscuridad y tocó a Janeal directamente sobre el corazón, con sus cinco dedos rozándole como plumas a la vez que los sentía con el poder de un campo de fuerza.

—Esto es todo lo lejos que vas a llegar —Sanso entró en los límites de la luz rojiza de la mesa de billar portando una pistola—. Hagámoslo del modo rápido, ¿de acuerdo? Así es cómo funcionan las reglas de este juego: yo hago una pregunta, tú contestas. Si me das la respuesta equivocada, yo gano un punto. Cuando consiga dos puntos, yo gano. Pero tú solamente necesitas una respuesta correcta para ganar. Y con eso quiero decir que dejaré que vengas conmigo y que prometeré cuidar de tus seres queridos aquí.

Janeal se agarró al borde de la mesa de billar para no perder el equilibrio. Asintió para·hacer ver que lo entendía.

—Primera pregunta. ¿Dónde está el dinero, Janeal?

Sus rodillas flaquearon.

—Le prendí fuego a esta casa con la esperanza de que el humo hiciera salir al ladrón —dijo ella. Los ojos de su padre se alzaron para encontrarse con los suyos, y se llenaron de un miedo que no había visto nunca antes. Intentó comunicarle con la mirada que no tenía de qué preocuparse, ¿pero cómo se podía hacer y mantener aún una mentira creíble?—. Si ellos lo escondieron aquí, tienen que estar corriendo hacia él, revelando la localización . . .

Se escuchó un disparo, rompiendo en pedazos el sonido de las palabras de Janeal.

Jason se desplomó sobre la mesa de póker.

—Respuesta incorrecta.

Janeal empezó a gritar.

14

El problema con las mujeres, pensó Sanso mientras le daba la vuelta al cuerpo de Jason Mikkado, era que dedicaban mucho tiempo a pensar en estúpidas fantasías. En concreto, pensaban que eran más inteligentes que hombres como él, lo cual era ridículo, porque ninguna mujer que él hubiera conocido jamás había entendido las cuestiones prácticas en juego en una situación como aquella.

Esperaba que aquella chica gitana hubiera resultado ser una excepción a la regla. Una excepción que hubiera podido ganarle a su querida Callista, que era más lista que el hambre, quizá incluso un genio.

En vez de eso, ahora Janeal estaba lloriqueando y berreando en el suelo, todo por culpa de su propia estupidez. Después de ese episodio tendría que repensarse su teoría de que la gente joven era más maleable que los mayores.

Un crujido en el techo hizo que sus ojos se desviaran hacia arriba. Los paneles brillaban rojos en lo alto, y dedos de fuego hurgaban a través del tejado como si intentaran levantarlo. Sí, se dio cuenta de que Janeal también lo había visto. Eso podría crear una interesante complicación. Jamás habría adivinado que aquel fuego pudiera empezar en el techo e ir bajando. Alguna chispa de las habitaciones privadas habría saltado hacia las viejas tablas del granero.

El suelo estaba caliente. Quizá el fuego también estuviese bajo ellos, o en las paredes, subiendo.

Tal como él hacía. Subiéndose por las paredes buscando su dinero. Necesitando aquellos billetes. Sanso necesitaba un millón de dólares tanto necesitaba un barco en aquel desierto. Y aquello era lo que Janeal Mikkado y el resto de la lamentable banda eran demasiado estúpidos para comprender. Su necesidad no era financiera, sino práctica.

Práctica. *Práctica.*

Un trozo de tejado se desplomó sobre la mesa de billar, mandando a Janeal lejos de un plumazo. El fieltro ardió primero, vomitando humo hacia el cielo nocturno. Otras piezas del tejado empezaron a caer entre ellos como meteoritos.

El dinero no era suyo únicamente en el sentido de que le pertenecía. Era, tan literal como se pudiera entender, *su* dinero, su creación. Él había impreso aquellos billetes, y solamente la suerte y la estupidez del gobierno estadounidense habían hecho que aún no se hubiera descubierto el fraude.

En vez de eso, la DEA estaba tan obtusamente centrada en su propia misión que había decidido (así le dijo una de sus fuentes) registrar los números de serie y volver a poner el dinero en circulación. De nuevo en circulación con Jason Mikkado, el jefe de la estación de paso, para intentar rastrear después el dinero hacia otros proveedores de la red.

Como a Sanso, a la DEA no le importaba la cantidad real de dinero. Para ellos, al igual que para él, un millón de dólares era insignificante. Una mota de polvo en los setenta mil millones de dólares anuales del imperio de la droga, un átomo microscópico en el mercado internacional. Pero, ¿un millón de dólares que podría ser puesto de nuevo en circulación y que podría llevar hasta su cártel? No, ése valía mucho más.

Si descubrían que eran billetes falsificados, generados por una de las lucrativas imprentas de Sanso, ese descubrimiento sería el que daría forma al escenario de su última aparición. Al final, quemarse era lo mejor que le podía pasar al dinero aquella noche. La paz mental de Sanso, de todas maneras, requería alguna certeza más de que eso en realidad había ocurrido.

Todo eso era demasiado para que lo comprendiese el cerebro de guisante, diminuto, femenino, e infantil de Janeal.

—¡Hagamos recuento! —gritó él sobre su lamento y el crepitar de las llamas que habían empezado a expandirse por la habitación. Se aproximó a la amiga de Janeal. Karen, ¿era así? ¿Kathy?—. Salazar Sanso, uno; Janeal Mikkado, ¡cero! Esto es un juego para discapacitados, Janeal. Una victoria fácil para ti. Sólo necesitas una respuesta correcta para salir de aquí con vida.

La chica de pelo oscuro (ah, sí, se llamaba *Katie*) le clavó la mirada con la pasión de un zombi, ya muerta después de que hubieran disparado a su padre. Qué irónico que Janeal fuese la responsable de todas aquellas muertes esa noche, las muertes de hombres mucho más brillantes que ella.

Quizá tendría que haber disparado a la amiga primero.

No importaba ya.

Se dio cuenta de que los gritos de Janeal se habían silenciado, y se giró para mirar en su dirección. Un pequeño muro de fuego se levantaba entre ellos. Sanso levantó el arma contra la cabeza de Katie y miró a Janeal a los ojos.

Lo que vio allí le pilló desprevenido. Un *flash* de alerta, una luz brillante tras la sombría mirada. Ingenuidad tal vez. Habría esperado desespero, no aquella valentía tras la muerte. Encontró la sorpresa emocionante.

—No te importa el dinero —dijo Janeal.

Sanso tamborileó con los dedos sobre la pistola.

—Me importa mucho más de lo que tú crees.

Ella crispó el borde de su boca.

—Me refiero a que no te importa la cantidad. Dijiste que el dinero tenía un valor simbólico. Es falso, ¿verdad? Hiciste billetes falsos de los que no quieres que sepa el gobierno.

Sanso se vio dominado por el deseo de besar aquella boca descarada y crispada.

—Ven conmigo y lo verás.

—Está en el cañón —dijo ella—. A medio kilómetro hacia el norte, andando quince minutos desde el punto donde el camino se estrecha. Bajo el borde de una roca suelta. Pero yo no voy contigo.

Si le hubiera mirado mientras le respondía, él podría haber dicho que estaba mintiendo y hubiera matado en el acto a aquella belleza de pelo carbón. Pero Janeal miraba fijamente a su amiga, rogando con sus palabras y su corazón que él le perdonara la vida. Aquello era verdad, además de una capa de algo que no podía distinguir.

—Vendrás —dijo él—. Siempre lo hacen.

Empezaron a descender llamas desde el tejado, encontrándose con las que ardían a ras del suelo. El humo se hinchó hacia arriba y hacia fuera de la habitación abierta.

—Vete ya —dijo Janeal—. Ya tienes lo que necesitas.

Dudó una vez más, obsesionado por saber si estaba jugando con él.

—¡Vete! —gritó ella.

Sanso corrió por las escaleras traseras, preguntándose si la cocinera gitana podía leer las mentes.

Si ella podía hacerlo, habría comprendido que él las había dejado a ella y a su amiga vivas solamente para que muriesen. Janeal Mikkado, al final, se merecía arder en una pira de gloria. Con su padre muerto y el dinero fuera de su alcance, en realidad estaba reducida a cenizas. Era lo último que podía hacer para ofrecerle una muerte noble. Una hermosa muerte.

15

Treinta segundos. Para una decisión a vida o muerte, para que Janeal huyese por la escalera delantera antes de ser tragada por completo, para que Sanso regresase a la puerta principal del piso inferior, para que él la encerrase dentro.

Treinta segundos para que Katie muriese sobre el taburete de vinilo y metal al que estaba atada, para que Janeal se quemase viva con ella si se quedaba. Porque en lo que le llevaría a Janeal atravesar el muro de fuego y liberar a Katie de las cuerdas (si eso era posible) no le quedaría tiempo para escapar.

Treinta segundos para que Janeal recuperase el dinero y huyese del campamento, para sobrevivir a aquella pesadilla.

—Janeal, ayúdame.

La voz de Katie era débil pero tranquila. Mucho más tranquila que la tormenta eléctrica en la mente de Janeal, disparando su espinosa energía por doquier. Janeal ya no podía ver a su amiga. Su mente se iba al impacto recibido en las escaleras el día anterior. Después, a la chispa del roce de la mano de la señora Marković.

—¿Puedes romper el taburete? ¿Hacerlo ceder, quebrarlo, algo? —dijo Janeal.

Podía ver la figura sombría de Katie encaramada en lo alto de aquella cosa tambaleante, balanceándose lo suficiente como para caer de lado contra la máquina de Coca Cola. El hombro de Katie aterrizó contra ésta, sonando con un ruido seco y metálico.

—Mis tobillos . . . están atrapados.

—Sigue intentando.

Veinte segundos. Las llamas se desplegaban en abanico desde el centro de la habitación. Si se iba ahora, nunca volvería a cruzar.

—Janeal. Te necesito —tosió Katie.

—¿Mi padre está . . . ?

Estaba muerto, con toda seguridad, pero Janeal no podía pensar en ninguna otra respuesta a la súplica de Katie.

Katie no contestó.

El humo se expandía, atascando la salida superior y rodeaba la cabeza de Janeal. Apenas podía respirar. ¿La mataría el humo antes de que la alcanzasen las llamas? Cayó sobre sus rodillas.

—¡Janeal, aún podemos salir por la puerta trasera!

Sintió cómo su cabeza oscilaba lentamente de un lado a otro, escuchando las palabras que no se habría atrevido a decir en voz alta.

—No puedo. Lo siento, Katie, no puedo.

No mientras fuera posible salvarse a sí misma. Cualquier otra elección tendría consecuencias desconocidas. Podría arder viva. Ambas podrían morir.

Sanso podría ganar.

—¿No puedes? ¡No puedes porque tienes que salvar tu precioso dinero! —gritó Katie.

El armazón de metal y plástico del futbolín empezó a saltar y a chasquear.

—¡Encontraste el dinero! ¡Todavía lo tienes! Janeal, ¿qué has hecho?

Lágrimas brotaron de los ojos de Janeal.

—Yo . . . sí, ¡pero no es eso!

¿Qué era entonces?

Hijas, están llenas de mentiras.

Diez segundos.

—*Janeeeeeal* . . . —la súplica de Katie se convirtió en un gemido, provocándole a Janeal escalofríos en aquella habitación en llamas. Su amiga, su mejor amiga desde que tenía cinco años, estaba a punto de morir.

—¡Por favor! ¡Por *favoooor*! —empezó Katie a chillar. Las lágrimas de Janeal se evaporaron con el calor—. *¡Porfavorporvaforporfavor!*

En un momento de prístina claridad, comprendió que tenía que tratar de salvar a Katie sin importar el coste. Nunca podría vivir consigo misma si le daba la espalda ahora.

Miró fijamente las llamas que se alzaban y sintió cómo su seguridad se venía abajo por el fuego. Un millón de dólares y una oportunidad para sobrevivir. Un esfuerzo suicida (¿o acaso era un obstáculo mental?) para salvar la vida de su querida amiga. La posibilidad más exigua de que ambas pudieran sobrevivir.

Deseó tener la oportunidad de hacer que empezase el día de nuevo, estar de pie en aquella colina y rehusar irse con Sanso.

Se le escapó un gemido. Katie, Katie. Janeal no podía hacerlo. No era capaz. Lo único que estaba dispuesta a hacer era comprar su propia supervivencia.

Alzó su mano contra el fuego. El calor se echó atrás en visibles olas ondulantes como si fuera líquido. Podía oler la combustión chamuscada de su propio pelo. No dejaba de toser.

En su mente se vio a sí misma poniéndose en pie en un salto y lanzándose al fuego, gritándole a su amiga que aguantase. Vio el fuego formar ampollas en su piel en el momento en que hicieron contacto.

No podía hacer eso. ¡Correr hacia el fuego era una locura!

Una luz blanca centelleó en su horizonte y después todo cayó en la más absoluta oscuridad, como si las llamas hubieran derretido sus ojos. El aire crujía sobre su cabeza, aniquilándolo todo como si poseyera manos y un látigo. La habitación se quedó en silencio. Perfectamente estática y completamente oscura.

Por un momento permaneció de rodillas, inmóvil en la oscuridad, preguntándose si había muerto, si aquella oscuridad absoluta era la muerte. Su vida de diecisiete años había dado con un fin en llamas y su último acto había sido darle la espalda a su mejor amiga por una promesa de fortuna.

El vacío la engulló. El miedo enrolló sus dedos sobre su garganta y su pecho, un espectro que la reclamaba como suya.

Pero estaba temblando, así que no podía estar muerta.

La oscuridad fue desapareciendo y se encontró de frente a un muro de llamas que esperaba para consumirla. Estaba viva. Estaba viva, pero algo había pasado.

Sintió aquella realidad en la sangre que latía por sus venas, la sentía en el sabor del aire asfixiante que sacaba de sus pulmones. El fuego rugió, lamiendo con ansia las paredes y el techo. ¡Tenía que salir! Se puso en pie peleándose por orientarse. El muro de fuego ahora era impenetrable, no había oportunidad de . . .

Un movimiento le captó la atención. Una figura tambaleándose por la habitación.

Parpadeó y cuando abrió los ojos de nuevo la sombra al otro lado de las llamas había desaparecido. ¿Alguien había estado observando? ¿Se las había apañado Katie para liberarse? O Janeal estaba viendo cosas. En cualquier caso, era muy tarde; tenía que salir, dejar a los muertos con los muertos.

Janeal giró el cuello para ver las escaleras. Milagrosamente, el camino aún estaba despejado. Huyó.

El reloj de su corazón latía como una bomba de relojería.

Cinco . . . cuatro . . . tres . . .

16

Una luz roja latía como una música de baile estridente detrás de los ojos de Robert, expandiéndose por su cerebro con cada latido. Se dio la vuelta, saboreando el polvo, sujetándose la parte de la cabeza donde había sido golpeado.

Tenía sangre seca y pegajosa en los dedos. Pasaron varios segundos antes de que sus ojos obedecieran la orden de abrirse y examinar la herida.

Su mano era una sombra negra y sin textura en el primer plano de la hoguera. La tienda que estaba junto a él estaba envuelta en llamas y su cuerpo iba a ser su próxima fuente de combustible.

Robert rodó y se puso en cuatro patas, equilibrándose allí por un momento, y después se las arregló para poner los pies bajo su cuerpo. Uno. Dos. Su gran armazón amenazó con volcarse cuando se puso derecho por primera vez, pero cuando las enfermizas olas de su cabeza dejaron de estallar se vio capaz de orientarse.

El pasillo central del campamento estaba vacío. Las ruinas humeantes de las tiendas quemadas brillaban bajo el cielo negro. ¿Dónde se habían ido Sanso y su gente? Ya no estaba allí el coche del traficante. No había gritos ni disparos, ni señales de amigos o enemigos. Robert se preguntó cuánto tiempo había estado inconsciente.

¿Dónde estaba Janeal? ¿Katie? ¿Jason? ¿La familia de Robert? La señora Golubovich . . . Vio en su mente su cuerpo inerte bajo las estrellas y le rogó a un Dios en el que nunca había creído que hubieran podido salir del campamento con vida.

Tambaleándose por el espacio al descubierto entre la hilera central de tiendas, Robert cayó de rodillas. Todo el campamento estaba ardiendo o en ruinas. Copos blancos de ceniza caían del oscuro cielo sin nubes como nieve perezosa, ensuciándole los brazos y la cara. El hedor a madera y lona quemada le hizo llorar los ojos.

Se inclinó ante la fuerza de la posibilidad de que fuera el único sobreviviente de aquel Armagedón.

A su izquierda, un par de cientos de metros más allá, la casa de reunión estaba casi sumergida en hambrientas llamaradas. La alta construcción coronaba el pasillo en el que se asentaba, y el calor que desprendía latía sobre su cara.

Fieras lenguas salían como flechas de las ventanas y centelleaban hacia arriba, buscando combustible que no hubiera sido consumido aún.

Boom.

La conmoción cerebral, amortiguada e inesperada, golpeó a Robert de lleno. Si no hubiera estado ya de rodillas la fuerza lo habría arrojado bastantes metros hacia atrás. El calor se intensificó y después se retiró, y Robert pensó que estaba oliendo su propio pelo chamuscado.

El tanque de propano.

De un lugar inconexo en lo profundo de su mente se alzó la pregunta de si Janeal estaría aún detrás del garaje.

No creía que siguiese allí, teniendo en cuenta que Katie había aparecido sola hacía un rato: una acción que él interpretaba como prueba de que Janeal se había largado por su cuenta antes de aquel momento. Katie no era cobarde, pero Janeal era la temeraria.

Incluso así, Robert quería que su cuerpo se incorporase. La vieja casa de reunión había sido arrasada por la explosión, reducida de una flamante construcción a un montón de escombros en llamas. Rodeando el edificio demolido lo suficiente para evitar quemarse, dirigió sus pasos hacia el garaje.

La destartalada estructura tenía todas las luces encendidas y sus grandes puertas habían sido abiertas por completo. Con seguridad aquella era la única estructura de la propiedad que no había ardido. La mujer rubia que había visto antes y otro hombre más estaban destrozando el lugar, buscando algo. El dinero de Janeal, lo más probable. El Lexus color marrón de Jason descansaba en el hueco más lejano como un pájaro en pleno vuelo: con el maletero, el capó y todas las puertas abiertas de par en par. Una tercera persona estaba rasgando los asientos de piel.

Aquel hombre era el que se había enfrentado a Jason.

Salazar Sanso irrumpió en la luz, proveniente del cañón, con una estela de hombres con linternas y pistolas detrás de él. Robert se dejó caer detrás de un pedrusco, amparado por la noche.

La mujer rubia dejó lo que estaba haciendo y estudió su cara como si evaluara la razón de su humor. Después volvió al armario en el que había estado buscando y cerró la puerta de golpe.

—Tampoco está aquí —dijo ella.

Sanso maldijo y lanzó su propia linterna al otro lado del garaje. El hombre que cortaba el Lexus a rebanadas había salido, pero agachó la cabeza cuando el rayo de luz le pasó volando por encima antes de estrellarse contra un panel perforado con tuercas y destornilladores.

—Después de cinco horas de búsqueda, ¿todavía están ciegos? ¡Son unos inútiles!

La mujer se encaró a Sanso y cruzó los brazos; era el personaje más calmado del grupo. El resto no dejaba de moverse.

Sanso pareció recomponerse ante la impasible mirada y después de unos momentos dijo:

—Está bien. Si no lo hemos encontrado es porque ya debe estar ardiendo.

—¿No hay ninguna posibilidad de que ella lo haya escondido fuera de la propiedad?

—Nadie ha abandonado la propiedad en toda la noche. Ni ha entrado. ¿Los hombres del póker?

—Ya nos aseguramos de ello cuando entraron a eso de las tres y media. No llevaban nada de dinero excepto el de unas miserables apuestas. —La mujer se acercó para pararse junto a él—. ¿No es posible que lo haya enterrado en un agujero y vaya a regresar por ello más tarde?

Sanso se movió para mirar la casa de reunión.

—Ninguna posibilidad.

—¿Murió en la casa? —preguntó ella.

—Los tres. El viejo y las dos chicas.

Robert cerró los ojos, como si aquello pudiera detener las náuseas que le subían desde el fondo de su estómago.

—Tenías que haberla dejado con vida hasta que hubiéramos tenido el dinero en la mano —dijo ella.

Una viga crujió y se partió.

—Eso no fue lo que sugeriste antes —la furia se escapaba por la jaula de dientes de Sanso—. Tomé mi decisión. Ella tomó la suya —hizo una pausa—. Habría muerto antes de decirme dónde estaba el dinero sin importar cuánto tiempo hubiera esperado yo.

—Así que, ¿cuánto tiempo más tenemos que seguir buscando?

—Lo dejamos ya —dijo Sanso—. La DEA llegará al amanecer. Si nosotros no lo hemos encontrado aún, ellos tampoco lo encontrarán.

17

Robert se despertó boca abajo, con la frente presionando el seco polvo rojo entre sus puños. Alguien tiraba de su hombro y gritaba: «¡Hay uno vivo!»

Escuchó el ruido de pasos corriendo en su dirección.

Robert rodó hacia su izquierda para ponerse boca arriba, protegiéndose los ojos de la luminosa mañana.

—No te muevas.

No deseaba otra cosa más que morirse. Morir como su familia, sus amigos. Podía oler el humo tan fuerte como la noche anterior. Le saturaba las ropas y las fosas nasales. Recordaría aquel hedor persistente durante el resto de su vida.

En una nube de información in crescendo digna de olvidar, los hombres que le habían rodeado en breve se identificaron como agentes de la DEA y le dijeron que era el único sobreviviente que no había necesitado ser trasladado en helicóptero al hospital de Santa Fe. No le pudieron dar ningún nombre hasta que se identificó a las víctimas. No estaban seguros de que aquellos tipos hubieran sobrevivido. Eso tuvo que ser antes de que pudieran evaluar el número de muertos. La policía local y otras agencias con jurisdicción estaban de camino.

Después de un largo interrogatorio, un agente de campo llamado Harlan Woodman le entregó a Robert una tarjeta con instrucciones para no irse muy lejos mientras lo arreglaba todo para proteger a Robert en el proceso de la investigación. Después de enterarse de su conexión con Jason y Janeal Mikkado, escucharon su versión del encuentro de Janeal con Salazar Sanso y decidieron ocultarle a la prensa su supervivencia, para protegerle como testigo. Robert se alegró de aquella intimidad por varias razones.

Un médico se encargó de la cuchillada de la oreja de Robert y después le dejaron a solas para que observase los restos de la casa de reunión.

Las brasas rojas del esqueleto carbonizado del escritorio de la oficina de Jason aún brillaban. Los bomberos husmeaban entre las cenizas, inundando los lugares calientes mientras los investigadores les seguían los pasos, buscando ansiosos, como si los bomberos pudieran destruir pruebas importantes.

En el lado más alejado de la estructura derrumbada tres hombres dejaron de escarbar y se agacharon de espaldas a él para examinar algo. Él se levantó y se dirigió a ellos, poniéndose dentro del alcance de su conversación.

—El superviviente dijo que había tres. Dos mujeres y un hombre.

—Tendremos que tomarle la palabra. Este sitio está calcinado.

—No hay forma de distinguir un hueso de un trozo de leña en este montón de cenizas.

—¿Qué es esto? ¿Una mesa de billar?

—Donde hay tacos de billar . . .

—Eh, chicos, miren esto.

El que se había apartado sujetaba algo con unas grandes tenazas metálicas.

—Ponlo en el suelo —pidió otro—. Se supone que no debes tocar . . .

—Relájate, hombre —dijo el tercero—. Ya sabemos lo que pasó aquí.

Robert miró el objeto y se dobló mientras su visión se tunelaba.

—Los mejores diez dólares que esta persona gastó en sus pies —dijo el de las tenazas—. ¿Ahora hacen estas cosas indestructibles o qué?

No puede ser. ¿Por qué no se han derretido?

Y aunque cerró los ojos, Robert no pudo dejar de ver la forma ligeramente deformada aunque inconfundible de las chanclas que una vez calzaron los pies de Janeal Mikkado.

Salió dando tumbos del campamento y nunca se volvió para mirar.

18

Aunque trataba de convencerse de que el dinero se había incinerado, Sanso no pudo descansar por completo aquella tarde, ni siquiera en su habitación preferida de su hotel favorito.

Así que se sintió el doble de molesto cuando Callista irrumpió en la *suite* acortinada con su teléfono abierto, diciendo:

—Te interesa contestar esta llamada.

—Te dije que no . . .

Ella lanzó el teléfono con especial puntería, golpeándole en el pecho. El teléfono rebotó en la cama y Callista dejó la habitación.

Adoraba su descaro. No podía evitarlo.

Sanso encontró el teléfono en el fondo de un montón de almohadones y se colocó el receptor en la oreja.

—¿Qué?

—Tengo tu dinero.

Janeal. Se levantó de un salto de la cama y se giró, poniendo ambos pies sobre el suelo, sonriendo.

—Tú no eres gitana. Eres una bruja.

—Seré lo que tú quieras. Todo excepto tu amiga.

—¿Qué pensaste exactamente que era yo la primera vez que nos vimos?

—Un hombre de negocios. ¿Eres un hombre de negocios, Salazar Sanso? Porque si lo eres creo que querrás hacer negocios conmigo.

—La calidad de mis negocios no está determinada por los intereses de las otras partes —dijo Sanso alzándose para caminar.

—Entonces no malgastaré más tu tiempo.

—¡Espera! —Sanso tomó aire, irritado consigo mismo por sonar tan desesperado—. Quiero escuchar tu propuesta.

—Oh, no tengo propuestas. Tengo condiciones. Requisitos.

Sanso dio una zancada hacia la puerta y la abrió de golpe, buscando a Callista para así poder dirigir su furia contra algún objetivo. Ella estaba allí, sentada en un sillón con los pies sobre un reposapiés. Ella levantó una ceja impasible a modo de reconocimiento.

—¿Y cuáles son tus *condiciones*, pues?

—Un millón de dólares en billetes de cincuenta. Billetes de cincuenta verdaderos. Lo quiero a medianoche.

—¿Y por qué razón querría entregarte un millón de dólares a ti, chiquilla?

—No vas a entregarlos. Vamos a negociar. Un millón por un millón.

—Quédate con tu millón. —*Ya averiguaré dónde te encuentras e iré yo mismo a buscarte*—. Si no te gusta su valor no puedo ayudarte. No soy un banquero.

—No, eres un falsificador. Y apostaría lo que fuera a que no querrías que nadie se enterase. No fue muy difícil imaginármelo una vez que tuve tiempo para pensarlo.

A Sanso le abandonó la ira y su cuerpo comenzó a temblar . . . de la emoción. La expectativa. La satisfacción de haber encontrado al final a un adversario digno. Miró a Callista y ella asintió. Ella apreciaba lo que Janeal representaba para él, si no habría contestado ella misma la llamada.

Le lanzó un beso a Callista.

—Quiero un millón de dólares. Uno de verdad. A cambio, te devolveré los tuyos falsificados. No me importa lo que hagas con ellos.

Él podía alargar aquel juego todo lo que quisiese.

—Es demasiado trabajo para un simple intercambio. Pero si esrás dispuesta a negociar algunos de los términos . . .

—Si no me das lo que quiero le llevaré esos billetes al Servicio Secreto. Tienen muchas razones para hacerte uno de sus mejores clientes. Y después dedicaré mi vida a darte caza y . . .

Sanso se rió tan fuerte que se le escapó un resoplido.

—Bruja o no, tendrás que mejorar tus amenazas. No eres tan buena en esa parte.

Él escuchó la fuerte respiración de una persona tratando de mantener el control de un genio descontrolado.

—Si no te importa, entonces les contaré a la DEA que los billetes son falsos. ¿No era eso lo que intentabas evitar? ¿No era eso por lo que no querías que pusieran sus manos sobre ellos?

Aquello era, precisamente, por lo que él quería los billetes. Si el gobierno estadounidense podaba esa pata del imperio de Sanso no podría permanecer en pie.

—Janeal, corazón, puedo ver el valor de tu *proposición*: llamemos a las cosas por su *nombre*, ¿verdad? Yo acepto.

—Todavía no he terminado.

Sanso sonrió y Callista puso los ojos en blanco.

—Tenías que haber cerrado el trato —dijo él—. Soy un hombre ocupado.

—A cambio de los billetes falsos, tú aceptas dejarme libre. Aceptas que nunca me vas a perseguir, nunca vas a hacer negocios conmigo o con mi gente de nuevo, nunca te dejarás ver a menos de cien kilómetros de dondequiera que yo esté.

—No lo sé. Algunas de esas promesas son difíciles de mantener.

—Y yo prometo que nunca te traicionaré.

Sanso se puso serio.

—Se te compra fácilmente. Al final tu personalidad no es más fuerte que la mía, ¿verdad?

19

El guardabarros delantero del destrozado Lexus de Jason Mikkado casi rozaba el poste de la cabina. Las páginas amarillas oscilaban desde un cordel amarrado a la base y se balanceaban más allá del farol sobre la brisa, que levantaba un polvo rojo. La puerta del conductor permanecía abierta, lanzando la señal acústica que recordaba que las llaves aún colgaban del contacto.

El interior apestaba a humo. En el asiento trasero la maleta parecía estar rellena de sueños de juventud en vez de un millón de dólares en fajos de billetes.

En el asiento delantero Janeal dejo caer su sucia cara entre sus manos manchadas de hollín y lloró. Lloró por el asesinato de su padre, por su familia muerta, por el anillo perdido de su madre, que se había caído en medio del caos sin que se diera cuenta. Lloró por su mejor amiga, a la que no pudo salvar, por la preciosa belleza de pelo negro que tenía que haber vivido. Lloró por el novio a quien no hubiera podido llevar con ella aunque hubiera sobrevivido, aquel buen chico que nunca se rebajó frente a nadie que mantuviera negocios ilegales con un empresario criminal.

Salazar Sanso había sido justo con ella. Como si se tratara de un profeta, él había visto lo que ella realmente era y había puesto nombre a los deseos de su corazón antes de que ella misma hubiera podido identificarlos. Le odiaba por eso. También le amaba, por entenderla como nadie había podido hacerlo.

Janeal lloró por la niña que ya nunca más podría ser, y por la mujer despreciable en la que se había convertido.

Estaba empapada, arrastrándose a cuatro patas sobre el lodo, con la mitad del cuerpo dentro del agua que corría sobre sus canillas. El suelo embarrado le entumecía las palmas de las manos. Levantó una mano para examinar el extraño hecho de que no podía sentirla. Algo en su piel no andaba bien.

Tampoco sus ojos. No podía ver su mano. Parpadeó muchas veces y bizqueó, pero aún así no pudo enfocar nada. De hecho, en realidad no quería ver nada en ese momento. Quería dormir, se sentía ligera. Tan ligera que podía haber sido elevada por una brizna de aire y haber sido arrastrada allí sin haberse percatado, inconsciente. Pero la fuerza del agua y la sensación de los guijarros que se le clavaban en las rodillas la mantenían despierta.

Aparte de la impresión que sentía de aquellas texturas en el suelo, no podía sentir nada. ¿Por qué no podía ver? Alzó una mano y se metió el dedo en el ojo. Picó, pero no se le saltaron las lágrimas. Abrió bien los ojos para ver si aquello podía ayudar, y los párpados parecían alojados bajo las cejas. Se tocó la cara. Tenía las yemas de los dedos pegajosas.

Sus mejillas, su mandíbula estaba pegajosa. Y desigual. Irregular. No se parecían en nada a las suaves líneas de su piel que recordaba.

No sentía dolor y se preguntaba por qué pensaba que debía sentirlo.

Olió a madera quemada y algo más fuerte . . . humo de goma, o de productos químicos, o algo artificial. Y algo aún más fuerte, un hedor. No podía localizarlo, le parecía que no quería hacerlo.

Un sonido le llegó a los oídos. Un rugido muy leve, como de motores lejanos. Un crujido, como neumáticos rodando por un suelo sin pavimentar. Un grito. Muchas voces gritando. No podía entender las palabras, solamente el tono. Algo bullicioso. Las voces se convirtieron en sorpresa y después en pánico.

Su pánico se convirtió en el suyo, la sorprendió como un virus contagioso y notó que su cuerpo comenzaba a temblar. Giró la cabeza hacia el sonido, temerosa de lo que podría significar. La inclinación de su mandíbula hizo volcar el equilibrio de su oscuro mundo, y la náusea que le siguió la empujó hacia la oscuridad.

PARTE II

A fuego lento

QUINCE AÑOS MÁS TARDE

20

Janeal Mikkado no fue a Grecia inmediatamente. Aquello no ocurrió hasta muchos años después, cuando Milan reservó el viaje, unas vacaciones para celebrar el ascenso que él mismo le había otorgado a ella.

Un ascenso que ella había urdido a sus espaldas sin que él lo supiera.

En vez de hacer eso, cuando se marchó de la reunión con Salazar Sanso en un bar de Albuquerque, se llevó sus auténticos billetes pequeños, alquiló un coche y condujo hasta Missouri, donde se puso en contacto con una *kumpanía* con la que su padre había hecho negocios tres años atrás.

Estuvo poco tiempo en aquel campamento, porque no tenía intención de quedarse con ellos y porque ellos no expresaron ningún deseo de que se quedara. Su escueta visita había tenido el inesperado efecto secundario de inyectarle amargura al dolor que sentía por la muerte de su padre. En aquel lugar, donde la gente era valorada por poco más que sus transacciones mercantiles, se encontró furiosa con su padre por su deshonestidad. Quién era en realidad, lo que había hecho con su dinero y sus alianzas . . . todo eso lo había escondido de ella, la única persona que *lo había amado* por encima de todas las cosas.

De alguna manera, permitir que la amargura eclipsara su pérdida le hizo más sencillo seguir adelante. Olvidar lo que se había quedado atrás. Creer que lo había dejado en contra de su voluntad.

La pequeña comunidad había sido hospitalaria por su dinero, por la cantidad que ella les contó que tenía, que era una pequeña parte de la verdad. Pero fue suficiente para pagar sus recursos y asegurarse un nombre nuevo, un certificado de nacimiento y un número de seguro social válido, los primeros documentos personales que había tenido nunca.

Cuando el verano languideció y las hojas de septiembre se tornaron doradas, Jane Johnson compró un coche usado barato pero fiable y se dirigió con él hacia la ciudad de Nueva York. Janeal nunca llegó a pensar en sí misma como Jane, aunque ya nadie la volvería a llamar por su verdadero nombre; ni siquiera Milan, que nunca supo o no le importaron los detalles de su pasado. Así era como ella lo quería. Jane era un nombre bueno e invisible que le sería de utilidad en una ciudad donde quería ser invisible.

Desaparecer resultó más fácil de lo que había imaginado, un truco de magia facilitado por sus fondos, que invirtió y racionó estratégicamente. Al cabo de un año había alquilado un estudio normal y corriente, se había hecho con un trabajo de cocinera en un pequeño restaurante familiar, se había enrolado en la Universidad de Nueva York y había comenzado a trabajar en la creación de su nueva vida.

En el centro de su visión para aquella vida había un agujero negro. Intentó llenarlo de sus recuerdos, su pérdida y sus decisiones, y después uso su nueva vida para dar forma a una tapa que pudiera ocultarlo, sellarlo y oscurecerlo ante cualquiera que se dignase a mirar.

Planeó hacerlo todo sin ayuda y tuvo un buen comienzo. Pero cuatro años más tarde, mientras se preparaba para entrar en el periódico de la universidad, se encontró con Milan Finch.

Janeal se había convertido por aquel entonces en aprendiz de pastelera de un restaurante de primera categoría, y fue convocada a salir al salón a petición de un cliente. Quería conocer al responsable de los asombrosos pastelitos de queso, *kalitsounia kritis*, tan buenos como no había probado otros desde su reciente visita a Creta.

Cuando Milan vio a Janeal salir de la cocina se puso en pie y se la quedó mirando fijamente sin decir nada durante unos larguísimos segundos. Ella les miró, a él y al hombre con el que cenaba. Un socio de negocios, supuso al ver el traje y la corbata y el maletín que se mantenía en equilibrio en el borde de la mesa. Janeal tuvo que romper el silencio, no porque se encontrara incómoda, sino porque la gente había empezado a mirarles.

—Espero que todo sea de su agrado.

—Todo —dijo él finalmente—. En especial el impresionante color de tu cabello.

El comentario hizo sonar una nota de soledad dentro de Janeal que la mirada del hombre no había conseguido desencadenar. Involuntariamente alzó la mano para esconder el mechón de pelo de nuevo bajo su gorro, y después le devolvió la mirada para compensar aquel momentáneo lapso de decoro. Janeal le encontró más guapo de lo que le había visto la primera vez. Supuso que pasaba de los treinta, pero estaba en forma y quizá fuera más mayor de lo que aparentaba. Descendiente de italianos, tal vez, con aquellos ojos del color de las aceitunas y la cara cuadrada. Rico, a juzgar por el traje hecho a medida.

—¿Y la comida?

—¿Qué te están pagando? Dímelo y yo te pagaré el doble para que seas mi chef privado. Mi oferta de trabajo es muy atrayente. Te ofrezco muy buenos beneficios.

Janeal había elegido la pastelería y la edición, en vez de una alternativa más prometedora como chef, en parte para evitar, dentro de lo posible, los quemadores de la cocina, las llamas al descubierto y los flambeados a los que se enfrentaban todos los profesionales de la cocina. Aun así, encontraba muy divertido su descaro como para ofenderse.

—Invertirías mejor tu dinero en un griego nativo —dijo ella.

—¿Tú no lo eres? —fingió él sorprendido.

Ella también podía responderle en tono de burla, si eso era lo que él quería.

—Tan griega como tú. Nunca he estado allí.

Quizá ahí había pretendido alardear.

—Entonces te llevaré conmigo —anunció él—. Sí, realmente tengo que hacerlo.

Y ella estuvo segura de que él era totalmente consciente del doble sentido.

Él lo hizo, la llevó y se la llevó, en ambos sentidos, y ella le dejó hacerlo porque eso le servía para sus propósitos. Resultó que Milan era una estrella emergente en el mundo del periodismo, y ella enseguida le convenció de que tenía más talento en una silla de editora que en su cocina.

Sin embargo, Janeal se dio cuenta muchos años antes de ver la Acrópolis, que él se dejaba llevar por fines egoístas más incluso que ella. También reconoció un agujero negro en el centro de su vida. Al contrario que el suyo, el de él no tenía tapa ni fondo. Era insaciable.

Incluso así, se apoyó en él descaradamente.

Janeal no podía decir por qué había escogido aquel preciso día, unos quince años después de la muerte de su padre, para revisar el sendero que había tomado su vida. Quizá fuera la nostalgia, o tal vez alguna especie de esperanza perdida, o un bálsamo momentáneo, como el frío vacío del ascensor en el que subía para ir volando a la planta veintiuno de su oficina sobre Manhattan.

O quizá, simplemente, el recuerdo había escapado del hoyo que ella había intentado tapar durante tantos años. Las pesadillas, cada vez más recurrentes, rezumaban bajo la tapa como el vapor se escapa de la boca de una alcantarilla. Los dolores de cabeza, además, conducían los recuerdos de su pasado al mismo centro de su cerebro, amenazando con partirlo en dos.

Daba igual cuál fuese la explicación para sus reminiscencias aquella tarde, comprendió que los recuerdos eran un símbolo de una vieja transición en su vida: y el presagio de una nueva que pronto tendría que hacer.

Janeal se tocó las costillas con cuidado. Milan siempre tenía precaución de magullarla donde nadie podía verlo. Nunca le levantó la mano contra la cara, nunca le agarró la garganta, nunca le retorció las muñecas. La violencia empezó años atrás como un juego, como una retorcida fantasía que siempre caminaba sobre el borde del precipicio, con placer en suelo firme y con terror por la caída. Todo aquel tiempo se habían mantenido en equilibrio allí, demandándoselo mutuamente, disfrutando del peligro de una posible caída al vacío sin haber tenido nunca que enfrentarse a ello.

Hasta anoche, cuando Milan la empujó sobre el precipicio, reemplazando la emoción por la certeza de que la muerte corría para encontrarse con ella. Si Milan no hubiera apartado las rodillas de sus pulmones cuando lo hizo, seguramente ella habría golpeado el suelo lo suficientemente fuerte para hundirse dos metros bajo tierra.

Él estaba disgustado por un negocio fallido.

Janeal se pasó el bolso de diseño al otro hombro y corrigió su postura.

El ascensor tocó su campanita y las puertas se abrieron a un océano gris de cubículos. Su despacho era el más alejado del ascensor, y llegar hasta él se le hacía tan largo como atravesar una carrera de baquetas de quince metros. A las siete de la tarde del viernes el piso tenía que estar considerablemente vacío, habitado sólo por adictos al trabajo y unos cuantos devotos que sencillamente no tenían vida fuera de la oficina.

Como ella. En especial ahora que Milan no quería formar nunca más parte de su vida. Quizá hubiera hecho mejor yéndose a casa después de su aparición en el cóctel del alcalde. Qué previsible era que hubiese regresado a la oficina.

Así pues, se enfrentó con una muchedumbre de personas que parecían saber que la encontrarían allí, gente erróneamente convencida de que estaba más disponible a aquella hora tardía del fin de semana que en cualquier otro momento.

Mandy, la directora artística, se dirigió a ella con una montaña de papeles en la mano, como si hubiera estado esperando a que se encendiese la luz del ascensor. En otro cubículo el editor gerente esperaba de pie con una expresión resignada por haber sido expulsado a golpes de la línea de salida. Volvió los ojos hacia el reloj que descansaba en el otro extremo de la sala antes de sentarse de nuevo.

Janeal salió, inclinando el peso de su cuerpo sobre la pierna derecha para evitar cojear, a pesar de la rodilla hinchada. El teléfono de su despacho sonaba como si no hubiera dejado de hacerlo desde que se marchó a las cuatro.

Vio el pelo pajizo de su asistente flotando encima de las paredes de los cubículos, viniendo hacia ella. Alan Greenbrook cortó a Mandy mientras Janeal alcanzaba su despacho de paredes de cristal al otro lado de la sala. Sujetaba el café negro de Janeal en una mano y extendía la otra para agarrar los diseños de Mandy.

—Te llamaré cuanto esté lista —escuchó Janeal que le decía mientras ella tomaba el camino más tortuoso hacia su puerta.

Durante cuatro años había ocupado el despacho de la esquina en el edificio de oficinas de Milan, como editora en jefe de *All Angles*, una aclamada revista de interés social que había sido descrita como «una traducción para el hombre de a pie de los gigantes menos accesibles». La publicación estaba redactada con sencillez sin llegar a ser corta de alcances. Era, en verdad, tan liberal como muchas revistas de éxito de los quioscos, pero tanto su nombre *[Todos los ángulos]* como su reputación requerían que en sus páginas se compartieran de igual manera los complementarios puntos de vista conservadores. No porque Janeal creyese en ello, sino porque aquello daba dinero.

Los conservadores tenían tantos dólares como los liberales, pero menos opciones de gastarlos cuando se trataba de material impreso. Hasta que Milan Finch concibió *All Angles* en algún momento de sus años de universidad. Su plan de negocios, que empezó como una tesis y después se transformó en un master de dirección de empresas, tenía muy poco que ver con la ideología y sí mucho con los rendimientos económicos. Él ofrecía lo que la gente quería escuchar; incluyó a conservadores, a liberales y a aquellos que evitaban las etiquetas en una gran audiencia feliz donde todos estaban de acuerdo en estar en desacuerdo: lo llamó objetivo y equilibrado y aceptó su dinero por articular sus posiciones sin más consideraciones o sin forzarlos a debates cara a cara.

All Angles nunca destapó historias, sólo habló de ellas. La revista no revelaba nada e investigaba muy poco. No había nada contundente en ella. Sólo un llamado al individuo en vez de al colectivo. Una promesa de representación. Milan se había autoproclamado editor desde el origen de la revista, pero en los cuatro años que habían pasado desde que había ascendido a Janeal a editora en jefe su circulación se había cuadruplicado. En los últimos dos años la página web había rivalizado en tráfico con YouTube.

Aquel era el resultado de un plan que le había llevado diez años a Janeal, basado en su absoluta convicción de que en estos tiempos la gente quiere ser escuchada en vez de escuchar. Ese hecho en concreto fue lo que le permitió pasar desapercibida para Milan durante tanto tiempo; no era distinto a los demás hombres. Cuando Janeal se percató de ello se salvó a sí misma de convertirse también en una mujer corriente: lo reconoció e hizo un alto en su camino para no transformarse en una de esas personas deseosas de que los demás escuchen el dolor de su pobre corazón. El que hubiera sido tan transparente tiempo atrás le daba asco. Por eso fue que Salazar Sanso la había cortejado años atrás. Por eso fue que Milan Finch la había iniciado en aquella línea de trabajo como jefa de departamento.

—Tú entiendes a mis lectores mejor que nadie —había dicho él.

Sí. Al menos Milan Finch no se equivocaba en eso. Pero se equivocaba en creer que ella no había cambiado. Ese fue uno de sus muchos errores.

Janeal empezó a sentir los primeros síntomas de su migraña nocturna.

El pensamiento de que Milan quizá tuvo siempre la razón le inflamó las neuronas.

—Señora Johnson.

Alan se colocó el taco de papeles debajo del brazo y le abrió la puerta. La manera en la que se las arreglaba siempre para llegar a tiempo para abrírsela la impresionaba todas las semanas sin falta. Como siempre, él estaría sonriendo. Sonriendo a pesar de ella.

—Alan.

Su reticencia a mostrarse públicamente desdichado, especialmente un viernes por la noche, a ella le inspiraba y le fastidiaba a la vez. Alan no era ni un adicto al trabajo ni un marginado social. Nunca se le oía decir que podía estar pasando aquellas tardes con su preciosa novia en el club nocturno de su hermano, sin importar hasta qué hora le entretuviese Janeal.

Entró tranquilamente a la habitación detrás de ella, elegante como un bailarín, haciéndolo todo al mismo tiempo y sin parecer frenético: cerrar la puerta, colocar el café en el posavasos, dejar los papeles en el escritorio, atender al teléfono que seguía sonando y atrapar el receptor entre la mandíbula y su hombro, alcanzando a tomarle el abrigo antes de que ella lo dejase tirado por ahí.

—Despacho de Jane Johnson —dijo él.

Jane amaba a Alan como imaginaba que amaría a un hijo si lo tuviera. Aunque a él no le hacía falta saberlo. Ella, con treinta y dos recién cumplidos, aún tenía mucho tiempo por delante para pensar en hijos, siempre que Milan no fuera el padre.

—Sí, señor, la entrevista aparecerá en la edición del lunes.

Siempre que Milan no fuera el padre. Agarró su bolso, una cosa con asas de setecientos dólares que le había regalado su estilista, y pasó junto a su asistente personal, repasando mentalmente lo que había estado planeando hacer todo el día. Había llegado su hora.

Alan continuaba hablando. Con el senador Lynch, seguramente.

—No se va a imprimir nada sin su aprobación, señor.

Alguien había dejado una cesta de regalo sobre el aparador detrás de su escritorio, bajo la ventana. La versión neoyorquina de las estrellas (las casillas de un tablero de damas de las oficinas iluminadas en los rascacielos), esparcían luz en una vista nocturna que hubiera sido negra de otra manera.

Miró la nota. Era de un médico de St. Luke envuelto en el escándalo de las medicinas mal administradas del mes pasado, agradeciéndole por su justa representación y bla, bla, bla.

—Le pasaré su mensaje. Gracias.

Alan colgó el teléfono, probablemente antes de que el interlocutor hubiera dejado de hablar, y colocó el abrigo en el gancho de la puerta.

Champán. Chocolate negro. Uvas importadas. Caviar. Tiró el caviar a la basura.

—Al senador Lynch le gustaría revisar la copia del artículo antes de que vaya a imprenta.

—¿Por qué no lo tiene ya su asistente?

Ella se volvió hacia el escritorio con la botella de champán en la mano. Alan señaló tres hojas de papel en su carpeta.

—Mandy tiene que rediseñarlo. Apex Electronics retiró su anuncio.

—¿Por qué?

—Tiene algo que ver con la adquisición pendiente del Sr. Finch . . .

—¿Angelo no encontró un sustituto?

—Está trabajando en ello.

—Llama a Templeton & Wallace. Ellos se harán cargo.

—No quieren estar en la misma página que Lynch.

—A nosotros no nos importa que ellos estén cara a cara con el senador, ¿verdad?

—Por supuesto que no.

—*All Angles* se trata de representar todos los ángulos, ¿verdad?

—Así es.

—Y yo tengo en mi agenda asistir a su recogida de fondos el mes que viene, ¿verdad?

—Sí.

—Así que Angelo puede volver a llamarles.

—Se lo haré saber.

Janeal extendió la botella a Alan.

—Llévate esto a casa para tu novia.

Él abrió la boca.

—Esto es una botella de cuatrocientos dó . . .

—Confía en mí, las cosas caras normalmente no se merecen tanta fanfarria. ¿Qué más?

Alan no parecía tener muy claro lo que hacer con aquel champán tan caro; se conformó con inclinarse hacia delante y colocarlo en la gran mesa de cerezo.

—El señor Finch me pidió que le pasara un mensaje.

—Como un niño sin agallas para llamarme él mismo —murmuró ella. La sonrisa de Alan ni afirmaba ni desmentía que la hubiera escuchado. En realidad, Milan le había dejado tres mensajes en el móvil desde que se marchó del *loft* la pasada noche, y ella los había ignorado todos—. ¿Y?

—La reunión de junta se ha aplazado a las ocho mañana por la mañana.

Una reunión de junta en sábado. Como si ese movimiento fuera a perjudicarla. No lo haría, aunque el cambio hiciera un poco más complicado su curso de acción.

—Los packs de presentación tendrán que estar listos antes de que te vayas, entonces.

—Ya están preparados.

Alan era un buen chico, de verdad que lo era. Con veintidós años recién cumplidos e infatigable.

—Bien. Convoca por teléfono a Thomas Sanders por mí. Necesito reunirme con él en privado. Ahora.

Milan nunca pasaba las tardes de los viernes en la oficina. Aquella noche, sin embargo, quizá se sintiera motivado a presentarse allí.

—Si no puede, tal vez podríamos . . .

—No necesito conocer todas las posibles contingencias, Alan. Sólo haz que ocurra.

Alan agarró su teléfono de nuevo y marcó el número. Fuera del despacho dos personas permanecían en pie tras la puerta de cristal esperando permiso para entrar.

—Ya sabe, Sra. Johnson —dijo Alan sujetando el teléfono entre la oreja y el hombro—, nuestras vidas aquí serían considerablemente más sencillas si ellos la nombraran presidenta de la junta.

Janeal se inclinó sobre el bolso para buscar su móvil, evitando que Alan le viera la sonrisa. Era la única persona de la oficina a la que le permitía hablarle así, en gran parte porque era el único que tenía redaños para hacerlo.

—Presidenta no —dijo manteniendo su tono de voz—. Editora. —Se enderezó y giró el torso para mirar al otro lado de su escritorio—. Pero entonces no te librarías de mí, ¿verdad?

21

De la nuca de Robert goteaban ríos de sudor. A 42 grados a la sombra, y subiendo, el sol del desierto de Chihuahua era capaz de convertir la piel en cuero. Robert y su colega Harlan Woodman llevaban allí seis horas; no mucho para lo que solían ser las operaciones de vigilancia, pero aquel viernes por la tarde en particular se estaba haciendo eterno.

Su sombra era artificial, generada por un cobertizo de lona blanca apuntalado dentro de una maraña de viejos arbustos de creosota.

Robert estornudó por enésima vez, abrumado por el acre olor de la planta, y Harlan dijo:

—Si no nos dan la orden en cinco minutos, te mandaré fuera.

—Eso fue lo que dijiste hace cinco minutos.

Harlan enfocó sus prismáticos hacia una piedra a cincuenta metros de distancia.

—Esa clase de alergias tienen que ser contagiosas.

—Considérate inoculado.

La piedra no parecía más que un trozo de roca, pero era el marcador de la entrada de un túnel que se introducía seis metros bajo tierra y después recorría más de un kilómetro hacia el sur, saliendo de Arizona e introduciéndose en México.

Aquel túnel era uno de la extensa red que conectaba México con el sur de Estados Unidos. Kilómetros y kilómetros de túneles horadados y aprovechados por cualquiera, desde coyotes solitarios, pasando por bandas organizadas, hasta carteles con la intención de evitar las aduanas. Nadie a este lado de la frontera sabía con precisión su longitud exacta. A Robert le gustaba imaginar que el sistema de túneles estaba tan explotado que uno de aquellos días toda la inestable frontera se derrumbaría y convertiría la ruta en un infranqueable barranco.

Tres días atrás el equipo de Harlan había recibido un chivatazo de la policía federal de México diciendo que el célebre Salazar Sanso estaría involucrado personalmente en un traspaso de droga en algún momento de aquel día. El genio criminal estaba siendo buscado en doce países por la venta y distribución de miles de millones de dólares en sustancias ilegales. Sanso vivía como un lagarto nómada, nunca se quedaba lo suficiente en el mismo hoyo para no ser atrapado.

Harlan era el único hombre que entendía perfectamente la consagración personal de Robert a arrinconar a aquel hombre y llevarlo ante la justicia.

—Así que cuando esto acabe, ¿qué harás después? —preguntó Harlan bajando los prismáticos y dándose la vuelta. Sus botas rompieron un montón de ramas quebradizas.

Robert se frotó los ojos.

—Siempre hay algún otro Sanso.

—De alguna manera, para ti, no creo que eso sea cierto.

—Tiene que serlo. Soy demasiado joven para retirarme.

La radio de Harlan hizo interferencias y la voz del comandante del destacamento llegó a través de las ondas.

—Sanso y compañía están dentro. El oficial encubierto está con ellos. Tiempo estimado de llegada a tu localización, diez minutos.

—Tomo nota —respondió Harlan. El resto de equipos de vigilancia se hizo eco de su advertencia. Robert comprobó su reloj.

—¿Cuánto crees que nos va a costar detenerlo? —preguntó Harlan.

—Si la AFI hace su trabajo, no deberíamos tener ninguna baja.

—Optimista.

—Lo digo por decir. Su agente ha puesto a Sanso en nuestro punto de mira más rápido que ningún otro informante al que hayamos reclutado —Robert estornudó de nuevo.

—Lo que hace que me pregunte si es verdad que Sanso no sabe nada.

—Bueno, el conejo está ahora en el túnel y hay zorros esperando en ambas salidas.

—*Conejo* no se ajusta mucho a su perfil.

—¿Cuándo dejaste de ser mi entusiasta mentor, oh gran sabio?

Robert comprobó su GPS de bolsillo para verificar las posiciones de los otros seis equipos de vigilancia de la zona. Había dos helicópteros al acecho, pero manteniendo las distancias. Con la entrada del lado mexicano del túnel de Sanso a menos de un kilómetro, todas las operaciones tenían que ser muy sigilosas hoy.

—Tú nunca has necesitado un mentor. Estás más hambriento de justicia que ningún otro que haya conocido. Eso es todo lo que has necesitado siempre para hacer bien este trabajo.

—¿Qué pasa con el miedo? Debería tener un poco, siempre me dices eso.

—Sí, bueno, eso lo dije por mí.

—Mal de muchos, consuelo de tontos.

—Retuércelo todo lo que quieras, Lukin. Cuanto más consciente seas de que la arrogancia nos matará a todos . . .

—*Más oportunidades tendré de seguir vivo* —dijo Robert imitando la voz de Harlan—. Pareces demasiado vivo para mis estándares. Deberías revisar esa pequeña regla tuya.

—Si sigo vivo cuando me retire, pensaré en ello.

Los dos amigos cayeron en un cómodo silencio y dirigieron su atención hacia la pequeña e irregular losa de piedra caliza que cubría la entrada del túnel mientras los minutos pasaban y la nariz de Robert se crispaba por la necesidad de estornudar de nuevo.

La AFI mexicana (su Agencia Federal de Investigación) llevaba los últimos doce años trabajando con la DEA estadounidense en un esfuerzo cooperativo para acorralar a Salazar Sanso. El chivatazo de que hoy Sanso haría un extraño viaje para acompañar un cargamento hasta Arizona provenía de Javier Alanzo, un agente especial de la AFI que había dedicado dos años a infiltrarse en el cartel de Sanso. Debido a que la nacionalidad estadounidense de Sanso era lo único auténtico que tenía entre decenas de pasaportes falsos, la AFI había accedido al arresto en suelo estadounidense para ser después extraditado a México: y después a la larga lista de países que querían un trozo de su cabellera.

La posibilidad de que el hombre que había asesinado a la familia de Robert estuviera tan cerca provocaba que el segundero del reloj anduviese a cámara lenta.

Cuando ya habían pasado once minutos Robert se secó el sudor de la frente.

—Algo va mal.

Harlan se comunicó por radio con su oficial.

—No hay señales del objetivo.

—Manténganse en posición.

Robert hizo el ademán de enderezarse, pero en vez de eso permaneció en cuclillas, estudiando la piedra caliza, por si se movía. Una mosca le picó en la nuca. Se dio un manotazo y maldijo.

—Paciencia —dijo Harlan.

—Me quedan unos treinta segundos de paciencia.

—Él se dejará ver en treinta y dos.

Se escuchó un golpe que hizo que Robert se pusiera de pie. La radio de Harlan se iluminó con los gritos de los equipos de vigilancia pidiendo que Robert siguiera escondido.

Otro golpe seco atravesó el parloteo. El sonido de un techador lanzando tejas viejas desde un tejado a tres bloques de distancia. Pero no había ningún barrio residencial en aquel desgarbado erial. *Tonc, tonc.* El sonido de una pistola de pintura descargando su munición.

Tampoco había un campo de juegos por allí.

O el sonido de disparos bajo tierra. Robert se lanzó bajo la creosota y esquivó la mano de Harlan, extendida para sujetarle. La punta de una rama espinosa de ocotillo le rasgó la mejilla, haciendo brotar la sangre mientras se escapaba.

—¡Mantén tu posición! —silbó Harlan.

—No va a salir —gritó Robert—. Voy a bajar. Lo quiero en mi territorio, Woodman.

—Agente, *regrese.*

Pero Robert no regresó. Alcanzó la cubierta de piedra en cuatro segundos y apartó la entrada en dos. Tardó dos segundos más en deslizarse por el agujero vertical con su pistola y una linterna, se aseguró de que estaba vacío y empezó a descender los escalones de una escalera metálica.

Cuando estaba a mitad de camino, el destello de la linterna de Harlan parpadeó sobre la cabeza de Robert.

—Te vas a cargar los últimos quince años en quince minutos.

Robert descendió los últimos cuatro escalones de un salto y golpeó el suelo; después miró hacia arriba.

—En menos de un kilómetro estará de nuevo en México. No me retengas.

Robert echó a correr por el pasillo.

Aquel túnel en particular era uno de los más elaborados en los que Robert había estado. Estaba cubierto de losas de hormigón iluminadas por algún generador fuera de la vista. Un sistema de filtración impulsaba aire fresco sobre su cara, y unas bombas de agua colocadas a intervalos en el piso se zarandeaban y vibraban, enviando las lluvias veraniegas de nuevo a la superficie.

Robert supuso que un multimillonario como Sanso, que dormía en ratoneras en vez de en haciendas, invertiría en su confort allá donde pudiera.

El túnel era más o menos recto durante ciento cincuenta metros y después giraba hacia el oeste unos treinta grados. En la curva, una de las luces fluorescentes instaladas en lo alto de la pared se había fundido, sumiendo el ángulo en la oscuridad.

Robert se sumergió en ella y de repente se vio volando por los aires antes de que su mente se hubiera percatado del tropiezo. Se derrumbó, asumiendo sus manos y su barbilla la mayor parte del golpe sobre el hormigón, y después volvió a ponerse en pie con la agilidad de un gato.

No se habría parado a ver qué le había tirado al suelo si no hubiera sido porque su sexto sentido le advirtió que aquella información era importante. Se giró, usando la linterna para atravesar las sombras hasta que se encontró con la forma de unas botas de trabajo y el bajo de unos pantalones vaqueros desgastados.

Un cadáver. Su linterna recorrió la figura hasta dar con la cara del hombre.

El cadáver de Javier Alanzo, con un agujero sangrante de bala en la mejilla derecha. Un charco de sangre bajo su cabeza. No muy lejos del cuerpo había un par de botas de *cowboy* caídas de lado, estropeadas por las salpicaduras de la sangre y con sangre seca endureciéndose en las suelas. Robert alzó la linterna hacia el panel de luz de la pared. Su cubierta de plástico estaba hecha añicos. De uno de los disparos que había escuchado, tal vez, lanzado allí en la refriega.

No tuvo tiempo para nada más que valorar los hechos básicos mientras salía corriendo de nuevo hacia México, sin tiempo para especular qué podía haber ido mal, porque cuando apenas llevaba recorridos setenta metros el túnel se bifurcó.

Aquella era información nueva. Javier nunca había mencionado nada acerca de ramas en aquel túnel en particular; quizá no lo sabía. Quizá aquella falta de información había sido su ruina, la sorpresa que le había puesto al descubierto.

¿Qué camino? Si Sanso era el conejo a quien esperaban los zorros a ambos lados del agujero, y los zorros no sabían nada de aquellos dos senderos, el conejo iría a donde no hubiera zorros.

Robert dobló por la ramificación que se dirigía al oeste. Intentó establecer contacto por radio con Harlan, pero no obtuvo respuesta. En aquel lejano subterráneo no tenía más apoyo que su propia intuición. El suelo de cemento por el que Robert corría terminaba en un camino de tierra y en otra bifurcación más. La tierra que revestía aquella ramificación parecía más oscura, recién removida, pero también podía ser un efecto óptico causado por el destello pasajero de unas bombillas de bajo voltaje esparcidas en jaulas cada dos o tres metros. El aire de aquellos pasillos era rancio en vez de fresco, y Robert se dio cuenta de que no había visto una bomba de agua en los últimos doscientos cincuenta metros.

Creía que aún se estaba dirigiendo al oeste. Quizá al noroeste.

Robert paró para controlar su respiración y poder escuchar. Buscó pasos, una conversación, el roce de los pantalones de un hombre caminando. Cerró los ojos. Nada.

Sacó la linterna de su cinturón y enfocó el rayo de luz hacia el suelo, buscando huellas o alguna otra alteración. Cinco ratoncillos de campo se escabulleron de su luz en fila india.

Sin ver nada, se centró en las paredes, aún con el oído atento. A medio camino de la pared más lejana del sendero de la izquierda, a la altura del hombro, vio un borrón más oscuro que la tierra roja seca. ¿Sangre?

¿Sanso había salido herido del enfrentamiento con Javier? ¿Ya no estaba Robert persiguiendo a Sanso, sino a otra persona? Convencido de que el señor de la droga no habría salido de los túneles por el mismo lugar, Robert siguió la mancha de sangre como una señal de tráfico, tomando aquel camino por el centro del pasillo tan sigiloso como una serpiente. Giró a la izquierda (hacia el sur) y el corazón de Robert empezó a latirle con fuerza ante la posibilidad de perder a Sanso en México y de estar ante otros quince años de búsqueda.

Aún tenía el pulso acelerado cuando dobló la esquina y un puñetazo metálico le pilló justo entre las cejas. Robert se tambaleó y golpeó la otra pared, pero aún se mantuvo en pie.

Hubo un disparo. No de su pistola. Polvo de roca de la pared le golpeó la cara y se le metió en los ojos. Protestó, intentando localizar a su atacante con sus demás sentidos. Imposible.

Un cuerpo se estrelló de pronto contra él y le agarró la muñeca, haciendo que soltase el arma. Robert la escuchó rebotar. Dejando caer todo el peso de su cuerpo en sus rodillas, se liberó del lazo y aterrizó encima de su pistola. Sus ojos estaban inundados de lágrimas que trataban de aclararle la gravilla, pero no podía hacer que sus párpados se abriesen.

Un objeto pesado y desafilado (¿la culata de la pistola?) cayó sobre su espalda y él gritó. Un fuego le derribó ambas piernas, que al instante estallaron en un frío hormigueo. Rodó, levantándose con su arma. Una voz, que imaginó que pertenecía a Salazar Sanso, maldijo susurrando como si las palabras fueran una oración.

Robert apuntó a la voz y apretó el gatillo, después rodó de nuevo, tres veces hasta que golpeó la pared. Sus botas resbalaron por la tierra, empujándolo a deslizarse pared arriba y a ponerse en pie, con los nervios de las piernas aún zumbando, una mano en la pistola y otra intentando con furia limpiarse los ojos. Tenía que ver a su objetivo.

Las maldiciones se intensificaron, después se desvanecieron. Robert parpadeó hasta que se formaron sombras en el oscuro túnel.

Tres metros más allá su atacante se había doblado sobre sus rodillas como un niño agobiado por el dolor, agarrándose el estómago y mascullando. Una débil bombilla alumbraba sus calcetines, y Robert se acordó de las botas que había visto junto al cuerpo de Javier, quizá abandonadas para evitar crear un rastro de sangre. El hombre se balanceó sobre sus rodillas y entonces se derrumbó sobre su costado, sudoroso e inconsciente. Robert se abalanzó sobre el cuerpo y le dio la vuelta, tanteándole el pulso. Salazar Sanso estaba frente a él, en el suelo, con la mano inerte al lado de una herida sangrante en su costado.

El enemigo que tanto había odiado se había convertido en un simple hombre.

22

Aquel *smartphone* no le pertenecía a Janeal; había llegado a sus manos como resultado de la falta de cuidado de Milan. Se lo habría devuelto si él no hubiera sido tan descuidado con su corazón y su cuerpo la noche anterior . . . pero no, era el momento. Así que se lo entregó al presidente de la junta, Thomas Sanders, que abandonó una película con su esposa para poder llegar a su oficina en veinte minutos.

Lo que significó que cuando Milan Finch quiso sorprenderla haciéndole una visita a las nueve menos veinte aquella noche, veinte minutos después de que Thomas se hubiera marchado con la información de Janeal, el sorprendido fue él.

Milan cerró la puerta. A través de los paneles de cristal que dejaban entrever la sala de redacción Janeal vio las persistentes cabezas de los adictos a su trabajo girándose en su dirección.

—Tú tienes mi teléfono —dijo él como si estuvieran en una cafetería y no quisiera ser escuchado.

Janeal le dio un sorbo a su café.

—No, no lo tengo.

Su amante (de ahora en adelante su ex amante) se sentó enfrente de ella, dándole la espalda a los paneles de cristal, y cruzó el tobillo sobre su rodilla. Aquel ajedrez al que habían jugado durante una década, como amistosos oponentes satisfechos con usar al otro y ser usados a la vez, estaba a punto de terminar. Los chismosos de la sala de redacción volvieron a su trabajo, sin percatarse del ceño fruncido que contradecía el sencillo lenguaje corporal de su editor.

—Lo dejé en tu mesita de café anoche.

—¿También recuerdas donde me dejaste a mí anoche?

Ella había encontrado el móvil después de levantarse del suelo acariciándose la gran hinchazón en la parte posterior de su cabeza, el punto donde el cráneo se había encontrado con el sillón de madera de roble. En realidad Milan no se había olvidado el aparato en la mesa, lo había estampado contra su cristal con tanta fuerza que cuando se fue ella comprobó que había un desconchón en la brillante superficie. Era un milagro que el artefacto no se hubiera hecho añicos.

—Hazme el favor de *no* malinterpretar lo que pasó realmente, Jane.

—¿Qué hay que malinterpretar? Te sentías tan impotente por haber perdido la adquisición que pensaste que dejarme al borde de la muerte te devolvería tu hombría. Dime si lo he entendido mal.

—A ti te gusta que sea violento.

—Tienes suerte de que no haya presentado cargos.

Milan habló con desprecio:

—De todas maneras nadie te creería.

—Thomas Sanders fue bastante crédulo.

—¿Hablaste con *Thomas*? ¿Cuándo?

Janeal se reclinó en la silla y agitó una mano indicando su impaciencia con Milan.

—Creía que él estaba contigo en el negocio —dijo ella, plenamente consciente de que la intención de Milan de hacerse con la segunda publicación nacional de porno había sido una inversión completamente privada.

Pensó que a Milan se le caía la cara de vergüenza.

—En serio, Milan. No hagas un teatro. ¿Qué hay de malo en un editor que quiere expandir sus dominios?

—Jane Johnson, ¿dónde está mi móvil?

—¿Estamos hablando del que usas para los asuntos de *All Angles*? Porque estoy casi segura de que puedo ver su contorno mirándome fijamente desde el bolsillo de tu chaqueta. ¿O es el otro, Milan? ¿El que usas para propósitos tan ilícitos que tienes que fingir que no estás afiliado a ellos?

Las manos de Milan temblaron y su cara se ensombreció, aunque no se había movido nada desde que se sentó.

—No soy la clase de hombre con el que querrías tener problemas.

—No, más bien es al revés. Yo no soy la clase de mujer de la que tú querrías abusar. ¿Quieres saber por qué nunca me he mudado contigo después de todos estos años? Porque no soy una mantenida. Irónicamente, mantenerme suficientemente fuera de tu alcance ha sido la mejor manera de hacerte pensar que lo era. ¿Crees que he hecho una sola cosa en los últimos diez años que no estuviera planeada?

—Pues con todas tus planificaciones has resultado ser la mujer más insatisfecha que jamás haya conocido.

—Ahora que estoy libre de ti soy más feliz que nunca.

—Eres una víctima de tus propios ideales. Tu nivel de desgracia crece con cada gol que marcas.

—¡Ja! —ella dio un manotazo contra la mesa—. Lo ha dicho el hombre que está a punto de perder todo en lo que ha trabajado. Hablemos francamente: un hombre como tú no necesita una mujer como yo, no realmente, no a menos que consideres que soy mejor que tú y que represento un desafío que merece la pena conquistar.

Janeal ladeó la cabeza cuando Alan pasó por enfrente del despacho al otro lado de las ventanas interiores. Pensaría que estarían discutiendo sobre dónde ir a cenar, no el cambio inminente de la revista. En eso, después de todo, era donde aquello iba a terminar.

—Estás en ese sillón por lo que yo he hecho por ti —susurró Milan.

—Estoy en este sillón porque soy capaz de hacerlo yo misma. Y tú lo sabes, de otra manera no estarías tan angustiado por lo que pasará ahora que tengo tu móvil privado, ese que usas para dirigir la otra empresa, la del servicio de acompañantes . . . ¡oh, no me mires como si yo fuera la estúpida! Lo sé desde hace meses.

Janeal se puso en pie para indicar que la reunión había terminado. Se sentía cansada después de haber pasado los últimos diez años de su vida esperando el momento oportuno para decirle a aquella comadreja que se hiciera a un lado. Pero aquella era la naturaleza de su juego, en el cual el trofeo iba para el que tenía la mejor estrategia y la mayor paciencia. Hasta la noche pasada no le había importado tanto la espera.

—La reunión de junta ha sido aplazada hasta el lunes. Thomas espera que entregues tu dimisión mañana por la tarde, antes de que la historia salga a la luz y *All Angles* obtenga el tipo equivocado de publicidad.

Milan suspiró y cerró los ojos.

—A nadie le importan ya los escándalos sexuales, Jane.

—¿En serio? Thomas estaba justo aquí preguntándose cuántas vueltas podemos darle a esta historia. ¡Tres hurras por los delincuentes! Quizá si hubieras venido antes . . .

—Pelearé contra todos ustedes.

—Pues pelea fuera. Yo estaré sentada en tu escritorio en la planta de arriba el lunes por la mañana.

Milan no tuvo la entereza de mirarla mientras abandonaba la habitación, alisándose la manga de su chaqueta y tirando de los puños.

Janeal resistió la urgencia de colocarse la mano en el centro de la frente para calmar el martilleo. Su teléfono estaba sonando de nuevo. En vez de contestar echó un vistazo al boletín de noticias de Associated Press que emergía del fondo de la pantalla de su ordenador.

El primer titular hizo que lanzase un pequeño grito. Como un cáncer remitente que levantaba su feroz cabeza, Salazar Sanso no podía haber regresado a su vida en un momento más inoportuno.

23

La muerte de Javier Alanzo salió en los periódicos internacionales como un trágico acto de heroísmo.

Acerca de por qué Robert encontró a Sanso solo, la teoría que prevalecía dentro de la DEA era que o bien Sanso había enviado a sus inconscientes secuaces de vuelta a México mientras él se escabullía inadvertidamente, o bien los cobardes le habían abandonado. Robert estaba a favor de lo último. Los agentes de la DEA encontraron un total de once kilómetros de túnel en aquella única red, y la ramificación que Sanso había tomado emergía a menos de cuarenta metros de una concurrida autopista mexicana.

A pesar de todo, sin la privilegiada información de Javier o sin la cooperación de Sanso, los detalles de cómo salió mal la operación tardarían semanas en aclararse. No es que a Robert le importasen ahora que finalmente se encontraba en la habitación de hospital de Sanso, bajo custodia. Un monitor le seguía la pista con sus pitidos al despiadado corazón del criminal. El goteo de morfina que se introducía en su torrente sanguíneo por una vía intravenosa mantenía sus párpados a media asta. Dos agentes del FBI controlaban el pasillo al otro lado de la puerta.

Cuando Sanso enfocó a Robert con la mirada la medicación no pudo evitar que sonriese.

—Me reconoces —dijo Robert.

Sanso giró su mentón lentamente de izquierda a derecha, y de nuevo al centro.

—No malgasto mi tiempo memorizando caras tan poco interesantes como la tuya.

—Entonces borra esa sonrisa de tu cara.

La sonrisa de Sanso se ensanchó aún más. Robert controló su enfado. Eso sólo le daría a aquel animal atropellado la mejor carta.

—Deja que me presente. Soy . . .

—Un cachorrillo enfermo de amor que no tiene otro propósito en la vida que perseguirme a todas partes —Sanso se rió silenciosamente y después tomo una bocanada de aire—. Puedo llevarte por donde yo quiera como un perro faldero sin ni siquiera conocerte. Tú vas donde yo voy. —Cerró la mandíbula . . . por el dolor, pensó Robert—. Sé quién eres. He conocido a cientos de hombres como tú —Sanso parpadeó—. Todos están muertos ahora.

Robert arrastró una silla a la cama de Sanso, se sentó y apoyó un codo en la barandilla.

—Quieres saber quiénes son mis proveedores —dijo Sanso—. Quieres saber quiénes son mis distribuidores y dónde operan. —Se lamió los labios. Robert se inclinó y tocó el tubo de plástico que salía de la bolsa de morfina y se introducía en la mano de Sanso—. Los de tu clase han estado preguntándose todo eso durante años, y tú no estás más cerca de la verdad de lo que haya estado alguno de ellos jamás.

Robert sujetó el tubo para que Sanso lo viese y lo apretó por la mitad. Los párpados de Sanso se abrieron ligeramente. Robert había conseguido controlar su ira.

—No estoy aquí para escucharte hablar, Sanso. Me ha llevado quince años encontrarte, y si me toca esperar mucho más tiempo aún para encontrar las respuestas a todas esas preguntas insignificantes, puedo esperar. Por ahora, quiero que sepas quién soy.

Sanso parpadeó de nuevo pero no habló.

—Me llamo Robert Lukin y hace quince años destruiste mi hogar y asesinaste a mi familia.

Sanso cerró los ojos y suspiró como si aquello le aburriese.

—Eso ocurre todos los . . .

—Mis padres, mis abuelos, mis cuatro hermanos y mis dos hermanas. No hubo respuesta.

—Disparaste a mis vecinos y quemaste sus casas. Ciento treinta y cuatro personas aplastadas bajo tus sangrientos talones.

Robert vio cómo las cejas de Sanso se arqueaban sobre sus párpados cerrados, como si sus ojos ocultos hubieran virado hacia el interior de su cerebro buscando el recuerdo.

—Un pueblo entero lleno de personas que ni siquiera conocían tu nombre.

—Como debía ser —murmuró Sanso.

—Por un millón de dólares —a Robert se le cerró la garganta, oprimido por la furia—. Eres el demonio en persona.

Sanso se rió de nuevo.

—Sí, sí. El demonio en persona prendiendo infiernos en el desierto. —Abrió los ojos y miró fijamente la cara de Robert—. Me gusta mucho esa imagen.

Robert agarró entre sus dedos el tubo de morfina y tiró de él hacia atrás como si estuviera poniendo en marcha un cortacésped. Arrancó la intravenosa de la piel de Sanso y el hombre se estremeció. Su cuerpo se puso rígido mientras la sangre brotaba del dorso de su mano.

—Mi único pesar es que Javier no te matara de verdad.

—Puedes terminarlo —susurró Sanso entre dientes.

—Es tentador. Pero yo no soy un demonio como tú. Por alguna razón la justicia aún me importa, y quiero que me conozcas porque yo voy a ser el único que verá lo que te va a ocurrir.

—Es un poco difícil exprimir la sangre de ciento treinta y cuatro personas de un solo hombre.

—Pero estará bien intentarlo.

Sanso sacudió la cabeza.

—Te decepcionarás. Yo me convertiré en polvo y otros diez hombres brotarán de él para tomar mi lugar. Crees que no soy más que un cerdo arrogante, pero hay soberanos y hay súbditos, y no podrás cambiar, en toda tu vida, el hecho de que todo el tiempo que se haya dispuesto para mí yo seré un soberano. Mándame a la horca o a la guillotina. No puedes cambiar las tornas.

Robert se inclinó sobre la cama de Sanso, sujetándose a cada barandilla. Escupió en la cara de Sanso.

—Yo no soy tu súbdito.

Sanso dejó que el escupitajo resbalase por su mejilla.

—Y aún así me has dedicado tu vida, ¿no? —La esquina de su boca se contrajo, y Robert titubeó frente a la verdad—. Hay diferentes clases de sirvientes, Robert Lukin. Tú eres mi sirviente.

—Soy un superviviente. El único de la masacre de Mikkado. Si sirvo a algo es a la memoria de los muertos, no a ti. Soy el último que los recuerda.

—Pero no lo eres. —Sanso alzó su mano sangrienta hacia la mejilla de Robert y la acarició. Robert se apartó, asqueado—. Tú no eres el único superviviente, mi pequeño cachorrillo. Conozco a otro.

La serenidad de Robert se quebró ante aquella mentira. Ciento treinta y un hombres, mujeres y niños fueron acorralados y acribillados o quemados vivos por la banda de Sanso. A lo largo de la primera y más espantosa investigación de su carrera, Robert identificó a todos los cadáveres que aún podían ser identificables. Con los que no fue posible, a muchos de ellos se les pudo identificar por sus joyas (porque los romanís adoraban sus metales preciosos y sus piedras), o por sus perfiles de ADN, aunque las limitaciones fueron considerables.

Únicamente las identidades de tres de ellos se dieron por supuesto: Jason Mikkado, Janeal Mikkado y Katie Morgon, que se creía que fueron completamente consumidos por la casa de reunión derruida. Sin registros dentales oficiales no hubo manera de asegurarse, y los pocos restos que encontraron los investigadores estaban demasiado degradados y eran demasiado escasos para un análisis concluyente de ADN. En realidad Robert no vio a ninguna de sus amigas entrar en el edificio. Tan sólo escuchó a escondidas a Sanso decir que ellos tres estaban dentro.

—¿Quién?

—Ah —Sanso sonrió con condescendencia—. Información privilegiada para el titiritero. Crees que tienes poder sobre mí, Robert Lukin, pero vivo o muero yo soy el único que moverá tus hilos durante el resto de tu vida. —Sanso cerró los ojos—. Mírame.

24

Molesto por el primer encuentro con el hombre que, de hecho, había dirigido el curso de casi la mitad de su vida, Robert daba grandes zancadas por el pasillo del hospital al otro lado de la puerta de la habitación vigilada de Sanso.

Era casi medianoche. Harlan le esperaba al final del vestíbulo. Estaba hablando con un hombre bajito y de aspecto juvenil, un niño en realidad, que sujetaba un aparato electrónico del tamaño de un libro de bolsillo.

Harlan se giró hacia Robert cuando escuchó sus zapatos golpeando el linóleo. El hombre bajo se giró también y extendió su mano libre. Un distintivo, colgado de un cordón de rayas alrededor de su cuello, se balanceó.

Robert le ignoró y habló directamente con Harlan.

—Ciento treinta y cuatro personas —dijo.

Harlan parpadeó.

—Confirmamos el número, ¿cierto? ¿Sin supervivientes? ¿Nadie que se presente en tu oficina diez años después reclamando que es la mismísima Gran Duquesa Anastasia?

En el silencio que siguió, Robert escuchó al hombre del distintivo colgante.

—¿Es posible que se nos haya pasado algo? —Robert había alzado tanto su voz que él mismo se dio cuenta. Bajó una muesca su tono—. ¿Es posible que haya algún . . . detalle que hayamos pasado por alto?

—¿Qué te ha dicho exactamente? —preguntó Harlan alejando a Robert del otro hombre. El chico se dio la vuelta por cortesía y sacó su teléfono móvil de uno de los bolsillos de su pantalón. Lo abrió y empezó a marcar teclas. A pocos pasos los agentes de la DEA estaban de pie junto a una máquina de comida. Robert miraba fijamente una bolsa amarilla de Funyuns mientras transmitía las líneas generales.

—Dijo que había sobrevivido alguien más.

Harlan apoyó un hombro contra la máquina.

—¿Quién?

—No lo quiere decir. O no lo sabe. O se lo está inventando todo.

—Tiene un montón de razones para intentar fastidiarte.

—No es posible que malgaste su tiempo conmigo.

—Lo humillaste en aquel túnel.

—Él está más allá de la humillación.

Harlan señaló la cara de Robert.

—Tú . . . eh . . . Tienes algo en la mejilla.

Robert se frotó el lugar donde Sanso lo había tocado y sintió la seca mancha de sangre. Frunció el ceño, luego escupió en el puño de su manga y se lo limpió.

Harlan no tenía que preguntar a Robert por qué aquella afirmación, fuese verdadera o falsa, era tan importante para él.

—Si hubiera quedado un superviviente, me pregunto por qué el hombre no querría salir a la luz. O la mujer —dijo Harlan.

—¿Qué sentido tendría eso? ¿Después de una pérdida así? Mantuvimos mi nombre lejos de la prensa. De hecho, se divulgó que todos habían muerto.

—Me apuesto lo que quieras a que te está poniendo una trampa.

—¿Por qué?

—Poder. Básicamente, el poder de los cavernícolas.

Robert se mofó.

—Un megalómano neandertal.

—Creo que mi diagnóstico se acerca más a la verdad. —Harlan torció ligeramente la boca.

—Pero el mío es más visual.

Durante un momento se entretuvo en admirar la imagen mental de Sanso como un tonto patizambo de cara plana acarreando un garrote. Pero entonces, en su mente, el homínido lanzó el garrote a las tiendas en llamas y esparció las brasas por el aire como fuegos artificiales. Robert se frotó los ojos, todo el humor se había evaporado.

—Solamente dijo eso porque sabía que yo trataría de verificarlo —admitió Robert.

—Bueno, puedes hacerlo ahora que ese neandertal está bajo custodia.

—No era precisamente lo que tenía en mente.

—¿Y qué tenías en mente?

—Cambiar mi jornada laboral de ochenta horas a cincuenta.

Harlan le dio una palmada en el hombro.

—Te enviaría a Filadelfia a entrenar reclutas antes de dejar que eso pasase.

—Voy a mirarlo de todas maneras.

—Me apuesto tu BMW a que lo harás.

—Necesitaré que me ayudes a conseguir la autorización para reabrir el caso.

—Es más fácil decirlo que hacerlo.

—Así que tendré que rebuscar fuera de los archivos. Ya se ha hecho.

Los hombres se dieron la vuelta.

El chico del distintivo estaba parado justo detrás de ellos. Los ojos de Robert bajaron hasta su identificación. *Arizona Daily Star*.

—Venga . . .

Le dirigió una mirada de acusación a Harlan.

—Vuelve a subirte los pantalones —dijo Harlan—. Solamente le he contado un par de mentiras sobre ti.

El reportero extendió de nuevo la mano hacia Robert.

—Brian Hoffer —anunció— *Daily Star*

Robert estrechó la mano del hombre a regañadientes.

—No pude evitar escuchar que tal vez necesites un asistente de investigación para comprobar la afirmación de Sanso.

Brian levantó su teléfono para que ellos lo vieran, como si fuera necesario para el trabajo.

—¿Tú has oído hablar de lo que es una conversación privada?

—Ninguna conversación que yo escuche es privada.

—Este chico es divertidísimo —dijo Robert a Harlan.

—Puedo ayudarte —dijo Brian.

—No quiero ayuda.

—Entonces quizá pueda conseguirte alguna información.

El reportero bajó la mirada hacia el aparato que tenía en la mano y escribió encima con un pequeño estilo. Era una especie de bloc de notas inalámbrico. Tal vez tuviera acceso a Internet.

Harlan soltó una risita.

—¿Tú no tienes que entregar algo en tu periódico en una fecha límite? —preguntó Robert.

—Tres cosas. Dos de ellas las presenté hace horas. La tercera es antes de las tres de la mañana. —Comprobó su reloj—. Hay mucho tiempo por delante. ¿Cuánto vale para ti?

—¿Qué es *lo que* vale para mí?

—La información.

—Tú eres el reportero. ¿Cuánto vale *para ti*?

Una inexplicable sonrisa de felicidad se abrió en la cara de Brian, empujando a ambos lados las marcas de acné. Apuntó con el estilo a Robert y lo agitó.

—Sé que podemos llegar a un acuerdo.

Robert alzó las manos y comenzó a alejarse.

—Hace quince años —dijo Brian mirando su pantalla y siguiendo a Robert a pocos pasos—. El 26 de agosto.

Esa fue la fecha en la que su familia y sus amigos fueron masacrados. Robert se giró.

—Y tú . . . ¿estabas en la guardería?

—En tercero. Había seis hospitales en un radio de ochenta kilómetros de la masacre. Solamente había un servicio de urgencias totalmente equipado para tratar víctimas de quemaduras.

—Y fue invadido por gente de mi campamento que sólo sobrevivió unos pocos días. O unas pocas horas.

Brian levantó la vista y Robert pensó que aquella cara de sorpresa, aquellos ojos abiertos en forma de eureka, era como el chico procesaba sus epifanías.

—¿Mi campamento? —preguntó Brian.

Robert lo consideró y respondió:

—He trabajado durante tanto tiempo en este caso que he llegado a pensar que me pertenecía.

Brian parecía dudoso.

—Eh . . . de todos ellos once, sólo hubo once . . . personas que sobrevivieron lo sufi . . . que todavía estaban . . . —Brian se rascó la cara—. Lo siento, tío. Se trasladaron once personas al centro médico, al Hospital de la Universidad de Nuevo México, a primera hora de la mañana del día 27, todos en situación crítica. El último falleció . . .

—Cuatro días más tarde —dijo Robert. Pero mantuvo la voz suave, sintiendo por alguna razón la necesidad de ser amable con aquel inmaduro y molesto periodista que sin duda era un hábil buscador pero que no sabía diferenciar un nido de avispas de un bote de miel—. Esa información ya la tenía, Brian.

Brian dio un paso adelante, como para evitar que Robert se marchara de nuevo.

—Lo que intentaba decir es que hubo tres mujeres sin identificar que fueron admitidas en los hospitales a los dos días de la masa . . . de la tragedia—. Tenía ojos de disculpa—. Dos de ellas a las instalaciones donde fue tu familia; una a un hospital más pequeño en Santa Fe. Quizá una de esas fue el superviviente.

Robert se inclinó para mirar la pequeña pantalla electrónica de Brian.

—¿Eso es información pública?

Brian se aclaró la garganta pero le entregó el artefacto a Robert.

—No exactamente. —Se encogió de hombros—. Es de un contacto.

—¿Todos fueron víctimas de quemaduras?

—No podría decirlo.

—¿Dice algo de hombres sin identificar?

—Sólo mujeres.

—¿Sobrevivieron?

—Eso tampoco lo sé, pero . . .

—O siguen estando sin identificar, lo que quiere decir que están muertas, o de alguna manera no pudieron ser identificadas durante su tratamiento. ¿Qué será?

—Mira, es una pista. Si Sanso está lo suficientemente loco para decirte la verdad, el superviviente puede ser un amnésico. O está en coma. O se le fue la cabeza.

—O todo eso junto. ¿De qué otra manera podría él saber que alguien salió vivo de aquel infierno?

—Tendré que visitar los centros médicos en persona para contestar a preguntas como esa.

—Vamos —dijo Robert, y caminó hacia la salida con el artefacto de Brian aún en la mano.

Brian salió corriendo como un perro sobre un suelo de baldosas.

—¿Ahora?

Robert miró por encima de su hombro.

—¿No te gustan los viajes por carretera?

—Si tú pagas la gasolina . . .

Robert sujetó la puerta para que Brian pasara y se giró para despedirse de su amigo agitando la mano.

—Fantástico trabajo el de hoy, agente.

—No te pases la noche celebrándolo.

—No pensaba hacerlo.

25

En su apartamento, su *loft* de la décima planta con vistas a todo Broadway, Janeal se sentó descalza en el sofá de ante de Ethan Allen, con un vaso de vino tinto entre las manos, que hacía muy buen juego con sus medicinas para la migraña.

SALAZAR SANSO, CÉLEBRE SEÑOR DE LA DROGA, APRESADO EN ARIZONA

La alerta se había estado repitiendo en su cabeza en un bucle mental durante las últimas cuatro horas. La noche anterior no había dormido por culpa de un novio lleno de malas noticias en su vida; aquella noche se quedaría despierta por otro, un fantasma al que temía pero que creyó que nunca le daría caza.

Salazar Sanso.

Y Robert Lukin. Robert estaba vivo y se había juntado con Salazar por caminos que Janeal nunca hubiera podido predecir. Vivo, aunque cada uno de los informes que leyó desde aquella noche insistían en que todos habían perecido. Por tercera vez se terminó de un trago el vaso de vino e intentó bloquear los pensamientos de lo que hubiera sido su vida si ella lo hubiera sabido. O si él hubiera sabido de ella.

No era difícil rememorar su amor por él. Comparado con el resto de hombres que había usado, Robert se mantenía a un lado como único. Él había sido su primer amor, el hombre al que quería pero que no pudo tener. Nunca lo pudo tener.

Al pensar en él de aquella manera le estalló dentro un deseo irracional de traerle de vuelta. No le perdió por su culpa. Katie se lo había quitado.

Pero ahora sólo estaban Janeal y Robert.

Sacudió la cabeza para aclarársela.

La resurrección de Robert y Sanso el mismo día hizo que la mente de Janeal virase hacia su padre, abriendo un dolor en ella tan fresco como el momento en que Sanso lo puso a descansar sobre aquella maldita mesa de billar. Su mente tensó la correa: si su padre hubiera sobrevivido, si hubieran escapado juntos de Sanso, si nunca le hubiera dado la mano al enemigo de su padre . . .

Si, si, si.

La palabra sonaba como si desgarrara su corazón en dos. Lo mantuvo unido con un fuerte pensamiento: *nunca.*

Ella nunca volvería a conocer la paz del amor de su padre.

Robert representaba otras posibilidades, ninguna tan optimista como sus fantasías. Calmó su recién despedazado corazón centrándose en lo siguiente que iba a hacer.

Qué hacer si Sanso le contaba a Robert que estaba viva.

Sería una revelación inoportuna desde su lado de las cosas. Él trabajaba ahora para ellos, para la DEA, cuyo dinero ella había usado para comenzar aquella vida refinada que ahora llevaba. ¿Hasta dónde llegarían para recuperarlo si alguien les contaba que no había sido incinerado?

No había llegado hasta donde estaba tomando decisiones por instinto. Aquel momento de descubrimiento, como tantos otros a lo largo de su vida adulta, necesitaba ser calculado con mucho cuidado.

Primera opción: no hacer nada. Confiar en que Sanso mantuviera ahora su palabra de no perseguirla nunca, como había hecho durante quince años. El problema era que a él no le habían detenido hasta entonces, nunca se había tenido que ver las caras con cualquiera que fuese la inquisitiva ley de enjuiciamiento que tenían en mente para él. ¿Le convencerían para que dijese algo sobre la masacre, el dinero, sobre ella, antes de que hubiesen terminado?

Segunda opción: hacerle una visita a Sanso, si podía, con la excusa del periodismo. Renovar su acuerdo. Ofrecerle un pago por su silencio (ella ahora tenía más de un millón para gastarse), o asegurar su representación legal.

Janeal cortó de raíz aquella idea antes de que floreciese. Sería más que estúpido revelarse tan abiertamente. Por lo que sabía, él creía que ella ya no existía. Al final, no tendría idea de quién sería Jane Johnson.

O quizá él la había estado vigilando en cada movimiento, esperando un momento como aquel.

En tal caso ella debería esperar a que él la llamase. A que hiciese cualquier petición que él pensase que podía obtener. Porque si él sabía dónde estaba y quién era, se pondría en contacto.

Tercera opción: contratar a un periodista que cubriera la historia y le informara directamente a ella. Vigilar a Sanso a través de un tercero. Su mala reputación le dejaba fuera de la línea editorial de la revista, pero podría encontrar la presentación adecuada para la persona adecuada. Le vino Wally Coville a la mente. Podría sugerirle una biografía a alguien de su círculo de editores. Amos Sinclair estaría dispuesto a hacerlo. O Bernard Watkins.

Sí, la tercera opción sería por ahora la mejor ruta.

Janeal colocó el vaso de vino sobre la mesa de café y abrió el portátil que había dejado allí, despertándolo.

La perspectiva de lo que podría pasar si se veía expuesta (no, no solamente expuesta, sino expuesta en una afiliación con el monstruo de Sanso) estaba demasiado fuera del alcance de sus planes vitales para contemplarlo aún.

Mientras el portátil avanzaba con sus simulados estiramientos y bostezos, los ojos de Janeal subieron hasta la pared cercana a la puerta principal. Colgando allí, apresados entre dos paneles de cristal y rodeados de un marco de madera encalada, estaba el paquete de guisantes de olor.

El paquete que Katie Morgon le había regalado.

Al principio, Janeal colgó las semillas allí para recordar a Katie mientras iba y venía en el día a día. Desde un punto de vista más dramático, intentaba recordarse a sí misma que la decisión que tomó tantos años atrás en realidad había evitado que una vida floreciera. Era un castigo pequeño pero adecuado.

Aquel recordatorio perdió el sentido con el tiempo, y la culpa perdió intensidad, reemplazada por una idea que podía apreciar más fácilmente: ella *había* salvado una vida . . . la suya. En vez de dos, solamente había muerto una persona. Sin saber exactamente cuándo pasó, las semillas se convirtieron en una absolución más que en un recordatorio. Su elección pudo haber sido peor.

Podría haber sido una pérdida completa.

¿Qué sobre tu padre? La duda abofeteaba su autoconfianza cada vez que miraba las semillas. Aquella noche consideraba seriamente deshacerse de ellas. Se quedó en el sofá, sin embargo, y apartó la mirada, repitiendo el mantra que había llegado a creerse.

No pude hacer nada par salvarle. Él mismo se lo buscó.

Le dolía el corazón. Tomó otro sorbo de vino.

Su ordenador lanzó un pitido y Janeal introdujo la dirección web privada donde podría mirar las historias nada más ser archivadas. Se detuvo en las páginas de los cinco canales de noticias principales y después empezó a buscar los blogs de periodistas que se encargaban de los sucesos.

Tendría que hacer su selección con precaución.

—Creía que tu compañero dijo que conducías un BMW —dijo Brian cuando llegaron a las afueras de Albuquerque. El amanecer de aquel sábado arrojaba una luz cegadora sobre el reportero. No había dejado de teclear en su minipantalla desde que dejaron Tucson.

Quizá exageraba, pensó Robert. Pero sólo un poco. El chico sabía teclear y hablar al mismo tiempo, y probablemente mascaba chicle también, todo sin saltarse una sílaba o un enlace.

—No tenemos compañeros —dijo Robert—. Tenemos equipos. Colegas. La DEA no es la policía local.

—Lo que tú digas. Deberías conducir un BMW. Con una suave tracción, y toda esa potencia . . . ¿Has visto el último M3 descapotable? Con una dirección variable de doble motor de válvulas, con una válvula reguladora para cada cilindro, para cada uno de los ocho, con tecnología de corriente de iones . . . es *impresionante.*

—Lo que tú digas.

—Entonces, ¿cómo esta chatarra oxidada ha pasado a ser conocida como BMW?

No era una chatarra oxidada. Era un conjunto de tuercas muy decente, una camioneta Ford muy fiable que fue novedad no hace tanto tiempo. Robert hizo el cálculo y llegó a la conclusión de que fue probablemente antes de que Brian decidiera a qué universidad ir.

—Har solía decir que la nueva camioneta era *better than my wife* [mejor que mi esposa]. Se convirtió en una especie de acróstico.

—Y apostaría algo a que se quedó soltero al año siguiente.

Tap, tap, tap.

Robert le miraba de reojo.

—A los dos años. Pero no por eso.

—Por supuesto que no. Es por el carácter. ¿Tú estás casado?

—No. He sido padrino. Nada más.

—Así que, desde que Harlan no tiene esposa y como tú no estás interesado, podemos llamar a la camioneta *Best Man's Woman* [la mujer del padrino] —Brian se rió de su propio chiste.

Robert se sorbió la nariz.

—¿Qué te parece si tú me das las indicaciones para llegar al hospital?

Eran casi las ocho y media cuando los hombres entraron en el aparcamiento del Hospital de la Universidad de Nuevo México, un hospital universitario en un extenso campus médico que también ostentaba el único departamento de urgencias de primer nivel del estado. Robert aparcó y saltó fuera, dando un portazo. Brian se tomó su tiempo, estiró las piernas y recogió su mochila gris.

—¿Así que entras allí y enseñas tu brillante placa amarilla de la DEA de la parte trasera de tu cinturón y ellos te cuentan todo lo que quieras saber? —preguntó Brian cuando Robert rodeó el guardabarros delantero.

—Conseguir el nombre de un paciente no entra dentro precisamente del territorio de la confidencialidad.

—Cierto.

Tal y como lo decía Robert sonaba demasiado sencillo.

—Estoy buscando al testigo de un asesinato múltiple. Sería fácil conseguir una orden judicial si me hiciera falta.

Caminaron desde la estructura del aparcamiento por un puente peatonal hacia el interior del hospital.

—¿Puedes conseguir una? ¿Eso te corresponde? ¿Acaso el cariz de masac . . . de homicidio de este incidente no queda técnicamente fuera de tu jurisdicción? ¿O es que de noche trabajas para el FBI?

Robert se paró en medio del puente y plantó sus pies delante del periodista.

—No te molestes tanto en convencerme de que eres un cerebrito, Brian. Tenía que haber visto que era una idea estúpida traer a un periodista a este paseo.

Brian ladeó la cabeza por encima de su columna vertebral y abrió la boca de tal manera que parecía que de repente hubiera perdido cincuenta puntos de coeficiente intelectual.

—Sólo era una pregunta, hombre. ¿Por qué es tan importante que tú seas el único que . . . ?

Robert puso los ojos en blanco y dio media vuelta, mordiéndose la lengua e intentando ser un poco más tolerante con el crío. Apenas acababa de dejar los pañales.

En el mostrador de recepción, en el decorado vestíbulo que daba al suroeste, una voluntaria que a Robert le recordó a la señora Golubovich le dirigió a la oficina de registros. La habían tenido que recolocar temporalmente en un *contáiner* móvil mientras estaba pendiente la remodelación de la oficina permanente. Caminaron hacia el exterior y subieron un puente sin hablar, mientras la atención de Robert regresaba al pasado y Brian estaba o demasiado distraído o demasiado ofendido para discutir sobre el asunto. Había sacado aquel chisme inalámbrico otra vez y no dejó de teclear durante el corto viaje.

La oficina tenía aire acondicionado y estaba llena a reventar de equipamiento informático, en vez de aquellos archivos de color Manila de los días pasados. Una chica morena, que no aparentaba ser mayor que Brian, levantó la vista desde la esquina del fondo de la oficina cuando la pareja entró.

—¿Sí?

—Síííí . . . —cantó Brian en voz baja, solo para los oídos de Robert. Se adelantó a Robert y se inclinó sobre el mostrador, cruzando un pie sobre el talón del otro. La chica se mantuvo en su asiento. Robert pudo ver el nombre que colgaba en una pinza en el bolsillo de su camisa. Alicia.

Brian desenterró su voz de periodista oficial.

—Estamos investigando un homicidio del que una mujer sin identificar pudo haber sido testigo hace algunos años. Necesitamos saber si alguna vez fue identificada.

Alicia puso cara de preocupación y miró a su alrededor, como si deseara no haber llegado tan pronto aquella mañana para que hubiese alguien allí ahora para ayudarla.

—No estoy segura de poder . . .

—Todo lo que necesitamos es un nombre. Ni detalles médicos ni información privilegiada. No necesitamos una dirección. De todas maneras, pasó hace tanto tiempo que es posible que esa información ya no sea válida.

—No pueden entrar aquí tan campantes y esperar . . .

Robert sacó la billetera de su bolsillo trasero.

—Por supuesto que no. Deberíamos haber empezado identificándonos. Soy el agente especial Robert Lukin, de la DEA. —Y sacó la identificación de su funda de plástico.

Alicia se puso en pie y se inclinó hacia él. Y parecía que no terminaría nunca de incorporarse de la silla. Robert lanzó una sonrisita disimulada cuando vio que la expresión de Brian pasaba de la autosuficiencia al asombro. La chica pasaba fácilmente del metro ochenta, y dos tercios de ella eran piernas. Convirtió en un enano al reportero. Brian se apartó del mostrador y se quedó parado con su altura poco impresionante.

Mientras examinaba la identificación de Robert, dijo:

—Una vez que se identifica a una desconocida ya no almacenamos sus informes bajo esa etiqueta.

Brian estaba tecleando otra vez, aparentemente contento de traspasar la conversación a Robert.

—Cualquier cosa que puedas proporcionarnos sería de gran ayuda —dijo Robert. Escribió algunas fechas en un trozo de papel y lo deslizó sobre el mostrador hacia ella.

—Estamos buscando a una mujer que fue admitida aquí entre estas fechas.

Ella lo agarró y cruzó la habitación hacia otro ordenador.

—Hace quince años. No sé si están completos los archivos de hace tanto tiempo.

—Si no te importa, podrías comprobarlo. La desconocida fue herida en el noroeste del estado.

Ella reclinó su largo cuerpo en el asiento y empezó a navegar por el monitor con el ratón.

—No prestamos mucha atención al lugar donde suceden estas cosas —dijo ella—. Eso es competencia de la policía.

Robert escuchaba el repiqueteo de las teclas y el zumbido de la CPU mientras la chica buscaba.

—Ingresaron treinta y dos mujeres en aquellos tres días —dijo finalmente.

—¿Cuántas de ellas aparecen todavía sin identificar en el sistema? —preguntó Robert.

Alicia buscó.

—Sólo una.

—Nuestra desconocida tiene que ser víctima de quemaduras.

Alicia clicó con su ratón y sus ojos cruzaron el monitor. Dos segundos después dijo:

—No es ella.

—¿Cuántas de aquellas treinta y dos víctimas lo era de quemaduras?

Alicia se desplazó, sacudiendo la cabeza.

—Quince —murmuró—. Todas admitidas el día 27. Debió de arder un bloque de apartamentos o algo.

Robert miró a Brian y pensó que aquellas quince personas debieron ser las últimas que sacaron del campamento los del servicio de emergencia.

—¿Sobrevivió alguna de ellas?

—Información privilegiada.

—Bien, vale. Dime cuántas de ellas murieron.

Alicia suspiró y se apagó ligeramente mientras hojeaba los archivos.

—Quince —susurró.

—¿Se admitió a alguien más el 28 o el 29?

—A una tal Belinda Grey. Eso es todo.

Robert no conocía a nadie con aquel nombre.

—¿Ese archivo habla de las causas de sus quemaduras? —preguntó Brian.

Alicia le miró con el ceño fruncido.

—Preguntaban por un nombre.

—¿Y qué hay de la dirección?

—¿Hay algo más en lo que les pueda ayudar?

—¿*Tu* dirección? —bromeó Brian.

Robert se dirigió a la puerta pensando por un fugaz instante echar a correr hacia la camioneta y dejar a Brian allí tirado.

—Gracias, Alicia. Has sido de gran ayuda.

26

Belinda Gray resultó ser el callejón sin salida que Robert esperaba. Los recursos de Brian alcanzaron a situarla en Los Álamos, donde resultó que había vivido sola durante los últimos cuarenta y dos años. No es que fuera ermitaña, más bien era independiente, y estuvo contenta de servirles a Robert y a Brian limonada ají mientras les contaba su historia, en la que estaban involucrados un antílope en medio de la autopista, un accidente con vueltas de campana y un depósito de gasolina perforado. Hasta aquel día ella seguía jurando que había sido un coyote quien la había sacado de los restos, aunque nadie le había creído nunca. A ella no le preocupaba quién creyera qué. Sabía lo que sabía y eso era todo lo que le importaba.

Eran casi las cuatro en punto cuando Robert y Brian llegaron al Centro Médico Regional St. Vincent en Santa Fe. Brian apretó el paso al dirigirse a la oficina de archivos, esperando terminar aquella pequeña investigación a tiempo de regresar a Arizona antes de la medianoche. Robert pensó que sería demasiado esperar repetir los resultados de su más bien breve experiencia en el Hospital de la Universidad de Nuevo México.

Y lo fue.

Los dos hombres estaban de pie ante una ventana corredera con marco de aluminio que les separaba de la oficina de archivos. Al otro lado del cristal una mujer mayor muy ofendida se negaba a razonar con ellos.

—Ustedes dos váyanse de aquí y no regresen hasta que puedan mostrarme una orden judicial para una información de ese tipo.

La mujer debía tener unos setenta años, y Robert podía apostarse lo que fuera a que había trabajado en aquella oficina durante los últimos cincuenta. Se necesitaba todo ese tiempo para que la gravedad y una habitación sin sol marcasen un ceño fruncido tan pronunciado como el suyo; además, lo que la mujer conservaba en su escritorio era más bien una máquina de escribir, no un ordenador. Una máquina de escribir manual.

—Después de que me entreguen esa orden, deberán rellenar estos formularios —les entregó cinco o seis hojas de papel a través del mostrador— y nosotros presentaremos la petición. Tendrán su información de cinco a seis semanas más tarde.

Aquella mujer rolliza se despidió de ellos agitando el dorso de la mano, cerró la ventana y les dio la espalda.

—Me alegro de que no sea *mi* abuela —refunfuño Brian.

—Tal vez yo pueda serles de ayuda.

La voz le llegó a Robert desde atrás, tan repentina como una araña inesperada. Él se estremeció.

—Siento haberle asustado.

La mujer puso una mano negra y rechoncha sobre el hombro de Robert a modo de disculpa y le sonrió. Todo lo que tenía que ver con su apariencia (y sus joyas) era de bronce y redondeado, excepto el pelo color gris pimienta, corto por debajo de las orejas. La cabeza casi no le llegaba a la altura del hombro de Robert. Sus profundas patas de gallo ponían el marco de buen humor a unos ojos color marrón oscuro.

—Ella se ciñe a las reglas. Ha estado aquí muchos años y se ha ganado el puesto.

La mujer tomó a Robert por el codo como si él se lo hubiera ofrecido y tiró para que entrara con ella de nuevo al vestíbulo. Brian les siguió.

—Estoy pensando que tal vez podamos solucionar el problema —le dijo a Robert dándole palmaditas en el brazo.

—¿Respecto a los archivos? —preguntó Robert.

Ella asintió con la cabeza.

—Oí que dijiste que eres de la DEA, ¿es eso cierto?

—Lo es.

—Tengo una nieta que se ha juntado con malas compañías. Ni sus padres, ni siquiera yo, podemos . . . Ya sabes, esa dulce niña hace oídos sordos a todo lo que le decimos.

—Siento escuchar eso.

Él pronunció las palabras sin comprometerse, dentro de lo posible, sin estar seguro de lo que la mujer estaba a punto de pedirle.

—Pero ahora, un refinado joven como usted —Robert escuchó la risita sofocada de Brian— quizá podría hacer entrar en razón a esa niña.

—Señora, me temo que . . .

—Estaba pensando que tal vez mi niña aún tuviera otra oportunidad para cambiar su rumbo. —Se daba golpecitos en el labio inferior con el índice de su mano libre—. Quizá podría dejar esas compañías callejeras que tiene y cambiarlas por algo más constructivo. —Se detuvo y plantó su cuerpo ancho y rechoncho ante Robert—. Algo más profesional. Quizá pudiera conseguir un buen empleo en el gobierno si tuviera quien le animase.

Una sonrisa apareció en su cara tan amplia como los hombros de Robert.

—No me dedico al reclutamiento.

Su risa salió de un espíritu profundo y rico.

—¡Oh, vamos! No me refiero a que la recluten ahora. Sólo una charla motivante. Un toque de atención. Quince minutos delante de una Coca-Cola. Y tal vez dejarle su tarjeta de visita.

—No estoy seguro de ver qué bien podría . . .

—Y si ella no escucha nada que la inspire, vaya un paso más allá y asústela. No pasa nada. Un poco de verdad y sus consecuencias nunca dañan a nadie.

Brian le dio una palmada a Robert en la espalda.

—Un joven refinado como éste puede tratar un buen montón de asuntos en poco tiempo, aunque no es tan severo cuando llega a los mejores puntos de la negociación.

—Ah . . . —Ella se inclinó y le tendió la mano con la palma abierta hacia arriba—. Vamos a echarle una ojeada a esa desconocida que están intentando encontrar. Creo que podría localizarla en unos quince minutos, si es que existe.

Robert se rindió y se dejó caer en una silla de la sala de espera mientras la astuta abuela desaparecía para hacer su búsqueda. Brian se apoyó en la pared, tecleando en su dispositivo sin cables.

Al cabo de unos minutos, Robert dijo:

—No voy a pasarme toda la tarde aquí hablando con una yonqui si llegamos a otro punto muerto.

—No es toda la tarde. Ella sólo pidió quince minutos.

Brian no alzó los ojos.

—¿Es que nunca acabas con eso?

—Tengo que entregar otra noticia.

—No hay nada nuevo sobre lo que informar.

Esta vez Brian sí levantó los ojos de su dispositivo.

—*Siempre* hay algo nuevo sobre lo que informar si sabes cómo enfocarlo.

—Ése es el problema con las noticias de hoy en día, ¿verdad?

—Ya sabes, hasta que no superes tu actitud negativa, no veo que tengamos mucho de lo que hablar.

Y así era precisamente cómo Robert veía las cosas.

La espera y la falta de sueño le hacían estar más malhumorado que de costumbre. Hizo un esfuerzo por dejar aquella sensación de lado.

—¿Sobre qué estás escribiendo?

—Sobre ti.

—No, no lo creo.

—De acuerdo. Estoy tomando apuntes sobre ti. Así que sé amable.

—Dijiste que tenías que entregar una noticia.

—Los fans de mi blog esperan.

Robert suspiró.

—¿Por qué estás aquí, Brian?

—Porque soy el único reportero en todo el mundo que tiene ahora mismo acceso directo a Salazar Sanso a través del único superviviente de la masacre de Mikkado. ¡Oh, espera! Podría haber otros supervivientes, en cuyo caso habría más testigos contra el traficante de droga más conocido del hemisferio oeste. Al editor le gustan las posibilidades. Ustedes los veteranos llamarían a eso una *primicia*.

Robert hubiera apostado cualquier cosa con gusto a que el chico alardeaba de su «primicia» en sus entradas en el blog. *Nosotros los veteranos llamaríamos a eso arrogancia*, pensó.

Al cabo de unos minutos reapareció la mujer, todavía con una sonrisa radiante en los labios.

—Muy bien —dijo—. Ha sido muy sencillo. No ha hecho falta ninguna orden judicial y se ha realizado una buena obra.

Robert se puso en pie, pensando en el optimismo de la mujer, que daba por hecho las buenas obras con antelación a que sucediesen. O quizá se estaba refiriendo a ella misma.

—28 de agosto. Mujer blanca ingresa a las 6:14 de la mañana, traída por los conductores de un todoterreno que la habían encontrado a trescientos kilómetros de aquí.

El pulso de Robert se aceleró.

—Air Life la habría llevado al hospital universitario, pero estaban al límite de su capacidad. Quemaduras en el cuarenta por ciento del cuerpo, de segundo y tercer grado. Coma médico inducido durante tres semanas, estuvo hospitalizada durante cuatro meses.

—¿Cuál fue la causa de las quemaduras?

Ella movió la cabeza.

—Desconocida. Se especuló que podía ser una víctima de la masacre de Mikkado, por la cercanía de fechas y de lugar, pero ella negó cualquier afiliación con ese grupo. No habló de cómo había resultado herida.

Robert podía entender por qué una persona elegiría el silencio ante la cara del miedo y la creencia de que todos a los que había amado estaban muertos. Alargó la mano para agarrar el trozo de papel que había impreso la mujer.

—El nombre me es familiar —dijo ella— pero no puedo recordar por qué. Ésta es la dirección que tenemos. No podemos asegurar que sea la actual, pero estuvo viniendo periódicamente hasta hace tres años. He escrito la de mi nieta justo debajo para que pueda visitarla. Soy la señora Whitecloud. Díganle que yo les envío.

Él le preguntó con la mirada si ella comprendía cuántas leyes sobre la protección de datos estaba violando dándoles aquella información.

—A veces el bien que se realiza es superior a cualquier mal relacionado. Ahora van a llegar hasta el final de este asunto, ¿verdad?

Robert sintió que su cabeza asentía pero no oyó el resto de lo que la mujer dijo. Sus ojos se habían clavado en el nombre escrito en la parte superior de la hoja. Katy Morgan. Estaba mal escrito, y aún así era el mismo nombre de su amiga de la infancia.

27

Katie permanecía de pie en el exterior de su casa de Nuevo México; se anudó el cinturón de su suéter de lana favorito. Giró el rostro para dejar que el aire fresco de la montaña le acariciara las mejillas, una de las pocas partes de su cuerpo que no sufrió daños en el incendio. Cualquier otro día aquella sensación hubiera calmado su espíritu, pero hoy un terrible dolor de cabeza se sobreponía a los dedos del viento.

Dolor de cabeza y una sensación de inquietud que no había experimentado desde las horas previas a aquella horripilante noche tanto tiempo atrás. *Flashbacks*, recuerdos a los que no había vuelto durante años, llenaban su estómago de presentimientos. Aquella paz que la inundaba con tanta facilidad cuando oraba y leía su Biblia en braille hoy la evitaba. Necesitaba hablar con alguien.

Katie dejó caer el bastón blanco plegado en el bolsillo de su chaqueta. No lo necesitaría en el camino que bordeaba la Casa de la Esperanza por detrás, el refugio que había fundado hacía más de una década para mujeres que se recuperaban de la adicción al alcohol y a las drogas. El esfuerzo la había salvado de la desesperación y le había proporcionado un lugar donde redimir su pasado hecho jirones. Entendía un par de cosas acerca del dolor, y también del valor de las segundas oportunidades.

Katie sabía exactamente cuántos pasos había entre la casa y el camino de gravilla, y cuántos entre las curvas cerradas del sendero, y cuántos desde la última roca polvorienta que siempre olía a mojado hasta la puerta trasera de Donna María. Los ojos de su mente le daban toda la visión que necesitaba.

Habían pasado un par de semanas desde que Katie visitó a Donna María por última vez, la anciana viuda que llevaba dos décadas viviendo en una apartada propiedad colindante a la Casa de la Esperanza. Cuando Katie la conoció, el mismo día en que la propiedad fue adquirida y destinada a ser un centro de rehabilitación, Donna María la llamó y le dio la bienvenida con un beso cálido en ambas mejillas y un plato de *sármi*, lo que sorprendió a Katie dejándola sumida en un sentimiento de gratitud sin palabras. Nunca había comido ese plato fuera de la *kumpanía* y no pensaba que fuera un manjar común. La mujer afirmó que era una receta heredada de su abuela gitana. De dondequiera que hubiese salido, la comida era más deliciosa que cualquier hornada de rollitos de col que ella hubiera hecho jamás, y también más efectiva que un suero de la verdad.

En los años que siguieron Donna María se convirtió en una de las pocas mujeres que conocía la conexión de Katie con la masacre de Mikkado. Por lo general, Katie se guardaba aquella condición y otros tantos detalles para sí misma. Nadie había sobrevivido a aquella tragedia, y no veía ninguna razón para revelar su singular experiencia. No era algo que le gustara revivir.

—¡Hija, estaba pensando en ti!

Katie oyó rechinar y abrirse el marco de madera de la puerta con tela metálica antes de que hubiera terminado de cruzar el patio trasero. Su ansiedad disminuyó ante tal expresión de cariño. Donna María la usaba con frecuencia, y probablemente no sabía cuánto calmaba el alma de Katie.

Debería haber llamado antes —se disculpó Katie. Las tablas del porche crujieron cuando las pisó.

—Tú no necesitas llamar. Entra y dime si el pan de maíz que he preparado es comestible. He usado maíz azul esta vez.

Donna María tomó la mano de Katie en la suya, una mano de piel suave y arrugada, siempre perfumada con jabón de lavanda.

Su cocina olía a maíz caliente y mantequilla, y cuando Katie se sentó en un taburete de bar, en el mostrador, la anciana mujer le puso un tenedor frío en la mano y deslizó un plato delante de ella. Katie no tenía hambre.

—La servilleta está a tu izquierda —le informó Donna María.

El pan caliente estaba casi sumergido en mantequilla, aunque en realidad esto ayudó a que la pesada bola de pasta pudiera atravesar la estrecha garganta de Katie. Se limpió un dedo pringoso en la servilleta húmeda.

—Está perfecto —dijo, sabiendo que lo hubiera apreciado mejor si no hubiera estado tan angustiada.

—Muy bien. Tú has comido tu pan y yo he tomado mi té, así que ahora continúa y despliega todos tus pensamientos.

Katie oyó que Donna María se acomodaba en el taburete que había a su lado.

—¿Qué tal una pequeña charla? —bromeó Katie.

—¿Quién tiene tiempo para eso cuando no es el motivo por el que has venido?

—¿Y cómo conoces lo que me ha traído aquí?

—Cuando vienes para charlar un poco no te molestas en anudarte el cinturón de la chaqueta.

Katie se tocó el nudo en su cintura. No sabía eso de sí misma.

—Me acabo de enterar.

—Estoy segura. ¿Entonces?

—Últimamente he estado preocupada y he pensado que la compañía de una buena amiga me ayudaría a ver las cosas de otro modo. ¿Tienes algún paracetamol?

—Sí.

Su falda susurró por el roce mientras se acercaba a la cocina. Por alguna razón Katie había optado por identificar a Donna María y a su abuela gitana como la misma persona. No le vino ninguna otra imagen a la mente.

—No eres de las que suelen tener dolor de cabeza, Katie.

Un cajón se abrió y tamborileó un bote de pastillas.

—Por lo general, no.

—¿Qué te pasa?

—Tengo pesadillas. Ya van dos o tres días seguidos. Me despierto temblando, pensando que hay alguien en mi habitación. Pero no hay nadie, por supuesto.

El agua corrió desde el grifo de la cocina hacia un vaso.

—Tu pasado siempre te ha perseguido.

—Esto es peor.

—Cuéntame de qué tratan —le dijo Donna María con calma.

Katie tomó otro educado mordisco del pan de maíz. Realmente estaba muy bueno, y deseaba poder disfrutarlo plenamente.

—Es complicado. Es absurdo. Son imágenes más que información.

—¿Como qué?

—Una mujer sin rostro. Un desierto. Una bolsa de monedas de oro. Una olla . . . —dudó antes de añadir—: un incendio.

Cientos de imágenes más la habían asaltado; seguramente no hubiera podido recordarlas todas aunque lo hubiese intentado. Pero aquellas pocas permanecían firmes.

—Que aparezca fuego en tus pesadillas no debería sorprenderte.

—Lo que ardía era el pelo de la mujer.

El vaso de agua y la pastilla golpearon el mostrador al lado de su mano derecha. Donna María se deslizó de nuevo en el taburete.

—Su pelo era como el mío —dijo Katie.

—Entonces es una buena noticia que tu peluca sea fácil de quitar.

Katie se rió. Aquello era por lo que había venido. Para disfrutar de la perspicacia y la alegría de Donna María.

—Al menos no la llevo cuando me voy a la cama.

—Pues deberías.

Katie sintió cómo el espacio entre sus omoplatos se relajaba. Se tragó el paracetamol con el vaso de agua.

—No es el fuego lo que te molesta —dijo Donna María cuando Katie dejó el vaso encima del mostrador.

Katie reflexionó sobre ello.

No. Es la mujer.

—¿Es porque no tiene rostro?

De mala gana Katie evocó la imagen en su mente: la cabeza ardiente como de Medusa enmarcaba un lienzo en blanco de piel. En su sueño, la cara sin rasgos se derretía como la cera, descubriendo un agujero oscuro como la máscara de un esgrimista. Un vacío insalvable. Un alma negra.

—Es inquietante, pero hay más. Aún no he dado con ello. —Katie acarició el vaso de agua—. Se acerca.

—¿A ti?

Katie asintió.

—En el sueño. Se hace más grande cada noche. Es como si yo estuviera de pie en un punto fijo . . .

—En ese desierto.

—¿Cómo lo sabes? —Katie deseó poder ver el lenguaje corporal de Donna María.

—Una conjetura.

—Creo que sabes más de lo que dices, Donna María. ¿Qué significa el sueño?

La anciana mujer le puso una mano en el brazo.

—Te he interrumpido. Dijiste que cada vez era más grande.

—Es como si avanzase —finalizó Katie.

—¿Ha intentado hacerte daño?

Katie se estremeció. Aquello mismo se le había pasado a ella por la cabeza, y en parte era el culpable del terror que seguía a sus vigilias.

—Aún no. —Hizo una pausa—. Algo pasó aquella noche, Donna María. Estoy segura de que algo más pasó y que eso es lo que me persigue.

Permanecieron sentadas en silencio unos momentos.

—¿Quién es ella? —preguntó Donna María.

Katie jugueteó con las tiras del cinturón de su chaqueta.

—Creo que soy yo.

—Ah.

—Ahora bien, si no es algo junguiano ni freudiano . . .

—Dime, hija, ¿tienes algún motivo para tener miedo de ti misma?

No creía que lo tuviera, al menos no lo había creído en todos estos años. Katie se aclaró la garganta.

—Todos tenemos un lado oscuro, ¿no es cierto?

28

Brian Hoffer. *Arizona Daily Star*.

Hasta ahora, que Janeal hubiera visto, había publicado tres entradas sobre Salazar Sanso. A las 15:19 había divulgado una historia afirmando que el señor de la droga había sacado a la luz una teoría estrafalaria, según fuentes cercanas.

Alguien había sobrevivido a la trágica masacre de Mikkado.

Janeal empezó a sudar a pesar de que tenía encendido el aire acondicionado en su oficina. El perro iba a venderla. Después de todos estos años, le habían encerrado en una jaula y le habían engañado con filetes crudos; y la había vendido.

Enfundada en unos tejanos y una chaqueta de seda de color lima, aquel sábado por la tarde Janeal agarró el auricular y se encontraba marcando los números del teléfono de Alan cuando la puerta de su oficina se abrió. Apretó el botón para detener la llamada y sostuvo el aparato. Fulminó con la mirada al intruso. Si Alan hubiera estado allí aquello no habría sucedido. Por lo general, él trabajaba seis días, pero se las había apañado para conseguir tiempo libre.

—Jim Northrup quiere verla —dijo la mujer rubia. Janeal reconoció a la ayudante del director de finanzas.

—Hoy no concedo citas. Y mucho menos a Jim.

—Está aquí.

—¿Por qué debería eso hacerme cambiar de idea?

—Está amenazando con demandarnos.

Eso hizo reír a Janeal.

—¿Sobre qué? Bob puede encargarse de ese cascarrabias. No me necesitan para eso.

—Bob me envió.

—Dígale a Bob que no estoy disponible. Puede mandarle un memorando a Alan. Tengo dos sillas que llenar ahora que Milan ha dimitido.

—¿Qué?

—Milan no va a volver, querida. Ahora yo soy la jefa a la que van a odiar el doble. Si Jim o Bob vienen, les pondré a trabajar empaquetando las cosas de este despacho para poder mudarme un piso más arriba.

La rubia apretó los labios y cerró la puerta.

Janeal liberó el botón y marcó de nuevo. Miró su escritorio y vio una lista bajo un pisapapeles en la bandeja de entrada. Era una página impresa de una agenda diaria; en realidad, pertenecía al horario que Alan le preparaba cada semana. La palabra *Sábado* llenaba el margen superior.

El teléfono de Alan dio señal.

15:45. Steve Newman, titular: revocación de la ley de armas.

—Señora Johnson, ¿qué puedo hacer por usted? —dijo Alan después del tercer timbrazo.

—No importa. —Y colgó el teléfono.

Su jefe de redacción podría manejar aquella historia.

Ahora tenía otra que investigar, y necesitaba hacerlo en persona.

Janeal revisó los intervalos de treinta minutos que se atropellaban en el recordatorio de su apretada agenda de la tarde y fue delegando aquella lista mentalmente. Los titulares podía endosárselos al jefe de redacción. Habría que cambiar la hora para la grabación de la última controversia sobre inmigración de la CBS. No hacía falta reunirse con el director de producción; le diría a Alan que hiciese el cambio a favor del proveedor de Ontario sin demora. Era algo que Janeal había decidido hacía ya tiempo. Se suponía que debía aparecer en la recepción de la American Freestyle Feminists prevista a las 17:30. Annie Mansfield tenía contactos en Washington que Janeal no podía permitirse no mantener. Alan y su novia podían recoger sus entradas para el concierto: de todos modos nunca se había propuesto asistir.

En este breve lapso de tiempo, Janeal odió su agitada y solitaria vida.

El sentimiento pasó.

Marcó de nuevo el número de Alan y le dijo que necesitaba que se pusiese en contacto con todo el mundo. Él le agradeció lo de las entradas.

Tiró el calendario a la papelera y se levantó para cerrar su puerta con llave, se dejó caer en la silla y se giró para no ver a nadie que pasara por allí.

Alguien llamó a la puerta.

Ella no miró.

Desde su iPhone encontró rápidamente la dirección de correo electrónico de Hoffer, publicada al final de un artículo antiguo del *Daily Star* donde se pedía la opinión de los lectores, y envió una nota.

Por favor, contacte conmigo tan pronto como sea posible. Asunto: superviviente de Mikkado. Posible historia de interés humano y política de control de emergencias, a entregar bajo acuerdo. Jane Johnson, All Angles.

Dejó su número de teléfono privado.

Con la sangre latiéndole con fuerza en su dolorida cabeza, Janeal se puso en pie y colocó sus más queridas pertenencias en la única caja que había traído con ella, manteniendo su espalda contra la ventana de cristal. Milan no habría colgado aún su pretencioso traje de ejecutivo, pero a ella no le importaba. Alan empaquetaría y arreglaría el resto el lunes. Intentó concentrarse en una corta lista de candidatos a quienes podría llamar para que la remplazaran como directora ejecutiva. Nadie de dentro, claro.

Los nombres se le escapaban. No podía pensar en ninguno que no fuera Salazar Sanso, esa serpiente, que se atrevía a incumplir el acuerdo verbal al que llegaron quince años atrás para negociar con los federales y salvar el pellejo.

¿Cuánto valdría ella en el acuerdo al que ese monstruo llegaría con la fiscalía? Seguramente no mucho. Ni siquiera había hecho circular el dinero falso.

Aunque ellos no sabían nada de eso. Sanso tenía los billetes y podía ponerlos en circulación. Lo más probable es que ya lo hubiese hecho. Podría culparla del robo del dinero confiscado de la DEA. Después de todo, ella lo había robado y se lo había entregado a él.

Tal vez, si descubrían que estaba viva, la DEA también la responsabilizara de las muertes.

¿Qué diría Sanso de su papel en la masacre?

Quiten la pena de muerte de la mesa y déjenme entregarles a la mujer que urdió aquella horrible noche, la hija de su amado jefe, cuyo cuerpo nunca encontraron...

¿Cuánto les llevaría seguir su pista desde Nuevo México a Nueva York en aquel mismo momento?

¿Y si su padre . . . ?

Se detuvo en ese pensamiento descarriado. Los *condicionales* harían de nuevo trizas su corazón si no los mantenía acorralados. Su teléfono móvil estaba sonando. Se dio cuenta de que en la caja sólo había puesto tres cosas.

—¿Sí?

—Con Jane Johnson, por favor.

—¿Quién llama?

—Brian Hoffer. Me dejó un mensaje.

—Ah sí, señor Hoffer. Gracias por devolver la llamada.

—Está interesada en la historia de Sanso y Mikkado.

Escuchar los dos nombres aparejados de ese modo tan despreocupado provocó que a Janeal se le encogiera el estómago. Mantuvo su voz bajo control.

—No es un interés que vaya a comprometer su investigación, se lo aseguro.

—Eso me tranquiliza.

—Estamos trabajando en una historia sobre política pública en relación a las víctimas de crímenes violentos y su obligación de participar (o su derecho a negarse a ello, como dirían algunos) en el juicio contra los acusados. Consecuencias mortales para los testigos, derecho a la privacidad, protección de identidad, esa clase de cosas.

—Ajá.

—Así que, claro, un superviviente de un incidente de esa magnitud que haya permanecido en silencio durante tantos años puede que tenga algo que decir al respecto.

—Ha dado en el clavo.

Janeal sonrió ante la expresión. Sus reflejos verbales revelaban su juventud. Era bueno saberlo.

—¿Cómo puedo serle de ayuda, señora Johnson?

—Me gustaría que considerase escribir una pequeña parte de la historia para nosotros. Algo de interés humano sobre este presunto superviviente.

—La existencia de dicha mujer por ahora sólo es una especulación.

Mujer.

—No me importa demasiado. La historia está al rojo vivo en estos momentos, así que procedamos como si fuera verdad. ¿Le dio Sanso un nombre por donde empezar?

—Señora Johnson, primero necesito darle a mi editor la prioridad . . .

—No me venga con formalismos, Brian. Yo asigno la historia. Puede escribirla o no, pero no puede hacerlo para su periódico o su blog o su página de MySpace. Si lo hace, tendré su carrera en la bandeja en la que serviré la cena este fin de semana. Si la escribe para mí, no obstante, es posible que la historia dé lo suficiente como para escribir un libro en el futuro. Usted es la persona más indicada para escribirla, contando que pueda encontrar a esa mujer antes que yo, no sé si me entiende. Tengo a varios editores interesados en la gran masacre ahora que Sanso ha sido apresado y que esta nueva información ha salido a la luz. Seis cifras. Si está preocupado por su editor, yo puedo darle trabajo. Hay un montón de preguntas sin contestar flotando allá abajo alrededor de Nuevo México, y no tienen nada que ver con el Área 51.

Escuchó cómo Brian tomaba aire y, según creyó ella, aceptaba su oferta.

—Estamos siguiendo una pista en Santa Fe —reconoció.

—¿Estamos?

—Robert Lukin y yo.

Janeal se enfureció ante la posibilidad de que Brian ya estuviera un paso por delante de ella. Había encontrado a Robert con rapidez. Con Sanso entre rejas, perseguir a un superviviente (perseguirla a ella) sería el siguiente paso lógico que daría su antiguo novio. ¿Cómo había cometido un fallo tan grande y no se había anticipado a un reportero que estaba tan claramente cerca de la noticia?

¿Por qué Robert había malgastado su vida persiguiendo a Sanso? Sabía la respuesta, pero si él hubiera elegido un camino diferente tal vez ahora las cosas serían diferentes.

—Robert Lukin —repitió Janeal—. El oficial de la DEA que hizo el arresto.

—El mismo.

—¿Está con él ahora?

Si estaban juntos, ella colgaría de inmediato.

—Sólo las mujeres van al servicio acompañadas, señora Johnson.

Debía acortar la conversación, entonces.

—¿Cuál es su interés en un posible superviviente ahora que Sanso ya está entre rejas?

—No estoy seguro, pero si va a enviar a algún perro guardián a controlar su propiedad intelectual, mejor dele a seguir su rastro, no el mío.

—¿Tal vez tiene otras conexiones con la masacre?

—No lo sé. Aún no ha publicado ni una sola palabra sobre sus experiencias como agente de la DEA, lo he comprobado.

—Supongo que no lo sabrá hasta que descubra más cosas sobre él, ¿me equivoco?

—¿Qué punto de vista tiene en mente?

—Lo estoy pensando mientras hablamos. La historia del señor Lukin es valiosa en este contexto. Se ha dedicado en cuerpo y alma a una búsqueda excepcionalmente personal de la verdad. Quisiera saber cuáles son sus motivaciones. Respecto a esta otra víctima, bueno, tengo curiosidad sobre su decisión de permanecer en el anonimato. Quizás la elección esté condicionada por cuestiones de género. Esa podría ser una posibilidad interesante . . .

—¿Así que quiere una perspectiva de comparación y contraste dentro del mismo artículo?

—Eso depende del tema, que en última instancia es el que determina la forma de la historia, ¿no cree?

—Entonces tal vez tengamos dos historias.

—No lo sabré hasta que descubra más cosas de esa mujer. ¿No cree que es un poco extraño que Sanso haya insinuado la existencia de otra persona que podría poner el último clavo en su ataúd? Me gustaría saber por qué lo ha hecho.

—Bueno, por ahora nadie parece saber mucho del asunto.

Janeal se permitió un suspiro de alivio. Quizá Sanso no le había dicho su nombre a nadie. Todavía.

—¿Cuál es su pista? —Janeal se preparó para escuchar la noticia de una pista que les llevaba hacia el este de Albuquerque.

—Una víctima de quemaduras del St. Joseph que actualmente vive en las afueras de Santa Fe. Su nombre es Katie Morgon. Intentaremos verla esta noche.

Las manos de Janeal se humedecieron y el teléfono resbaló. Su mente se le vació de palabras. Pensó que había oído a alguien golpeando de nuevo con fuerza su puerta, allá lejos . . . o quizá sólo había sido el sonido de su corazón impulsando la sangre hacia sus oídos. Katie. Katie no.

29

La dirección que la señora Whitecloud le había dado a Robert pertenecía a un centro de rehabilitación para mujeres en las montañas Sangre de Cristo. La Casa de la Esperanza del Desierto, un viaje relativamente corto al norte de Santa Fe.

Desde el asiento trasero de la camioneta de Robert, Brian usaba su chisme electrónico para encontrar una guía telefónica online. Robert marcó el número en su teléfono móvil, atemorizado ante lo que pudiera encontrarse. ¿Había sobrevivido Katie a aquel calvario física pero no emocionalmente? ¿Había superado todo aquello para acabar aterrizando en unas instalaciones para gente que lidiaba con la desesperación?

O posiblemente el nombre que conservaban en el hospital era correcto y Katy Morgan no era la Katie Morgon que él buscaba.

El teléfono sonó y su pensamiento dio marcha atrás. ¿Cómo podía haber sobrevivido el peor de los incendios que había tenido lugar en la propiedad? Especialmente la explosión del tanque de gasolina. ¿Cómo podía haberse alejado varios kilómetros del campamento por su propio pie? En el breve instante que tardó la persona al otro lado de la línea en levantar el teléfono de la horquilla y contestar, Robert se preguntó si algún hombre de Sanso se habría llevado a Katie y le habría hecho algo indecible.

—Casa de la Esperanza —dijo una voz de mujer.

Robert olvidó lo que había planeado decir.

—Estoy buscando a Katie Morgon. ¿Es posible que sea una paciente?

—Podría decirse así.

Robert no lo entendió.

—¿Hay alguien que . . . ?

—¿Qué le hace pensar que pueda ser una paciente? —preguntó la mujer.

—¿Tal vez trabaja allí?

—¿De qué quiere hablar con ella? Porque Katie no tiene tiempo para bromas ni rodeos. Si es periodista, usted y todos los de su profesión deberían saberlo. Deje que le dé el número de nuestro agente de relaciones públicas.

—No soy periodista —le echó una mirada a Brian y esperó que estar sentado en el coche con uno de ellos no fuera usado en su contra.

—Periodista, miembro de los medios de comunicación, como quiera llamarse a sí mismo. Si ella pasara más tiempo al teléfono este lugar se iría al garete. No se me ocurren más maneras en las que quisieran enfocar su historia de éxito.

Robert se rascó la cabeza encima de su oreja derecha.

—Lo siento, soy un viejo amigo.

—*Seguro*.

—No estoy seguro de que sea la Katie que estoy buscando.

—Se lo diré.

El parabrisas de la camioneta aumentaba el resplandor del sol de la tarde y calentaba incómodamente la cara de Robert.

—¿Sería posible hablar con ella?

—Claro. Katie hablará con cualquiera, aunque no entiendo por qué. Si me da su número . . .

—Esperaré.

—Bien, pero a menos que me dé su nombre, seguirá esperando por toda la eternidad.

—Robert Lukin.

—¿Y llama desde?

Robert se impacientó.

—Si Katie no sabe quién soy, no será a la que estoy buscando.

La mujer farfulló algo que sonó como *Romeo*, sólo que su entonación carecía de cualquier sutileza. Sonó un golpe en la madera cuando dejó el aparato en el escritorio.

Robert esperó.

No durante una eternidad, pero sí durante largos minutos sin ningún otro sonido que el tecleo irregular de Brian como música de fondo. El periodista escribía con los hombros encorvados y el cuello doblado en un ángulo tan antinatural que un día le haría evolucionar un viejo hombre jorobado. Aunque Brian actuaba como si estuviera solo, Robert tenía la corazonada de que sus oídos lo habían registrado todo.

Robert apartó la mirada.

¿Qué pasaría si esta Katie no era su vieja amiga? Se avecinaba una gran decepción. Robert se preparó para ello. Formaría parte del carácter de Sanso haberse inventado esa teoría estrafalaria de que Robert no estaba solo. Nada cambiaría.

Excepto que ya no había ningún otro Sanso al que perseguir.

Salió de la cabina para separarse de Brian, incapaz de predecir su propia reacción a la voz que le hablaría desde el otro extremo de la línea, ya fuera que le resultara familiar o extraña. Cerró la puerta y se apoyó en ella, mirando la llana superficie de tierra roja que se extendía a lo largo de varios kilómetros hasta llegar al pie de las montañas Sangre de Cristo.

El teléfono se sacudió en el otro extremo.

—¿Robert?

Era una voz familiar y reconfortante, sacada directamente del pasado, una voz que él conocía. En cierto modo distinta (más vieja, más sabia, más calmada), pero la misma.

Él soltó todo el aire de sus pulmones de forma audible.

—¿Robert Lukin?

—Katie.

Parecía que ella no sabía qué decir más allá de lo que él había dicho al principio. Entonces ambos hablaron a la vez.

—Los informes dicen que todos murieron.

Y:

—¿Por qué no le contaste a nadie lo que sucedió?

Robert se rió y se pasó la mano por la cejas, la nariz, la boca. Sus ojos se llenaron de lágrimas. No había sentido tanto gozo desde . . . desde hacía años.

—Me alegra mucho oír tu voz —dijo él.

—Todo este tiempo . . . No tenía ni idea. Dijeron que *todos* habían fallecido. Eso fue lo más difícil de encajar. Me sobrepuse al resto con el tiempo, pero eso . . .

—Lo siento.

—¿Por qué no oí hablar de ti?

—Sanso, la prensa . . . la DEA quería que les ayudase. Lo mantuvieron en secreto. Si lo hubiera sabido, Katie . . .

—No. No volvamos a eso ahora. ¿Cómo me has encontrado?

—Ayer arrestamos a Sanso. Sugirió que yo no era el único . . . que tú . . . No sabía qué pensar. No estaba seguro de que estuviera diciendo la verdad. ¿Cómo podía él estar tan seguro? ¿Tú lo sabes?

Katie no contestó inmediatamente. Él se preguntaba si lo que había dicho tenía algún sentido.

—Aquí no nos llegan muchas noticias —murmuró ella—. No inmediatamente. Los hacemos así adrede: ayuda a las mujeres a mantenerse centradas.

—Está bien. No esperaría que . . .

—Suenas bien —dijo ella.

—Más viejo. Más cínico.

—No. Más mayor. Ambos hemos crecido, estoy segura.

—Te he echado tanto de menos, Katie . . . A todos.

Se hizo un silencio que llamó al recuerdo de toda la gente que habían perdido. Robert sentía su corazón pesado y ligero al mismo tiempo.

—Tengo muchas preguntas —dijo Robert.

—Estoy segura de que ambos las tenemos. ¿Dónde estás?

—En Santa Fe.

—¿Puedes venir? Me gustaría . . . —se le rompió la voz—. Le hará bien a mi corazón verte.

—¿Es un buen momento?

—Es quince años más tarde de lo que me hubiera gustado.

Su risa pareció más bien un intento por no ponerse a llorar.

—Estaré allí en media hora.

—Tenemos mucho de lo que hablar, Robert.

—Tengo tiempo.

30

Janeal calculó que unas trescientas cincuenta personas llenaban el restaurante *Chez Jacques*, que aquel sábado por la noche estaba reservado para la recepción de la American Freestyle Feminists. Janeal se había cambiado en la oficina los tejanos por una falda de tubo recta y se había desabotonado la americana de seda para resaltar su camiseta verde a juego. Se recogió el cabello color caoba, que se había oscurecido con los años, y deslizó una barra de labios a juego con él sobre su boca. Tenía los ojos arenosos, pero no se quitó las lentes de contacto (de un color azul artificial que a Milan le gustaban por cómo resaltaban con su cabello). Ella también pensaba que quedaban bien en las fotografías. Al menos estaba presentable.

Aquella noche se conformaba en estar lo suficientemente bien.

Entró en *Chez Jacques* bajo la luz de los flashes y haciendo girar las cabezas. Janeal no se hacía ilusiones con llamar la atención como J. Lo o Brangelina, pero en los círculos donde se movía, en los círculos editoriales de Nueva York, era más envidiable ser más sofisticado y menos sensacionalista. Lo que pasaba con *All Angles* era que ella había sabido mantener el equilibrio entre ambos sectores, por decirlo así, con un pie en el muy conservador y bien pensante mundo editorial, y con el otro en los periódicos de noticias liberales y reaccionarios. Ambos mundos la amaban. Era una auténtica política bipartidista.

En los dos primeros minutos tuvo cinco ofertas para sentarse y tomar una copa, y más felicitaciones por su nuevo trabajo de las que pudo registrar. Ni una sola persona preguntó dónde estaba Milan. En Nueva York la voz aún se corría más rápido que la tecnología moderna. Estuvo sonriendo, besuqueando mejillas y dando las gracias hasta llegar a una mesa vacía cerca de la barra, donde podía establecer su territorio. Ya se acercarían hasta ella los demás.

Dos personas lo hicieron, de hecho, guardándole la mesa antes de que sentara. Meredith Swan, a quien *All Angles* le había asignado muchos reportajes y que era una escritora decente, se pegó a Janeal como un mocoso molesto. Había venido con Bill Dawson, un antiguo ayudante del fiscal que creía que había encontrado un rol que le satisfacía más como agente de la condicional y funcionario público. Janeal no podía entender cómo Meredith le había arrastrado a aquel acto. Él le apartó la silla para que se sentara y fue a buscarles un cóctel a las señoras.

—*Tienes* que contarme lo de tu ascenso —dijo Meredith por encima del ruido de las copas de cristal y sonando como un simple chismorreo de barrio de Nueva York—. La gente dice todo tipo de cosas.

—Suele pasar —Janeal se echó hacia atrás y escudriñó la sala buscando a Annie Mansfield.

—Yo nunca, en un millón de años, hubiera pensado que Milan era de los que dimiten.

—Ha estado trabajando en un nuevo proyecto. Era el momento.

—¿Qué tipo de proyecto? —Meredith se inclinó hacia delante.

Janeal le ofreció una enigmática sonrisa.

—Supongo que lo anunciará a lo largo de la semana. No quisiera estropear su sorpresa.

—He oído que tú le has echado.

—Meredith, querida, ¿tú crees que alguien podría obligar a Milan a hacer algo que él no quiera?

Bill regresó con dos cócteles muy decorados, los puso enfrente de las dos mujeres y le hizo señas a un camarero que llevaba una bandeja de aperitivos. Janeal recibió más saludos de tres circunstantes más. A Annie no se la veía por ningún sitio. Janeal miró su reloj y decidió dedicarle a aquel ejercicio treinta minutos. Podía ser refinada y fingir estar ocupada todo ese tiempo.

Como mucho.

Janeal no esperaba dormir aquella noche. Sería la tercera noche seguida. Por el lado bueno, no necesitaba que la vieran en público el domingo si no quería. Y, mejor aún, lo bueno del insomnio era la ausencia de sueños. Se ahorraría las recurrentes pesadillas.

O bien Katie Morgon aún estaba viva o bien Janeal tendría que poner su fe en alguna increíble coincidencia: que una mujer del mismo nombre, en el mismo estado y habiendo sufrido el mismo trauma espantoso se levantara para atormentarla después de una década y media de silencio.

Y todo era culpa de Salazar Sanso. ¡Estúpido! El estúpido criminal que se había dejado atrapar teniendo tantos peones que darían sus vidas por él.

¿Pero Katie Morgon? Janeal agarró su cóctel, sintiendo el frío del cristal en las puntas de sus dedos. ¿Cómo había sabido lo de Katie? ¿Qué ganaría él revelando que era Katie y no Janeal la que había sobrevivido?

Le suscitó una pizca de alivio saber que Robert aún no la estaba buscando, siendo *aún* la palabra clave. Katie no sería capaz de asegurar si Janeal había sobrevivido, pero sabía lo del dinero de la DEA, y, peor aún, sabía que Janeal la había abandonado para que muriese. Le contaría a Robert toda clase de cosas, cosas que Sanso corroboraría . . .

En una de sus pesadillas (había tres que se repetían casi rítmicamente) la mano del esqueleto de Katie, atada a un maldito taburete de bar metálico y recubierta con un guante negro brillante, empezaba a agitarse cuando sentía que Janeal estaba de pie detrás de la puerta de la carbonizada sala de juegos. Se estremecía hasta que el movimiento se convertía en un temblor visible, en una audible vibración que iba in crescendo hasta que Janeal se tapaba los oídos con las manos, incapaz de entrar o salir de la habitación. Las suelas de sus zapatos se habían derretido y la habían dejado pegada al suelo.

Entonces las cuerdas que ataban la mano arremetían contra ella, estirándose como una serpiente a punto de atacar, agarrándola por los helados tobillos y penetrando en su fina piel hasta los huesos, tirando de ella con tanta fuerza para sacarla de sus zapatos derretidos que se golpeaba la cabeza contra el marco de la puerta, aunque no se desmayaba. En su sueño las cadenas retrocedían, arrastrándola de vuelta al taburete, que ardía entre unas llamas que le lamían los dedos de los pies, los pies y finalmente las espinillas.

Siempre, cada vez que las llamas se aproximaban a sus rodillas, se despertaba con una migraña que no remitía hasta dos o tres horas después.

De hecho, sintió cómo una de ellas llegaba en ese preciso momento.

Bill Dawson decía algo y le dejaba una tarjeta de presentación enfrente. Ella sonrió y asintió, deslizándola dentro de su bolso; después dio un sorbo a su bebida, intentando mantener la mente en el presente.

El brillante cabello blanco de Annie Mansfield apareció al otro lado de la sala.

Tanya Barrett, de *Vogue*, puso una mano en su hombro cuando pasaba y le susurró a Janeal al oído lo que pensaba de Milan Finch y cuán lejos había llevado Janeal la causa de las mujeres trabajadoras dándole una patada en el . . .

El teléfono de Janeal sonó.

—Lo siento —les dijo a Meredith y a Bill, levantándose y posando la vista sobre Annie, aunque ésta parecía dirigirse al servicio de mujeres—. Debo contestar esta llamada.

Respondió en el vestíbulo, junto a un viejo teléfono público que probablemente no había sido utilizado en una década.

—¿Sí?

—Señora Johnson, soy Brian Hoffer.

—¿Y?

—Me pidió que la llamara después de nuestro encuentro con . . .

—Sí, no necesito que me lo recuerde. ¿Qué ha averiguado sobre esa Morgon?

—Está ansiosa por vernos esta noche.

—¿Y por qué me llama ahora?

—Para hacerle saber que ella y Lukin se conocen.

Janeal permaneció callada y se apoyó en la pared de azulejos afiligranados que abarcaba toda la longitud del vestíbulo.

—Lukin también es un superviviente de la masacre de Mikkado. Bonito, ¿no? ¿Encontrar a dos en dos días después de todo este tiempo, cuando todos habían sido dado por muertos? Aparentemente sólo la DEA lo sabía. Es como la cosa del Fénix, que sale de sus cenizas . . .

—Sería bueno para el proyecto, para el trato sobre el libro, que no publique nada hasta haber establecido alguna comunicación personal con la señora Morgon.

—Sé un par de cosas sobre cómo mantener en secreto una historia.

—¿De verdad? Ya ha hablado de su posible existencia en bastantes entradas de su blog. ¿Cuánto tiempo cree usted que tiene?

El chico guardó un pertinente silencio.

—Brian, ¿le ha preguntado a Sanso sobre . . . ?

—Nadie le pregunta nada estos días aparte de los médicos y los abogados.

—Bien, quizás el señor Lukin pueda conseguirle a usted un acceso especial.

—Trataré de convencerle.

—Me gustaría saber cómo supo Sanso lo de la señora Morgon mientras que el resto del mundo, aparentemente, no tenía idea.

—No puedo hablar de eso —Brian debió de interpretar el silencio de Janeal como un reproche, porque añadió—: Aún.

¿Y si Sanso y Katie habían llegado a un acuerdo para protegerla? ¿De qué? Sanso había intentado matar a Katie.

Pero Katie sabía que Janeal había huido con su dinero (o sea, el dinero del gobierno). ¿Acaso Katie le había sobornado?

Janeal movió la cabeza. Ninguna de aquellas preguntas tendría sentido hasta que, en primer lugar, descubriera cómo había sobrevivido Katie. Ese tanque de propano . . .

—¿Dónde es la reunión?

—La señora Morgon dirige un pequeño centro de rehabilitación para mujeres que se recuperan de la adicción a las drogas y el alcohol. Se llama Casa de la Esperanza del Desierto. Es un pequeño lugar en las montañas al norte de Santa Fe.

Un centro de rehabilitación. Claro. Eso encajaba a la perfección con el carácter de Katie Morgon, que podía transformar una tragedia en rayos de sol en un solo día.

—¿Cuánto tiempo van a quedarse?

—Depende de lo que se tarde en ver si realmente hay una historia allí.

—Oh, estoy segura de que la hay. Manténgase en contacto.

Janeal cerró su teléfono, entró en el servicio y cerró la puerta del baño detrás de ella. Miró fijamente el yeso de color coral entre los azulejos, recobrando la calma antes de regresar a aquella multitud de allá fuera.

Su vida ahora parecía más pequeña que la suma de sus pretensiones. Ahí fuera, el mundo que ella había creado para sí se mantenía de pie sobre una falla, y el suelo estaba empezando a temblar.

Podía confiar en que Brian la informaría de la historia en cuanto la descubriera. Estaba segura de que al final tendría una buena biografía: qué le había pasado a Katie, cómo había sobrevivido, por qué caminos había discurrido su vida desde la tragedia. Hasta ahora Brian no parecía tener la intensa percepción de un periodista más maduro. Escarbaría, pero no muy profundo. Lo más importante para él, juzgó ella, era saber que había llegado el primero a la escena. El rey de la montaña, por el momento. Lo cual significaba que Janeal lo tendría fácil para mantenerlo centrado.

Para la juventud, la vida consistía en la velocidad de la carrera, no en una técnica para ganarla. Usaría aquello a su favor en lo que concernía a Brian.

Existía la posibilidad, sin embargo, de que Brian le diera la información pero no el control. Su tarea en aquel momento sería determinar exactamente cuánto control necesitaba, y cuándo. ¿Hasta qué punto podía ella impedir que Katie revelase las decisiones que había tomado Janeal en aquel incendio? ¿Provocaría la llegada de Robert el fin del silencio de Katie? ¿Hasta qué punto llegaría Janeal para impedir que Sanso dejara ver sus intenciones? ¿Qué tramaría aquella gente contra ella, hasta dónde se alejaría de ellos antes de que descubrieran y sacaran a la luz su verdadera identidad?

Salió del baño y se lavó las manos en el lavabo que quedaba más alejado de las velas de aromaterapia que estaban encendidas sobre el mostrador, a modo de decoración. No soportaba las velas. Ni siquiera tenía cerillas en su casa.

Se alisó la falda, se arregló el pelo y volvió a pintarse los labios. Su primera tarea, decidió, era encontrar un modo de ver a Sanso y adivinar qué había detrás de la inoportuna revelación suya.

Janeal sacó una píldora para la migraña de su bolso y se le tragó sin agua.

Sí, empezaría con Sanso. Sanso era un rival respetable, con su mismo nivel intelectual, un compañero desafiante para una competición. Incluso se atrevía a decir que le admiraba en esos aspectos. Sin embargo, también era cierto que él se lo había quitado todo, habiendo perdido así su capacidad para amenazarla. Katie Morgon, por otro lado, era un adversario mucho más sombrío, encubierta como estaba en la dulzura y la luz.

Y Janeal la temía.

31

Katie estaba sentada en la negrura de su habitación privada e intentaba recuperarse de la sorpresa. Su corazón aún latía desbocado. *Robert. Robert. Robert.* Había intentado salir de la oficina de Lucille, donde había contestado la llamada, sin parecer tan asombrada como estaba.

—¿De qué iba todo eso? —había preguntado Lucille.

Katie apartó el rostro. Lucille podía leer sus expresiones con facilidad.

—Era un viejo amigo —murmuró.

Lucille debió leer su lenguaje corporal a pesar de haber escondido la cara. Su compañera de trabajo se rió disimuladamente y dijo:

—Claaaro.

Katie se sentó en el borde de su cama y se abrazó. El miedo le trajo a la mente a la mujer sin rostro con el cabello en llamas. No había preparado a Robert para lo que encontraría en la cima de aquella montaña. ¿Debía haberle contado lo de sus cicatrices, lo de su ceguera? ¿Debía haberle contado que no era la misma persona que él recordaba?

Quizá se fuera cuando la viera, aunque Katie no creía que él actuara así, a menos que los últimos quince años hubieran operado un cambio dramático en su corazón. Si aquello había sucedido, ella creía que lo amaría de todos modos.

Todavía lo amaba. Sí, lo amaba.

Katie empezó a orar. Estuvo orando hasta que la cabeza en llamas de sus pesadillas empezó a desvanecerse.

Contempló la posibilidad de que Robert estuviera casado después de todo aquel tiempo.

Se tragó el dolor que aquella posibilidad le provocaba. Si lo estaba, aquello sería lo mejor. Porque cuando él descubriese la verdad sobre ella (si es que alguna vez la descubría) desaparecería de su vida para siempre.

Robert encaminó su camioneta hacia la estrecha carretera de montaña que se dirigía a la Casa de la Esperanza del Desierto. No estaba seguro de cómo identificar el sentimiento que le revoloteaba en la boca del estómago y aún estaba menos seguro de querer hacerlo. Después de quince años capturando y encarcelando todas las emociones de su pérdida, la perspectiva de reunirse con alguien que había compartido su experiencia amenazaba la seguridad que él había construido para sí.

Y abría la posibilidad de que pudiera matar finalmente a la bestia indómita.

—Los de *All Angles* están muy interesados en tu amiga —dijo Brian.

Robert había intentado encontrar el modo de mandar a Brian de vuelta a Tucson después de llamar a Katie, pero el periodista se olía una historia con dinero detrás. Por lo visto así lo veía alguien más.

—Katie Morgon está empezando a ser conocida en los círculos del servicio público. Unas doscientas cincuenta mujeres han completado su programa en los últimos diez años —leyó Brian en su aparato inalámbrico—. El setenta y tres por ciento de ellas siguen sobrias y conservan sus trabajos después de cinco años. Eso es mucho.

La camioneta de Robert se topó con un bache e hizo saltar a Brian de su asiento. A veinticinco kilómetros en dirección a las montañas, a las afueras de Santa Fe, el centro de rehabilitación quedaba lo suficientemente lejos para disuadir de una posible fuga, pero lo suficientemente cerca de la ciudad para facilitar a los ex adictos la vuelta al mundo real de forma gradual. Era un detalle en el que Katie había pensado.

—Ha ganado cuatro premios al servicio público y las labores humanitarias en Nuevo México en los últimos dos años. A la gente que es como ella, las Madres Teresa y los Padres Flanagan del mundo, la fama les llega la quieran o no. La bondad verdadera es tan escasa en estos días que la gente se da cuenta enseguida.

—Katie siempre fue así.

—¿Una ganadora?

—Bondadosa.

—Empezó a trabajar en el centro hace trece años —silbó Brian—. ¿Crees que ella pudo haber pasado por alguna circunstancia para hacer algo como eso?

—¿Qué circunstancia? —Robert no tenía la intención de acusar a nadie, pero, sinceramente, si Brian le preguntaba a Katie cosas como esa él mismo le pondría de patitas en la calle.

Brian esquivó su mirada y se aclaró la garganta.

—Ella se puso al frente del programa cuando el director murió en un accidente de coche. Tenía sólo veintiún años.

Ahora tendría treinta y dos. Robert se preguntaba cómo debía ser Katie hoy, si la reconocería. Si se cruzara con ella en la calle, ¿pasaría de largo? La información que la señora Whitecloud les había proporcionado no ofrecía detalles truculentos sobre el alcance de sus quemaduras. Sólo decía que había estado entrando y saliendo del hospital regularmente durante muchos años. Robert podía suponer el porqué. Injertos de piel. Infecciones. Neumonía. Todo esto era común en las víctimas de quemaduras. Tratamientos para el dolor. Terapia.

Y sin embargo, no podía traer a la mente otra imagen de ella que no fuera su belleza juvenil, con aquel cutis del color del roble y aquellos rizos largos y negros.

Tan distinta de Janeal Mikkado en apariencia y personalidad.

Janeal. Hacía bastante tiempo que su mente no revoloteaba hacia ella. Con los años, sus recuerdos se movían en su dirección cada vez con menos frecuencia. Las había amado a ambas, algo que Janeal nunca entendió. Quizá no fue justo por su parte pensar que ella podía. Aunque su corazón trazaba líneas entre un amor apasionado y un amor protector, el corazón de Janeal exigía una definición más clara. La Janeal que sabía con precisión qué quería en la vida fue la Janeal que él amó. Ella le había animado a pensar fuera de la *kumpanía*, aunque al mismo tiempo él nunca creyó que tendría que abandonar el grupo.

Katie, sin embargo . . . Katie representaba todo lo bueno que había en el mundo, tan pura y alegre y libre del cinismo que lo inundaba todo de tal modo que incluso se las había arreglado para filtrarse dentro de su aislada comunidad. Dentro de Janeal. Incluso dentro de él. Katie era un pedazo de cielo azul brillante en un mundo de tinieblas.

La camioneta de Robert coronó una colina y entonces la carretera descendió hacia un largo camino de entrada flanqueado por una verja. Pasó bajo un arco de hierro forjado que llevaba el nombre de la casa. Las puertas estaban abiertas.

El centro de rehabilitación era un rancho de adobe al que una arboleda de mezquites le daba sombra. Las tejas de arcilla del largo y bajo edificio se habían modernizado con varias placas solares orientadas al sur. Los viejos póstigos de madera se habían abierto hacia el exterior de la casa para dejar ver las nuevas ventanas de vinilo.

Aparte de un Suburban cubierto de polvo junto a un garaje independiente, Robert no vio ningún otro signo de vida. Aparcó cerca de las puertas de roble que, supuso, eran la entrada, y salió del coche.

Una atractiva mujer de mediana edad, delgada y rubia, que vestía tejanos azules y una sudadera de la Universidad de Nuevo México, apareció por la puerta y le tendió la mano a Robert.

—¿Robert Lukin? —preguntó. Él le estrechó la mano—. Soy Lucille Adams. Llega tarde.

Robert miró su reloj. ¿Le había dicho a Katie que llegarían a una hora concreta?

Se disculpó porque le parecía lo correcto y entonces presentó a Brian. Lucille le dio un fuerte apretón en el brazo y le soltó.

—Les llevaré con Katie, a ver si aún está libre.

Robert se sorprendió con la brillante iluminación del interior de la casa. Él asociaba aquellos sitios con el desconsuelo, y esperaba encontrar ventanas pequeñas que dejasen pasar poca luz, paneles de madera y baldosas de color marrón. En vez de eso, la casa se abría a un brillante atrio iluminado por la luz del sol donde las plantas verdes florecían en un jardín del tamaño de una sala de estar. Las paredes estaban revestidas de pino blanqueado, y decoradas con tapices navajos de vivos colores rojo y turquesa.

Lucille rodeó el atrio y cruzó un vestíbulo hacia un patio adjunto en la parte sur del edificio. Robert la siguió a través del umbral. Aquella zona también era un exuberante jardín interior con sillas acolchadas, lámparas de lectura y mesas de café. Suspendidas sobre las plantas había lámparas de calor que al parecer mantenían el lugar verde aun a pesar de los inviernos fríos de la montaña.

Dos mujeres de cabello oscuro estaban inclinadas sobre la tierra en una esquina de la larga sala.

—Katie, Robert y Brian están aquí.

La mujer con el cabello más largo se sentó sobre sus talones y tomó impulso para levantarse.

Robert se dio cuenta de que estaba conteniendo el aliento. Soltó el aire de sus pulmones.

Ella se giró.

Excepto por la melena de rizos negros, no la hubiera reconocido si se hubieran cruzado por la calle. Estaba mucho más delgada, lo que la hacía parecer más alta. Su piel era más pálida de lo que él recordaba, y más tersa de lo que esperaba. Se había preparado para algo espantoso. Pero su cara era hermosa, impresionante, tal vez porque la dulzura de ver a la mujer a la que había amado como una hermana y que creía muerta fue mucho más grande que la realidad del pasado.

Una suave cicatriz, como una cinta, salía de su sien izquierda y atravesaba lo alto de su pómulo, bajando hasta la parte inferior de su mandíbula y desapareciendo bajo su jersey de cuello alto. Al fin tuvo la entereza de mirar sus ojos castaños, ojos sin brillo, sin vida. Sin brillo donde una vez habían centelleado. Sin vida donde una vez hubo dos intensos focos.

Katie estaba ciega.

Robert evitó su mirada involuntariamente. La culpa que sentía desde hacía tiempo por haber sobrevivido a todos se multiplicó al darse cuenta de que físicamente había salido ileso. Lo que imaginó de camino hacia allí no podía compararse a la realidad, que le dejó sin aliento y le impidió ser capaz siquiera de hablar.

Se sintió atrapado en aquel jardín interior con la idea de que él le debía a ella más de lo que le podía pagar, y al mismo tiempo con la abrumadora sensación de que no tenía que haber venido.

Brian disimuló la indecisión de Robert. Dio un paso hacia Katie mientras ella se quitaba los guantes de jardinería. Él tomó su mano en la suya tan rápido que ella dio un grito ahogado por la sorpresa. La agarró firmemente del brazo y habló despacio.

—Señora Morgon, soy Brian Hoffer.

Al menos el chaval no gritaba.

El susto de Katie se convirtió en una ligera y pícara sonrisa y giró sus ojos hacia la voz. Vocalizando con el mismo cuidado que él, dijo:

—Encantada de conocerle.

Brian soltó la mano de Katie y Robert se fijó por primera vez en las feas cicatrices rojas y blancas que cruzaban sus nudillos y surcaban sus largos dedos como si fueran candelas derretidas.

Excepto por las manos y la cara, y unos pies de piel tersa y suave enfundados en chanclas, el resto de su cuerpo estaba cubierto: pantalones militares y una camisa de algodón a cuadros encima del jersey de cuello alto.

Giró la cabeza como si quisiera escuchar dónde se encontraba Robert. O tal vez estuviera preocupaba porque él no había hablado.

Él se aclaró la garganta al tiempo que ella decía:

—Gracias, Lucille —tendiendo sus guantes en dirección a la rubia—. Tal vez Rita y tú puedan terminar esto mientras yo les enseño el lugar a estos señores y les ofrezco algo para beber.

Entonces Katie giró la cabeza hacia Robert.

Lucille agarró los guantes.

—Puede que plante las hostas en un sitio distinto de donde tú las quieres.

—Puede que te deje hacerlo —dijo Katie. Y sonrió, aunque no Lucille.

Cuando Lucille gruñó y se unió a la otra mujer, Katie dio tres pasos hacia Robert como si pudiera verle a la perfección.

—¿Cómo estás, viejo amigo? —preguntó. Katie inclinaba la cabeza de la misma forma en que solía hacerlo cuando le pedía que la dejara practicar leyendo su mano. Ella extendió su mano para saludarle, sin ningún tipo de timidez.

Y Robert, incapaz aún de hablar, agarró su mano y la acercó a su corazón, rodeándola con el otro brazo para así poder enterrar su cara en el pelo de ella y esconder de los demás, y sobre todo de ella, el hecho de que sus ojos estaban llenos de lágrimas.

32

Robert siguió a Katie a través de los pasillos del viejo rancho de adobe, que originalmente había sido una escuela de arte que se había trasladado a Santa Fe. Su cuerpo grácil se deslizaba como el humo por encima del suelo embaldosado con ladrillos de colores, de forma silenciosa y fantasmal, sin ni siquiera oírse el ruido de las chanclas golpeando el suelo.

Ella explicó la función de cada habitación, principalmente para el interés de Brian, pensó Robert. A Robert le importaba la casa, pero hubiera preferido pasar la tarde a solas con ella, respondiendo preguntas mutuas sobre su calvario, sobre cómo escaparon de él, sobre cómo les había perseguido desde entonces.

En esta biblioteca las residentes recibían consejos y apoyo de otras residentes, dijo Katie; en aquella clase se les enseñaban habilidades básicas para la vida, como aprender a llevar la economía; en este taller les enseñaban a trabajar. El programa estándar duraba nueve meses. Algunas de las mujeres necesitaban más tiempo, algunas menos. La casa, que era sólo para mujeres, tenía veinticinco camas, le dijo a Brian, que hablaba más que ella. En aquel momento había dieciocho de ocupadas. Dos residentes se había graduado la semana pasada después de tres años de ferviente trabajo, y habían encontrado un hogar y un trabajo en Albuquerque. Ella estaba muy orgullosa por lo que habían conseguido.

Robert escuchaba pero no oía. Aquella mujer era la Katie que él recordaba, y sin embargo, a la vez, era distinta, y la diferencia no tenía que ver con su ceguera, su edad o su voz, que en muchas maneras era la misma y en otras era más profunda y entrecortada, quizá un efecto del fuego. El cambio que él no podía definir le resultaba familiar y desconocido al mismo tiempo, tan evidente como sus abundantes rizos negros y tan oculto como sus pensamientos acerca de la súbita aparición de él en su vida. Él creía que si se concentraba lo suficiente podría identificarlo, del mismo modo que finalmente se recuerda un nombre obvio o un hecho que durante horas se ha mostrado esquivo.

Aquel habría sido el caso si hubiera podido estudiar a Katie en privado, sin la constante distracción de Brian. De algún modo él conseguiría reunir la paciencia para esperar hasta que Brian regresara a Arizona.

—Este fin del mundo es muy buen sitio para que se esconda una persona si quiere —observó Brian.

La mayoría de sus preguntas hasta entonces habían sido observaciones sesgadas como aquella.

—Eso depende de lo que se entienda por *esconderse* —dijo Katie haciendo una pausa antes de entrar en la cocina y girando sus ojos hacia el sonido que emitía el estilo de Brian—. Si se dice en el sentido de no querer ser descubierto, como un criminal huyendo de la ley, no. No estamos aquí para eso. No es esa la razón por la que estas mujeres vienen aquí. Pero si se dice en el sentido de encontrar un lugar protegido donde una persona pueda sanar sus heridas con tranquilidad, entonces sí acepto esa definición.

Ella les señaló la placa de madera que había sobre el marco de la puerta. Robert y Brian levantaron la barbilla a la vez.

Escóndeme bajo la sombra de tus alas, de la vista de los malos que me opri-men, de mis enemigos que buscan mi vida. Salmo 17.8-9

—Son un grupo religioso —declaró Brian.

Katie frunció los labios (para reprimir una sonrisa, pensó Robert).

—Somos un grupo realista —dijo Katie.

Entró en la cocina, una maravilla esmaltada que parecía antigua y aún capaz de cocinar a escala industrial. De pie ante una tabla de cortar, una mujer con un delantal azul levantó la vista hacia ellos. Por cómo olía estaría aplastando ajos.

—Ofrecen un estudio bíblico —insistió Brian—. Lo vi en el horario semanal.

—La asistencia no es obligatoria.

—¿Qué partes de la Biblia estudian?

—Cualquier cosa que pueda aplicarse a la situación de estas mujeres. Lo que significa casi todo.

—Apostaría algo a que su financiación viene en gran parte de las iglesias.

—¿Qué le hace pensar eso? —Katie indicó que se sentasen en una isla rematada de formica, se acercó a un armario y sacó tres vasos.

—Entonces, ¿de dónde viene?

—De la gente que valora lo que hacemos.

—¿No hay escasez de tales personas en estos días?

—Para nada.

—Pero antes dijo que se estaban enfrentando a la falta de fondos.

—El dinero escasea, los grandes corazones no. La gente nos ayuda de otras formas.

—¿Qué clase de heridas se tratan aquí? —preguntó Robert deseando que el tono de Brian no buscara tanto la confrontación.

—Las he visto de todas clases.

Ella giró su cabeza hacia él.

Brian volvió a intervenir:

—¿Qué la inspiró a venir a trabajar a este lugar tan poco tiempo después de resultar herida? O sea, ¿cuál es la conexión entre su experiencia y el abuso de sustancias?

Katie tardó tanto en contestar que Robert pensó que o bien no había oído a Brian o finalmente su línea de interrogatorio la había ofendido. Llenó los vasos con hielo y tomó una jarra con té del refrigerador antes de contestar:

—La respuesta a eso probablemente está fuera del alcance de su artículo, si es que lo he entendido bien.

—No tiene por qué, si es cierto que usted y Robert, aquí presente, son los únicos supervivientes de la masacre de Mikkado. Eso es lo que me interesa: saber qué hizo que uno escogiera esconderse, si no le importa que use ese término, mientras que el otro buscara justicia de forma relativamente pública.

Katie vertió el té en los vasos sin dejarse ninguno y los llenó por igual. Robert notó que sus mejillas palidecieron.

—Podría decirse que ambos dedicamos nuestra vida a proteger a los demás de una tragedia similar —dijo Robert manteniendo sus ojos en

Katie. Al sonido de su voz ella exhaló y pareció relajarse. Se giró hacia el alféizar que había sobre el fregadero y arrancó unas hojas de menta de una planta que crecía en un pequeño tiesto.

—Pero con métodos muy distintos —insistió Brian—. ¿Por qué eligió éste, Katie?

Ella dejó caer unas cuantas hojas en cada vaso antes de depositarlos enfrente de los hombres. Sus cejas se había unido en un ceño pensativo, y por un momento Robert pensó que iba a decirle a Brian que la pregunta era demasiado personal.

Sin embargo, dijo:

—La tragedia nos muestra lo que somos realmente, Brian. Nos da la imagen más real y exhaustiva de lo que hay en nuestro interior. Y si somos sinceros respecto a lo que descubrimos, el camino que debemos tomar después suele ser bastante claro. ¿Estás de acuerdo, Robert?

—Lo estoy.

Él sacó una hoja de menta del vaso y la aplastó entre su pulgar y su dedo índice. La olió. Recordó cómo Janeal a menudo añadía hojas de menta a su té.

Se quedó mirando fijamente la hoja. ¿Hacía cuánto tiempo que no pensaba en aquello?

—Así que eso es distinto para cada persona —le estaba diciendo Katie a Brian—. No es ninguna sorpresa —regresó a su vaso de té y se lo acercó a los labios, pero detuvo el gesto—. La mayoría de las mujeres que vienen aquí entienden la importancia de ser honestas respecto de lo que somos.

Se refiere a *quien* somos.

—No. Lo *que* somos. Frágiles seres humanos propensos al fracaso. Eso es lo que tenemos en común, ya que antes preguntó sobre la conexión.

Robert se preguntaba si Katie había encontrado las respuestas a las preguntas que él se había estado haciendo durante los últimos quince años, si tenía algún derecho a pedirle que las compartiera con él. Se preguntaba si ella había descubierto alguna explicación para la tragedia, algún significado para aquel sinsentido, alguna justicia o esperanza. A pesar de toda la bondad moral de un lugar como la Casa de la Esperanza, no podía ver cómo un pequeño refugio en las montañas podría proveer el tipo de respuestas que importaban.

Puesto que no iba a hacer todas aquellas preguntas en la presencia del chico reportero, mentalmente le instaba a Brian a hacerle aquella atrevida pregunta que él no podía . . . todavía. ¿Qué significado había ella encontrado en aquel lugar para acallar el dolor de su tragedia?

Evidentemente Brian no podía leer la mente.

—Está diciendo que tuvo problemas de adicción una vez.

La risa de Katie salió disparada junto con su té. Robert vio que la mujer de la tabla de cortar sonreía, nada sorprendida por la exhibición de Katie. Él no pudo evitar sonreír, principalmente porque Brian, que seguía allí sentado y perplejo, se sentía como el extraño en aquella pequeña broma. La idea de la dulce Katie siendo alguna vez adicta a algo que no fuera la bondad era estrafalaria.

—Brian —dijo Katie secándose la boca con el dorso de su mano antes de ir a buscar una servilleta—, estoy segura de que no soy la persona adecuada para su reportaje.

—Claro que sí.

—Nunca me gustó estar en el centro de nada.

—Mucha gente piensa que lo merece.

—No se trata de merecerlo o no, Brian, sino de quererlo. Sé que usted y Robert hicieron un largo viaje para hablar conmigo, y estaré encantada de que se queden todo el tiempo que quieran, pero no tengo nada que contarle al mundo. Mis historias son privadas.

—Conozco al director de una revista nacional y a diversas editoriales que no piensan lo mismo.

—Que piensen lo que quieran. No voy a pasear mi vida personal ante una audiencia nacional. Las historias que tenga que contar sólo son para las personas que necesitan escucharlas.

—¿Cómo decide quién necesita escucharlas?

—No tengo ninguna fórmula, si es eso lo que está preguntando.

—¿Se da cuenta de que cuanto más proteste más querremos escarbar los periodistas?

Katie se cruzó de brazos.

—Pobre chico. Aún no ha superado la etapa de la obstinación desafiante, ¿cierto? —la impaciencia se había manifestado en el tono de su voz, pero aun así mantuvo suficiente amabilidad para silenciar a Brian. Temporalmente, pensó Robert.

—Eres más callado de lo que te recordaba, Robert —añadió ella al incómodo silencio.

—Tú también has cambiado.

—Para mejor, espero.

Robert asintió y vio pasar una sombra por los ojos de Katie. Él mismo se abofeteó mentalmente. Ella no podía ver su lenguaje corporal, claro, y su comentario había sido estúpido.

Buscó un cumplido apropiado.

—Te faltaba muy poco para ser perfecta.

Katie bajó los ojos y apartó su rostro de él. Quiso alcanzar su vaso de té y calculó mal su ubicación, volcando la taza. Se estrelló contra el suelo de baldosas, y todos miraron el líquido marrón escurriéndose sobre el suelo.

—Oh, Robert —suspiró—. No tienes ni idea.

33

El sábado por la noche (técnicamente era la madrugada del domingo) Janeal subió a un avión y se dejó caer en su asiento de primera clase. Su móvil había estado pitando antes de la llamada para embarcar, y ella se había dedicado metódicamente a contestar todos los mensajes posibles antes de tener que apagar el aparato durante el vuelo.

Brian Hoffer le había mandado una nota. *Adjunto puntos generales sobre la idea de su historia. Sujetos difíciles, no muestran sus cartas, no estoy seguro de que encajen en el concepto. Dígame algo.*

Abrió el archivo y leyó por encima la sinopsis de dos páginas. Tenía que darle la razón a Brian. Allí no había nada. Nada que destacase, al menos, nada que sirviera para una historia utilizable en *All Angles*, nada que hiciera babear al editor, en vez de hacerle bostezar.

Nada que ella pudiera aprovechar como fuente de información personal.

Obviamente aquel joven periodista no lo haría. Todas aquella palabras tan decentemente escritas y aun así no había nada que mostrar aparte de dos figuras decentemente descritas, un Robert Lukin y una Katie Morgon sonriendo a través de las páginas como maniquíes de Macy's.

Tendría que hacerlo ella misma.

¿Hacer qué, ella misma? En primer lugar, ella no iba detrás de una historia.

Ella quería información. Y no información sobre cómo funcionaba la Casa de la Esperanza del Desierto o cuánta financiación había perdido en los últimos cinco años, que era sobre lo que Brian había escrito. Quería información personal que sólo ella sabría como sonsacar. Tendría que haberse dado cuenta de aquello al principio.

Janeal le envió una respuesta a Brian.

Poco sólido, nada sobre lo que hablar. La idea está muerta antes de empezar. Si decidimos revivir la historia le llamaré.

Hizo regresar su mente al siguiente paso. ¿Cómo llegaría hasta Katie? ¿Cómo podía averiguar qué pretendía hacer Katie con sus cartas? ¿Cómo podía Janeal hacerlo sin descubrirse?

No se le ocurrió ninguna respuesta clara.

Medio minuto después le llegó un segundo mensaje de Brian anunciando con educación la irrazonable indemnización que esperaba, acompañado con un lenguaje manido sobre cómo esperaba que *All Angles* pudiera reconsiderarlo o usarle en un futuro, bla, bla, bla. Acalló su irritación inicial y decidió que él se merecía cualquier indemnización que pidiese por no haberla llamado para discutir. La propia falta de entusiasmo del chico era indicativo suficiente de que él no pensaba que valiese la pena invertir su talento en aquella historia. Mucho mejor.

No sólo eso, sino que, quizá siendo consciente de que sus exigencias eran inusualmente altas, Brian había incluido la siguiente información: *La indemnización incluye un billete de ida para regresar a Phoenix, ya que mi transporte, Lukin, ha decidido tomarse unas vacaciones aquí en la Tierra del Encantamiento.*

Janeal contestó: *Envíeme la dirección postal. Recibirá el pago en tres semanas* y dejó a un lado su móvil. No esperaba volver a oír de Brian hasta después de que él descubriera que ella no le había pagado el billete de avión. Había ido allí por su cuenta; podía volver a casa del mismo modo.

Tampoco había calculado que Robert fuera a pasar un tiempo prolongado con Katie. Su presencia podía añadir una nueva vuelta de tuerca al ya de por sí enrevesado dilema de Janeal.

34

A pesar de las objeciones de Lucille, Katie lo arregló todo para que Robert se alojara en un ala donde había tres habitaciones vacías. Robert le prometió a Lucille que no sería una distracción para ninguna de las residentes y que no se cruzaría en el camino de nadie.

De todos modos, de su parte, Katie iba a ser la única persona de aquella casa a la que él vería durante toda la semana. Brian iba a dormir con él aquella noche y por la mañana se largaría de vuelta a Arizona. Había dicho algo sobre querer respetar el deseo de privacidad de Katie. Robert no le creía, aunque tampoco le importaba por qué se iba Brian, sólo que se iba. Necesitaba pasar un tiempo con Katie. A solas.

El domingo por la mañana Brian usó su cacharro inalámbrico para reservar un vuelo con salida desde el aeropuerto municipal de Santa Fe, y después despertó a Robert a empujones a las siete y media para que le llevara. Katie aún no había salido de su habitación, por lo que sabía Robert, y condujo montaña abajo a regañadientes sin tener tiempo de decirle a ella dónde iba. Aunque Brian ya no consideraba a Katie como una historia en potencia, insistía en molestar a Robert para que le facilitara el acceso a Sanso, una promesa que Robert rechazó hacer. Dejó a Brian en el aparcamiento, seguro de que pronto volvería a tener noticias del chaval.

En el camino de vuelta consiguió artículos de aseo y otros artículos que necesitaba y después llamó a Harlan para solicitar un permiso de una semana.

Harlan le dijo que mejor se tomara dos.

—No has tenido vacaciones en tres años —dijo el hombre—. Ni se te ocurra volver un día antes.

Robert aparcó su camioneta en la Casa de la Esperanza poco después de las diez y media.

El silencio del domingo por la mañana parecía anormal comparado con la cháchara de las mujeres y las pisadas que habían llenado los pasillos la noche anterior. El sonido de una cacerola chapoteando contra un fregadero de metal llevó a Robert a la vieja cocina, donde sólo estaba Katie. Llevaba el cabello recogido y estaba sacando una vaporera de una cazuela en el fuego. Sobre la isla donde Brian y él habían tomado té helado cuando llegaron había un revoltijo de hojas de col, especias, cebollas, arroz cocido y un bol con lo que parecía ser carne picada.

—*Sármi* —dijo Robert—. No lo he comido desde que . . .

No lo había comido desde que Janeal lo preparó por última vez, la semana antes de su muerte.

—No puedo prometerte que salga bien —dijo Katie mientras ponía la vaporera en el fregadero—. Ha pasado mucho tiempo. Por aquí no hay mucha demanda de hojas col rellenas.

Se inclinó sobre la parrilla que había en el fuego y olfateó. Las tres brochetas rellenas de ternera finamente cortada y pimientos parecían estar casi a punto. Con tanta facilidad como si pudiera ver lo que estaba haciendo, clavó un tenedor en un trozo de carne para comprobar si ya estaba listo y se desmenuzó sin problemas. Katie puso las brochetas en platos, dos para él y una para ella, al lado de una ración de arroz integral sazonado con hierbas. Entonces usó un par de pinzas de madera para sacar el contenido de la vaporera.

—¿Te importa almorzar temprano? —preguntó ella.

—Me muero de hambre. ¿Cuándo volviste a cocinar? —preguntó Robert. Se sentó y pensó que aquella comida era el manjar más apetitoso que había visto en mucho tiempo.

—Resulta que cocinar es terapéutico.

Él esperó a que ella se explicara, pero no lo hizo. Tal vez le estaba invitando a unirse a ella.

—¿Dónde guardan la vajilla? —preguntó Robert.

Katie señaló un armario.

Robert sacó lo que pensó que necesitarían, sin querer nada más en aquel momento que hablarle a Katie de todo lo que había pasado durante aquellos años buscando a Sanso, de su único objetivo, de la semana que les llevó al día en que finalmente todo aquello sucedió. Ella entendería las emociones que sentía pero que no podía expresar. ¿Pero por dónde empezar? ¿Y querría ella hablar del pasado, de Sanso y de lo que había pasado la noche en que sus vidas habían ardido hasta los cimientos?

Se movían por la cocina en silencio mientras Katie llenaba los platos y Robert buscaba los cubiertos y ayudaba a despejar dos huecos lo suficientemente grandes para que ambos pudieran comer.

Roberto tomó un bocado de la brocheta de ternera. El adobo era picante y dulce, y tenía una pizca de curry.

—Esto está increíble.

Katie sonrió.

Comieron sin hablar durante largos minutos, y la torpeza se apoderó de la mente de Robert como algo nuevo e inesperado. Se puso un rollito de col en la boca y lo masticó con lentitud.

Estudiaba a Katie, que daba pequeños bocados. Se había quitado la cinta del pelo, permitiendo que le cayera como una cascada sobre un lado de la cara.

—Saben como los que hacía Janeal —se atrevió a decir.

Los ojos de Katie se empañaron.

—Lo siento. Quiero decir . . . Quería que fuese un cumplido.

Y una invitación a una conversación de verdad.

—Lo ha sido. Es por eso que los hice, ya sabes.

—¿Porque querías un cumplido?

—No, Robert. Hay que agarrar al toro por los cuernos . . .

—Cierto.

—Está bien hablar de ello.

—Es difícil saber por dónde empezar.

—¿Quieres hablar?

Él quería. Y no quería. Masticó lentamente antes de decir:

—Claro.

Entonces Katie se rió y él se sintió estúpido.

—Ya veo que tendré que hacer de anfitriona de esta pequeña reunión nuestra.

—Has sido tú la que se ha mantenido en silencio todos estos años.

—Me parece justo.

—Nunca supe que habías sobrevivido. ¿Por qué le dijiste a la gente que no tenías nada que ver con la *kumpanía*?

—¿Cómo sabes eso?

—Me lo dijeron en el hospital.

Ella dejó su tenedor en la mesa.

—Al principio lo negué porque estaba asustada. El hombre que mató a nuestras familias estaba tan empeñado en matar que creí que vendría por mí. Hubiera sido imposible evitar las preguntas de los investigadores, de los medios de comunicación. Él lo hubiese averiguado.

—Sí, no se le habría pasado.

—Brian dijo que tú fuiste uno de los agentes que le detuvieron.

—Algún día te lo contaré. Sigue contando.

Katie apoyó sus codos en la mesa.

—Al cabo de un tiempo se volvió más fácil dejar el pasado atrás. Y llegó el día en que tomé la decisión de separarme conscientemente de aquel período de mi vida.

—Era demasiado doloroso pensar en ello.

Katie se mordió el labio y lo soltó.

—Esa sería la manera más sencilla de decirlo.

—Si hubiera sabido que estabas viva . . .

—Creo que fue mejor así. He necesitado todo este tiempo para recuperarme. ¿Cómo me has encontrado? No . . . primero lo primero. ¿Cómo . . . conseguiste que no te mataran aquella noche? ¿Qué pasó cuando fuiste a buscar a tu familia?

Robert empujó su plato a un lado y tomó ambas manos de Katie entre las suyas. Harlan era la única persona a la que se lo había contado, y de eso hacía diez años. Pero el relato de aquel horror se le repetía a menudo en la mente, incluyendo el momento en que había visto morir al padre de Katie y a Sanso arrastrándola a ella hacia la casa de reunión. Lenta y abiertamente se lo contó todo.

Cuando terminó de hablar sus caras estaban bañadas en lágrimas.

—¿Tú resultaste . . . ?

Katie alzó el brazo para tocar su mejilla y él le agarró la mano, apretándola contra su piel y cerrando los ojos para concentrase en su calidez. Él negó con la cabeza.

—¿Y tú? —preguntó Robert devolviéndole la caricia sin importarle la cicatriz que le bajaba por un lado del rostro y desaparecía debajo del jersey de cuello alto—. ¿Cómo sucedió?

—Es una suerte que no recuerde gran parte de lo que ocurrió —dijo ella. Se soltó de Robert, deslizando sus dedos por el pelo. Un mechón de cabello se enganchó en el anillo que llevaba en el dedo anular de su mano derecha, seis pequeños diamantes engarzados en la anchura de una fina banda de oro. Por primera vez Robert se dio cuenta de que la preciosa melena de Katie era una peluca—. Es una suerte que no pueda verlo.

—¿Por qué dices eso?

—Mi cuerpo. Soy espantosa, Robert.

—Eres la mujer más hermosa que jamás haya visto.

Era la opinión más firme que había sostenido sobre una mujer durante mucho tiempo, y brotó de él sin ni siquiera pensarlo.

—No lo soy.

La idea de que Katie pensara que él no estaba siendo sincero le dolió. Robert deseaba tocarla de nuevo, pero no quería ofenderla, no quería que dejara de hablar.

—¿Qué partes recuerdas?

Ella negó con la cabeza y se tapó los ojos con las manos llenas de cicatrices.

—No me gusta hablar de eso.

—Puedes hablar conmigo.

—Yo nunca . . . Voy a necesitar algún tiempo para ponerlo todo en orden en mi mente.

Robert esperó.

—Janeal —dijo Katie. Y no dijo nada más durante un minuto entero.

Robert insistió con dulzura.

—¿Janeal qué?

Treinta segundos más tarde Katie negó de nuevo con la cabeza y se enjugó los ojos. Se puso en pie y recogió los platos a medio comer.

—Janeal lo intentó —dijo.

Entonces Katie llevó los platos al fregadero y fue rescatada de decir nada más por Lucille, que irrumpió en la cocina echando humo por las orejas. Exigió la presencia de Katie para una reunión de emergencia respecto a una de las residentes.

—Ahora iré —dijo Katie, pero no se apresuró en colocar los rollitos de col que no se habían comido en pequeñas bolsas de plástico. Lucille cerró con un portazo y Robert miró a Katie limpiar los restos de su proyecto culinario de forma rítmica, calmada y pensativa, moviéndose como si sus pasos estuvieran medidos y coreografiados. Robert estiró el brazo y rozó la mano de Katie cuando ella pasó por su lado, y le sugirió que tal vez podían salir a pasear juntos cuando la reunión hubiese finalizado.

Katie le apretó los dedos sin decir sí o no.

—Tómate todo el tiempo que necesites —dijo Robert.

La voz de Lucille le llegó a Katie diez pasos antes de llegar en la oficina. Parecía que Lucille había empezado sin ella en esta ocasión, y Katie se alegraba. La conversación con Robert la había descentrado.

—¡Seiscientos dólares! —estaba diciendo Lucille—. ¿Y crees que mereces quedarte aquí? Tienes suerte de que aún no haya llamado a la policía.

Katie entró en la habitación.

—Dime por qué no debería entregarte a las autoridades —preguntaba Lucille.

—Lucille.

Katie le rogó que se calmara.

—No es una pregunta difícil. Dime por qué, Rita.

—Lo siento mucho.

—¡Lo que sientes es que te hayan pillado!

—No . . . se suponía que sólo sería un poquito, una sola vez. Mi hermano necesitaba ayuda. Nunca quise tomar tanto . . .

—Le has robado a todas las mujeres de esta casa, Rita. ¡Como si nos sobrase el dinero, en primer lugar! Como si no pagásemos tu manutención, tu alojamiento y tu rehabilitación. ¿Acaso piensas que es gratis? ¿Crees que el gobierno lo subvenciona todo? Déjame decirte lo que vale . . .

—Lucille, es suficiente.

Las palabras de Katie, aun pronunciadas varios decibelios por debajo de las de las otras dos mujeres, fueron lo suficientemente convincentes para hacer que Lucille diera marcha atrás. Oyó que Lucille se acercaba a su escritorio y levantaba el teléfono de la horquilla.

—Gracias a ella ya llevamos dos semanas de retraso en el pago de la hipoteca —farfulló.

—Limítate a llamar a la policía —dijo Katie. Entonces se giró hacia Rita—. Cuéntame qué pasa con tu hermano.

Al sonido de un pañuelo de papel saliendo de una caja le siguió un ligero lloriqueo.

—¿Con qué necesita ayuda?

—Él . . . eh . . . perdió su trabajo. Tiene tres hijos. Su esposa tiene cáncer. Necesitaba algo para ir tirando.

Katie acercó una silla delante de Rita, que sollozaba en el sofá. El cálido sol de la tarde se derramaba en la espalda de Katie.

—El dinero puede ser un autentico talón de Aquiles para algunos de nosotros, ¿no es cierto? —dijo Katie—. Está justo ahí, a nuestro alcance, y pensamos que lo necesitamos por una buena causa. Y antes de darnos cuenta ya lo tenemos en la mano.

Rita se sonó la nariz.

—Comprendo esa clase de tentación. Créeme, la comprendo.

Rita no contestó.

—Ahora mismo esta casa está funcionando con lo justo para «ir tirando», como tú has dicho. Confiamos lo suficiente en ti para que nos ayudases con los libros y lo vieras por ti misma. ¿Estoy en lo cierto? Sí. Así que creo que entiendes qué significa haber perdido seiscientos dólares —hizo una pausa—. También entiendes por qué debemos dar parte de esto.

—No volverá a suceder.

—Es una buena promesa, y creo que ahora mismo estás siendo genuina, pero no puedo llevar una promesa al banco.

Más lloriqueo.

—Lo devolveré.

—Tal vez. Creo que podrías hacerlo. Mientras tanto, no puedo salvarte de las consecuencias de lo que has hecho, Rita. Dejar que te quedes aquí es poner en riesgo a todas las demás mujeres del programa. Ellas deben creer que nos tomamos las normas de la casa en serio. Y tú has cometido un delito.

Los llantos de la chica aumentaron otra vez de volumen.

—Por favor, no me hagan ir a la cárcel.

Katie posó su mano sobre la rodilla de Rita, donde la tela de sus tejanos estaba raída. Lucille tenía a un oficial de policía al teléfono y le estaba explicando lo que había sucedido. Katie suspiró. Deseaba poder darle a todo el mundo un millón de segundas oportunidades, tantas segundas oportunidades como necesitaran para recuperarse después de un terrible error.

Ella, de entre toda la gente, comprendía el poder de aquella clase de misericordia, nada más y nada menos que un milagro. Un milagro que una vez se le había concedido a ella; un milagro que creía no merecer.

—Será un juez quien decida lo que va a pasarte.

El teléfono de Lucille se sacudió en la horquilla cuando la llamada terminó.

—Están de camino.

—Pero te diré lo que puedo hacer yo —le dijo Katie a Rita—. Si es que dices en serio que quieres arreglar esto.

—Haré lo que quieran. Lo siento mucho.

—Voy a estar a tu lado en todo esto. Iré contigo a las vistas; te visitaré si te encarcelan. Si necesitas a alguien con quien hablar, puedes llamarme.

Cuando Lucille se sentó el aire salió despedido de la silla de vinilo, que crujió sonoramente.

—Te lo juro, Katie, eres la santa patrona de las causas perdidas.

Katie mantuvo su atención sobre Rita.

—Le dices al juez la verdad de lo que ha sucedido. Me esfumaré si descubro que sólo has contado mentiras piadosas. Aceptas las consecuencias con dignidad. Cumples tu condena. Organizas un plan para devolver este dinero a las demás residentes, aunque te lleve veinte años hacerlo. Yo puedo ayudarte con eso.

—Lo haré. Lo haré.

—Asistirás a todos los programas de rehabilitación que te asigne el juez. No te perderás ni una sola reunión, aunque estés muriéndote de alguna enfermedad incurable.

—Lo haré.

—Y vendrás conmigo a la iglesia una vez al mes. Sin quejas. Sin excusas.

Rita no respondió a esto último.

—Si haces todo esto, Rita, si pruebas que tus disculpas son sinceras y puedes ganarte de nuevo mi confianza, te dejaré volver a esta casa cuando todo termine.

—Tenía que haberlo visto venir —dijo Lucille.

—Habla demasiado —dijo Katie sin apartar su cara de Rita—, pero será la primera en darte un abrazo si regresas aquí.

—Eso es lo que crees.

Rita no dejó de darles las gracias a ambas mujeres.

—Empaqueta tus cosas y tráemelas —le dijo Katie—. Me ocuparé de ellas por ti.

—Saldrá huyendo —dijo Lucille cuando Rita se marchó.

—Entonces anda a vigilarla —dijo Katie.

Lucille no se fue.

—No sé por qué haces eso.

—La gente visita esta casa esperando descubrir lo que nos diferencia del resto. Y tú sabes que es porque vemos a todas las personas como iguales. Tú, yo y el resto de nuestro personal, todos somos capaces de lo peor. Algunos de nosotros aceptamos la gracia y la misericordia cuando nos es dada, y otros no. Eso no significa que yo tenga que dejar de repartir perdón.

—No necesitas ponerte religiosa conmigo de nuevo, Katie.

Katie se rió. Amaba a su insensible compañera como si fuera una hermana.

—No se trata de religión, sino de redención.

—Rita no reconocería la redención ni aunque Jesús mismo se la pusiera delante.

—Algunos de nosotros requerimos más tiempo que otros para reconocerla. O medidas más drásticas.

—Bueno, si estoy en lo cierto, esa chica tendrá que ir y volver andando sobre carbones ardientes en llamas antes de ser capaz de reconocer una segunda oportunidad.

Lucille no podía imaginar el impacto de su elección de palabras.

—Algunos de nosotros lo hacemos —dijo Katie.

—Dudo mucho que tú necesitases alguna vez una segunda oportunidad para algo, Katie.

Escuchó cómo Lucille salía al pasillo para seguir a Rita.

Si ella supiera . . .

35

De pie en el exterior del hospital donde Salazar Sanso aún se estaba recuperando, Janeal vacilaba una última vez.

Había pasado todo el vuelo matutino de Nueva York a Tucson en primera clase mirando fijamente su zumo de naranja, considerando lo imprudente de una visita. Se pondría al descubierto, por un lado, y se arriesgaría a hacer estallar la ira del hombre. O su encaprichamiento, si es que aún existía. Él decidiría, porque podía hacerlo, entre chantajearla o arrojarla a los lobos.

Janeal odiaba pensar en Robert Lukin y Katie Morgon como los lobos. En aquel momento ella era el auténtico lobo, y ellos eran tan inofensivos como el pato de *Pedro y el lobo*. Pero si la descubrían, aquellos roles con certeza se invertirían y ella acabaría en la barriga de alguien.

Salazar Sanso, amante de los «juegos», como él los llamaba (juegos que terminaban en muerte), no mantendría su promesa. No hay duda de que veía las promesas como estrategias, y su reciente arresto era un motivo para reevaluarlas. Enviar a Robert detrás de Katie era sólo el primer movimiento en una competición que les superaría a todos si ella no se anticipaba a su plan de juego, porque Sanso era un mal perdedor, y jamás admitiría la derrota ante nadie relacionado con Jason o Janeal Mikkado.

Sanso la hundiría antes de hundirse él mismo. Ella lo sabía porque había llegado a regirse del mismo modo. Había funcionado con Milan Finch.

Tenía que adelantarse a los movimientos de Sanso. Si tenía éxito dejaría que Robert y Katie cabalgaran juntos hacia la puesta de sol mientras ella se fundía en negro.

Por mucho que no quisiera hacerlo, debía dejar marchar a Robert. Otra vez.

Al menos esta vez Sanso no podía amenazar a nadie a quien ella amase, porque Jane Johnson no amaba a nadie.

A nadie.

Antes de que su vuelo aterrizara en Arizona ya había decidido que sus problemas tenían solución, y que la solución empezaba con una llamada a uno de los amigos de Milan Finch en la oficina del fiscal general. Jasper Tennant se convirtió en su amigo después de que ella acallara una historia que le incriminaba en un escándalo de malversación de fondos, haciendo correr una teoría alternativa que finalmente creó una duda lo suficiente razonable en el tribunal como para salvar su reputación. Y su carrera.

Ahora era ella la que necesitaba un favor.

Con la ayuda de Jasper se aseguró un pase para entrevistar a Sanso como abogada de la defensa, una tal Lisa Rasmussen, una socia real de la firma que ya había accedido a representar al criminal. Excepto que la verdadera Lisa estaba de vacaciones en Europa hasta finales de semana. Todo aquello explicaba por qué Janeal estaba allí un domingo por la tarde, llevando una bandeja con comida para llevar en una mano y una mochila de Dolce & Gabbana en la otra. Llevaba una peluca de pelo corto de color almendra y un traje pantalón con raya diplomática color chocolate, ambos del estilo de Lisa, basándose en algunas fotos que había localizado fácilmente en internet. Un par de finas gafas de Anne Klein completaban el atuendo.

Sanso reconocería la mente y voz de Janeal (si no lo hacía ella se encargaría de pincharle un poco la memoria), pero si todo iba bien él no podría separarla de la alineación de *All Angles*.

Para empezar, no era como si él leyera revistas estadounidenses, elogiadas o no. Aunque a ella le gustaba pensar que él quizá leyera cómics.

De todos modos, su imagen ya no saldría más en la revista. Aquel suplicio caería sobre el nuevo editor ejecutivo.

Janeal entró en el hospital y tomó el ascensor hasta la cuarta planta, y después se dirigió al ala de seguridad, sin que nadie le informara de que el horario de visita había finalizado. En la puerta de Sanso el guardia que estaba de servicio asintió como si la hubiera estado esperando y no comprobó la identidad que ella misma había falsificado en la habitación del hotel.

Sanso dormía cuando entró en la habitación. La débil sombra de los últimos destellos de sol abriéndose camino entre las cortinas opacas era la única fuente de luz a aquella hora. Janeal colocó la bandeja en la mesa con ruedas de la cama y la abrió. El hombre había envejecido algo desde su último encuentro. El cabello gris le bordeaba las sienes, y la frágil piel se le combaba debajo de los ojos. Sin duda, las heridas y el sueño daban la apariencia de que era más vulnerable de lo que era en realidad.

El aroma de la tilapia a la parrilla y el arroz al limón llenó la habitación. Janeal se apartó y se sentó en la silla de madera tapizada de las visitas, con su rostro en la sombra. No tuvo que esperar mucho para que el olor despertase a Sanso. Empezó a moverse al cabo de dos o tres minutos.

—¿Hambriento? —dijo desde la oscura esquina.

Sanso no contestó, aunque ella notó cómo su cabeza se movía al sonido de su voz. Después de un largo suspiro él empezó a dar palmaditas sobre las sábanas, probablemente buscando los controles de la cama.

—Déjame a mí —dijo ella, con los ojos adaptados a la oscuridad.

Fue a su lado y levantó la zona donde reposaba su espalda, y entonces colocó el control remoto de tal modo que colgaba por encima de la cabecera de la cama, donde él no podía alcanzarlo. Regresó a su asiento.

—Debería ver lo que estoy comiendo —murmuró él—. Y con quién.

—Estás comiendo pescado y arroz. Con Lisa Rasmussen.

—Lo dudo.

Su voz era barítona y áspera.

—Pruébalo y dime si me equivoco.

—Ah. No es la comida de lo que dudo. —Empujó la bandeja de plástico con los dedos y olisqueó—. Podrías haber traído un tenedor.

—Nunca te importó ensuciarte las manos.

—Cierto. Y a ti tampoco. Al menos hace mucho tiempo. Janeal Mikkado.

Cruzó las manos encima del pecho y suspiró como un hombre satisfecho con la vida.

—Te acuerdas.

—Niña, el número de mujeres que no he olvidado es tan pequeño que tengo tiempo de nombrarlas a todas en mis plegarias matutinas. He esperado a que regresaras a mí. Te busqué de vez en cuando, pero no con demasiada vehemencia. Soy un hombre de palabra. ¿Sabes que he orado por ti cada día desde la mañana en que vendiste tu alma por un millón de dólares?

—¿Sabes que te he maldecido a diario desde la noche en que masacraste a mi padre?

—Las oraciones son mucho más efectivas que las maldiciones.

—Mira dónde yaces, asesino.

Sanso giró la cabeza hacia ella y abrió los ojos. Parecían agujerear las sombras, y ella se preguntó si él podía verla con claridad.

—Apostaría algo que estoy tendido en una cama mucho más brillante que la que tú te has construido para ti —dijo él—. Dime por qué ahora, después de todos estos años, finalmente has venido a mí. Estoy seguro de que podrías haberme encontrado con más facilidad en algún otro lugar si de verdad lo hubieras deseado.

Metió la mano en la bandeja de comida y partió un trozo de pescado. Se lo puso en la lengua y lo masticó lentamente, chupándose los dedos antes de tragar.

—¿Quieres un poco? —le preguntó.

Janeal respondió suavemente, midiendo cada sílaba como si ella controlara la conversación. La irritaba no tener el control; se había acostumbrado a dirigir las palabras de los demás.

—¿Qué pretendías contándole a Robert Lukin que había otro superviviente?

La risa de Sanso fue silenciosa, pero su mandíbula subía y bajaba.

—Sólo un poco de diversión inofensiva. Ese chico dedicó su vida a atraparme; ¿sabes cómo se siente uno al ser idolatrado de ese modo? —Descartó la pregunta con un movimiento de cabeza—. Claro que no. ¿Pero a qué va a dedicar su vida ahora que ya me ha vencido? Necesitaba un poco de diversión.

—Estoy sorprendida de que admitas la derrota con tanta rapidez —dijo Janeal. Creía sinceramente que Sanso tenía intenciones más siniestras para el hombre que le había capturado finalmente . . . y de un modo tan humillante, si lo que se contaba por ahí era cierto.

Sanso se puso otro pedazo de pescado en la boca y volvió sobre el tema.

—Es cierto. Pienso en mi situación como una pausa temporal en el juego. No hay nada malo en hacerle pensar que ha terminado por ahora. Eso es estrategia. Tú eres una anguila mucho más escurridiza que lo que he sido yo. Le tomará un poco más de tiempo dar con tu paradero. Estoy pensando en veinte, veinticinco años. Y si te está buscando a ti, no me está buscando a mí.

Janeal tenía algunas dificultades para seguir aquel embrollo. ¿Estaba él diciendo que su intención no había sido dirigir a Robert hacia Katie? Si no, ¿cómo había entrado Katie a formar parte de aquella trama?

Sanso se tapó la boca con una mano, fingiendo vergüenza por una declaración impactante, y habló por entre sus dedos.

—Oh, espero que no estés enfadada conmigo por habérselo contado. Eso no formaba parte de nuestro acuerdo, ¿verdad? No creo que haya violado ninguna regla hablándole de ti. Él pensaba que era el único superviviente, ya sabes. Contarle que había otro fue un momento realmente precioso. Tendrías que haber estado aquí.

En la oscuridad de aquella habitación de hospital con olor a pescado la imagen de lo que Sanso pensaba que había hecho se aclaró en la mente de Janeal. Sanso no tenía ni idea de que Katie Morgon existiera, y Robert no tenía ni idea de que Janeal Mikkado existiera.

Pero Katie sí sabía acerca de Janeal.

Decidió que tendría más suerte controlando lo que le revelaba Sanso si no decía nada en absoluto.

—Cuando él descubra que has hecho negocios conmigo, eso debería endulzar un poco vuestro reencuentro. He guardado esa información para más tarde, pero cuando él lo descubra sabrá que ha estado buscando con un propósito. ¿No sería triste enviar a un chaval a la larga cacería de la mujer que le dejó atrás a propósito? Ya se verá, pero enviándole hacia ti le habré ayudado a hacer *más* justicia, incluso aunque ya te las hayas apañado para gastarte todo aquel dinero. Dime que lo invertiste, por favor . . .

—Él no va a malgastar veinte años de su vida en mí.

—Si parece que no va a hacerlo, le informaré de tus travesuras más pronto de lo que había planeado.

Janeal no podía contener la furia de su voz.

—¡Teníamos un trato!

—Y lo he cumplido fielmente. Mantengo todos los tratos que me convienen. Pero de vez en cuando tengo que renegociarlos.

—Me parece una negociación bastante interesada.

—Tú tienes tu identidad secreta, niña. Eso debe costar algo.

—¿Cuánto?

Sanso depositó otro trozo de pescado en su boca.

—Te encontrará —dijo Sanso masticando—. Los supervivientes de cualquier tragedia tienen una conexión que les une. Lo he visto una y otra vez. Sí, te encontrará. —Tomó otro bocado—. Y cuando lo haga, yo le encontraré una vez más.

Janeal le miraba fijamente.

—O quizás tú le encontrarás por mí —dijo Sanso relamiéndose los labios—. Adelántate a sus movimientos, salva la piel. Me ahorrarías un montón de tiempo.

Janeal se puso en pie y se colocó la mochila en el hombro. Él levantó sus ojos hacia Janeal lentamente, sin mover la cabeza. Ella no debía haberse cuidado lo suficiente de ocultar la furia de su rostro, porque él se rió de ella: una risa suave y relajante.

—No te enfades. Sólo he hecho tu vida más interesante. Deberías darme las gracias.

Janeal agarró el pomo de la puerta y lo giró.

—Janeal Mikkado. Quédate un momento —el tono de su voz había cambiado de la burla a la tentación, resucitando en la memoria de Janeal su primer encuentro con él cuando era una niña—. Cuéntame lo que has hecho con tu vida.

Permaneció de pie en el cono de luz que llegaba del pasillo. Se sorprendió a sí misma considerando su invitación. Intentó llevar su mente de nuevo a la urgencia del momento en que él la había puesto.

—Nada interesante —dijo ella.

—Tú podrías limpiar un baño y hacerlo interesante, niña. ¿Por qué siempre huyes de mí?

Su respuesta brotó sola antes de poder revisarla.

—No tengo ningún deseo de ser como tú.

—Yo creo que tienes prisa por marcharte porque sabes que ya eres *exactamente igual* que yo, y eso te asusta.

Sus ojos brillaron en la oscuridad, y ella se dio cuenta de que decía la verdad. *Era* como él: podía recorrer la superficie del mundo sin preocuparse por los deseos de nadie más que ella misma.

—No deberías estar asustada —dijo él—. Podríamos ayudarnos el uno al otro. Almas gemelas unidas.

—¿Ayudarnos el uno al otro para hacer qué?

Él no respondió de inmediato.

—A encontrar la felicidad que nos sigue eludiendo a pesar de todos nuestros logros.

—Yo ya soy feliz.

Parecía necesario protestar, aunque sin mucha convicción.

La risa suave de Sanso sonó debidamente malvada esta vez.

—No te rías —murmuró ella.

—Ven y ponme la cama otra vez como estaba para que pueda dormir. Aunque dudo que vaya a dormir mucho esta noche.

Janeal no evaluó si debía hacer lo que él le pedía o si debía salir por la puerta abierta. Pero cuando la puerta se cerró del todo se vio a sí misma de pie al lado de la cabecera de la cama, agarrando el control remoto y devolviéndoselo a su mano.

Los dedos de él se cerraron sobre los suyos y ella le dejó.

—Encuentra a Robert Lukin antes de que él te encuentre a ti. Tienes ventaja. Podemos quedarnos lo que ya tenemos. Podemos tener más.

—*Nosotros* no tenemos nada —dijo ella.

Sanso acercó los dedos de ella a sus labios.

—Podríamos tenerlo todo —le dijo tras besarle los nudillos—. Cuando hayas negociado con Robert, volverás a mí.

—Yo no voy de visita a la cárcel.

—Yo tampoco.

Janeal se soltó de su mano y caminó rápidamente hacia la puerta. La abrió con fuerza y salió al pasillo. Estaba temblando.

—Hasta pronto —profetizó él desde la oscuridad.

36

Por el tatuaje de su bíceps derecho (una daga clavada en un fajo de billetes), Sanso sabía que el enfermero que le traía la cena no era un enfermero. Las gotas de sudor sobre el labio superior y el esfuerzo que hizo para no mirar a los ojos de Sanso se lo confirmaron: era un delincuente de bajo rango en el imperio de Sanso, un plebeyo criminal, alguien prescindible, un escurridizo miembro de la familia que podía hacer una entrega arriesgada y ser asesinado si era necesario para cubrir un trabajo chapucero.

Sanso le había estado esperando.

El chico de los recados colocó un plato de melamina tapado sobre la mesa de la cama y puso la comida al alcance de Sanso. Se pasó el dorso de la mano por la frente sudorosa.

—Has tardado mucho —se quejó Sanso. Más tarde se preguntaría por qué la entrega se había demorado dos días si todo había salido conforme al plan previsto.

—Disculpas del chef —farfulló el hombre—. La primera tanda de patatas se estropeó.

Se apartó de la cama y se dio la vuelta para salir deprisa de la habitación, tropezando con la silla en la que Janeal Mikkado se había sentado. Al menos el muy patán no se cayó.

Janeal, Janeal. Ella entendía tan poco, concretamente no entendía que el anhelo que impulsaba a Sanso no era por Robert, que no merecía su tiempo, sino por ella. Sabía que ella vendría en su búsqueda. No le había decepcionado.

Sanso levantó la tapa del plato, satisfecho de saber que la conocía tan bien. Judías verdes de color gris, un correoso bistec Salisbury y una generosa montaña de espeso puré de papas. Gelatina. Había esperado todos aquellos años a que ella descubriera la verdad por sí misma, y aunque nunca hubiera planeado su propio arresto para provocar su regreso, al final había funcionado bastante bien. Cuanto mejor lo hiciese convenciéndola de que Robert era su objetivo, más rápido cedería a la voluntad de Sanso.

Al plan que tenía para la vida de Janeal Mikkado.

Su plan de poseerla totalmente; no por la fuerza, sino porque ella se rindiera por voluntad propia. Ella traicionaría a Robert para salvar su pellejo con tanta facilidad como le había entregado a su padre y a su amiga. Entonces su transformación sería completa.

La espera merecía la pena.

Levantó la fina cuchara de metal y la introdujo en la enorme ración de patatas. La cuchara se deslizó por el lateral de un objeto invisible. Sanso lo rescató del plato. Una jeringuilla envuelta en plástico y una botella de cristal sin etiqueta. Desenvolvió el revoltijo y retiró la jeringa, deslizándola bajo las sábanas a su lado. Entonces levantó la botella, que parecía contener agua, pero que, si Callista había hecho su trabajo, contenía suficiente carfentanilo para derribar a un gorila en cuestión de minutos.

Y a un hombre en cuestión de segundos. Ocho mil veces más fuerte que la heroína, sería como un viaje.

Puso la botella al lado de la jeringuilla y se comió lo que quedaba en el plato.

Un enfermero distinto se llevó la bandeja con las sobras una hora más tarde, y dos horas después de aquello la enfermera de noche comprobó los vendajes de su costado y declaró que su evolución era tan favorable que en uno o días saldría de aquella prisión para entrar en otra. Sanso no les dirigió la palabra a ninguno de los dos.

A medianoche, como todas las noches, escuchó cómo la enfermera le decía a la persona que guardaba la puerta que iba a bajar a tomar un café. ¿Quería que le trajese lo de siempre? Sanso no pudo escuchar la respuesta pero sí oyó la campanilla de las puertas del ascensor que anunciaba que la mujer ya se había ido.

Sacó el vial de cristal y llenó la jeringuilla, y se la colocó en la palma de la mano izquierda, la aguja hacia abajo y el pulgar en el émbolo. Su muñeca izquierda estaba esposada a la barandilla de la cama, que hizo bajar para poder sentarse y columpiar las piernas en el borde. Le quemaba el costado allí donde la bala le había perforado el hígado y lo había atravesado. Un mal menor, pensó.

Sanso voceó. Cuando el guardia no respondió, Sanso agarró la cuña limpia de los pies de la cama y la arrojó hacia la puerta cerrada.

El guardia, un tipo pulcro que parecía un federal, con el pelo negro arreglado y bien afeitado, se asomó a la habitación, con una mano aún asida al pomo exterior de la puerta.

Sanso hizo repiquetear las esposas que mantenían su brazo izquierdo amarrado a la cama.

—¿Llevas al baño a este tipo? —preguntó.

—Llamaré a la enfermera.

La puerta empezó a cerrarse.

—¿Tú las has visto? ¿Crees que se puede hacer algo en el baño con su aliento pegado a la nuca?

—Sobrevivirás.

—Dame un respiro, por favor. De hombre a hombre.

La cabeza del agente del FBI volvió a aparecer.

—Usa la cuña.

—Si hago eso, ¿qué crees que pasará la próxima vez que te llame? —Sanso gesticuló hacia el lugar donde había caído la cuña—. Si tú no quieres, dile a tu compañero que lo haga.

—Si fuera tan afortunado de tener a alguien más aquí para hacer tu trabajo sucio, lo haría.

Entró en la habitación y se inclinó para recoger la cuña, entonces dio tres pasos hacia la cama. La puerta aleteó y se cerró con un chasquido.

—Tira esto de nuevo, vacío o lleno, y la próxima vez te lo harás encima. Seguro que eso te granjearía las simpatías del personal.

Su brazo derecho se balanceó para soltar la cuña, que aterrizó sobre el pecho de Sanso. Sanso se inclinó hacia delante y la dejó rebotar, concentrado en la muñeca extendida del guardia, que había llegado lo suficientemente cerca de Sanso para agarrarla con su mano libre. Con un rápido movimiento, ayudado por el elemento sorpresa, retorció el brazo del agente y le hizo girar, arrastrándole hacia la cama.

El guardia reaccionó igual de rápido, aprovechándose de la inercia de su caída para zafar su muñeca del agarre de Sanso. El hombre dio un cuarto más de vuelta, sin duda intentando evitar aterrizar en la cama con la espalda expuesta, aunque eso fue precisamente lo que consiguió. Sanso, que había girado la jeringuilla en su mano esposada para que apuntara hacia arriba, apretó el émbolo en el mismo momento en que la aguja penetraba en la parte más carnosa de la cadera de su oponente.

Los ojos del agente se abrieron de par en par y dio un grito ahogado, y Sanso lanzó todo el peso de su cuerpo contra el hombre, dándole un codazo debajo de la barbilla para evitar que gritase fuerte, y clavándole una rodilla en la ingle. Unos cuantos golpes similares bastaron para minimizar el impacto de los puños con los que se debatieron durante los treinta segundos que le tomó al agente quedarse sin fuerzas.

El hombre estaba consciente pero paralizado cuando Sanso lo liberó y empezó a rebuscar en sus bolsillos la llave de sus esposas. No había imaginado quedarse sin aliento. La muñeca de Sanso sangraba allí donde el metal le había cortado durante las contorsiones de la escaramuza, y la jeringuilla estaba ensangrentada. La dejó caer al suelo y de una patada la metió debajo de la cama.

Sanso encontró la llave con rapidez, se liberó y empezó a desnudar al hombre inmóvil. Por suerte para él, el agente tenía una complexión similar a la suya. Desgraciadamente para el agente, eso significaba que sin duda alguna no iba a sobrevivir a aquella experiencia. Casi se le habían cerrado los ojos y su respiración se había hecho trabajosa. El botón del puño de la camisa se le enganchó en una alianza cuando Sanso tiró de él. No podía hacer nada al respecto. Aquellos hombres deberían casarse con su trabajo si les importaba alguien en el mundo.

Mentalmente calculó que aún le quedaban unos cuatro minutos antes de que la enfermera del turno de noche regresara. No es que le preocupara mucho lo que tardaría en eliminarla; sólo sería un tanto molesto.

En un minuto se vistió. En menos de dos ya estaba en el ascensor, directo al garaje de la última planta, usando el teléfono del agente para llamar a Callista y deseando que la herida de su costado no se abriera.

37

Janeal necesitaba tiempo para pensar.

En un lugar destacado en su mente estaba decidir qué era lo que necesitaba defender de forma más inmediata: el mundo que tan cuidadosa y tan exitosamente había construido a su alrededor en los últimos quince años, o el sujeto a quien aquel mundo protegía. La junta de *All Angles* fruncíría el ceño ante una escapada a Nuevo México por un período indefinido durante aquella crítica transición, y quién sabe lo que Milan podría tramar en su ausencia, tanto para ser restituido como por venganza.

También estaba Katie, la mujer que se había mantenido callada durante una década y media. Si rompía su silencio cuando viera a Robert, de todos modos, aquellos dos no tendrían ni idea de dónde buscar a Janeal, si es que querían hacerlo. Tal vez no quisieran. Tal vez Janeal era un personaje mucho menos importante en sus vidas de lo que ella suponía.

No estaba segura de si sentirse aliviada o molesta por aquella posibilidad.

Janeal regresó a Nueva York bastante trastornada. Aunque el plan de Sanso de poner a Robert detrás de su pista se había visto frustrado por la sorprendente supervivencia de Katie, Janeal no podía quitarse de la mente que *era posible* que Katie y Robert hablaran sobre ella. Finalmente. Y cuando lo hiciesen, ¿qué diría Katie?

Janeal tenía que saberlo. Cada minuto que pasaba su necesidad de saber crecía. Katie tenía el poder de arruinar los recuerdos que conservaba Robert de ella, de convertir a viejos amigos en enemigos, de poner fin a la vida de ensueño que Janeal había creado para sí misma.

El lunes por la mañana su cabeza empezó a martillearle más pronto de lo habitual. Entró tambaleándose en su nueva oficina (que aquel día parecía innecesariamente grande y asombrosamente brillante) a las nueve en punto. Alan Greenbrook la recibió en la puerta, y ella ignoró su apremiante sugerencia de que le informara de las nuevas rutinas que había que implementar. En vez de eso se acercó a la hilera de los interruptores que había detrás de la puerta y apagó dos de las tres luces que estaban encendidas.

—Ahora mismo los petardos que me estallan dentro de la cabeza tienen prioridad sobre cualquier otra cosa —dijo Janeal, avanzando para llegar a la estabilidad y equilibrio del escritorio—. Por ahora tu rutina se limita a poner un arma semiautomática apuntando a mi farmacéutico hasta que me rellene el frasco de Fioricet.

Rodeó el mobiliario y se dejó caer en la silla de terciopelo marrón con los ojos cerrados.

Alan permaneció de pie en la entrada, con los brazos cruzados y los pies separados y firmes. Habían tenido conversaciones como aquella otras veces. Era uno de los pocos temas que le borraban la sonrisa de la cara.

—No puede darle las medicinas hasta que . . .

—Una pistola, Alan. Usa una pistola si es necesario. Hoy no voy a salir de la oficina. —Se inclinó de nuevo sobre el reposacabezas con los ojos cerrados—. ¿Por qué percibo que aún estás en la puerta?

—Señora Johnson, sus episodios son cada vez más frecuentes. Y si también ganan en intensidad, tal vez debería considerar que el Fioricet la pone en peligro de . . .

—¿Eres médico, Alan? —Janeal se las arregló para abrir los ojos y encontrar la silueta que delataba su localización. La luz que le llegaba al cerebro palpitaba. Porque la última vez que lo comprobé eras un ayudante inútil. Haz lo que te he pedido para dejar de ser un inútil, o preséntame tu renuncia y yo misma te mandaré a la facultad de medicina de un puntapié.

Tuvo que cerrar de nuevo los ojos y deseó que los medicamentos que se había tomado en el ascensor empezaran a hacer efecto pronto. A la vez deseó que él entendiera su sarcasmo como lo que era, sarcasmo. No era un empleado al que quisiera perder.

Alan suspiró como si fuera el hijo sufriente de una vieja arpía poco razonable (en realidad ella podría tener una cita con él si quisiera), pero se fue sin decir nada más.

—¿Señora Johnson?

Una voz femenina la importunó.

—Ahora no.

—Me envían a preguntarle . . .

—He dicho que *ahora no*.

La mano de Janeal asió el objeto más cercano que había en su escritorio, su café matutino, y, con los ojos aún cerrados, lo lanzó hacia la voz.

El ruido del café al salpicar el suelo fue correspondido por un grito ahogado, seguido por las mesuradas palabras de Alan. Janeal le imaginó tomando a aquella ignorante del codo y llevándosela mientras le explicaba las reglas de la comunicación en la oficina.

Janeal permanecía sentada, deseando que el aura de su dolor de cabeza desapareciese, deseando recobrar las fuerzas de nuevo para planear lo que tenía que hacer para proteger su fututo, deseando que Katie olvidara que Janeal había existido jamás.

Se quedó dormida.

Puso su mano sobre una puerta de madera y la presionó hacia dentro. Una habitación de hospital, sin luz y apestando a carne carbonizada. Entró en la negrura.

Un fuerte viento succionó la puerta y la cerró detrás de ella. Su cuerpo entero se estremeció ante el estrépito, que actuó como una especie de detonante. La luz inundó la habitación: llamas que lamían el dobladillo de las cortinas corridas. En pocos segundos los cuatro paneles estaban ardiendo.

Se giró hacia la puerta para salir de la habitación y agarró el pomo. El metal quemaba y la palma de su mano crepitó como carne en una parrilla. Gritó y se soltó. Trozos de su carne se quedaron pegados al herraje que ardía lentamente. Se sujetó la herida y miró cómo se fundía el pomo.

Alguien la llamaba. Katie. Katie la estaba llamando, y Sanso. Se giró y se dio cuenta por primera vez que había alguien en la cama del hospital. Sanso yacía allí, haciéndole señas para que se acercara con sus dedos seductores. Una llama de las cortinas saltó a una esquina de la sábana y empezó a extenderse, una incontenible llamarada sobre un campo de fibras de algodón.

No tenías que haberme dejado, Janeal, decía Sanso. Lo decía él, pero la voz era de Katie.

Janeal cerró los ojos, respirando con dificultad, apoyándose en la puerta cerrada por la que no podía salir.

Chocó contra algo (*alguien*) que le sujetaba los hombros. Robert. Le reconoció sin necesidad de mirar, y empezó a encorvarse con alivio. Le dolía la cabeza; la mano le ardía ferozmente. Él la rescataría. Él la amaría.

Robert la apartó de un empujón.

Directamente hacia la cama en llamas.

Janeal extendió las manos, aunque no había nada en su camino que detuviera su trayectoria. Se golpeó con los codos rígidos.

Y se despertó a cuatro patas sobre el suelo de su oficina, con las palmas de las manos irritadas por la fricción de la alfombra.

Sin aliento, abrió los ojos. Nada en su nueva oficina estaba en llamas. No había nadie más en su gran despacho. Tenía la cabeza clara y liviana.

Se desentumeció y bajó la frente hacia la alfombra, como si fuera la pista de aterrizaje de una patria que pensaba que ya no volvería a ver jamás. Si alguien entraba diría que se le había perdido un pendiente.

Janeal respiró profundamente durante algunos segundos. Quizá fueron minutos. Aquella era una pesadilla que ya había tenido, pero que no se había repetido en los últimos años. Aunque la habitación de hospital era una nueva localización, y los papeles estaban mezclados. Anteriormente era Katie la que estaba en la cama y Sanso el que la apartaba a empujones.

Y Robert el que la asía antes de ser engullida por el fuego.

El teléfono de Janeal estaba sonando.

Lo dejó sonar mientras se recostaba sobre sus talones y se agarraba a su escritorio para tomar impulso y volver a sentarse en la silla, que había rodado hacia atrás unos metros. La súbita ruptura en la corriente habitual de interrupciones humanas la llenó de agradecimiento. Podía haber sido una intervención divina.

O el lanzamiento de una taza de café. El líquido marrón aún goteaba en su puerta.

Se acordó de las manos de Robert en sus omóplatos, empujándola, e involuntariamente se estremeció.

Janeal se levantó y se dirigió al baño independiente adyacente al cuarto de baño privado de la oficina, pensando que tal vez Alan podría haber colgado una chaqueta o un jersey antes de su llegada. Abrió las puertas con espejos del armario.

Lo que había dentro no era, en absoluto, lo que ella esperaba encontrar. Pegado en el panel trasero había una grotesca imagen de sí misma (no era ella en realidad, sino su cabeza, manipulada electrónicamente para hacerla encajar en el cuerpo desnudo de una mujer en extraña postura). Obra de Milan. La foto estaba entre las imágenes más viles y violentas que Janeal hubiera visto, haciéndole cerrar inmediatamente las puertas del armario.

Las abrió de nuevo sólo para arrancar la foto de la superficie de nogal y leer rápidamente el mensaje garabateado con un rotulador encima de la imagen.

Sin perdón.

Janeal dobló el papel en dos y cruzó la habitación para alimentar con él la trituradora de papel. Cuando terminó de devorarlo se dio cuenta de que tenía que haberlo guardado como posible prueba incriminatoria.

Por otro lado, si Milan iba en serio la proveería de otras muchas pruebas. De pasada se preguntó hasta dónde podía llegar la animosidad de Milan.

Sin perdón.

¿Y qué? Janeal no necesitaba el perdón de Mil . . .

Y en ese momento, Janeal descubrió lo que necesitaba hacer para asegurarse el silencio de Katie y tal vez también el de Robert. Si tenía éxito, podría proteger aquella pequeña vida feliz que había creado para sí misma.

38

Katie, Lucille y los otros tres miembros del personal a jornada completa se tomaban una tarde libre a la semana y hacían turnos los fines de semana. El día libre de Katie era el lunes por la tarde, así que le propuso a Robert bajar a Santa Fe para echar un vistazo a una galería de arte que exponía la obra de una escultora a quien ella admiraba.

Robert aceptó, aunque le importaba más bien poco el arte y aún sabía menos de escultura. Aquel lunes, sin embargo, iría a cualquier lugar si eso significaba estar a solas con ella.

Mientras Robert se afeitaba antes del desayuno, escuchó un titular de cinco segundos en las noticias de la red (aquí no había televisión por cable ni por satélite) que decía que Sanso había escapado. Si no hubiera estado usando una afeitadora eléctrica seguramente se habría cortado. Se apresuró para terminar, con un resultado un tanto desaliñado, preguntándose por qué se molestaba en afeitarse en primer lugar cuando Lucille le relegaba a comer en la cocina.

La Casa de la Esperanza del Desierto tenía una estricta política en contra de los teléfonos móviles, incluso para los invitados, lo que significaba que Robert debía guardar su teléfono en el coche y llamar desde fuera de la propiedad o bien desde el teléfono fijo de la oficina de Katie. Robert corrió a la oficina para llamar a Harlan. No era muy optimista con respecto a lo que había escuchado. La responsabilidad inmediata de la huida de Sanso recaería sobre el FBI, y las opciones, hasta que encontraran de nuevo su pista, se limitaban a que Robert mirase fijamente el suelo esperando que el roedor apareciese de nuevo en la superficie.

Harlan le dijo a Robert exactamente lo que esperaba oír: por el momento no había nada que hacer, nada hasta que los federales encontraran el rastro de Sanso, así que no te muevas de donde estás y revisa los mensajes de vez en cuando.

Era mucho pedir ahora que ya había vivido aquella experiencia única en la vida, con garantía de satisfacción, de acabar con la carrera de Sanso de una vez por todas.

Se sintió impaciente y vagamente irritado, enfadado porque el único día brillante de su vida profesional había sido reducido a la insignificancia con una rapidez impresionante.

Con unas cuantas horas por delante por matar antes de que Katie finalizara su jornada, se dedicó a vagar por los pasillos de la casa, como un gato, intentando vislumbrarla fugazmente. Su intensificado anhelo por su compañía le sorprendía a sí mismo. Aquello era una locura. Mitigaba su decepción con el cálido consuelo de una vieja amiga que le conocía mejor que nadie.

En la biblioteca de la casa encontró un libro de Clive Cussler e intentó enfrascarse en él. Robert pasó diez páginas antes de darse cuenta de que no recordaba ni una sola palabra de lo que había leído. Estaba pensando en ella. Quería abrazarla y olvidar los últimos quince años de su penosa vida. Quería recoger los pedazos con alguien que conociera la parte más feliz de su historia y pudiera ayudarle a recrear su vida. Quería que ella le dijese que su vida no era el ejercicio de inutilidad que él creía.

Estúpido, estúpido, estúpido. Obligó a su mente a concentrarse en el libro.

Pensó en marcharse pronto, dejar Nuevo México aquella misma noche para regresar a su división de la DEA en El Paso y empezar a rastrear la pista de Sanso otra vez. Hizo su maleta.

Pero el cansancio lo ancló a la cama. El tipo de cansancio que golpea a los atletas en medio de la prueba si se toman un tiempo de descanso demasiado largo. No podía empezar de nuevo. No tenía fuerzas.

—¿Va todo bien en el trabajo? —preguntó Katie desde la puerta.

—Ha habido mejores momentos.

Sacó las piernas de la cama y lanzó el libro sobre la almohada.

—Suenas enfadado.

—Sólo frustrado.

—Nunca fuiste demasiado bueno escondiendo lo que sentías, Robert.

—Al menos no de ti.

Le contó la fuga de Sanso. Ella le ofreció su compasión, pero no dijo nada más.

Más tarde, con Katie en el asiento de al lado, condujo montaña abajo para llegar a la comunidad de artistas, y su letargo pareció menos siniestro. El sol le calentaba la nuca mientras conducía, volviéndola, estaba seguro, del mismo color que el adobe de arcilla roja de los estudios de arte de la carretera donde Katie le había dado instrucciones de que girase.

—Estás muy silenciosa esta tarde —le dijo cuando ella se frotó la parte de atrás del cuello como si lo tuviera agarrotado.

—No dormí muy bien la pasada noche.

—¿Qué te mantuvo despierta?

—Una pesadilla.

—¿Te sucede a menudo?

—Afortunadamente casi nunca.

—¿Quieres hablar de ello?

Katie lo pensó.

—Sólo si prometes no intentar analizarlo.

—Prometido.

—Estaba en la sala de juegos en la casa de reuniones de la *kumpanía*. ¿La recuerdas?

—Claro.

—Estaba de pie en la puerta y todo el lugar estaba . . . en llamas, en un incendio. Pero había un taburete en la pared trasera que no ardía, y había cuerdas amarradas a una de las patas. Y la mano de un esqueleto atada al otro extremo de la cuerda. Huesos con un guante negro.

Robert miró a Katie por el rabillo del ojo, pensando que aquello sonaba como recuerdos distorsionados de lo que en realidad debía haber sucedido.

—He abierto el armario de los malos recuerdos viniendo aquí este fin de semana —dijo él.

—Shhh. Prometiste no analizarlo.

Robert se aclaró la garganta.

—Intentaba salir corriendo, pero las suelas de mis zapatos se habían derretido y estaba enganchada. Pegada al suelo. Y mientras intentaba sacarme los zapatos, aquella mano se acercó y me agarró por los pies. Me arrastraba hacia el fuego.

Ella agitó la mano como si aquello fuera todo lo que tenía que decir.

Robert la miró otra vez, queriendo cumplir la promesa de no analizarlo, pero a la vez con el deseo de consolarla. Estaba seguro de que la intención de la sonrisa de su rostro era minimizar el terror real del sueño. El temblor en la esquina de su boca la delató.

Él alargó el brazo y le apretó la rodilla, y decidió no dejarla continuar.

—Bueno, cuéntame algo sobre esta escultora por la que estás tan emocionada.

La cara de Katie brilló, esta vez sinceramente.

—Se llama Kristen Hoard. Es de Sacramento. Hace cosas alucinantes con metales reciclados. Y tendrás que ver el resto por ti mismo.

—No te lo tomes mal, pero no me hubiera pegado a ti para ver a un *amateur.*

—No te lo tomes mal, pero aún te quedan muchas cosas por descubrir sobre mí.

—Así que te interesa la escultura.

—Sólo este tipo de escultura.

Katie alzó su mano hacia él mientras se aproximaban al estudio y él se la agarró.

Ella apretó sus dedos, y él decidió desechar su retorno prematuro a El Paso.

Un ingenioso letrero anunciaba la exposición de la obra de Kristen Hoard, que se prorrogaba durante una semana más. En el interior, cajas blancas de distintas medidas que hacían las veces de pedestales sostenían tableros con piezas de arte, principalmente esculturas de metal (caras, corazones y formas abstractas) que habían sido recortadas y fundidas, a las que se les había dado textura y que después habían sido soldadas mediante diminutas costuras. Los materiales variaban: cobre, aluminio, acero y hierro, algunos de los cuales habían sido cubiertos con pátinas de color. Rojos, verdes, azules. En las paredes, espejos de todas las medidas y tamaños, enmarcados en metales parecidos, multiplicaba tanto el tamaño de la habitación como el número de piezas expuestas. Unas pocas mesas de aluminio y acero ofrecían folletos informativos sobre la artista.

—¿Está su arte de fuego aquí? —le preguntó Katie a una mujer que se les acercaba por detrás.

¿Arte de fuego?

—Sí. Pero no están encendidas todo el tiempo.

La mujer llevaba un porte y un vestido extravagante que sugería que tal vez fuera la propietaria del estudio; les indicó la dirección y atrajo la atención de Robert. Él le dio las gracias cuando vio la señal y la habitación donde las piezas tenían que estar.

—¿Están encendidas ahora? —preguntó Katie.

—No, pero si puede regresar, este fin de semana vamos a sacar las piezas al exterior para una exposición nocturna.

—Oh, por favor . . . No puedo venir el fin de semana. ¿Hay *algún* modo de que usted pudiera encender las esculturas para nosotros? Él nunca las ha visto, y creo que son algo realmente hermoso . . .

Parecía que le faltaran las palabras para expresarse, y la mirada sorprendida de la comisaria de la exposición se posó sobre Katie unos segundos, claramente asombrada por su comentario y su ceguera. Un incómodo silencio llenó el espacio antes de que la mujer tomara un mechero de seguridad del mostrador de recepción y le sonriera a Robert.

—Denme un par de minutos.

—¿Qué es el arte de fuego? —le preguntó Robert a Katie cuando la mujer entró en la otra sala.

—Vayamos a verlo.

Su voz jugaba con la curiosidad de él.

Katie se balanceó sobre la punta de sus pies hasta que la propietaria del estudio les llamó para que entraran.

Robert entró en la habitación por delante de Katie sin intención de ser descortés, sino porque lo que vio le impulsó a entrar.

Grandes bolsas de fuego (llamas de verdad, no trucos baratos con papel y luces) salpicaban la sala desde el interior de los marcos de metal, los recipientes, las jaulas y las formas. Las llamas fluían desde dentro de una flor de loto de proporciones épicas. Dedos de fuego ondeaban desde los arcos superiores de círculos anidados y titilaban dentro de una esfera perforada y desgarrada. Robert no podía imaginar lo que habría costado conseguir un permiso para exponer aquella obra, cinco piezas con medidas comprendidas entre los treinta centímetros y el metro ochenta, en llamas, contenidas e impresionantes.

—¿No es asombroso? —susurró Katie, como si hablar demasiado alto desbaratara el impacto.

Él la miró. Su rostro estaba en sintonía con las cinco piezas en el centro de la habitación. Las llamas encendían sus ojos de tal modo que parecían brillar desde el interior.

—¿Cómo puedes verlo?

—Lo percibo.

Se aproximó a la pieza más alta, que se sostenía sobre su cabeza en el mismo centro de la sala, y elevó sus manos hacia el fuego, con las palmas hacia fuera. Robert no entendía su fascinación por el calor.

—Ésta se llama *Orígenes del fuego* —dijo ella.

Un orbe fisurado, como un globo terráqueo agrietado por el efecto de un volcán, descansaba en lo alto de un pedestal con forma de puñal y parecía rezumar roca fundida.

—¿Cómo supiste de esto?

—Es la más alta. Ya la he visto antes. Su obra estuvo aquí hace dos años. Ella también estuvo aquí, y me dejó tocar muchas de las piezas. Cuando no les molesta que las toque, puedo ver mucho.

—Me imagino que el metal debe calentarse mucho.

Katie se rió.

—Lo hice antes de que las encendieran. De vez en cuando le pido a Lucille que me lea el blog de la artista. Una vez escribió que le gusta trabajar con metales reciclados porque le encanta la idea de poder transformar algo inservible en una preciosa obra de arte.

—Supongo que hay una línea muy fina entre el arte y la basura.

Robert se puso a su lado, más motivado por su aprecio de la peligrosa belleza que por la pieza en sí.

—¿Por qué te gusta?

—Porque ella tomó algo que no servía para nada y lo convirtió en algo que vale cientos de dólares.

—Así que es tu alma gemela en lo que se refiere a causas perdidas.

—Algo parecido.

—¿Alguna vez deseas poder verlas de verdad?

—No. Pienso que su visión no podría compararse a la que yo tengo en mi mente.

—No lo sé. Son bastante impresionantes. ¿No te asusta el fuego?

Katie negó con la cabeza.

—Es increíble, después de lo que has pasado.

Katie dio otro paso hacia delante para acercarse a la obra de arte.

—Sinceramente, nunca me he planteado tener miedo de él. No cuando es tan bello.

Robert miró por encima de su hombro. La propietaria estaba de pie en la puerta, mirando, pero parecía mostrarse indiferente ante el comportamiento de Katie.

Robert se sintió obligado por la fascinación de Katie. Cerró los ojos, levantó las palmas de las manos e inclinó la cabeza hacia el calor naranja y azul.

Intentó hacerse una imagen de la escultura en su cabeza pero no pudo. Estaba abrumado por otra idea: estaba de pie en la oscuridad, hombro con hombro con una mujer cuyo espíritu ardía con más intensidad y más misterio que cualquier otro objeto en aquella sala.

39

Janeal emprendió su tarde del lunes con normalidad. Excepto que trabajar en el escritorio que Milan solía ocupar aún no se había convertido en algo habitual.

Y el hecho de que sus migrañas estallaran antes y duraran más que hacía seis meses tampoco tenía nada de normal. Todavía.

Sintió los comienzos de un resfriado, un dolor en lo alto de la garganta como un puño pegado, el resultado de una ristra de noches sin dormir y dos aviones rebosando de gérmenes en veinticuatro horas.

Alan le había conseguido el Fioricet antes de la hora de comer. Se lo entregó junto a un severo mensaje de voz de su médico informando de que recibiría sólo la mitad de la dosis habitual de pastillas y que no le renovaría la receta si antes no pedía una cita con él. Le repitió la posología y la exhortó a no tomar más de la cuenta.

Janeal ya se había aumentado la dosis al doble, y aquel día la hubiera duplicado de nuevo si no hubiera sido por la necesidad de tener que permanecer con la cabeza serena. Tomó la cantidad suficiente para mantener a la bestia a raya.

Pasó las horas de la tarde entre sonrisas y aceptando agradecida aquellas necesarias felicitaciones. Aguantó estoicamente las reuniones programadas, que ya le resultaban familiares, aunque ahora ella llevaba un sombrero distinto. Se reunió con la junta y revisó una lista de posibles candidatos para ser tenidos en cuenta como sus sustitutos, y más tarde se encontró a solas con Thomas Sanders, quien le aconsejó que evitara estar sola siempre que fuera posible hasta que el escándalo que envolvía a Milan Finch amainara.

En todos estos eventos Janeal hacía poca cosa por disimular que no se encontraba bien, aunque se aprovechaba todo lo que podía de la compasión de la gente poniendo buena cara.

A las cinco en punto Janeal sacó tres de las diez pastillas de su envase (el que le había prescrito el doctor), las escondió en su bolso y colocó el envase de plástico transparente encima del escritorio a plena vista.

A las cinco y quince llamó a Alan a su despacho para el parte diario. Había bajado todas las persianas y apagado todas las luces excepto la de su mesa, que mantenía encendida por el bien de Alan.

—Hasta que encontremos a un nuevo director ejecutivo tendré un pie en ambos mundos —le dijo a Alan. Se le había enronquecido la voz en las últimas horas de la jornada laboral. Él asintió—. Así que contaré contigo más de lo normal —la sonrisa de Alan brotó de soslayo, cuestionándose la posibilidad de que ella pudiera contar con él más de lo que era habitual— para que seas mis ojos y mis oídos en el departamento editorial.

—Su clon.

—Sé tú mismo. Ciertamente el mundo no necesita a dos personas como yo.

Tal vez eso había sido lo más sincero que jamás había dicho.

—Esta mañana yo era un asistente inútil.

—Era la migraña la que hablaba.

—Supongo que el trabajo extra no irá acompañado de un aumento de sueldo . . . —Sus bromas indicaban que aceptaba sus desganadas disculpas—. ¿Una prima por Navidad?

Ella ladeó la cabeza.

—Los viernes por la tarde libres a partir de las cuatro durante un mes cuando hayamos contratado a alguien.

—Hecho.

Él sacó un cigarrillo de su bolsillo delantero y se lo llevó a la boca, y entonces tomó un encendedor de sus pantalones.

¿Qué demonios pensaba que estaba haciendo?

—¿Desde cuando fumas?

—Desde los diecisiete años.

—Nunca has fumado aquí.

—Con todas las horas de trabajo que tengo por delante . . . —mostró una sonrisa infantil—. Parece un buen momento.

Hizo girar el piñón del encendedor con el pulgar.

—¿Ves algún cenicero por aquí?

Ella se dio cuenta de que su voz sonó aguda.

Las cejas de él se arquearon por encima de la llama bailarina. Ella se puso de pie y extendió la mano.

—Dame eso.

—¿El qué?

—Dame el encendedor.

Como un colegial que no entendiera por qué había sido tan mala idea esconder un ratón muerto en su fiambrera, le dio el objeto. Era un Bic barato de plástico.

Ella lo arrojó a la papelera. Él la miró fijamente.

—Bien, primero: calendario editorial.

Los ojos de él se centraron de nuevo, y ella le dio puntos extra por no decir lo que seguramente le pasaba por la mente.

—¿Quiere que vaya a buscar a Max? —preguntó en su lugar.

—No. Desde ahora y hasta nueva orden tú estás por encima de Max. ¿Crees que podrás manejarle?

—¿Qué es un humilde director editorial comparado con usted?

—Exacto. —Ella cerró los ojos y recostó la cabeza, inclinando su silla hacia atrás hasta que los talones dejaron de tocar la alfombra. Giró la pantalla del ordenador hacia él para que pudiera ver el teletipo que cruzaba la parte inferior—. Examinemos los titulares.

Ella le miró disimuladamente por debajo de las pestañas. Él posaba sus ojos sobre el frasco de medicinas. Si hubiera tenido su edad ella habría encontrado su preocupación . . . seductora.

—Lee.

—Antes de eso . . . —empezó él.

Ella abrió los ojos.

—Milan Finch —terminó—. ¿Cómo quiere que le trate?

—No hay nada que tratar.

—¿No debo esperar que aparezca de improvisto . . . ?

—Seguridad debería tener eso cubierto.

— . . . o haga llamadas de teléfono amenazadoras? ¿O deje ratas muertas en el umbral de la puerta?

Janeal levantó una ceja.

Alan bajó la vista al bolígrafo que sostenía en la mano.

—¿O que publique imágenes encarnizadas de usted *online*? ¿O que las cuelgue en su armario?

Janeal niveló la silla y juntó las manos, inclinándose hacia delante para exigir que Alan la mirara a la cara. Cuando lo hizo, ella dijo:

—No deberías esperarlo. Pero en el caso de que él exceda tus expectativas, deja que yo me encargue.

—Thomas dijo que . . .

—Thomas ya ha hablado conmigo. Aprecio vuestra preocupación, pero es injustificada. Yo no tuve nada que ver con la cama ardiente que él mismo se preparó para acostarse. Lo sabe. Ahora mismo está loco de furia y necesita una válvula de escape. Esa necesidad se extinguirá pronto.

Si Milan Finch hubiera sido Salazar Sanso, Janeal no hubiera estado tan segura de eso. Pero aquellos dos hombres eran tan parecidos como un pez de colores y un gran tiburón blanco, y ella sabía bien cuál de ellos merecía su cautela.

—Realmente no ha publicado nada online, ¿verdad?

La posibilidad de que Sanso, o Robert, o Katie pudieran reconocerla sobrepasaba cualquier temor a la humillación pública.

Alan negó con la cabeza.

—Bien, entonces —dijo ella—. Ahora, titulares.

—El presidente ha declarado un embargo sobre las importaciones chinas.

—Ya era hora.

—El senado no opina lo mismo.

—Que Douglas se ocupe de ello. Dile que quiero las líneas generales de la historia en mi mesa mañana a las tres. —Ella no estaría allí al día siguiente a les tres, pero aquel era el objetivo de su ejercicio: hacerse la sorprendida y oponerse al giro de los acontecimientos que estaba a punto de suceder—. Siguiente.

—Un ecologista ha sido acusado de disparar y matar al miembro de un grupo de presión que apoyó el último proyecto de ley para perforar en busca de petróleo en la reserva natural ártica de Alaska.

—No se me ocurren nuevas formas de darle la vuelta a ese viejo tema.

—¿Perforar en Alaska o el control de las armas?

—Cualquiera de los dos. Sáltatelo.

—Los educadores en Massachusetts exigen el derecho de añadir la transexualidad a sus clases de educación sexual.

Janeal se rió por lo bajo y apoyó la frente en las palmas de sus manos.

—Dáselo a Sam.

—No, si quieres objetividad . . .

—Dáselo a Sam.

Se levantó despacio e hizo una buena demostración de balanceos sobre sus pies.

—¿Está bien?

—Sí. —Se agarró a la mesa con una mano y se hundió de nuevo en la silla. Cuando Alan dejó de repasar la lista, ella se figuró que le había causado una impresión. Le miró con el ceño fruncido y le hizo una señal para que continuase.

—Sigamos con esto para que pueda salir de aquí a una hora decente.

Alan volvió a mirar la pantalla.

—Traficante de drogas buscado internacionalmente escapó de la custodia médica esta madrugada, provocando un muerto. Salazar Sanso.

El plan original de Janeal era simular un desmayo, pero el impacto de aquella noticia hizo que el fingimiento fuese innecesario. Si hubiera estado de pie, la caída en picada de su presión arterial la hubiera llevado al suelo por sí sola. Se desplomó encima de su escritorio, con la cabeza a punto de estallarle. No estaba actuando.

Alan saltó, desparramando los papeles por el suelo. Ella le escuchó agarrar el teléfono y marcar algunos números, explicarle a alguien dónde estaba y lo que había sucedido. En aquel momento ella podía haberle corregido; en vez de eso, respiró profundamente y notó que Alan se acercaba, oyó chirriar la base del teléfono sobre el escritorio mientras él tiraba del cable.

Sonaba verdaderamente preocupado, especialmente cuando le dijo al telefonista que era posible que accidentalmente hubiera tomado una sobredosis de su medicamento para la migraña; ella hubiera apostado algo a que él no lo decía sonriendo. Sintió una punzada de remordimiento. Alan no se merecía la mentira.

Pero todas aquellas observaciones fueron eclipsadas por una escalofriante pregunta que convirtió su fingida fragilidad en un miedo real y que la dejó sin aliento.

¿Adónde había escapado Sanso si no a un lugar donde pudiera causarle nuevos estragos a su vida?

40

En el exterior de un bar, Sanso permanecía de pie bajo un toldo que le protegía de la lluvia monzónica. El aire fresco y la visita a uno de sus clubs favoritos, donde había recibido tratamiento privado de un médico excelente, habían obrado maravillas en su espíritu. Cuando vio el SUV negro de Callista salió de su refugio y ella pisó con fuerza los frenos.

Se metió en el coche con el chirrido de los limpiaparabrisas. El coche se detuvo mientras ella se inclinaba hacia el asiento de al lado y le daba la bienvenida con un largo y lento beso.

—¿Dónde está? —preguntó Sanso cuando se pusieron en marcha.

—En un acogedor rinconcito de Nueva York.

—¿Encontraste su alias?

—Y mucho más. Se ha montado una buena vida.

Callista y otros dos de los secuaces de la nómina de Sanso habían descubierto la identidad de Janeal después de su visita al hospital, siguiéndola cuando volvía al aeropuerto; compraron un billete en el mismo vuelo y piratearon el manifiesto de la compañía aérea con la información de su asignación de asiento. Desde allí fue fácil conectar a la Jane Johnson de la calle 69, en Manhattan, con la revista *All Angles*.

Cuando las alarmas vinculadas al movimiento de sus tarjetas de crédito señalaron que había comprado un billete a Nuevo México el día después de la huida de Sanso, se le notificó a Callista en el acto.

Ella envió a una mujer con una foto de Jane a la zona de recogida de equipajes donde se esperaba la llegada de Janeal.

Sanso se rió en voz alta.

—Deberíamos ir a buscarla. Hacer un trío.

Callista se aclaró la voz.

—Debemos hacerte cruzar la frontera.

—Eso es exactamente lo que el resto del mundo está pensando. Así que, ¿por qué no hacemos algo distinto? Como seguir a Janeal durante un tiempo. Podría ser entretenido.

—Ya he tenido entretenimiento suficiente por esta semana. Amos no la pierde de vista. Está de camino a Albuquerque.

—Es lógico. Me está guiando hasta Lukin.

—Sabemos dónde está Lukin. No necesitamos que nos guíe a ninguna parte.

Callista podía ser bastante fastidiosa cuando se lo proponía. Hubo un tiempo en que él lo encontraba una cualidad irónicamente atractiva. Sin embargo, últimamente su tendencia era estropear la diversión de las cosas. En aquel momento, como ya había hecho diversas veces en las ultimas cuarenta y ocho horas, se imaginó el rostro de Janeal Mikkado en lugar del suyo.

—No lo has entendido, me temo.

—La mujer Mikkado es un problema.

—¿Por qué otro motivo podría haberme encaprichado de ella?

—Déjala en las cenizas, Sanso.

Miró a Callista y dijo:

—Vayámonos de vacaciones. De vacaciones a Santa Fe.

A Sanso le dio no poca satisfacción que Callista asiera con fuerza el volante y rehusara mirarle durante toda la travesía en dirección al este por la I-10. No había nada que él amara más que una mujer celosa.

Sanso se reclinó en su asiento y cerró los ojos, una araña satisfecha con esperar a que la mosca cayera en su red.

41

Otro día, otro vuelo, otra noche de sueño interrumpido, roto. Janeal llegó a Albuquerque el martes por la mañana, medicada y libre del dolor de cabeza.

No había sido difícil interpretar una recuperación milagrosa en urgencias después de que Alan la dejara en manos de los médicos. Se «despertó» sintiéndose cien por ciento mejor, afirmación respaldada por los resultados de las pruebas, que fueron tan normales que los médicos no podían explicarse por qué se había desmayado. Ella sugirió estrés y una bajada de azúcar. Con todos los acontecimientos de su transición laboral, aquel día se había olvidado de comer.

Cuando la presionaron para que contestara a la teoría de Alan de que había tomado una dosis demasiado alta de Fioricet, ella les mostró todas las pastillas excepto una, alegando que siempre las separaba por si se daba el caso de que accidentalmente se dejara olvidado el frasco en la oficina o en casa. Alan tuvo que haber visto el frasco medio vacío y se preocupó. Era una persona muy atenta y considerada.

Después de un par de horas de aquel tira y afloje, les pidió educadamente que la dejaran irse a casa.

Desde Albuquerque alquiló un coche, condujo hasta Santa Fe, se registró en un hotel y llamó a Alan.

—Me han enviado a Bethesda. Quieren que me evalúe un tribunal médico dirigido por . . . ¿cómo demonios lo llaman? El Instituto Nacional de Neuro-alguna-cosa.

—Instituto Nacional de Desórdenes Neurológicos y Accidentes Cerebrovasculares. . . .

—Como tú digas —suspiró pesadamente—. Veremos si apruebo. Puede que dure toda una semana. Sólo puedo imaginar qué clase de cámara de tortura tienen para que sea necesario tanto tiempo.

—No se preocupe por nosotros. Tómese el tiempo que necesite.

—¿Se lo harás saber a Thomas? No creo que vaya a sobrevivir a otra llamada de teléfono.

—Se lo diré. Suena un poco ronca.

—He dormido poco.

—Intente recuperarse o tendrá laringitis cuando regrese para dar la conferencia en el seminario de la Universidad de Nueva York. Max y yo protegeremos el fuerte.

—Estoy segura de ello.

—Muy bien, adiós.

Colgó antes de que Alan pensara en preguntarle a qué hospital iría y cuándo, arrojó su teléfono móvil a la mochila y se dirigió a la puerta. Alan no llamaría para comprobar cómo estaba mientras ella mantuviera un contacto regular con él.

Las primeras pocas cosas que debía hacer eran fáciles.

Rastreó la base de datos de Associated Press, así como cada cadena, cable y boletín de la red para buscar información sobre Salazar Sanso. Nada. El hombre se había desvanecido. Janeal deseó que hubiera regresado a México o a Canadá o a otra docena de sitios. Aunque si tuviera que apostar, diría que aún no habría salido del país. Al menos no ahora que cada agente de la patrulla fronteriza de Estados Unidos tenía los ojos puestos en él.

Lo que no sabía era si él sería lo suficientemente descarado como para ir detrás de Robert.

O si primero iría por ella.

No. Él aún no podía saber quién era o dónde se encontraba.

Encuentra a Robert Lukin antes de que él te encuentre a ti. Era tanto una amenaza como una invitación a unirse a Sanso en una nueva fase del juego. Tal vez era ambas cosas.

¿Estaba tan enfadada con Robert por amenazar la seguridad de su mundo que deseaba llevar a Sanso ante su puerta? ¿Acaso su amor romántico por aquel amigo de la infancia aún latía después de todos aquellos años?

No sabía la respuesta a ninguna de las preguntas.

Por dos razones, pues, debía tomar precauciones extra: tenía que ser vigilante y actuar como si Sanso ya supiera quién fingía ser ella, como si pudiera reconocerla en cualquier identidad que asumiera, fuera Janeal, o Jane, o Lisa, o cualquier otra. Y dependiendo de cómo se desarrollaran las cosas tal vez necesitaría impedir que Robert descubriera su identidad ficticia.

Su plan para comprar el silencio de Katie, no obstante, requería quedar al descubierto.

¿Cuánto tiempo iba Robert a quedarse en el pequeño centro de rehabilitación de Katie? Si tenía tiempo, esperaría a que él se marchase.

Pero no había tiempo. Janeal tenía que llegar a Katie antes de que ésta se lo contase todo a Robert. Antes de que Sanso encontrase a Robert. Antes de que Sanso la encontrase a ella.

Janeal caminaba de un lado a otro del baño, sus pies suaves por la pedicura besando el frío suelo. ¿Cómo hacer tantas cosas en tan poco tiempo? Quizá había ido demasiado rápido en descartar a Brian. Él podía haber servido de excusa.

Abrió el grifo de la ducha y entró. El agua caliente hacía vibrar las células de su cerebro hacia una cierta claridad, aplazando el dolor de cabeza por el momento. Para cuando se hubo enjabonado la cabeza tres veces y dejado correr el agua fría, ya había formulado algunas opciones.

Opción: presentarse ante Katie siendo ella misma, sin fingimiento, sin disfraz, sin engaño. Suplicar su perdón. Ofrecerse a sacar la Casa de la Esperanza del Desierto de la difícil situación económica en la que Brian le había dicho que estaba a cambio de no hablarle nunca a Robert de ella. Desvanecerse. Desaparecer en el abismo que era la ciudad de Nueva York y dejar a Janeal Mikkado atrás para siempre.

Problema: Katie podía rehusar la oferta. Aunque ella aún no hubiera abandonado los días moralmente cuestionables en que leía la buenaventura, cosa de la que Janeal dudaba (estaba dirigiendo un centro de rehabilitación, ¡por favor!), el soborno quizá quedaba por debajo de la santurronería. Muy arriesgado. Por no mencionar la humillación. En fin . . .

Opción: usar la apariencia de Lisa Rasmussen para ganar el acceso a Robert.

Problema: Robert estaba bastante familiarizado con el proceso para rehusar hablar con el abogado de Sanso sin el suyo propio presente. ¿Y qué había de Katie? Quizá Janeal podría empezar por Katie, como testigo potencial, si era capaz de mantener a Robert fuera del camino. Dependiendo de lo que revelase Katie durante el encuentro, Janeal decidiría entonces si descubrirse o no.

Mejor olvidarlo. Ellos la reconocerían. La conocían demasiado bien.

Opción: Janeal hacía volver a Brian al ruedo. Retractarse de haber rechazado su trabajo. Convertirse en su editora, completamente disfrazada, basándose en que ella podría ayudar a convencer a Katie de ser más comunicativa y . . .

Problema: Era mucho más que un problema. Era insostenible. Demasiado complicado. *Ridículo*. Dejaría al descubierto a Jane Johnson, e incluso su verdadera identidad. Y si las cosas se torcían . . .

Janeal se secó el cabello con una toalla y para cuando se hubo vestido ya había formulado la opción número cuatro. En su bolso encontró la tarjeta de visita que Bill Dawson le había entregado el sábado por la noche.

Contestó al quinto timbrazo.

—¡Bill! Soy Jane Johnson.

—Jane . . . *All Angles*, sí. ¿Cómo estás? ¿En qué puedo ayudarte?

Era demasiado entusiasta.

—Bill, querido, siento mucho interrumpir tu ocupado día. No lo haría si no estuviera absolutamente desesperada por una amiga mía. Tiene graves problemas; no te aburriré con su historia, pero cuando oí a lo que se enfrenta fuiste la primera persona en la que pensé. Tú eres capaz de obrar milagros.

—Eso es . . . muy amable de tu parte.

—Odio abusar, y espero que me lo digas si crees que me paso de la raya. Te compensaré por las molestias, claro.

—¿Qué puedo hacer por ti, Jane?

—Me preguntaba si podrías hacer una llamada . . .

En las páginas amarillas, por internet, Janeal buscó una peluquería y encontró una a una manzana de allí que aceptaba clientes sin cita. De todos los rasgos que necesitaba disfrazar, el cabello de Janeal sería el primero. Su estilista habitual podría ayudarla a recobrarlo cuando todo aquel martirio hubiera terminado. Había traído consigo aquellas espantosas lentes de contacto azules para esconder sus ojos marrones. Al menos servirían para algo.

Después buscó algún almacén de beneficencia de Goodwill o ARC. También sus ropas necesitarían un toque más desaliñado.

Armada con las direcciones que necesitaba introducir en el GPS del coche de alquiler, Janeal se colgó la mochila en el hombro, agarró la llave electrónica del tocador y abrió el cerrojo de la puerta.

En aquel momento una ola de náuseas acompañada de un dolor perforador detrás de los ojos, como una pulsación, la derribó sobre sus rodillas.

Janeal maldijo aquellos dolores de cabeza y a tientas se dirigió al baño, con los ojos cerrados, quejándose durante todo el camino. Si no fuera porque el dolor la abrumaba se hubiera indignado por el número de gérmenes que arrastraba.

Vomitó, lo que sólo ayudó un poco a sentirse mejor. Aún no podía ponerse en pie y no se atrevía a abrir los ojos.

Andar, y ya no digamos conducir, era impensable.

Con torpes movimientos se las arregló para localizar su medicación y un vaso de plástico con agua. Derramó el frasco de pastillas sobre la encimera y tomó la primera píldora que tocó, dejando todas las demás desparramadas. Se la tragó con avidez, considerando la idea de tomarse dos, y encontró que la pregunta era demasiado grande para tener respuesta, así que en vez de eso mojó una toalla con agua fría.

Deseó haber traído hielo.

De algún modo Janeal consiguió correr las cortinas opacas y cayó a los pies de la cama mientras se aferraba a la tibia toalla. La presionó sobre sus ojos cerrados con los talones de ambas manos y suplicó que cesara el dolor.

El martilleo de su cabeza sonaba como si llamaran a la puerta.

42

Cuando Robert salió de su habitación al escuchar los pasos de Katie en el pasillo pensó que la había sorprendido. Ella le traía un juego de toallas limpias, y en el momento en que él apareció se detuvo en seco, levantó una mano y apartó sus ojos como si se hubiera puesto delante de un coche que venía hacia ella y se resignara a ser atropellada.

—No era mi intención asustarte —dijo él. Robert fue hacia ella rápidamente y tomó las toallas—. He sido inoportuno . . .

Ella bajó el brazo. Sus ojos estaban abiertos de par en par. La mirada petrificada y su boca ligeramente abierta hicieron que él se preocupara.

—¿Estás bien? —dijo.

Ella se froto los ojos, presionó sus palmas contra las mejillas y exhaló.

—Sí.

—¿Qué ha sucedido?

La agarró del codo con su mano libre.

—Un destello de luz. He visto un destello de luz que se me acercaba. Uno grande.

—¿Como un faro de grande?

—Tan grande como la puesta de sol. Como una explosión galáctica.

Robert la guió hacia la única silla de su habitación, que estaba situada al lado de un escritorio frente a una estrecha ventana que iba desde el suelo hasta el techo. La luz caía a raudales sobre su rostro, pero ella parecía no notarlo. Él se permitió mirar con detenimiento su cicatriz y no pudo explicar qué le hizo querer tocarla.

—¿Quieres que avise a un médico o a alguien?

—No. Estoy bien. Ya ha pasado.

—¿Te había sucedido antes?

—Nunca. Me ha recordado los focos giratorios que solían alumbrar la feria de verano. ¿Te acuerdas de aquellos desafíos?

—¿Quedarse cerca de ellos y mirar sin pestañear cuando cruzaban por tu cara? Sí, me acuerdo. Hacía mucho que no pensaba en eso.

—¿Lo consiguió alguien alguna vez? —preguntó ella—. ¿Sin pestañear?

—Tú lo conseguiste una vez, ¿no te acuerdas?

Ella cambió de postura en la silla y bajó los ojos. Robert pensó que fue confusión lo que vio cruzando sus rasgos.

—No —dijo ella después de una larga pausa.

Él intentó aliviar su inquietud.

—Tal vez fui yo el que lo hizo.

—Tal vez ahí fue donde empecé a quedarme ciega.

Ella le ofreció media sonrisa. Robert no lo encontró nada gracioso.

43

Janeal estaba bastante segura de que había dormido a ratos, aunque no lo podía asegurar sin una indicación más clara del tiempo. Durante un rato no se atrevió a abrir los ojos para mirar el reloj, ni girar la cabeza, ni mover ni un solo dedo del pie. Pero la palpitación agónica parecía haber disminuido. Verificó su impresión. Movió el brazo y no le dolió; después movió las piernas; entonces giró la cabeza unos centímetros y ya no tuvo la sensación de que un cuchillo se la traspasara.

Al cabo de unos minutos (aunque quizá fuera una hora), también abrió los ojos.

No pudieron atravesar la negrura total que había en la habitación. El pesado aire la aplastaba como si la oscuridad pesara, y ella no luchó.

La toalla mojada se había deslizado de su cara y ahora yacía al lado de su mejilla en un húmedo montón. Alargó el brazo para apartarla, tomando aire profundamente. Hasta ahora todo iba bien. Janeal pensó en abrir una ventana, pero vaciló por alguna razón que no alcanzó a identificar.

Era el olor del aire, al que no podía poner nombre.

Un sonido difuso que no podía identificar.

Tembló, aunque no tenía frío, y las palmas de sus manos se empaparon. Su cabeza estaba clara, pero ansiaba un nuevo nivel de calma (como la calma de una zarigüeya cuando presiente su muerte).

Respirar. Oler. Escuchar.

Janeal empezó a sudar involuntariamente. Había otra persona sentada en la habitación con ella.

Tragó saliva.

—Puedo aguantar más que tú en esta competición, si es eso lo que te preguntas —susurró un hombre.

Sanso.

Optó por no responder, sin saber si era el miedo o la emoción lo que había hecho que el corazón se le subiera a la garganta.

Definitivamente había sido el miedo.

Y algo de emoción.

Durante la visita que le hizo a Sanso en el hospital había tenido la ventaja de la sorpresa y la seguridad de un guardia al alcance de su voz. Pero ahora era un pájaro herido que se había caído del nido para ser acechado por una serpiente. ¿Cómo había conseguido abrir el cerrojo? Se estremeció al imaginarlo.

—¿Tienes hambre? —preguntó él. La estaba provocando—. Puedo llamar al servicio de habitaciones.

—No me encuentro bien.

Sentía la garganta seca, rasposa e hinchada.

—A veces la comida ayuda. Come conmigo. Nunca hemos comido juntos. Propiamente dicho.

—No deberías estar aquí.

—¿Por qué? ¿Porque soy un fugitivo internacional o porque no quieres que piensen que escondes a un fugitivo internacional?

—Porque no deberías entrar nunca en la habitación de una mujer sin invitación.

—No lo he hecho.

Ella no tenía fuerzas para discutir.

Sanso había tenido que acercar la silla en la que se sentaba a la cama, porque ella le oyó moverse y poner un pie en el suelo, y cuando él habló de nuevo su cálido aliento le acarició la frente.

—Tu trato, nuestro trato, mi preciosa niña, me da un acceso completo y total a ti. Hace quince años renunciaste a tu derecho de limitarme. Te vendiste a mí.

—No lo recuerdo del mismo modo.

—En realidad no importa, ¿no crees?

Sus dedos le quitaron el cabello de la frente y tiñeron su piel de terror. Su húmeda transpiración la dejó helada.

—Nunca vendí ni una sola parte de mí —intentó alegar ella, sin estar del todo convencida de que fuera verdad—. Especialmente a ti. Tú me robaste a mi padre, mi vida entera. Me pagaste lo que me debías. Nuestras deudas quedaron saldadas.

El comentario golpeó algo en Sanso que le hizo ponerse en pie con brusquedad, apartando la silla de en medio de un empujón con un sonoro golpe seco.

—Vamos a dejar claro quién es el ladrón. —El desdén sustituyó la seducción que emanaban sus palabras—. Parece que has olvidado quién eres, Janeal Mikkado. Y quién soy *yo*.

—Tú eres un matón que asusta a las jovencitas; no, eres peor que eso. Eres un asesino que valora más sus propios derechos que la vida humana.

Como la cabeza no le dolía demasiado, ella se incorporó sobre sus codos. La claridad de su mente la envalentonó y le dio a su ira una oportunidad para florecer.

—¿Qué es un millón de dólares para ti? *Nada*. Es tu orgullo al que parece que no puedes poner precio.

Ella le escuchó respirar hondo y acompasadamente a través de su nariz.

—Es cierto —murmuró finalmente—. Todo lo que dices es cierto. Y aún te diré algo más.

Él se movió alrededor de la cama. Aunque los ojos de Janeal se habían adaptado a la oscuridad un rato antes, sólo podía distinguir sombras tenues. Le percibió de pie ante ella.

Sanso encendió una cerilla tan cerca de su cara que Janeal sintió que una chispa le rozaba la nariz. Emitió un grito cuando la llama brilló entre sus ojos y los de Sanso. El reflejo del fuego bailando en sus refulgentes iris le demonizaba.

—Tú me admiras —dijo él. El hedor de la ignición de la cerilla le llenó la nariz. Janeal se apartó, temiendo que el pánico la venciera—. Admiras mi obstinación, mi confianza y mi habilidad para hacerme con lo que quiero en esta vida con precisión. —Él agitó la cerilla delante de los ojos de ella. Ella giró bruscamente la cabeza en otra dirección, buscando apartarse de la luz parpadeante—. Te has pasado cada día de los últimos quince años intentado ser como yo. Y eso es todo lo egoísta a lo que puede llegar una mujer.

La llama llegó al final de la pequeña cerilla de madera y Sanso la dejó caer sobre el pecho de Janeal. Ella chilló. La luz se apagó antes de tocar la piel de su cuello, pero ella sintió su calor punzante.

Entonces las lágrimas se escaparon de sus párpados fruncidos: una suerte que finalmente surgieran cuando Sanso no podía verlas. Controló su voz.

—¿Qué quieres?

Sanso puso un puño en la cama a ambos lados de los hombros de Janeal y se inclinó sobre ella.

—Quiero a Robert Lukin.

—No sé dónde está.

—Sabes dónde estaba. Eso me vale.

Los oídos de Janeal se llenaron con sus lágrimas saladas. Su garganta palpitaba y obstaculizaba sus palabras.

—N . . . no puedo. Era mi amigo.

—El presente mata al pasado, niña. Él *es* mi enemigo. No descansará hasta que consiga meterme en un agujero hasta que me pudra. Ergo, debo hacer algo similar con él.

—¿Por qué debería hacerlo? ¿Por qué debería ayudarte?

La risa de Sanso sonó con fuerza en su cabeza y amenazó con desencadenar otro episodio de migraña.

—¡Mírala! ¿Quieres saber qué puedes sacar de todo esto? Es cierto lo mucho que te pareces a mí. Ah, me encanta, ¡es tal como lo había imaginado!

—¡Para!

Janeal instintivamente apuntaló sus puños para empujarle. Las palmas de sus manos se encontraron con el pecho de él, una pared de hormigón.

—Lo que hay para ti es la continuación de una pequeña y bonita vida sin interrupciones. Si eres buena chica, otra década y media de mi silencio y tu lastimoso falso sentido de seguridad, que yo puedo convertir en realidad para ti. —El volumen de su voz disminuyó tanto que ella apenas podía oírle—. No hay nada que no pueda hacer por ti.

Él se levantó de la cama y ella respiró hondo: para llenar sus pulmones, para asentar su corazón y para centrar su mente. La cercanía de la llama de aquella cerilla encendida estaba impresa en lo más profundo de su mente. Le había costado varios años de terapia superar su pirofobia, y le llevaría días poner aquella minúscula llama en la perspectiva correcta.

—Si tú fueras la única persona responsable de mi seguridad, sopesaría tu oferta seriamente —dijo ella.

La tardanza de la respuesta de Sanso le indicó a Janeal que le había pillado desprevenido.

—¿Y quién más, si se puede saber, puede tener tanto poder sobre ti como el que tengo yo?

El centro de la cuerda en aquel juego de tira y afloje se había desplazado unos milímetros hacia el lado de ella.

—Dame veinticuatro horas para pensar en tu . . . propuesta. Y entonces puede que te lo diga.

En la negrura que les envolvía, donde ella no podía ver ni el lenguaje corporal ni la expresión de la cara, su silencio la preocupaba más que sus amenazas verbales. Ella esperaba que le siguiera la corriente. El humo de la cerilla extinta aún estaba presente en su nariz.

Oyó el chirriar metálico del pomo de la puerta girar, el pasador deslizándose de nuevo hasta su lugar inicial. Un rayo de luz amarilla se deslizó en la habitación y atravesó la cama, aunque sin tocarla a ella.

—Veinticuatro horas —dijo él—. Esto es mucho más emocionante de lo que te creía capaz, querida.

Entonces salió de la habitación y dejó que la puerta se cerrara sola.

Janeal rodó sobre sí misma para ver los grandes números rojos del reloj del hotel: las 21:47.

Miró cara a cara a otra noche de insomnio.

44

Para cuando salió el sol, Janeal ya había formulado un plan para escapar a los ojos omnipresentes de Sanso, al menos durante un tiempo.

Bill Dawson le había dejado un mensaje confirmando una cita en la Casa de la Esperanza del Desierto para la «amiga» de Jane Johnson a primera hora de la tarde.

Pidió hora en la peluquería, colgó el teléfono, consultó la guía telefónica y se guardó el número de un servicio de taxis. Se puso unos tejanos y una camiseta negra y entonces revisó lo que había traído de Nueva York. Traspasó de la maleta a la mochila sólo aquello sin lo que no podía vivir: dinero en efectivo, tarjetas de crédito, su identificación falsa, el móvil, el teléfono, las llaves, el kit de las lentes de contacto y el portátil ultraplano. Las pastillas con receta. Cualquier cosa que pudiera identificarla con Jane Johnson. Cuando abandonó el hotel a las diez también dejó la ropa, el maquillaje, los accesorios y los artículos de aseo.

Compraría repuestos cuando regresara a Nueva York.

Condujo el coche de alquiler hasta el almacén de Goodwill que había localizado la noche anterior. Sin perder de vista el espejo retrovisor, limitó a su posible Gran Hermano a un Escalade plateado (refinado, del estilo de Sanso) o a un Camry azul. De hecho no le importaba mucho quién la siguiera.

En la tienda de segunda mano eligió un conjunto de cestos de mimbre y un bolso de mano de tela vaquera y se los llevó al probador, donde se quitó sus sandalias de Jimmy Choo y se puso un par de zapatillas de tenis azules de lona. Cuando salió nadie pareció notar el cambio. De allí fue a los percheros y rápidamente tomó unos pantalones de color verde oliva y una blusa rosa de su talla, ambas prendas limpias y presentables, pero un poco pasadas de moda. Agarró un par de gafas de sol de un expositor giratorio antes de llegar a la caja.

Janeal lo compró todo excepto los zapatos (pensó que la tienda se llevaba la mejor parte de la transacción) y antes de salir del edificio colocó la ropa y el bolso de mano dentro de su holgada mochila. Cargó los cestos en su bolsa de plástico demasiado grande y los sacó de la tienda, arrojándolos a la parte posterior de su vehículo. Su único propósito era aparentar.

En el salón de belleza aparcó el coche en un espacio que daba a la calle, donde cualquiera que pasara conduciendo pudiera verlo perfectamente, y después entró en el local para rendirse a la estilista.

Aquello no era ningún estudio de Nueva York. El suelo de linóleo y las paredes revestidas de madera de los setenta aún hacían su función. La peluquera que le dio la bienvenida a Janeal se presentó como Carol, la hizo sentar en la silla de vinilo y le examinó los mechones de color caoba con uñas postizas innecesariamente largas. Un cigarrillo encendido reposaba en un cenicero en la estantería abarrotada de cosas. Habían cubierto de flores artificiales la base de los tres espejos del lugar.

Era perfecto.

—Quiero el cabello corto —anunció Janeal—. Quiero que tenga un aspecto natural. Y oscuro. No negro, pero tal vez chocolate.

La obesa mujer revisó el cabello de Janeal como un mono, acicalándolo.

—Corto quedará bien. Pero tienes unas mechas demasiado bonitas para cubrirlas con un color chocolate.

—Estoy lista para el cambio.

—Cambio es lo que yo hago, querida. ¿Puedo convencerte para que te hagas algunas mechas oscuras?

Janeal negó con la cabeza. Carol fue hacia un armario y sacó una tarjeta de plástico blanco con pelo sintético anudado alrededor de los bordes.

—Aquí hay uno que se llama «burr noyer».

Se lo mostró a Janeal.

Beurre noir, leyó ella.

—No tengo ni idea de lo que quiere decir, pero es oscuro. ¿De dónde crees que vendrá con este nombre?

—Servirá.

Honestamente, a Janeal no le importaba mucho el resultado final. De hecho, si aquella mujer hacía una carnicería con sus mechas, mucho mejor.

Lo dejaría a su suerte porque en un lugar como aquel la estilista sería como un genio.

—Suena como si quisieras enmendar un error —dijo Carol.

Janeal no tuvo que contestar. Carol mantuvo la conversación hasta el final sin necesidad de un interlocutor.

Resultó que la mujer, aunque no fuera como para darle un premio, tampoco lo hacía mal. Trabajaba con rapidez, aplicando el color en primer lugar. Retocó las cejas de Janeal. Los trasfondos amarillos del marrón hicieron que la piel de Janeal pareciera ligeramente pálida, aunque eso no dañaría la impresión final que quería dar.

Carol cortó el pelo ondulado de Janeal, que llevaba a la altura de los hombros, para seguir la línea de las orejas y la nuca; entonces lo cubrió todo con una pesada espuma para darle un look de secado al aire. O de recién levantada, dependiendo del punto de vista.

Giró a Janeal en la silla para mirarla por delante y por detrás y Janeal atisbó el Escalade plateado en el aparcamiento al otro lado de la calle. Estaba tan satisfecha de ver que su plan funcionaba que le dio a Carol diez dólares de propina antes de preguntarle si podía usar el servicio. Carol señaló dónde estaba antes de lanzarse a otro monólogo con otro cliente.

Detrás de las puertas cerradas, Janeal marcó el número del servicio de taxis y les dio su localización. Sacó sus ropas «nuevas» y se cambió, y entonces metió todo lo que había llevado dentro del viejo bolso de mano.

Empujó la mochila vacía de Dolce & Gabbana detrás del inodoro y sintió un pequeño remordimiento de decepción por ello. Alguien se lo llevaría sin importar dónde había estado.

Con las gafas de sol puestas, se deslizó hasta la puerta trasera de la peluquería y deseó que el taxi fuera tan puntual como su anuncio en las páginas amarillas anunciaba.

De hecho, el taxista batió su récord de tiempo estimado de llegada en tres minutos.

Más que mejor.

Ella revolvió su bolso de tela como si buscara algo y entró en el vehículo sin levantar la cabeza.

—A la Casa de la Esperanza del Desierto —le dijo al conductor dándole la dirección.

El conductor asintió comprensivo y salió del lugar, sin la imperiosa necesidad de hablar que tenían todos los taxistas de Nueva York con los que ella se había encontrado. Gracias a Dios por los pequeños regalos.

El vehículo giró a la izquierda, de tal modo que pasó directamente entre el coche de alquiler y el Escalade plateado sospechoso. Janeal se atrevió a mirar por el rabillo del ojo.

El conductor estaba leyendo un periódico.

45

Robert no vio mucho a Katie el martes. Ella tenía un día completo moderando sesiones de terapia de grupo y dirigiendo evaluaciones individuales sobre las mujeres a las que supervisaba. Sus propios sentimientos acerca de la huida de Sanso se habían quedado en suspenso, aunque Harlan no tenía noticias optimistas que ofrecer.

Extrañamente, los pensamientos de Robert viraron hacia *Los Orígenes del Fuego*. Intentó y falló muchas veces en trazar conexiones entre los horrores de aquella noche ardiente en la *kumpanía*, la belleza del poder del fuego y la paz que Katie consiguió abrazar a pesar de aquellas realidades conflictivas.

El miércoles por la mañana él y Katie regresaron a la Casa de la Esperanza en el coche de Robert después de acompañar a tres de las mujeres a sus respectivos trabajos en Santa Fe.

—¿Cómo lo haces? —preguntó él. Ella se sentó con la cabeza inclinada cómodamente hacia atrás, contra el reposacabezas, y con los ojos cerrados.

—¿Hacer qué?

—Reconciliar lo que ocurrió en el campamento con la vida que llevas ahora.

—¿Ves una desconexión?

No era eso lo que él quería insinuar.

—La mañana siguiente, la mañana en que me di cuenta de lo mucho que había podido llegar a perder, cuando pensé que todo el mundo había muerto (mis padres, mis hermanos, tú, Janeal), lo primero que quise fue justicia. Nunca he parado de desear justicia.

—Eso es lo que la mayoría queremos, Robert. No importa cuál sea nuestra situación.

—¿Quieres justicia contra Salazar Sanso?

—Por supuesto que la quiero.

—¿No te molesta que aún no la hayamos logrado?

Katie se tomó unos segundos para pensar antes de decir:

—No puedo dedicar demasiado tiempo a desear cosas que no tengo. Tengo mi vida, después de todo, algo completamente ilógico después de aquel tormento. Siguieron diciendo que no tenía sentido que siguiese viva: en los cambios de vendaje, los injertos de piel, la terapia física. Oyes eso tan a menudo que empiezas a preguntarle a Dios por qué sigues ahí, qué significa que no fuese el momento de irse.

—¿Y él dijo . . . ?

Ella se rió.

—No fue como un envío de FedEx de tablas de piedra, o la visita de un profeta o algo parecido.

Robert giró a la izquierda en la carretera.

—Pero tras un tiempo quedó claro que la justicia no era . . . que yo no era quien . . . —Katie se aclaró la garganta y buscó las palabras correctas—. En cierto momento me sentí más cautivada por el milagro de la gracia que por la incertidumbre de lo que Dios iba a hacer con Salazar Sanso.

—No sé lo que quieres decir.

—Me di cuenta (quizá porque perdí la vista o porque tuve que apoyarme mucho en otras personas aquellos primeros años) de que la gracia es más sorprendente que la justicia. Las veces que *no* obtenemos las consecuencias que nos merecemos.

—Algunos consiguen más golpes de suerte.

—No estoy hablando de ellos. Hablo de momentos en los que sabes lo que *te mereces*, y estás de acuerdo en que lo mereces, y algunas personas o algunas circunstancias aparecen y te sacan del apuro.

—Ya veo. Supongo que corremos hacia ello de vez en cuando. Pero tú estás hablando de cosas pequeñas, ¿no es así? No algo de la escala del crimen de Sanso.

—No, solo hablo de mí misma. No voy a decir que soy mejor persona que él.

Aquella declaración le chocó a Robert.

—Nada de lo que hayas hecho se acerca a lo que Sanso hizo aquella noche, Katie. Tengo que ponerme de parte de Lucille en esto. La Katie con la que crecí estaba muy cerca de la perfección.

La boca de ella formó una media sonrisa y miró por la ventana.

—Lo que hacemos . . . lo que somos . . . no estoy segura de poder medir nuestra bondad relativa comparándola con la de los demás —dijo ella.

—¿De dónde has sacado esa idea?

—«Toda inclinación del corazón es perversa desde la infancia».

—Suena a jerga de psicólogo.

—Dios. Génesis.

—Sólo digo que algunas personas son peores que otras. Y tú eres un ángel —dijo él. Apartó sus ojos de la carretera por un segundo para mirarla a ella, y luego los giró de nuevo—. Eres un modelo de paz. Desearía poder tener algo de lo que tú tienes.

—Podrías.

Él se encogió de hombros.

—Quizá si me quedo rondando lo suficiente cerca de ti. Pero después de quince años de pensar de una cierta manera, creo que me llevaría algo de tiempo.

—Quizá puedas. Y quizá podrás. Si quieres cambiar de marcha . . .

Dejó su invitación abierta, y él sintió alivio.

Robert entró en el sendero que se dirigía a la Casa de la Esperanza y encontró un lugar para aparcar en la pequeña plaza para invitados cerca de la puerta principal. Robert saltó fuera y se encontró con Katie en su lado mientras ella cerraba la puerta. Robert la retuvo antes de que ella se dirigiese a la casa colocando la mano en su brazo.

—No bromeaba cuando te llamé guapa —dijo.

Katie bajó la cabeza.

—No soy la que era.

—Eres mucho más de lo que eras, Katie.

—Robert, si supieras . . .

—Lo sé. —Él hizo un barrido de la casa con su brazo a pesar de que ella no podía ver el gesto—. Vives para esas otras mujeres cuando podrías esconderte en cualquier parte y regodearte en todo lo que has vivido. De algún modo (y esto es lo que lo hace increíble) vives libre de tu dolor, aunque sé que aquello aún debe dolerte. Lo sé porque la gente como nosotros tiene la habilidad de reconocerlo cuando es cierto.

Robert se inclinó sobre el coche.

—No desaparece, ¿verdad? —preguntó—. El dolor no duele menos a medida que pasa el tiempo, aprendes a vivir con él. Pero tú haces mucho más que eso, Katie. Mucho más de lo que yo podría soñar. No puedo imaginar a nadie que no quisiera ser como tú.

Un taxi amarillo apareció por el polvoriento camino y se acercó al porche delantero de la casa.

—Robert, no soy lo que tú piensas . . .

—Eres eso y más —dijo él.

Se inclinó y la besó suavemente en la boca, y sintió su breve gesto de sorpresa. No le preocupó si alguien estaba mirando (la persona que salía del taxi, quizá era Lucille que venía de la oficina), aunque mientras retrocedía deseó que lo que acababa de hacer no fuese una idea terrible que pudiera ocasionar en ellos otra herida más.

Trató de medir la reacción de Katie.

Ella se sujetaba la sien con los dedos y parecía dolorida, como si tuviera un acceso de dolor de cabeza. Y aún así, algo le dijo que su gesto no tenía nada que ver con él. Ella se giró y se inclinó en dirección al taxi como si pudiera verlo, como si reconociese a la pálida mujer de pelo oscuro que salía por la puerta trasera. Los ojos de él siguieron los de ella.

46

Aunque era intención de Janeal encontrar allí a Katie, y posiblemente a Robert, no esperaba que fueran las primeras dos personas que viese. Y definitivamente no esperaba verles haciendo algo tan íntimo como besarse. Se quedó parada en la puerta abierta del taxi, agarrando su bolsa de mano barata y sintiéndose más desaliñada, abandonada y fea que nunca. Janeal rastrilló con una mano su pelo oscurísimo y, conscientemente, alisó su blusa arrugada antes de agarrarla. Con algo de suerte había aparecido apropiadamente nerviosa, sin más.

Una ráfaga de luz restalló detrás de sus ojos avisando de un potencial dolor de cabeza.

Por ahora no. Tenía que resistirlo, aunque no tuviese ningún poder real para superar esas cosas. Aun así, lo intentó. Cerró los ojos y los mantuvo así durante varios segundos, y cuando el destello dejó de repetirse lentamente se concentró en sus suspiros.

Cerró la puerta del taxi y se dirigió a la entrada de la casa, arriesgándose con otra mirada hacia la pareja del coche.

Robert era definitivamente Robert, una versión varonil del Robert que había amado. Había engordado, y había escogido una profesión que ensanchaba sus hombros y oscurecía los contornos de su boca y su mandíbula. Él le echó un vistazo y pareció tomarla como una extraña, y entonces devolvió su atención a Katie.

Katie. Janeal no la hubiera reconocido a no ser por la cabellera rizada, la que Janeal había ambicionado de adolescente a pesar de su propio pelo castaño. ¿Era lo que los niños deseaban aquello que no obtenían hasta que se hacían mayores? Pero la manera en que Katie permanecía allí con Robert, no podía ser la manera de nadie más. Una emoción pinchó a Janeal con el matiz de dolor de la sorpresa. Celos.

¿Celos? ¿Después de tantos años? Pero ahí estaban, todos sus antiguos sentimientos hacia Robert en colores vivos.

De todas formas Katie estaba arruinándolo todo. Todo. Un cuchillo de rabia penetró en su corazón junto con los celos. Todos los antiguos sentimientos por Robert se precipitaron hacia fuera. Katie era más alta de lo que Janeal recordaba, y había algo en su complexión que parecía disgustarle de su antigua amiga, aunque no pudo acertar el qué. Quizá fuera la edad, o la ropa. Aquel abrigo que iba de la cabeza a los pies estaba fuera de lugar en una localización tan al suroeste en un día tan despejado, a pesar de la enérgica brisa de la montaña. O quizá se tratase del lenguaje corporal. Katie, además, no hizo signo alguno de reconocer a Janeal o de recibirla como la cita de la tarde.

De hecho, Katie no estaba mirando a Janeal, aunque su cara se giró hacia el taxi. Janeal encontró aquello tan irritante como desconcertante. Deliberadamente evitó la mirada de la pareja, centrándose en alcanzar la puerta principal de la casa. No tenía que perder el hilo.

Vio un timbre y lo presionó.

Tras un espacio razonable de tiempo, una mujer de aspecto severo (en otras circunstancias hubiera sido atractiva de no ser por el ceño) abrió la puerta.

—Soy Janice —dijo Janeal, asegurándose de mirar hacia abajo. Podía pasar por insegura, nerviosa—. Un amigo me concertó una cita.

—Bien. Pase. Soy Lucille —abrió la puerta entreabierta y retrocedió un paso—. Viene un poco pronto. Mejor que tarde. ¿Está enferma?

—Sólo es la garganta dolorida. Suena peor de lo que realmente es.

Janeal se aferró a su bolso, siguiendo a Lucille por un vestíbulo iluminado y embaldosado. Se le ocurrió entonces que quizá requisaran su bolso para una inspección. O que se lo requisaran por completo. De todos los detalles a pasar por alto . . .

Se mantuvo en su tímido comportamiento.

—¿Tiene un baño?

—Al fondo a la derecha.

Lucille señaló el pasillo.

—La segunda puerta a su izquierda. Regrese aquí cuando acabe. —Lucille pasó a una oficina en el lado delantero de la casa.

El resto de la casa no tenía mucho que ver con la decoración del baño: pintura blanca, deslucidos accesorios de cromo, pequeños azulejos a cuadros blancos y negros.

Janeal supuso que la casa tenía que definir sus prioridades. El lavabo estaba instalado debajo de un cristal resquebrajado. Había dos cuartos de baño, una caseta de ducha y un armario independiente con cerradura pero sin tirador. Cerrado con llave, probablemente.

Janeal probó.

Las puertas se entreabrieron.

Allí dentro dos estantes, cada uno de ellos de veinticinco centímetros de profundidad, guardaban paquetes de toallas de papel, cajas de pañuelos, tampones y almohadillas, y botellas alargadas de plástico con jabón líquido.

Podría funcionar.

Trabajando con rapidez, vació un estante y colocó su portátil contra el fondo del armario. Casi demasiado justo, pero eso mismo lo mantendría erguido. Entonces dudó entre la caja de tampones (más amplia, aunque sólo había una) y una caja de pañuelos. Había seis de estas últimas en el estante superior.

Mucho más seguro.

Levantó parcialmente la tapa perforada de una de las cajas y vació más de la mitad de su contenido en su bolso. Reemplazó los pañuelos con su monedero, su PDA, sus llaves, su medicación y su móvil. Los cubrió con una fina capa de pañuelos, apelotonándolos de nuevo a través del plástico y entonces colocó la cartulina en su lugar original. La dejó en su sitio poniendo la caja debajo del montón.

Arriesgado, pero no tanto como llevarla con ella por ahí. Podría volver después, en cuanto tuviera un momento.

Tiró de la cadena, se lavó las manos y regresó a la oficina de Lucille. Lucille se encontraba sentada tras una mesa de metal bajo una ventana, mirando el aparcamiento.

Katie estaba sentada en un sillón reclinable tapizado y descolorido. Se puso en pie cuando Janeal entró.

—Janice —Lucille miró el calendario que además servía como agenda de mesa—. Janice Reagan. Esta es Katie Morgon, mi codirectora.

Katie sostuvo su mano unos pocos centímetros a la izquierda de donde Janeal se encontraba.

—Me alegro de que estés aquí, Janice.

Desde aquella distancia Janeal pensó que la mujer se parecía más a su vieja amiga de lo que pensaba en un principio. Registró rápidamente unos hechos importantes. La peluca. Las quemaduras, escondidas excepto en un lado de su rostro por todas aquellas ropas. La increíblemente terrible experiencia que Katie debió tener para haber sobrevivido.

La ceguera.

Que Katie no pudiera ver fue tanto un alivio como una devastación. El disfraz de Janeal, o lo poco que quedaba de él, serviría para engañar a una sola persona (Robert) en lugar de a dos. ¡Pero perder la vista después de tantas otras pérdidas! La simpatía de Janeal superó su preocupación.

Por primera vez la realidad de la supervivencia de Katie cortó la respiración a Janeal.

El horror de la decisión que había tomado quince años atrás se impuso en la vanguardia de su mente y empezó a gritarle como si hubiera abandonado a Katie hacía apenas una hora.

Empezó a temblar con miedo, con una subida de adrenalina actuando como un chute de cafeína directo a su corazón.

Apretó la mano llena de cicatrices de Katie y la agitó débilmente, sin decir nada. Sus dedos rozaron el anillo que Katie llevaba, y lo miró para eludir el tener que mirar a Katie a la cara. La cara amplia, amable, sin prejuicios, de Katie. El apretón de Janeal se estrechó en la palma de Katie. Aquel anillo, de seis diamantes en un círculo dorado, era el anillo de boda de su madre. El aro que Janeal había hecho resbalar en su propia mano, el aro que creyó que se había desprendido de su dedo y que había ardido junto a todo lo demás.

Seis diamantes que centellearon como si se tratasen de cosas vivas, un diamante por Jason y Rosa, y por cada uno de los cuatro hijos que siempre planearon tener (y que tuvieron). La prístina joyería representaba una cruel contradicción con la realidad, en la que cinco de las seis piedras habían sido hoscamente sacadas de sus casillas y pisoteadas mientras la sexta permanecía allí obstinada, una pieza solitaria, inútil y descompensada.

Cómo Katie se había hecho con ella era sólo una de tantas preguntas que no podían ser respondidas en aquel momento. Janeal lo dejó ir. La mano de Katie se quedó suspendida en el aire durante un segundo más, y Janeal creyó que ella acababa de comprender lo que estaba ocurriendo allí realmente, creyó que destaparía a Janeal como impostora y una criminal, una asesina en potencia que la había abandonado al humo y las cenizas.

Si Janeal hubiera creído en toda aquella energía cósmica, en el tejido del universo, en aquella sensación de abracadabra sobrenatural tan moderna, hubiera creído que Katie había echado un vistazo a la parte más recóndita de su mente. El hecho de que Katie fuera una vez una adivina, timo o no, provocó un escalofrío en la espalda de Janeal.

Esperaba que Katie alzara un dedo y gritara: «¡No creas que no sé quién eres!»

Su simpatía por Katie se evaporó como gotitas de agua en una sartén caliente de hierro.

Janeal se mantuvo erguida ante el imprevisto de lo que pudiera ocurrir si Katie tenía un momento más para pensar . . .

—. . . normalmente no aceptamos a nuevos residentes sin la referencia de un asistente social —dijo Lucille mientras daba golpecitos con su bolígrafo sobre el secante de su escritorio, retando a Janeal a defender su deseo de ser aceptada allí.

—Yo . . . estoy esperando que un asistente nuevo se haga cargo de mi caso —carraspeó. Puso una mano alrededor de su garganta dolorida—. Dijeron que el lunes debería tener una asignación.

Katie la observaba con aquellos aterradores ojos en blanco. Janeal dudó que su fabricada cuidadosamente historia pasara alguna vez el instinto de detector de mentiras de Katie.

Lucille resolló.

—Así que tienes amigos en lugares importantes. —Una acusación—. Eres afortunada. Sin embargo aquí esos amigos no te servirán de nada. No verás a ninguno de ellos durante los próximos seis meses de tu estancia aquí, en los cuales se esperará que acudas a cada sesión que te programemos, independientemente de que pienses si te incumben o no. Tenemos una lista de turnos de trabajo con una estricta rotación y un estricto toque de queda. Haz tu trabajo sin quejarte y quizá en un año puedas escoger tus tareas.

Si piensas ahora que soy el guardián de tu prisión, me verás como tu hada madrina cuando Frankie haya pasado algo de tiempo contigo.

Janeal buscó una silla en la que hundirse y se percató de que estaba de pie frente a un confortable sillón de orejas que miraba hacia la puerta.

—Si (y sólo si) ella aprueba que tú trabajes una vez terminado ese plazo, quizá puedas conseguir un trabajo fuera de la casa, siempre y cuando tu turno te permita estar aquí a las cuatro y media, sin excusas.

Janeal respiró profundamente y decidió que sus oportunidades de escabullirse del radar de Katie habrían sido mejores si ella no hubiera tenido que hablar, aunque su enfermedad convertía su voz en algo prácticamente irreconocible. Eso esperaba.

—Realizamos análisis de orina aleatorios —prosiguió Lucille—. Los harás cuando te lo digamos, o estarás de vuelta en los baños públicos en menos de una hora desde tu renuncia. No se permiten teléfonos móviles. Ni aparatos electrónicos. La hora de televisión es un privilegio que se gana. Igualmente las llamadas telefónicas. Tampoco es que tengas a nadie a quien llamar.

Janeal echó un vistazo a Katie, quien había regresado a su lugar en el sillón y la miraba tan fijamente que Janeal tuvo que desviar la mirada. Sus ojos fueron a la pared junto a la puerta. Había un pequeño estante y una llave colgaba sobre él. Tres de los siete ganchos sujetaban anillas. *Van, Kia, Maestra*, decían las etiquetas.

—Veamos tu bolso —Lucille fue al otro lado del escritorio. Elevó su mano y agitó los dedos ante Janeal para que se lo entregase.

Lucille levantó el bolso sobre la mesa de café y lo volcó por encima.

—Viajas ligera.

Ya que no era una pregunta, Janeal no tenía respuesta que ofrecer.

—¿Traes maleta?

Janeal negó con la cabeza.

—Bien, creo que hemos tenido gente aquí con menos de una muda y un resfriado.

Lucille tomó algunos de los pañuelos que Janeal había metido en el bolso.

—Al menos tendrás algo que vestir el día de colada. Lo que me recuerda: aquí no se paga, pero tenemos un sistema de puntos que te permitirá hacer «adquisiciones» de nuestra pila de donaciones. Así podrás hacerte con un vestuario a medida que avances.

Janeal estaba a punto de preguntar cómo funcionaba cuando Lucille añadió:

—También tienes la posibilidad de perder puntos con más rapidez de la que tardes en escalar posiciones.

Janeal podía sentir la fría mirada de Katie ardiendo en su alma como los rayos x de un héroe de cómic.

—¿Dónde tienes tu documentación? —preguntó Lucille.

—Robada —dijo Janeal.

—Falso. He oído de todo, Janice. Tendrás que inventarte otra historia.

—Digo la verdad. Me duché en un hotel del centro la semana pasada . . . alguien entró y la robó.

—¿Tienes dinero?

—Yo . . . se quedó para pagar la cuenta del taxi.

—¿Y cómo piensas volver a casa si no te permitimos quedarte aquí?

Janeal se quedó estupefacta.

Lucille tiró el bolso a los pies de Janeal.

—Si vas a iniciar esta relación pensando que puedes ir tan campante por donde quieras y que puedes aprovecharte de mí, es que necesitas una revisión mental más que nadie. Juega limpio, chica, o no jugarás a nada.

No era corriente que Janeal se quedara sin palabras, pero la impaciencia de Lucille y el silencio de Katie (¿por qué estaba ella aquí en esta entrevista?) dejó a Janeal indecisa sobre cómo debería responder. ¿Con qué mujer necesitaba jugar más estratégicamente?

Con Lucille, decidió. Por ahora. Definitivamente necesitaba que la permitieran quedarse.

Janeal frotó su mano contra su cara y trató de invocar la cosa más cercana al arrepentimiento que podía. No tenía demasiada práctica con ello.

—Escondí el dinero en el baño. Pensé que me lo quitarían.

—¿Cuánto?

—Cuarenta y dos dólares y setenta y seis céntimos.

—Bueno, era completamente innecesario meternos en esta discusión, entonces. Quédate con lo que trajiste, aunque no hay nada aquí en que gastarlo.

Janeal asintió, con los ojos en sus pies.

—¿Qué hay de la documentación?

—Juro que no tengo ninguna documentación —espetó Janeal.

—¿Y qué hay de ese asistente social?

—Se supone que le veré el jueves. O el viernes, no lo sé —la frustración de Janeal empezaba a levantar su cabeza—. Me da exactamente igual si me consiguen a alguien o no.

—Está mintiendo —dijo Lucille a Katie.

Katie cruzó sus manos sobre el regazo.

—Mejor que algunas, pero no es lo suficientemente buena para decir que nunca he visto a gente de su calaña antes.

Katie no replicó.

—Tengo suficientes mentirosas entre las manos como para mantenerme ocupada los próximos seis años. No tengo interés en adquirir ninguna más.

Estaba yendo aún peor de lo que Janeal había previsto.

—Por favor —hundió la cara en sus manos y trató de fingir lágrimas—, si no puedo quedarme aquí no sé adónde podría ir . . .

—Cierto. No hay muchos lugares que ofrezcan alojamiento gratis y pensión completa durante seis meses a cambio de una buena actitud.

Janeal no podía encontrar ninguna lágrima auténtica en su repertorio, así que recurrió a una pataleta. No había esperado aquella inquisición.

—Es *muy injusto*. ¡Estoy harta! Nadie tiene la voluntad de ayudarme a centrarme, ¿por qué? —se puso en pie y levantó de un tirón su bolso del suelo como si quisiera marcharse—. ¿Qué te he hecho? ¿Y te crees que . . . ?

—Janice —dijo Katie—. ¿Por qué quieres estar aquí?

Janeal batió su cabeza para mirar a Katie. Respiró profundamente para centrarse y concentrarse. Rebuscó en su mente un cliché apropiado.

—Porque creo que esta vez puedo hacerlo bien.

Y mientras hablaba se preguntó si había sacado aquello de algún deseo oculto de su subconsciente para disculparse.

O no.

Katie sonrió por primera vez y miró a Lucille.

—Creo que puedo apañármelas con una mentirosa más —dijo.

Lucille sacudió con la cabeza y regresó a su escritorio.

—Entonces toda para ti.

47

Debido a que Sanso comprendió el papel que había jugado en aquel duelo de ingenios con Janeal, no podía sentirse más feliz al descubrir su «desaparición». Jugaría a su favor el que ella pensase que se había escapado de su trampa, aunque la trampa, en realidad, era mucho más grande de lo que ella sabía. Pero porque él era el único que estaba al tanto de su verdadero propósito, montó todo un espectáculo de furia controlada en honor de sus subordinados.

Sólo por diversión desnudó y les quitó el dinero y el vehículo a los hombres que tenían que haber estado siguiéndole el rastro y les abandonó para que encontrasen ellos solos el camino de regreso a donde fuera que viviesen en calzones y calcetines. Encantador.

Los asistentes que le habían acompañado ahora les escoltaban por la I-25. Sanso se quedó atrás para hacer una llamada.

—Ha cambiado de aspecto —le dijo a Callista.

—¿Lo suficiente como para dejar de rondarla como un perro faldero?

Sanso se apoyó contra el capó del coche de alquiler de Janeal en la entrada del aparcamiento y colocó su teléfono entre la oreja y el hombro.

—La envidia te corroe, cariño. Su coche sigue aquí, y está buscando sola a Robert.

—Entonces tuvo que haber llamado a un taxi.

—Obviamente. —Sacó una pistola de su cinturón y comprobó la munición. Llena.

—Y están en la Casa de la Esperanza.

—Es más que probable.

—Entonces supongo que allí es donde quedamos emplazados.

—Dejemos primero solos a la pareja un rato para una reunión feliz.

Callista exhaló:

—Sí, señor.

Sanso se rió socarrón. Apagó el teléfono y lo metió en el bolsillo de su pecho, y apuntó el arma hacia las llantas del coche de alquiler. Se tomó su tiempo, paseando alrededor del coche a plena luz del día y disparando a cada neumático. Y al parabrisas trasero, porque podía, y porque Janeal podía hacer frente a los daños y porque las almas asustadizas que salían despavoridas por los escaparates de la plaza comercial no osarían tratar de detenerle.

La vida podía volverse muy aburrida si uno no tomaba ventaja de cada oportunidad para dejar una impresión.

Subió al Escalade plateado que le había confiscado a sus hombres y lo condujo para reunirse con sus socios y deshacerse del coche. Quizá podrían complacerle con un pequeño tequila mientras esperaban.

Katie guió a Janeal a su habitación, una caja de zapatos al final de un largo pasillo, flanqueado a cada lado por dos habitaciones mayores.

—Hay otras seis mujeres en esta sección de la casa, contándome a mí —explicó Katie—. Mi habitación está al final del vestíbulo, donde se cruza con el otro pasillo. —Katie señaló en aquella dirección—. Las habitaciones más pequeñas son para las recién llegadas, después podrás trasladarte, según cumplas con el programa y otras se gradúen. Cuando te autoricen a trabajar fuera de la casa se esperará de ti que pagues un alquiler en proporción al tiempo que lleves aquí y a cuánto estés ganando.

La habitación contenía un catre con un colchón, un tocador con cuatro cajones y un espejo, una mesa y una silla, y una mecedora que quedaba bajo la ventana. Una vieja alfombra de retales cubría el centro del suelo de madera.

—Espartano —dijo Janeal.

—La tarea de tu primera semana es el servicio de cocina —dijo Katie mientras Janeal lanzaba su bolso a la cama—. Puedes elegir entre cocinar o lavar platos.

—Cocinar. —Janeal corrió la polvorienta cortina y descubrió la vista de una colina de barro moteada de cactus.

—Típica elección —Katie hizo una pausa—. ¿Te gusta cocinar?

Janeal dejó caer la cortina.

—No me gusta fregar.

Katie permaneció de pie en la entrada mientras Janeal examinaba el sencillo armario y abría los cajones del tocador. Cuando finalmente se sentó para probar la mecedora, Katie entró en la habitación y se apoyó contra la pared con las manos en sus bolsillos traseros.

—¿Tengo derecho a usar el coche? —preguntó Janeal.

—No hasta que lleves tres meses, o rellenando una petición especial. Tenemos dos coches disponibles para cosas como citas médicas.

—Así que estoy encallada aquí.

—Suena como si estuvieras resfriada. ¿Puedo traerte algo?

—No creo que tengas equinacea a mano.

—Se me acabó, pero le pediré a Frankie algo para ti. Es nuestra proveedora y siente un amor especial por todo lo homeopático.

—¿También lo usas?

—Desde que era niña.

El refuerzo con hierbas había sido algo cotidiano en la *kumpanía* durante décadas.

—La medicación te matará, siempre lo digo —dijo Janeal.

—Todo el que entra por esta puerta sabe cómo medicarse de un modo u otro.

Janeal se reprochó mentalmente no haber sido más cuidadosa.

—¿Siempre haces sentir a tus residentes tan bienvenidos?

—No podemos ayudarte si no eres honesta acerca de lo que estás pasando.

Janeal tosió. La honestidad no era un activo muy valioso en el mundo en el que se movía, al menos no desde que huyó con el dinero de Sanso. De hecho, la supervivencia parecía depender de tomar parte en un juego estratégico de engaños.

—Esto va así —dijo Katie—. Respeta a las otras mujeres y ellas te respetarán a ti. Cuidamos las unas de las otras. Las que han estado aquí más tiempo saben lo que hay en juego. Así que no te ofendas si alguna se enfrenta a ti.

—Vale. —La aproximación más fácil, por supuesto, sería tan simple como mantenerse a distancia de todo el mundo. Nada de causar problemas. Encontrar la información que necesitaba. Tener un plan, hacer un trato. Bajarse del tren. Desaparecer.

Si quería salir de ahí rápidamente, tenía que empezar rápidamente.

—No puedo evitar admirar el anillo que llevas —dijo Janeal. Katie sacó sus manos de donde estaban, inmovilizadas entre ella y la pared. Sus dedos fueron al aro tachonado de diamantes.

—Gracias.

Hubo una torpe pausa.

—Pensé que había alguna política aquí acerca de alardear de las posesiones.

—Era de mi madre.

Un destello de calor hostigó a Janeal. ¿Cómo se atrevía a hacer una declaración así?

—¿Un regalo?

—Una reliquia. Murió hace mucho.

—Igual que la mía. Un extraño accidente. La historia de mi vida.

Katie inclinó su cabeza a un lado.

—Quizá tengamos más en común de lo que piensas, Janice.

Por supuesto que lo tenían.

—¿Qué le sucedió a tu madre? —preguntó Janeal.

—Un tornado —dijo Katie hablando hacia el suelo—. La empaló en un roble. Mató a mis tres hermanas también.

Janeal detuvo la mecedora tan bruscamente que su impulso hizo que el mueble golpeara la pared y después rebotara en la parte trasera de sus rodillas. La madre de Katie Morgon había estado sana y salva hasta la noche de la masacre. ¿Qué estaba haciendo Katie robando la historia de Janeal como si fuera la suya propia?

Aquel era un retorcido mecanismo de copia para la víctima de un incendio, o para cualquier tipo de víctima. A Janeal le parecía que habría tenido más sentido si Katie hubiera desembuchado aquellas mentiras a un periódico en un esfuerzo consciente de propinarle unos golpes bajos a la mujer que la había traicionado.

Katie debió notar la reacción de Janeal. Se separó del muro, permaneciendo erguida.

—Es más de lo que necesitaba decir. Lo siento.

Janeal se apartó de la luz del atardecer que entraba por la ventana, contenta de que Katie no pudiera ver la contradicción entre sus palabras y su rostro furioso. Le costó trabajo controlar su tono.

—No te disculpes. ¿Qué clase de mundo es éste donde dos personas pueden encontrarse por casualidad y tener historias tan similares?

—El sufrimiento es el sufrimiento, aunque toma muchas formas diferentes. No estoy tan segura de que la profundidad del dolor que alguien siente se corresponda únicamente con una experiencia en concreto. Parecemos entenderlo universalmente.

A pesar de las débiles justificaciones, Janeal trató de no ser maliciosa.

—Puedo imaginar que esas cicatrices que tienes dolieron más que nada.

Katie se tocó un lado de la cara.

—No me refería a las físicas. ¿Qué tipo de cicatrices tienes tú, Janice?

—Lo mío tiene que ver con los límites. Por ahora.

—Está bien. —Katie retrocedió hacia la puerta—. Puedes asearte. La mesa para la cena se prepara en treinta minutos.

Janeal se inquietó, aborreciendo dejar marchar a Katie tan pronto.

—¿Cuál es tu historia?

—¿Qué parte?

—La de las llamas.

Katie puso su mano en el pomo de la puerta.

—No es algo de lo que suela hablar.

—¿Por qué no?

—Trato de concentrarme en las historias de los demás. Suele ser más útil para ellos.

—¿Cuánto tiempo llevas aquí, Katie?

—Trece años.

—¿Y en todo ese tiempo nunca has contado tu historia?

—Versiones abreviadas.

—¿Honestas?

La pausa de Katie fue la única señal de que el desafío de Janeal había tenido su efecto. Tras un momento dijo:

—Claro, honestas.

—¿Puedes concederme una versión condensada?

Si Janeal podía conseguir eso de Katie, quizá tendría una idea de cuánto había llegado a saber Robert. O de lo que había descubierto. También podría obtener (sin garantías, pero existía la posibilidad) una imagen más clara de cómo la versión sesgada de la historia en boca de Katie se había transformado después de década y media. Hasta dónde se había convertido en incriminatoria hacia Janeal Mikkado.

—Condensada.

—Tan larga como honesta. De eso se trata este lugar, ¿cierto?

Katie dio un paso atrás desde la puerta, paró, dio dos más hasta los pies de la cama, donde se quedó con un brazo cruzado sobre sus costillas y la otra mano alzada para agarrar un lado de su cuello como si lo tuviera dolorido. El anillo brillaba en su dedo, destellando sus secretos hacia Janeal.

—Hace quince años conocí a un hombre que pidió mi ayuda para recuperar algo que otra persona le había robado. Yo tenía acceso a algo que nadie más en mi . . . familia tenía —sacudió la cabeza como si hubiera comenzado con una información intrascendente. Janeal cruzó los brazos y se apoyó contra la ventana. Trató de recordar si Katie había contado alguna vez una historia como aquella, o si sus hermanos mayores habían estado antes en un problema criminal.

—¿Qué se supone que debías recuperar?

Katie se encogió de hombros.

—Eso no tiene importancia para la historia, excepto que fui capaz de encontrar lo que aquel hombre necesitaba. Hice averiguaciones para conseguírselo, pero . . . bueno, mis planes no tenían lógica. Era demasiado joven entonces, supongo, muy pueril para entender lo que él me había pedido hacer. No quería hacer nada excepto salvar . . . —respiró hondo—. Quiero decir que intenté hacer exactamente lo que él me había pedido, pero había otras personas involucradas.

Los nervios en el abdomen de Janeal se empezaron a contraer según se iba dando cuenta de la historia que Katie estaba contando. ¡Katie estaba interpretando su papel! ¡Había descubierto la verdad sobre Janeal a pesar de su ceguera y estaba vengándose!

—Pensó que lo había traicionado —prosiguió Katie—. En realidad fue un horrible malentendido, pero se puso furioso. Tomó a mi padre y a una de mis mejores amigas como rehenes. Los encerró en mi casa y le prendió fuego.

Janeal empezó a caminar. El sudor se escapaba por la base del nacimiento de su pelo mientras trataba de reconstruir cuánto había contado a Katie sobre lo que Sanso había echo en las veinticuatro horas de su primer encuentro con él. No creía haber ofrecido a Katie la información suficiente como para construir una historia tan detallada.

Katie no sabría de su plan para devolverle el dinero a Sanso. Y ella nunca habría descrito los acontecimientos de aquella noche como un «horrible malentendido». Janeal dudaba incluso de que Katie supiera el nombre de Sanso. La confusión se asentó en su mente.

Katie humedeció sus labios y Janeal pensó que quizá planeaba acabar su historia aquí. Janeal apretó los pulgares en la base de su cráneo y juntó los dedos detrás de su cabeza mientras paseaba. Aquel método a veces funcionaba para prevenir el comienzo de un dolor de cabeza.

Janeal insistió.

—Te quedaste atrapada en el fuego.

—No exactamente.

La respiración de Janeal se hizo más corta y veloz. Se anticipó a la incriminación de Katie. ¿Qué debía hacer cuando Katie la señalara con el dedo? No podía reaccionar. *Quieta ahora*.

—Tuve la oportunidad de salir. Mi padre estaba ya muerto.

Janeal se dejó caer con fuerza en la cama. *Mi padre . . .*

—Pero mi amiga . . .

Katie no habló en un minuto entero. Janeal cerró los ojos para tratar de controlar su respiración, y cuando los abrió las mejillas de Katie estaban mojadas. ¿Qué intentaba hacer Katie? Janeal se preguntó si debía exigir una explicación o esperar a que ésta se revelara por sí sola.

—Él habría dejado que se quemase viva —dijo Katie—. Quería que muriese en el fuego. —Katie alzó su rostro—. ¿Sabes lo que ocurre cuando mueres quemado, Janice?

Janeal se puso en pie y volvió a pasearse.

—No quiero saberlo.

—Si no eres lo suficientemente afortunado como para morir por asfixia . . .

—¿Cómo se llamaba tu amiga?

Los labios de Katie se separaron y pareció regresar de golpe al presente.

—Traté de sacarla.

¿Qué ocurrió entonces? ¿Por qué Katie estaba contando la historia de Janeal, y por qué la cambiaría para proteger a Janeal de la verdad de lo que había sucedido realmente? ¿O acaso Katie había tramado y confeccionado una versión que la ayudaba a sobrellevarlo, una versión que ella quería creer, incapaz de aceptar la traición de Janeal?

¿Y qué había querido decir con que el dinero de Sanso no contaba en su historia de un modo significativo?

Janeal dejó caer sus pulgares de lo alto de su columna vertebral y flexionó los dedos, tratando de encontrar respuestas mentalmente. Katie se movió de los pies de la cama a la cercana silla del escritorio. Se subió las perneras del pantalón hasta las rodillas para sentarse y extendió sus pies con sandalia de cuero por el centro de la pequeña habitación. Colocando sus manos sobre los muslos e inmovilizando los codos, se echó atrás en la silla de modo que sus hombros casi tocaban sus orejas.

—Traté de sacarla pero no pude. La arrastré hasta la puerta. Caí . . . caímos, y después . . .

Janeal no dijo nada.

—Es una historia terrible. La gente no quiere oírla, por eso es por lo que soy reacia a contarla.

Los ojos de Janeal se posaron en los pies de Katie. La huella de las llamas en el cuerpo de Katie, que eran visibles de todas maneras, no tenían sentido. Para haber estado en aquella casa de reunión, haber caído en el fuego, escapado de una explosión de aquella magnitud . . . ¿Cómo algunas partes de su cuerpo salieron sin ser tocadas? ¿La mitad derecha de su cara, las puntas de sus pies? Parecía más bien que la elección del vestuario de Katie cubría la parte mutilada de su carne, pero que nada en ella era tan impecable como aquellos pies . . .

Su mirada ascendió hasta los tobillos de Katie, expuestos cuando se sentó en la silla.

Ahí, bajo los hilos y costuras de tejido cicatrizado, había tinta verde de tatuaje. Una llama, fundida en un desorden asimétrico.

—Tienes un tatuaje —susurró Janeal.

El humor de Katie cambió y llevó rápidamente sus dedos sobre él. Hizo caso omiso del tejido de sus pantalones.

—Sí.

Un sol derretido con una llama flameante que coincidiría con el que Janeal llevaba en el tobillo izquierdo, donde el de Katie pero en condiciones óptimas.

Una copia. Tenía que ser una copia. ¿Hasta dónde había llegado Katie con aquella farsa? ¿Y por qué?

No podía ser una copia. Katie no había visto antes el tatuaje de Janeal tan nítidamente perfilado.

No podía ser.

—Es un sol —dijo Janeal. Sintió la sangre corriendo por su cabeza como si la gravedad de aquella misma bola de fuego lo ordenara.

—¿Puedes adivinar lo que es? —Katie pareció sorprendida—. Eres la primera persona que no me lo ha preguntado. Un sol ardiente. Irónico, ¿verdad? Mi último acceso de juventud antes de . . . —Su expresión se volvió grave otra vez—. No he tenido tiempo de enseñarlo por ahí.

Se lo enseñaste a Robert, pensó Janeal mirando fijamente la piel deformada. *No tú, yo. Yo se lo enseñé a Robert.*

Se levantó su pantalón para ver el tatuaje gemelo, que normalmente llevaba recubierto con un potente maquillaje.

—¿Qué has dicho? —la pregunta de Katie apenas se oyó. La cabeza de Janeal se activó. Su compañera había palidecido.

—¿Qué?

—Has dicho algo.

—No lo he hecho.

¿Había hablado en voz alta?

—Algo sobre un tal Robert.

—No, no dije nada.

Katie abrió la boca, pero sus palabras no salieron inmediatamente.

—¿Cómo murió tu madre?

El punto de partida de la discusión se había alejado de la mente de Janeal ante la presencia de aquel nuevo misterio. Rebuscó en su cerebro buscando algún titular creíble. Se hizo más largo de lo que pretendía.

—A ella . . . le dispararon. Un disparo alocado durante un ajuste de cuentas por drogas en el vecindario.

—¿Esa es la historia honesta? —Katie frunció el ceño con acusación. La serenidad de Janeal flaqueó.

—No soy un fraude, si eso es lo que sugieres.

Ojalá Janeal no hubiera dicho aquello con tanta dureza, y deseó haber escogido otra palabra que no hubiera sido *fraude*.

48

Después de marcharse Katie, Janeal se quedó paralizada en el centro de la habitación. Se estaba volviendo loca. Los dolores de cabeza, o las drogas, o las pesadillas habían finalmente mezclado sus neuronas en una incoherente e ilógica masa de pensamiento y posibilidad. No podía fiarse de sus ojos. De sus oídos tampoco. Nada de lo que Katie dijo tenía posibilidad de ser cierto. La historia era . . . una locura.

Sí. Katie era la chiflada. Había salido de aquella experiencia transformada en una astuta depredadora, esperando con eterna paciencia la llegada final de su presa para caer finalmente sobre ella y estrangularla con su dulce, delicada, triste y lacrimógena historia. Aquel *teatro*. Todo el mundo pensó que era una enviada, una mano milagrosa, la *santa* Princesa Diana Florence Nightingale Ángel de la Guarda, cuando en realidad era una embustera. Una impostora.

Un psicótico pero brillante caso mental que había confeccionado la historia más grande de todas, habiendo escalado en la locura de su propia mente lo suficientemente lejos como para sonar creíble.

No podía ser verdad. No podía. No podía.

La historia era mentira.

No, la historia era tan cierta como si la hubiera contado la propia Janeal . . . hasta llegar a la parte donde Katie aseguró que fue a rescatar . . .

¿A Katie?

No puede ser cierto.

¿Qué no podía . . . ?

¡No lo digas, no lo digas, no lo digas!

No puede ser cierto que...

¡No!

No podía ser cierto que ella y Katie fueran la misma persona.

Janeal cayó de sus rodillas y hundió la cabeza en ambas manos, entrelazando los dedos en el pelo y tirando como si el dolor físico pudiera producir más ruido dentro de su cabeza que aquel pensamiento lunático.

Imposible.

No había explicación para aquello. Nada tan absurdo.

Tenía que explicarlo. Necesitaba enfrentarse a todas las posibilidades y dar con una opción razonable, una opción creíble para lo ocurrido en aquella pequeña habitación con una vieja amiga que no sabía a quién estaba hablando. Se dobló hacia delante, con sus manos aún envueltas en el pelo teñido, y dejó caer su frente en la alfombra tratando de respirar. Inhaló el aroma del polvo y los hilos (aquello la obligaba a permanecer en el mundo físico). Respiró profundamente y dejó que la realidad la trajera de vuelta a la cordura.

De algún modo, Katie había sobrevivido al fuego.

Ahí estaba. Janeal exhaló. Un pensamiento razonable que podía sostener. El pensamiento que la había traído a ella y a Robert a aquel lugar.

Un hecho.

Una pieza de realidad objetiva.

Katie *había* sobrevivido.

Era un pensamiento que podía seguir en línea recta, comparado a la paradoja circular en la que su mente había quedado atrapada.

Era posible que Katie lo hubiera conseguido. Janeal la había visto, después de todo, libre del taburete en los segundos finales antes de que ella misma se marchase. Y aunque Janeal había pasado al menos un año siguiendo las historias antes de llegar a la conclusión de que Katie había muerto en el edificio (o que no había sobrevivido a la explosión consiguiente), en realidad nunca había tenido una evidencia definitiva.

Katie pudo caer a través del suelo, cayendo con el peso de la máquina de refrescos antes de que el fuego la alcanzara, rodando milagrosamente hasta un lugar que aún no hubiera ardido, o que ya hubiera terminado de arder.

Los ojos de Janeal se abrieron medio centímetro más allá de los bucles de la alfombra azul con una idea más alarmante: Sanso había visto a Janeal huir y entró para llevarse a Katie una vez que Janeal se había ido. Él mismo la había rescatado. Hizo de verdugo y de salvador a la vez. Creó un elaborado escenario diseñado para llevar a Janeal hacia el dinero. Hacia *él*.

Él pudo haberle proporcionado a Katie la historia. Él pudo haberla tatuado y quemado y . . .

. . . ¿y por qué?

Sanso ni siquiera sabía que Katie aún seguía viva.

¿Qué significaba eso?

Nada sensato. Y no explicaba cómo Katie había vuelto por el anillo. *Su* anillo.

Notó que lo había perdido cuando rodeó con sus dedos el volante del Lexus después de que Sanso se marchase. La casa de reunión ardió y arrojó un brillo anaranjado a través de las ventanas tintadas del coche sobre sus mugrientas y carbonizadas manos sin anillo. Janeal se había permitido tres minutos para agarrar una linterna del armario del garaje y desandar sus pasos para buscar su única conexión con su madre antes de determinar que debió resbalar en el incendio.

Justo sobre el dedo de Katie.

Alguien en la habitación adyacente a la suya arrojó un libro sobre la mesa. O sobre el suelo. El sonido era eléctrico, un chasquido que trajo una incómoda imagen a la mente de Janeal: una lámpara roja de Tiffany balanceándose sobre una mesa de billar. Su brazo hormigueó como si hubiera sufrido un *shock*.

¿Qué ocurrió en aquella habitación el día en que cayó en la red de Sanso? Algo eléctrico. Espiritual. Mágico. Algo que la señora Marković había anticipado y comprendido, y trató de explicar a Janeal, algo sobre dos cámaras en el corazón. Y se refirió a ella como "ustedes dos".

Imposible.

En su pequeña y desierta caja de zapatos Janeal liberó su pelo de sus puños cerrados y se puso a cuatro patas, mirando las fibras azules hasta que se hicieron borrosas.

Se estaba volviendo loca. Estaba loca.

Janeal se puso en pie y se tambaleó hasta el baño para recuperar sus píldoras.

Una dosis triple le ayudaría a disimular hasta la hora de la cena.

Janeal Mikkado (la Janeal Mikkado ciega, con cicatrices de la Casa de la Esperanza, que había pasado los últimos quince años aprendiendo a pensar en sí misma como Katie, que se había presentado ante el mundo como Katie) no podía estar más conmocionada por la conversación que acababa de tener con Janice Regan.

«Se lo enseñé a Robert», había dicho Janice. Clara, suave e inequívocamente a los agudos oídos de Katie. *Se lo enseñé a Robert*. Katie nunca había tenido tanta certeza de lo que había oído. Ni había estado más preocupada por si no lo había entendido bien.

En la superficie la observación no tenía sentido. ¿Qué enseñó a Robert? ¿El tatuaje? ¿Cómo pudo ella haber enseñado a alguien más el tatuaje de Katie (de Janeal)?

¿Conocía Janice a Robert? ¿Acaso era posible que se conocieran y que Robert le hubiera hablado de Janeal y del sol verde en su tobillo izquierdo? Aun dándose el caso, la observación de Janice seguía sin tener sentido para Katie. *Se lo enseñé a Robert*. Como si ella fuera Janeal Mikkado.

Una idea irracional. Imposible. Seguramente Janice se había referido a otro, no al Robert Lukin que estaba allí, en aquella misma casa en aquel mismo momento.

¡Pero Janice negó haber dicho nada en absoluto!

Se lo enseñé a Robert. Katie se sentó en el borde de la cama en su habitación, reflexionando sobre la emoción que aquella frase había hecho arder en su estómago. ¿Qué fue, exactamente? ¿Curiosidad? ¿Ansiedad? ¿Miedo?

No, miedo no. ¿A qué podía temer después de que su vida hubiera sido literal, física e irrevocablemente purgada por el fuego? No tenía nada que perder, nunca más, y con eso no se refería a cosas materiales, sino también a todos los valores intangibles de su vida; la seguridad que venía de conocer que había hecho lo correcto por una vez, la comprensión de que nada más importaba.

Quince años atrás, quien ahora se hacía llamar Katie permanecía en pie en el cuarto de juegos del centro comunitario de su *kumpanía*, con las manos extendidas hacia el fuego, e hizo lo que sabía que debía hacer. El aire se dividió en luz y ruido, pero no tenía otra opción. Le dio la espalda al dinero, a Sanso y a la idea de que podría vivir después de abandonar a Katie de aquel modo horrible, imperdonable. Su indecisión, antes tan convincente, se había desvanecido. Tenía que intentar salvar a su amiga.

Aquello era todo en lo que podía pensar. Corrió hacia Katie, que había sido engullida por las llamas, temiendo sólo por un instante el intenso fuego. No tuvo que mentir a Robert cuando le dijo que el curso de los acontecimientos era borroso. Una de las razones por las que la historia era tan difícil de contar era que ella recordaba muy poco de ella. No recordaba ninguna sensación de quemarse; no recordaba si ella y Katie intercambiaron algunas palabras, o si Katie aún estaba consciente; no recordaba imágenes del encuentro.

Lo que sí recordaba era que eligió no tratar de liberar a Katie del taburete. Comprendió intuitivamente que el tiempo perdido separando el cuerpo de la silla era la muerte segura para ambas. Abrazó a Katie y agarró el asiento, y sintió el vinilo fangoso y caliente envolver sus manos mientras lo arrastraba todo hacia el marco de la puerta.

Recordó que primero se dirigió a la entrada, de espaldas, arrastrando a Katie con ella.

Recordó que al salir se vio flotando en el aire, que la escalera se había consumido, y Katie y el taburete cayeron sobre ella.

Cómo sobrevivió a la caída era una pregunta que nunca fue capaz de responder. Ahora parecía irrelevante, comparado a las preguntas que tenía sobre Janice. Cuando Janeal apartó a Katie de encima de ella, el taburete cayó al otro lado. Las cuerdas que habían mantenido a Katie sujeta se desintegraron finalmente, pero no antes de que la bella adolescente muriera.

Lo que sintió Janeal entonces fue la forma más pura de desesperación que jamás había conocido, antes o después de aquel momento. El dolor emocional de su error fue tan hondo que la comprensión de que estaba ardiendo llegó como una reacción retrasada al aroma de pelo quemado. Su pelo quemado.

Que no empezó a correr en ese mismo instante saltaba a la vista, pero no lo pensó hasta más tarde. En aquel momento todo lo que consideró fue cómo alcanzar el río lo antes posible. Lo alcanzó, aunque lo que ocurrió cuando llegó allí no era parte de su memoria.

La corriente debió llevarla río abajo.

Lo siguiente que recordaba fue el despertar a cuatro patas, balanceándose en la fangosa orilla del río rodeada de los gritos de gente sorprendida.

Después le dijeron que había estado balbuceando cuando la encontraron. *Katie, Katie, Katie.* Pensaron que era su nombre. Ella dejó que lo pensaran, en honor de su amiga. En ese momento mató a Janeal Mikkado y resucitó a Katie Morgon. Hizo un juramento mudo, prometiendo vivir una vida digna de la alegre y decente chica que no había merecido morir.

Ya no importaba que ella hubiera sobrevivido y que la Katie real no, aunque este hecho la había llevado a una crisis personal durante su recuperación. No se preguntó el propósito de las quemaduras (que Dios había usado, con su ceguera, para atraerla a él). Lo que se cuestionaba era por qué no había podido salvar a Katie también.

¿Qué importaba perderlo todo si no podía obtener el premio más importante: la vida de su amiga?

Katie se dio cuenta tras muchos años que sí tenía importancia, porque había tomado la decisión correcta, sin garantías de los resultados, y salió de la prueba espiritual, mental, y emocionalmente entera. Por eso amaba el fuego del modo en que lo hacía. Para ella representaba la belleza de la libertad . . . no la ausencia de problemas, de dolor o de tristeza, sino la liberación del miedo, de la auténtica pérdida, del remordimiento.

Hasta aquella noche.

Katie sólo le había hablado de la masacre de Mikkado a una persona en quince años, y sólo después de que su amistad floreciese. Pero aquella noche, en cinco minutos, se encontró a sí misma hablándole a una extraña con la misma libertad como si hablara para sí.

Para sí misma.

Un pensamiento perturbador brotó de las entrañas de Katie. Algo sobre Janice la preocupaba desde la reunión en la oficina de Lucille, y trató de averiguar de qué se trataba. Recordó el extraño modo en que Janice había sujetado su mano durante una inconveniente cantidad de tiempo, soltándola después como si la palma de Katie le quemase. A la luz de sus inquisitivas preguntas sobre el anillo de Katie, quizá Janice lo había notado. Estudiado.

Las madres de ambas murieron en extraños accidentes.

Katie agitó su mente para librarla de aquella coincidencia. Algo más le molestaba. Algo en la manera de hablar de Janice.

Estoy diciendo la verdad...

Esto es muy injusto. Estoy harta...

Se lo enseñé a Robert.

La inflexión era ella misma. La de Janeal.

Era una idea ridícula. No podía ser.

Katie se bajó de la cama y se alisó los pantalones, y entonces hizo un esfuerzo consciente en relajar sus hombros. Alzó la barbilla hacia el techo, estirando el cuello. Se crujió los puños y los estiró tres veces, luego los sacudió sin apretarlos.

Katie abrió la puerta y salió, dando pasos enérgicos hacia la cocina. Después de la comida, le llevaría su hiperactiva imaginación a Donna María y pondría aquellos absurdos pensamientos en su sitio.

49

La preparación de la cena era un desastre inminente. En la cocina Janeal apenas podía aferrarse a su cuchillo mientras cortaba zanahorias y pimientos morrones. Sus manos temblaban mientras Katie (*aún debería pensar en ella como Katie*) trabajaba junto a ella, en silencio y concentrada.

O en silencio y distraída. Tres veces Katie dejó caer las patatas que pelaba.

Una imagen recorrió la mente de Janeal: ella, levantando el tembloroso cuchillo y hundiéndolo en la espalda de Katie. Ahogó un grito ante la visión de Katie girándose para mirarla.

Katie dudó si hablar y decidió concentrarse de nuevo en las patatas. Janeal se preguntaba qué era lo que ella sospechaba de su charla de antes, si no era la psicótica posibilidad de que ambas estuvieran en un comedor de beneficencia mirándose la una a la otra como si estuvieran frente a un espejo.

Cuanto más pensaba Janeal en aquella imposibilidad, más se cerraba la cocina en torno a ella, oprimiéndola con otros detalles. Katie se había quedado cerca de ella en la entrada y había mirado a Janeal a los ojos: Katie nunca había sido tan alta y no habría crecido siete u ocho centímetros desde su decimoctavo cumpleaños. Janeal, que ahora no llevaba sus altos tacones habituales, no había pensado en eso hasta aquel momento. Ambas llevaban zapatillas de suela lisa. A primera vista Janeal había achacado la figura esbelta de Katie al frugal estilo de vida en la casa, o al trauma. La propia Janeal estaba más delgada de lo que había sido de adolescente. Había atribuido la tez más clara de Katie a las heridas, a quince años de vida en el interior de una casa y quizá a un sistema inmune dañado. No era un cambio de tono de piel muy espectacular, pero era suficiente.

Suficiente para encajar con el color canela multirracial de Janeal.

¿Se había dado cuenta Robert de esos cambios? ¿Sospechó que Katie no era para nada Katie, pero . . . ?

El cuchillo de Janeal se cernía sobre una pila de vegetales mientras estudiaba a Katie. El anillo seguía brillando como si fuera un vaso de cristal lleno de vino y Janeal fuera una alcohólica anhelante de una copa.

Tan sólo digamos, en beneficio de dejar a esta ridícula idea seguir su curso, que tú y yo somos la misma. Digamos sólo que yo estoy aquí mirándome a mí misma, hablándome a mí misma. ¿Qué significado tiene?

Significaría que Janeal necesitaba examinarse en un centro de tratamiento completamente diferente.

Robert llegó entonces y fue derecho hasta Katie. No saludó a nadie más. Janeal se giró. ¿Qué pasaría si él se la quedaba mirando?

Aunque el objetivo de Janeal había sido pasar completamente desapercibida, no había anticipado el dolor que conllevaba acercarse lo suficiente como para tocarle y tener que mantener la distancia. No era capaz de evitar mirarle fijamente, mirarle y recordar.

Él se acercó al oído de Katie. Tocó su espalda. Janeal picaba vegetales apenas a unos centímetros de los dos y sintió la estocada de las antiguas emociones rebanando de cuajo el centro de su esternón.

Robert le pertenecía. Le pertenecía desde que tenían doce y catorce años y habían ido juntos de excursión a aquella colina roja por primera vez, mano con mano, mientras Katie quedaba rezagada.

¿Cuándo les había separado Katie como una yema a una clara de huevo?

Había ocurrido largo tiempo atrás, se forzó Janeal a admitir, mucho antes del arresto de Sanso o la destrucción de la *kumpanía* de su padre. De momento, la realidad de su separación le hizo más fácil a Janeal marcharse como lo hizo. Por supuesto, ella entonces pensaba que Robert y Katie habían muerto.

Katie *estaba* muerta, ¿no?

El cuchillo de Janeal bajó hasta su dedo como si fuera un tallo de apio, pero no se dio cuenta hasta que alguien gritó y se precipitó hacia ella con un trapo de cocina. Entonces Robert la miró. *Lo siento mucho*, dijo Janeal con sus ojos mientras la persona apresaba la mano en el trapo y obligaba a Janeal a aplicar presión. *Pensé que estaban muertos.*

No tenía sentido tratar de justificarse, sin embargo, porque ella sabía que le habría dejado de todas formas. Ella sostuvo su mirada demasiado tiempo, y él se apartó.

Otra residente se acercó deprisa con un botiquín de primeros auxilios. Janeal se preguntó que si las tornas hubieran sido diferentes y Robert la hubiera descubierto primero, ¿hubiera ido corriendo a su lado tan rápido?

Sí. Le gustaba creer que sí lo hubiera hecho.

Robert era la razón real de que su amor por Milan Finch no fuera amor en absoluto. Porque tuvo que compararlo con Robert.

¿Su plan de encontrar y enterrar lo que fuera que Katie le había contado a Robert acerca del dinero era inútil o esencial a esas alturas? Mientras su compañera cocinera examinaba la herida de cuchillo y comentaba que no necesitaba puntos de sutura, Janeal jugueteó con la idea de decirle a Robert quién era. Podía obligarle a elegir entre Janeal y Katie. Podía enfrentarle con la verdad de que Katie era una impostora.

Katie y Robert hablaron en voz baja cerca de los fuegos y Janeal decidió que no podía afrontar el riesgo de perder a Robert otra vez. Había perdido a Robert a Katie quince años atrás, y él nunca regresaría a su lado mientras Katie siguiera interponiéndose.

50

Después de cenar Robert estuvo buscando a Katie y la encontró en el jardín interior donde se habían encontrado por primera vez. Ella se encogía dentro en una fina chaqueta.

—Esa nueva residente nueva tuya es un poco inquietante —dijo él. Katie saltó y se puso la mano en el cuello—. Lo siento.

Ella agitó su mano.

—Culpa mía. Estaba distraída. ¿Estabas hablando de Janice?

—¿Así se llama?

—¿Tan nervioso te pone?

Robert se encogió de hombros.

—Se me queda mirando fijamente.

—Será por esas facciones tuyas tan bonitas —Katie no sonreía. Robert no podía decir si le estaba tomando el pelo.

—No ese tipo de mirada.

—¿De qué tipo entonces?

—Como si me conociera, aunque yo a ella no la conozco.

Katie se anudó el cordón de la chaqueta a la cintura.

—Dime qué aspecto tiene.

—Alta. Delgada. Desafortunadamente delgada. ¿Qué pasa con las mujeres que piensan . . . ?

—Realmente no tienes que hacer esa pregunta, ¿o sí?

—Vale. Pero ella podía tener más carnes. Pelo corto y castaño oscuro. Ojos azules artificiales.

—Deben ser lentillas.

—Quizá. Hacen que su mirada sea escalofriante. No quise provocarla estudiándolos demasiado cerca, ya sabes.

—Seguro que la mayoría de las mujeres que viven aquí te ven como un espectáculo para ojos necesitados.

Robert rió.

—No me había fijado en nadie más que en ti.

Katie guardó silencio. Él había hablado demasiado. No estaba lista para corresponderle. Por supuesto que no. Ella no podía disfrutar del beneficio de no tener que pensar en nada que en un amigo perdido hacía tiempo, milagrosamente redescubierto. Él se preguntó si alguna vez ella había tomado vacaciones (y no una tarde de vez en cuando).

—Me gustaron las esculturas que me enseñaste el lunes —expresó él.

—Son bonitas, ¿verdad?

La conversación se estancó otra vez.

—¿Puedo pedirte un favor? —dijo Katie.

—Lo que sea.

—Janice necesita equinacea. No nos queda. ¿Podrías ir a Walgreens por más?

—¿Ahora?

—Una pequeña escapada podría hacerte bien.

—Lo sé. Quiero decir . . . no importa.

La fluidez de sus primeras conversaciones se había evaporado por razones que Robert no podía indicar con exactitud. La temprana conexión que sentía con ella parecía amenazada, y cuando alzó la mano para tocarla se contuvo.

—De acuerdo. Iré. Equinacea . . . eso es lo que nuestras madres solían hacernos tragar todo el tiempo, ¿cierto?

—Botella marrón, etiqueta naranja.

—¿Quieres venir? —preguntó él.

—Hay reunión de equipo a las ocho y media. Posiblemente me traerías para estar a tiempo, pero yo tengo algo que hacer primero. Gracias por el favor.

—No hay problema.

Katie salió del jardín por una puerta trasera de la propiedad. Robert estuvo a punto de preguntarle si llevaba una linterna encima. ¿Qué tendría que hacer allí fuera en la oscuridad?

En vez de eso, se marchó en dirección contraria. Rodeó varias pilas de mesas y sillas, y se detuvo en el vestíbulo que separaba el jardín del atrio de la entrada. Por el rabillo del ojo vislumbró una figura caminando hacia el final del vestíbulo, como si hubiera pasado por el punto en el que él había estado segundos atrás. Janice.

¿Había estado escuchando?

Él vaciló y ella giró la cabeza hacia él. Las sombras de la puesta de sol pasaron a través de las ventanas y encubrieron sus ojos, dibujándoles profundos y oscuros círculos, aunque Robert podía imaginar fácilmente su mirada azul. Ella continuó andando y unos pocos segundos después miró atrás.

Robert prosiguió su camino y cruzó las baldosas hacia la salida.

51

Donna María estaba de pie en su flamante porche cuando Katie se aproximó a su casa. El viento fresco hizo crujir su falda, estremeciendo a Katie.

—Te he estado esperando —dijo la anciana.

Aunque Donna María nunca habló de que hubiera escuchado algo de la masacre de Mikkado, durante mucho tiempo Katie no pudo desprenderse del hecho de que la mujer le recordaba a la señora Marković, la mujer que había hecho una visita al campamento y había hablado tan crípticamente el mismo fin de semana del desastre. En muchos aspectos ambas mujeres eran parecidas (mayores y de piel suave, propensas a las declaraciones desconcertantes y al uso del jabón de lavanda). Pero se diferenciaban al menos en una cuestión significativa: Donna María nunca asustó a Katie. La parte de ella que seguía siendo Janeal comparaba a la señora Marković con un ser repulsivo como el que más, y demasiado extraña para ser considerada amigable.

Donna María tomó a Katie de la mano y la guió hasta una silla plegable tambaleante. Katie oyó polillas revoloteando contra el cristal. Supuso que era la ventana de la cocina. Donna María se sentó también, en una silla que rechinó.

—Tienes más problemas —dijo Donna María.

Katie tocó el nudo de su chaqueta.

—Detesto venir sólo por problemas.

—Bah. Tú vienes por cualquier razón, hija.

Katie estiró los pliegues de la chaqueta sobre sus manos frías.

—Una nueva residente vino hoy a la casa. No había pasado ni una hora de su llegada y ya le estaba contando mi historia.

—Entonces ella está más capacitada que yo para sacarte cosas.

—No creo que sea eso. Es más bien que ella y yo tenemos un vínculo. Como si la conociera desde hace mucho.

Los tablones detrás de Donna María comenzaron a golpear rítmicamente. Debía estar sentada en una mecedora.

Segundos después la viuda dijo:

—Como hermanas.

Katie no había pensado en Janice como una hermana, aunque la comparación podía servir. Sin embargo la palabra hizo a Katie consciente de que no había pensado mucho cómo iba a explicarse. La ridiculez de sus pensamientos íntimos le resultarían embarazosos una vez dichos en voz alta.

—Suéltalo, hija.

—Hermanas idénticas —dijo Katie—. Casi . . . la misma persona.

Esperó que Donna María se riese, o que la desafiara. No hizo ni lo uno ni lo otro.

—¿Qué te hace pensar que tú y esa mujer son tan parecidas?

—Me llevará un tiempo explicarlo.

Donna María palmeó el dorso de la mano de Katie.

—¿Ves? Ésta es la razón por la que no tenemos tiempo para una pequeña charla.

Aquello hizo sonreír a Katie.

Con frases atropelladas, Katie explicó la preocupación de Janice con su anillo, y comprendió que primero tenía que explicar que su nombre verdadero no era Katie, y por qué. Acabó con ello y empezó a retomar la observación de Janice sobre Robert, y entonces supo que nunca le había hablado a Donna María de él, y menos aún de que él se había dejado caer en la casa casualmente cerca de la llegada de Janice. Todos aquellos detalles se tomaron su tiempo para ser desenredados. Fue una narración hacia atrás, poco directa. Donna María la dejó hablar sin interrupciones.

—No estoy segura de lo que trato de expresar —acabó Katie.

—Piensas que tú y Janice son la misma persona. Esta Janeal.

Declarado con aquella franqueza, la idea causó a Katie algo de pánico. ¿Quería decirlo de esa manera? No estaba segura.

—Sé que *yo soy* Janeal. Pero Janice es una incógnita.

—¿Le has preguntado?

Katie soltó una risotada.

—¡No! Podría perder el dinero de mis donantes si corriera la voz de que voy preguntando cosas como esa —su humor se calmó—. Pensarían que tengo un desorden psicológico. Un trastorno de personalidad o algo así.

Donna María no replicó.

—No crees que . . .

—Lucille entrevistó a Janice, tú lo dijiste.

Asintió con la cabeza y añadió:

—Yo estaba con ellas.

—Entonces Lucille puede confirmar que . . .

—¿ . . . que estábamos las dos en la habitación? ¿Cómo propones que le pregunte tal cosa?

—Los problemas difíciles demandan preguntas difíciles.

—¡Donna María!

—Puede ser tan sólo una extraña coincidencia, Katie.

—Estaría dispuesta a considerar esa posibilidad si Robert y Janice no hubieran llamado a mi puerta con pocos días de diferencia entre uno y otro. Eso ya es suficiente coincidencia, ¿no te parece?

—He tenido experiencias más extrañas a lo largo de mi vida.

—¿Y si Janice es una impostora?

—Sí. ¿Y si lo fuera?

—¿Cómo había podido saber qué era mi tatuaje? ¿Cómo supo que se lo enseñé a Robert?

—Quizá no hablaba de tu Robert.

—Él no es *mío*.

—O quizá ella conozca a Robert.

—Él no tiene idea de quién es ella.

—Entonces ambos te la están jugando.

Katie se dio por vencida.

—¿Por qué lo harían? ¿Robert y una mujer a la que no he visto en mi vida?

—Así que hay dos opciones: ella es una completa extraña o tú y ella son la misma persona.

—Tiene que haber otras opciones. Quizá la conozco de algún otro lugar. ¡Pero una persona no puede habitar en dos cuerpos! Es una locura.

La viuda se quedó en silencio.

Katie bajó la voz.

—Perdón. No quería ser tan dura. ¡Pero escucha lo que estamos diciendo!

—He visto cosas más raras, hija. He visto milagros. He visto la mano de Dios trabajando en todo el mundo.

La quietud se impuso entre ellas y Katie esperó su explicación.

—«Y Jehová dijo a Satanás: ¿No has considerado a mi siervo Job . . . ?»

La brisa se llevó sus palabras.

Katie esperó a que dijera algo más, y cuando no lo hizo anticipó algún sentido:

—Yo no soy Job.

—«Y respondiendo Satanás a Jehová, dijo: ¿Acaso teme Job a Dios de balde?»

Ahora Donna María sonaba más a la señora Marković que lo que Katie recordaba. Se estremeció.

—No lo entiendo.

—¿Quién puede imaginar lo que Dios y Satanás discuten? Ciertamente Job no tenía ni idea de que Dios estaba jugando con su vida —dijo Donna María—. ¿Qué otros tratos pudieron romper, involucrándonos? Cuéntame otra vez lo que pasó esa noche.

—Sanso me encontró frente a la casa de reunión. Le seguí escaleras arribas . . .

—Antes de eso.

—Encontré el dinero en el armario de papá. Vi la casa en llamas.

—No, más pronto.

Katie torció el gesto y puso sus dedos en las sienes.

—¿Cuándo fui con Sanso?

—Había una visitante en tu campamento. Te habló.

—¿La señora Marković? —Katie buscó en su memoria. ¿Le había hablado a Donna María de ella? Hubiera podido jurar que no lo había hecho antes.

—¿Qué dijo?

—¿Cuándo te hablé de ella?

Donna María puso su mano suavemente sobre la de Katie. Esta vez se rió, y los dedos de Katie sintieron un hormigueo como si hubieran estado dormidos.

¿Por qué Donna María eludiría aquella simple pregunta que tanto le costaba a Katie para rememorar la conversación que había olvidado hacía tanto? Pero la sensación eléctrica en sus dedos trajo a la mente el tacto electrizante de la señora Marković, la conexión que parecía dividir su cabeza en dos, y la energía estática que cargaba el aire de la sala de juegos, restallando como un látigo. Katie no experimentó un dolor de cabeza como aquel ahora, sólo el calor de la suave piel de Donna María.

—Siempre has sido mi favorita —susurró la anciana—. Una buena chica. Ahora, el demonio . . . bueno, él habría puesto su apuesta en el otro lado.

Katie retiró su mano, alarmada.

—¿Qué quieres decir?

—Hay dos cámaras en cada corazón —dijo Donna María.

Katie lo recordó. Respiró fuerte.

—Una para Judas y una para Juan. Ella dijo que una debía salir o ambas morirían.

El sonido de la mecedora de Donna María sobre los débiles tablones del porche cesó.

—Al parecer Dios lo organizó para que ambas vivieran.

52

Sanso habría llevado su Jaguar XKR descapotable hasta la Casa de la Esperanza del Desierto si el coche hubiera estado aquí, con él, en los Estados Unidos, en vez de en Brasilia. Pero con poco tiempo para encontrar un coche de similar calidad para alquilar, consiguió un Mazda Miata, que bastaba para ser rápido y tranquilo si daba la casualidad de que era eso lo que necesitaba.

Sólo se cruzó con una camioneta Ford de color negro de camino a la colina, y se dirigía hacia abajo, lejos de todo lo que a él le concernía.

Callista no se rió como esperaba cuando él le enseñó el coche y le preguntó si creía que podría servir como imán para las chicas en la Casa de la Esperanza. Pobre Callista. Le conocía mejor que la mayoría de sus empleados y probablemente ya se había dado cuenta de que él solamente la estaba poniendo a prueba. Lo quería de vuelta en México. Lo necesitaba en México para proteger la jerarquía de su rango antes de que Janeal Mikkado se la expropiara. Sanso respetaba la mente aguda de Callista, que seguramente habría detectado aquellos diminutos detalles. Pero eso no le obligaría a cambiar el rumbo. No en este caso.

En vez de eso Callista sólo mencionó, irónicamente, lo adecuado de que Sanso siguiera a Robert a una casa llena de mujeres solitarias. Quizá el agente de la DEA tuviera una amante allí. O una chivata. O un mal hábito inconfesable.

Ahora bien: ¿sería aquella persona misteriosa esa a la que Janeal se refería como «responsable de su seguridad»? Quizá ella podía arreglarlo para que Sanso se encontrarse con esa persona durante su visita.

Sanso se estaba divirtiendo como no lo había hecho en años. Consideró las posibilidades que rondaban su mente.

Una amante de Robert. Oh. Sería perfecto. Alguien que echaría un poco más de tierra sobre el rostro ansioso, celoso y disfrazado de Janeal para que Sanso pudiera lavarlo. Él la cuidaría, la besaría, y le revelaría su verdadero yo, el yo interesado en esquivar la autoridad de Robert y proteger su propio poder, dinero e influencia.

Interesada en él, para decirlo claro. Si su pasión se correspondía sólo con la mitad de la de él, podían vivir entonces felizmente para siempre.

Oh, sí. Robert no era más que una mosca latosa que hacía mucho ruido. ¡Pero Janeal! En sus cincuenta y tres años de vida él no había conocido nunca una compañía tan perfecta para su atormentado corazón. Jancal sería su trofeo. Su conquista inaudita. Si maniobraba como él sabía hacerlo, ella nunca sabría que se había disputado una batalla para obtener su alma.

53

El móvil de Robert sonó cuando dejaba la farmacia con la pequeña botella marrón en una bolsa de plástico balanceándose en su puño cerrado. Reconoció el número de teléfono de Harlan.

—Woodman, ¿hay noticias?

—No sé, no quiero enfrentarme a tu cara de amargado si luego resulta que es viable.

—¿Entonces qué es?

—Hoy ha habido un tiroteo en Santa fe, en Cerrillos Road. Ocurrió sobre las tres en una plaza comercial. La única víctima ha sido un sedan azul de alquiler registrado a nombre de Jane Johnson, cuyo paradero aún no se ha localizado.

—Y la DEA está en ello porque . . .

—La descripción del pistolero encaja con la de Salazar Sanso.

Robert soltó el aire de sus pulmones y recorrió mentalmente todas las razones que tendría Sanso para querer estar en esa zona.

—Hay una multitud de latinos que encajarían con una descripción similar en esta ciudad.

Robert subió a la cabina de su camioneta y cerró la puerta.

—Conducía un Escalade plateado, que encontraron abandonado fuera de la ciudad, al sur de la ruta 66. Está registrado a nombre de Callista Ramírez.

Robert dejó de intentar arrancar el coche. Ramírez llevaba tiempo asociada a Sanso, aunque tenía un corto historial. La única vez que fue detenida fue puesta en libertad en unas pocas horas por falta de evidencias.

—¿Crees que va tras de mí?

—¿Por qué más iría a Santa Fe?

—Esta vez no tengo ningún valor. Soy un fastidio desde su punto de vista —Robert quería que aquello fuera cierto, aunque aparentemente no era así. Condenada Katie. Si él guiaba a Sanso hasta su puerta . . .

—Quizá sí. Quizá no. Estamos enviando agentes allí para echar un vistazo. Llegarán a primera hora de la mañana. Si buscas algo que hacer . . .

—¿Cuál es la dirección del tiroteo?

Sólo eran las siete y media. Por si acaso podía obtener información de primera mano de un testigo que estuvo allí, decidió dar la vuelta y satisfacer su tendencia a enredarse.

A Robert le llevó cerca de veinte minutos cruzar la ciudad y encontrar la plaza comercial descrita por Harlan. El coche en cuestión había sido remolcado, pero un reguero de cristales entre dos líneas naranjas de aparcamiento indicaba dónde había estado aparcado. Robert se quedó en el arcén y comprobó las tiendas situadas directamente detrás. Una tienda de licores. Una librería. Una peluquería. Una tienda de reparación de aspiradoras y máquinas de coser. La tienda de reparaciones estaba cerrada, pero las luces de las otras tres aún brillaban.

La cajera de la tienda de licores no estaba de turno cuando ocurrió el incidente, pero le dio el número de su jefe, quien al parecer lo había visto todo y estaría encantado de contar la historia de nuevo. Ella ya la había escuchado las veces necesarias para ofrecer una versión sumaria a Robert.

Se detuvo en el camino de cemento, con la intención de ir a la librería, cuando vio a una mujer saliendo de la peluquería, con las llaves colgando de una cinta de espiral en su muñeca mientras se disponía a cerrar.

—Disculpe, señora.

Ella le miró, con los ojos analizando en un segundo si era un tipo peligroso o un mero extraño. Él sacó su identificación de la DEA y la cara de cautela se convirtió en fatiga.

—Ustedes ya se han pasado todo el día rondando por aquí. ¿No han preguntado lo suficiente?

—Perdón por molestarle —miró la etiqueta con su nombre—. Carol. Pero soy de una agencia diferente. Me gustaría hacerle un par de preguntas.

Carol apoyó su pesado cuerpo contra la ventana de la tienda y sacó un cigarrillo, y después el mechero.

—¿Qué son otras veinte después de dos mil? —dijo.

—Seré tan breve como pueda. ¿Ha visto el tiroteo?

—Claro como el día. Estaba en la caja registradora cuando ocurrió —lanzó el pulgar sobre su hombro.

—Cuénteme algo del tirador.

—No era feo. Creo que latino, de media edad, alto, pelo ondulado. Un pelo realmente bonito. Bonito y con volumen; no se ve demasiado por ahí. Canas en las sienes. Si pudiera tocar esos mechones . . . oh. Le apuesto lo que quiera a que perdería diez años. Oh, y también tenía barba.

Robert le hizo preguntas sobre el tiroteo que probablemente ella ya había estado contestando durante todo el día. Sus respuestas eran inmediatas y mecánicas, habiéndolas respondido múltiples veces, y no consiguió nada que Harlan no le hubiera contado ya.

A pesar de todo la sorprendió con una nueva pregunta.

—El sedan estaba alquilado a una mujer llamada Jane Johnson. ¿Conoce a alguien con ese nombre?

—¿Jane Johnson? Debe haber miles de mujeres con ese nombre en este país. Pero no. No conozco a ninguna. Tuve una cliente hoy que se llamaba Jane algo —Carol dio una calada y frunció el ceño—. ¿No era así? O quizá algo similar. Janet. Janice. Todos se parecen.

El nombre avivó la atención de Robert.

—¿Tenía una cita?

—Claro. Corte y color.

—¿A qué hora?

—Sobre mediodía.

—¿Sería posible comprobarlo?

Carol suspiró y agarró las llaves de su cinturón.

—Pase. ¿Casi hemos acabado?

—Sí. ¿Podría describirme a la mujer?

—Era una de esas chicas superdelgadas. Demasiado delgada para disfrutar de la vida, si quiere saber mi opinión. Le dejé un aspecto realmente nuevo y bonito . . . una monada de pelo muy corto. Era pelirroja y quería oscurecerlo. Cambió totalmente.

Carol encendió la luz y se dirigió tras la mesa de recepción al libro de citas. Recorrió con su dedo una columna y se detuvo.

—Janice. Supongo que mi memoria está cansada.

—¿Tiene el apellido?

—No, sólo Janice. Pagó en metálico.

—¿Vio a qué coche subió cuando se fue?

—¿Coche? Oh, no. Seguro que la trajeron. Tomó un taxi cuando se marchó.

El estómago de Robert cayó en picado. Comprobó su reloj. Casi las ocho y media. Si corría, calculaba otros cuarenta y cinco minutos de regreso a la Casa de la Esperanza.

Donde una mujer llamada Janice había atraído a Salazar Sanso, quien estaba a punto de encontrarse con Katie Morgon, sentada en la oscuridad, sola.

De vuelta a su habitación, después que Robert la ignorara en el vestíbulo, Janeal rompió en lágrimas silenciosas. ¿Por qué? ¿Por qué? ¿Por qué, después de Milan y Sanso y un puñado de otros hombres que pudo tener cuando quiso, se sentía así de nostálgica por alguien que la había enterrado junto con el resto de su pasado?

Nunca se había sentido tan muerta como en aquel momento. ¿Cómo podía sentirse de esa manera si su amor por Robert estaba claramente vivo?

Necesitaba permanecer concentrada en la tarea que estaba realizando. La conversación que pudo espiar entre Katie y Robert en el jardín interior no había revelado nada significativo excepto que no conectaban a Janice con Janeal. Al menos Robert no. En cuanto a Katie . . .

Ladrona, mentirosa, egoísta, pedante Katie. Janeal no podía leer la mente de esa mujer.

Janeal pasó cinco minutos practicando unos ejercicios de respiración profunda que su doctor le había recomendado para las jaquecas. Mientras su mente se calmaba, trajo a la memoria todos aquellos objetos personales que todavía estaban escondidos en el baño. Regresó al estado de alerta, esperando que Lucille no hubiera ido finalmente a pescar sus cosas después de averiguar lo del dinero de Janeal.

Mientras las otras mujeres que vivían en su vestíbulo miraban reposiciones de *Survivor* en la sala común, Janeal recuperó la colección y regresó a su lugar privado. Por el momento pudo rasgar unos treinta centímetros de un lado de su colchón y guardar todo allí, cubriéndolo con la sábana. No era original, pero menos lo era enterrar a poca profundidad las cosas en el barro seco del exterior.

El teléfono vibró en la mano de Janeal cuando lo deslizaba en el tajo practicado en el poliéster. Lo sacó y miró el número. No era conocido. El código de área era igualmente desconocido. Seguro que no era de Nueva York ni de Washington. Se arriesgó a responder.

—¿Sí?

—Janeal Mikkado —dijo la voz de una mujer.

De todas las personas que tenían aquel número, ninguna sabría su nombre de pila.

—Lo siento. Creo que se equivoca de . . .

—Callista Ramírez. Ha pasado tiempo.

Janeal rememoró con sorpresa a la mujer rubia que la había visitado en la colina con Sanso tantos años atrás. La única que la había drogado.

Bajó la voz y la dirigió en la dirección opuesta a los muros de sus compañeras de cuarto.

—¿Cómo has conseguido este número?

—¿Realmente importa? Jane, Janice, Janeal . . . Salazar Sanso consigue lo que quiere. Sabe dónde estás y disfruta con el juego de hacer que pienses de otro modo.

—¿Por qué me llamas?

—Está en camino de hacerte una visita.

—Entonces debe saber también que Robert Lukin está aquí.

—Lo sabe.

—Lo pasó bien en el hospital, ¿verdad?

—Mira, Janeal . . .

—¿Qué quieres?

—Quiero a Salazar de vuelta a México, y caminar cuesta arriba para golpear la puerta de la DEA no lo va a traer aquí.

—Obviamente. Hablas con la persona equivocada, entonces.

—No, estoy muy segura de esto. No sé por qué tu novio escogió ese lugar en particular para descansar de su pequeña victoria militar, pero supongo que tú no lo habrías seguido hasta allí si no estuvieras esperando alguna clase de dulce reencuentro. ¿Dónde está Robert ahora?

Con Katie, probablemente.

—¿Cómo voy a saberlo?

—Escúchame. Ésta es la única vez en que tú y yo tendremos una meta común. No queremos a Salazar en esa montaña. Pero está yendo hacia allí y tiene a Robert en su punto de mira.

La amargura se adueñó de la garganta de Janeal.

—Él siempre fue un poco extremista en su visión de venganza —dijo ella—. No hay nada que yo pueda hacer.

—Puedes convencerle de que Robert se ha ido y que preguntó a sus colegas por el paradero de Salazar.

—¿Quieres que le diga a Robert que Sanso viene? Ese no es el modo de lograr que regrese a México, querida.

—No te hagas la lista. Eso no es lo que dije. Todo lo que te pido es que mientas.

Janeal decidió dejar caer el sarcasmo.

—Sanso no me creerá.

—Él no cree a mucha gente, pero tú pareces ser una excepción a la regla.

—¿Qué ocurre si le doy un chivatazo a la DEA antes de que Sanso llegue?

Callista se rió.

—Que te diría que es un farol. No puedes hablar con ellos sin implicarte a ti misma. De hecho . . . es interesante. Nada como un pequeño asunto de un millón de dólares para interponerse entre Robert y tú. ¿Lo sabe él?

—No sabes de qué hablas.

—Todavía amas a Robert, ¿no es así? —preguntó Callista.

—¿Después de todos estos años? —falseó Janeal.

—Algunos amores nunca mueren. Voy a contar con ello —la vieja mujer suspiró—. Desafortunadamente, tengo que hacerlo.

—¿Todavía no me conoces? —dijo Janeal—. El odio es más poderoso que el amor, Callista.

—Quizá. Me da igual si amas más a Robert de lo que odias a Salazar. Encuentra un modo de que Salazar baje de esa montaña y te garantizaré la seguridad de Robert para el resto de mi vida.

—¿Y qué hay de *mi* seguridad?

—Él no dañaría un solo pelo de tu preciosa cabecita.

—Estaba realmente preparado para dejarme arder hasta la muerte.

—Eso cambió para siempre cuando diste la vuelta a la tortilla. ¿Cómo estás tan ciega?

Katie es la ciega. Katie, que no es Katie, sino...

Janeal dejó suspendido aquel pensamiento recurrente y turbador. Todo este lío era culpa de Katie. Katie era la razón de que estuvieran estancados en aquella casa para perdedores. Katie era la razón de que Robert se hubiera desenamorado de ella. Katie la razón por la que Janeal sentía que estaba perdiendo la cabeza.

Janeal no estaba segura del todo de por qué Callista había hecho esa llamada. No era como si Janeal se hubiera negado a ayudar a Sanso; de hecho, basándose en su último encuentro, ella creía que Sanso había interpretado sus demandas como un tipo de cooperación. Quizá Callista estaba actuando en su propio favor con esa llamada.

Puede que estuviera preocupada por algo más.

¿Estaba perdiendo su codiciado puesto de mano derecha de Sanso?

Sí, decidió Janeal, era un juego de fuerzas.

Ella era una profesional en estos juegos, y estaba feliz de participar.

—Puedes contar conmigo, Callista. ¿Puedo contar yo contigo?

—Llevo haciendo esto más tiempo que tú, Janeal.

Janeal colgó primero para marcarse un punto.

La conversación, aunque sin sentido en la mente de Janeal, se había convertido en una idea interesante. Si era posible que el odio fuese más poderoso que el amor, quizá la respuesta a su crisis pudiera encontrarla no en el amor a Robert, que no había hecho más que frustrar su deseo, sino en odiar a Katie.

54

Robert trató de llamar a la Casa de la Esperanza repetidas veces en el trayecto a la montaña, pero nadie contestó. Recordó que Katie había dicho que tenía una reunión de equipo y esperaba que eso (y no algo desagradable) fuera la razón de la ausencia de respuesta.

Dejó el camino pavimentado y tomó el polvoriento camino que llevaba a la entrada de la casa a las 21:17, después de haber excedido unos cuantos límites de velocidad. A unos cuatrocientos cincuenta metros vio entre los árboles la casa, alumbrada como siempre por las luces del porche y las lámparas de las oficinas y las habitaciones.

Sólo entonces admitió haber pensado que la casa podía estar ardiendo.

Había cuatro coches en el aparcamiento sin pavimentar, dos de los cuales eran la furgoneta de la comunidad y el Kia, y otros dos los vehículos propiedad de las residentes que tenían trabajos en Santa Fe.

Puede que Sanso aún no hubiera llegado.

Puede que la mente de Robert hubiera hecho conexiones que realmente no existían.

Fue frenando mientras se aproximaba y tomó la última curva antes del aparcamiento. Sus luces delanteras captaron algo reflectante en el lado opuesto de la carretera, y retrocedió hasta volver a deslumbrarlo.

Un descapotable, aparcado entre dos pinos, de arriba abajo.

Un Mazda Miata, allí, escondido.

En un destello de memoria Robert recordó haberse cruzado con un coche como aquel en su camino de descenso hacia Santa Fe. No pudo recordar al conductor.

Robert miró a la casa otra vez y dedujo que Sanso estaba allí, jugando a un juego sigiloso esta vez en lugar de actuar como en la fantasía de un pirómano. Esperando, sin duda, el regreso de Robert. Lo cual quería decir que Sanso prefería quizá rehenes antes que muertos. Algo deseable.

¿Era Janice uno de los lacayos de Sanso? ¿Había encontrado a Robert aquí y se lo había dicho al señor de la droga? ¿Cómo? ¿Y cuál era su conexión con el coche de Jane Johnson? Robert no tenía tiempo de probar ninguna de aquellas cosas, pero la sensación de que Janice conocía a Robert y que él debía conocerla continuó corroyéndole.

Robert apagó las luces y el motor y decidió dejar la camioneta justo donde estaba, bloqueando la salida de Sanso. Recuperó su pistola de debajo del asiento y salió de la cabina; entonces recogió un chaleco antibalas de la caja de herramientas desparramada por el maletero.

Hizo un repaso rápido al descapotable y no encontró nada que atara el coche a Sanso. Pero las llaves pendían del contacto del descapotable, y se las llevó.

Sus botas de senderismo levantaban poco ruido en el camino secundario rojo y polvoriento mientras se aproximaba al largo porche de la casa. Se subió al poyete de cemento y miró por cada ventana que pasaba, con el arma arriba y apuntando, tratando de recoger tanta información como pudiese. La mayoría de las cortinas habían sido corridas. La oficina que él creía que era de Lucille se encontraba encendida pero vacía. No había signos de Sanso o del equipo en ninguna de las habitaciones delanteras.

Robert empezó a trazar una estrategia en su cabeza. Decidió buscar primero a Katie, esperando que Janice no tuviera una relación con ella que pudiera explicar por qué Sanso había venido aquí de entre todos los lugares. Afianzar la seguridad de Katie, y entonces encontrar la habitación de Janice.

Se deslizó a través de la entrada de la puerta principal y trató de escuchar voces que indicaran una reunión. Al no escuchar nada, cruzó el atrio y el vestíbulo adyacente, hacia el jardín interior. Dos lámparas de mesa habían sido quitadas, y vio entreabierta la puerta trasera. Se preguntó si Katie había regresado.

De nuevo en el vestíbulo, atrapó un sonido en dirección a la cocina. Quizá alguien estaba poniendo los vasos sobre la encimera. Entró por detrás, bajo la placa acerca de la protección de Dios de los enemigos, y juzgó a tenor de las voces que si estaban en algún peligro, aún no lo sabían.

Las cinco mujeres del equipo, incluida Katie, estaban reunidas en taburetes alrededor de la isla de la cocina, sorbiendo café y garabateando en cuadernos, hablando agradablemente y en voz baja. Lucille saltó al verle, casi golpeó el respaldo de su taburete.

Se recuperó rápidamente.

—Si nos das unos minutos más acabamos y podrás . . .

Otra de las mujeres ahogó un grito al ver el arma de Robert. Katie se puso en pie y dijo: «¿Qué es esto?». Robert pensó que se había puesto pálida.

—Tienen un intruso en los alrededores —dijo a Lucille. Dos de las mujeres comenzaron a murmurar.

—Una de nuestras chicas probablemente trajo a alguien a casa —dijo la que él pensaba que se llamaba Frankie. Se puso en pie y tomó un sorbo más de café—. Averiguaré quién.

Robert alzó una mano para detener a Frankie a la vez que Lucille dijo:

—Sea quien sea, seguro que una pistola no es necesaria, Lukin.

Él la ignoró.

—Katie, necesito que expliques a tus colegas quién es Salazar Sanso. —Ella se llevó la mano a la boca—. Y luego las quiero a todas fuera. Lleven una linterna. Empiecen a caminar por la carretera y quédense allí hasta que vaya por ustedes.

Alguien dijo:

—Las residentes.

—Por ahora están seguras en sus habitaciones.

—Una de nosotras tiene que estar con ellas —dijo Katie.

—Váyanse todas. Y mejor para ti que seas la primera en cruzar esa puerta, Katie.

Robert no dejó lugar para argumentos, pero no sabía si debía hacerlo realmente.

—Dime dónde está la habitación de Janice.

—¿Qué?

—La mujer que llegó hoy. Creo que puede estar relacionada con Sanso. O conmigo.

—Está al final de mi sección. Habitación 28.

—Creo que Janice está usando algún alias. Que va por ahí con el nombre de Jane Johnson y que de algún modo yo debería saber quién es. ¿Has oído alguna vez de una tal Jane Johnson?

Katie negó con la cabeza.

—Ve con ellas y yo iré por ustedes. ¿Cuántas mujeres hay aquí esta noche?

—Diecinueve —dijo Lucille.

—¿Cuántas en tu pasillo, Katie?

—Seis.

—Vale. El sheriff está en camino. Vamos.

Corrió hacia el ala de Katie sin esperar a que obedecieran, deseando que tuvieran un fuerte sentido de autoprotección para hacer lo que les había dicho.

Salazar Sanso. Durante quince años ella se había escondido de él tras la identidad de una mujer de la que no podía preocuparse. ¿Cómo la había encontrado? ¿Por qué estaba allí, pisando los talones de Robert y Janice? No había posibilidad de que conociera su verdadera identidad.

A no ser que . . . Sanso no estuviera allí por ella. Él estaba aquí por Janice. Por Janeal Mikkado. La única Janeal Mikkado que él conocía.

La presencia de Sanso trajo el factor decisivo que Katie necesitaba, la confirmación de que había dos Janeal Mikkado en el mundo a la vez. Como ocurrió la noche del incendio, en el momento en que eligió salvar la vida de Katie, toda su indecisión se desvaneció.

Ahora mismo lo único que no podía entender era por qué el drama estaba desplegándose en su simple y pequeña casa del desierto, donde ella había obtenido finalmente un propósito para su renacida vida.

Prácticamente Frankie estaba gritándole:

—He dicho que *quién* es ese hombre de quien está despotricando.

Katie se volvió lentamente hacia la voz de Frankie.

—Es un traficante.

—¿Y cuál es tu relación con él? —preguntó Lucille.

Ninguna respuesta era lo suficientemente breve para el tiempo que les quedaba.

—No tengo relación con él. Tenemos que sacar a las mujeres.

—Wendy y Trish ya han ido por ellas.

—Necesito mi móvil —dijo Katie. Salió por la puerta de la cocina.

—Katie —protestó Lucille.

—Soy la única que tiene uno —dijo Katie sin mirar atrás—. Te dije que algún día lo necesitaríamos.

En este momento a Katie no le importaba tener razón. Estaba más interesada en la llegada de Sanso y en por qué Robert pensaba que él estaba allí. ¿Cómo iba a explicar todo esto cuando apenas lo entendía ella misma?

¿Había alguna explicación razonable para lo que le había ocurrido? No. Sólo funcionaba lo espiritual. Una batalla de proporciones planetarias y paranormales.

Una batalla entre la luz y la oscuridad por un corazón.

Ahora, mientras corría hacia su habitación, la pena de perder a la Katie real la inundó nuevamente, porque ahora temía que era probable que perdiera a Janice también. La otra Janeal, su gemela mística, quien había escuchado las mentiras de Sanso una y otra vez hasta que se volvieron verdad y él se transformó en su maestro.

Janice, no Katie, era la única que necesitaba salvación ahora. Después de encontrar su teléfono encontraría su otro yo.

55

Sanso estaba de camino.

¿Qué pensaba él que iba a hacer? ¿Llamar a la puerta principal y preguntar si podía verla?

Janeal respiró a bocanadas cortas y agitadas y cruzó sus manos sobre la cabeza, a ver si así conseguía calmar la sensación de estar flotando. Aquellos efectos secundarios del Fioricet sólo la molestaban cuando ingería las dosis demasiado juntas entre sí. El atípico estrés bajo el que estaba también tendría que ver.

Así que eso era lo que se sentía al deslizarse por el límite de la locura en un río negro e insoportable de dudas.

¿Qué hacer con Sanso?

¿Qué hacer con . . . *Katie*?

Janeal gruñó como un gato enfadado y dio tres largos pasos hacia la ventana. Necesitaba aire, pero sus manos temblaban de tan mala manera que casi no pudo abrir la terca ventana. Cuando el marco cedió finalmente, chirriando, Janeal casi esperaba que Katie (ciega pero con un oído biónico) viniera a preguntarle qué era aquel jaleo. Cuando Katie no llamó, Janeal subió la pantalla polvorienta y se deslizó al otro lado de la ventana. El aire de la montaña, libre de la humedad oriental y extenuante de la ciudad, renovó a Janeal.

No podía deambular muy lejos de la casa, ya que era la única fuente de luz y no conocía el lugar. Pero se quedó junto a las sombras cercanas arrojadas por las arboledas, andando lentamente para evitar torcerse el tobillo con alguna roca o empalarse con un cactus.

Poco a poco el corazón de Janeal se fue calmando y su respiración se hizo más profunda. Su pulso regresó. Allí fuera, al menos, podía formular un plan.

Deseó que Callista hubiera dicho cuánto tiempo le llevaría a Sanso llegar allí.

Sanso quería a Robert. Janeal tenía a Katie, un comodín, un elemento de sorpresa.

¿Negociaría Sanso con ella? Lo dudaba. ¿Por qué le debía preocupar a él que Katie hubiera sobrevivido?

Pero Janeal le preocupaba. Le preocupaba con una pasión que la sorprendía.

Aquello podía significar perder a Robert para siempre. Que él se había enamorado de alguien que le recordaba al mismo tiempo la bondad de Katie y la fuerza de Janeal y nunca echaría una mirada a otra mujer. Podía significar que el amor resucitado de Janeal por Robert sería robado por la versión de sí misma cuyas mejores cualidades (humildad, modestia, aislamiento, servicio) estaban lejos de las aspiraciones de Janeal.

Odiaba a Katie.

Janeal lo tenía todo, siempre tenía asegurado todo lo que quería. Todo excepto el hombre que había amado desde la niñez. ¿Por qué iba a tratar a Katie de manera diferente a la que trataría a cualquier otra mujer en este tipo de escenario? Ella se había deshecho de muchas en su conquista de Milan. No había nunca suficiente espacio para dos mujeres en la vida de un hombre. Jamás.

La emoción que había nacido en el corazón de Janeal en ese momento era diferente a cualquiera que hubiera experimentado antes. Era una especie de odio de sí misma que no podía describir. Un asco celoso de una mujer que era ella pero sin ser ella.

Ella no, ella no.

Pero Janeal no podía desmentirlo.

Hubo un período en la vida de Janeal en que la medianoche era su hora favorita del día, cuando buscaba la soledad de la noche desértica y subía a la cima de la colina para contemplar el campamento de su padre. De algún modo el entorno, ruidoso a su manera con los grillos, los escarabajos peloteros y los animales nocturnos, aquietaba la frustración inquieta de su corazón.

Pero aquella noche, incluso ese pacífico lugar era incapaz de penetrar la dureza del corazón de Janeal.

Se movió alrededor de la casa hacia algún escondite donde pudiera ver el área del aparcamiento de frente, encontró una roca y se sentó. Esperó. Escuchó. Quizá podía volver a capturar algo de esa paz que recordaba si lo intentaba con la fuerza suficiente. Escuchó un golpe de brisa a través del follaje. Una ardilla o un mapache trepando a un árbol. Ramas crujiendo. Cerca.

Siguió cavilando en el interés que podía tener Sanso en Katie, y si Janeal podía negociar estratégicamente para cambiar de sitio las parejas a su favor: Janeal y Robert. Sanso y Katie.

Sintió el calor de un cuerpo detrás de ella a la vez que una mano se enroscaba sobre su rostro y tiraba de ella hacia atrás hasta el firme pecho de alguien. Ahogó un grito, apagado por la palma, y comenzó a forcejear para liberarse. Sin embargo, sólo se las pudo arreglar para girarse a mirar a aquella persona. No era lo suficientemente fuerte como para librarse de las manos que ahora la tenían fuertemente agarrada por cada bíceps y que la mantenían cerca.

Sus puños y brazos, con los codos flexionados, la separaban del apuesto rostro de Sanso. Su piel olía ligeramente a pescado y limones. Se relajó. Sentía sus músculos en alerta.

—Te das cuenta ahora de que no hay ningún sitio donde puedas ir y esconderte de mí —susurró él.

—Sabía que estabas en camino.

—Y aun así tú quisiste venir aquí sin mí. Querías quedarte a solas con tu viejo amor —su aliento sopló en el flequillo de Janeal mientras hablaba. Ella cerró los ojos y pudo sentir su cuerpo temblando.

—No —susurró ella, no segura inmediatamente de por qué lo negaba. Tenía algo que ver con su propia supervivencia, y con proteger a Robert. Era bastante cierto que él no fue la primera razón de que ella hubiera venido a este lugar—. No vine aquí por él.

—Tendrás que demostrármelo. Soy un amante celoso.

Ella no sintió la necesidad de discutir por el título que él se había otorgado. Su terror hacia él se había disipado. Por primera vez le vio más como un igual que como un adversario. Por una vez sintió que estaba un paso por delante.

Sanso atrajo a Janeal hacia sí y la besó en la boca, dulcemente primero pero con una fuerza creciente hasta que ella casi no podía respirar.

Su aliento enturbió su mente, haciendo que su cabeza y sus músculos se ablandaran hasta que no pudo casi ni recordar qué necesitaba conseguir.

Sanso soltó su boca y mantuvo sujetos sus brazos.

—Demuéstramelo —dijo de nuevo—. Dame a Robert y enséñame dónde está tu amor de verdad.

Ella se concentró en aclarar su cabeza, en estar a cargo de aquel enfrentamiento.

—Crees que si te doy a Robert, finalmente me habrás conquistado.

Sus cejas se dispararon, y él no la contradijo.

—Siento decepcionarte, pero Robert no está aquí —dijo ella. La boca de Sanso se abrió ligeramente—. Como ya he dicho, no vine aquí por él.

—Entonces, ¿por qué estás aquí? —preguntó Sanso.

—Hay alguien más.

—Eres una chica mala y ocupada.

Janeal se permitió una sonrisa de flirteo.

Sanso zarandeó a Janeal con tal fuerza que su cabeza hizo que su barbilla golpeara bruscamente su pecho. Ella había estado así antes, con Milan, cuando la posesión del poder empezó a cambiar de manos. Sanso agitó su cuerpo hacia sí otra vez y apretó su mejilla contra la sien de ella. El aro de diamante en su oreja arañó su piel.

—Parece que alguien más ha hecho promesas que crees que pueden ser más valiosas que las mías.

—¿Por qué te preocupa?

—Porque te quiero conmigo y con nadie más. Nadie. Más. Te tendré sólo para mí.

—Estoy fuera de tu alcance. Lo estoy desde la noche del incendio.

—Eso es lo que tú piensas. Has estado bajo mi pulgar desde aquella noche. Estás sola y amargada. Tu vida es peor sin mí.

Janeal se zafó de su abrazo.

—He seguido mi propio camino sin ti. No te necesito.

—¿Pero necesitas a esta otra persona? —él levantó su voz y Janeal temió que alguien pudiera aparecer desde la casa para identificar el grito—. *Dime* quién es.

—Katie Morgon —sostuvo su mirada—. La chica que ataste al taburete y con quien me abandonaste para morir.

Los dientes de Sanso mostraron una media sonrisa.

—Ah, sí. La chica a la que *tú* dejaste morir . . . ¿sobrevivió? —Echó un vistazo a las estrellas—. Ella te encontró y quiere vengarse.

Janeal se sintió feliz de que él se lo creyera.

—Ella me matará si alguien no la mata primero.

—Por favor. Déjame a mí.

PARTE III

Resplandor de gloria

56

Katie Morgon. El hecho de que tanto ella como Janeal hubieran sobrevivido a aquel infierno divertía muchísimo a Sanso. Lo extraordinario había sido que las mujeres lo hubieran aventajado en sus años más jóvenes y diabólicos. Matarla sería lo más gratificante ahora, porque su muerte aseguraría a Janeal Mikkado como suya. Para siempre.

La promesa de una nueva vida inundó sus viejas venas. Janeal le haría seguir adelante otra década más por lo menos. Basándose en los detalles que Sanso había recopilado de Jane Johnson, ella casi había llegado a su nivel. Estaba deseoso de darle la bienvenida. Sólo ella tenía una mente que coincidiese con la de él. Un espíritu tan diabólico como el suyo, deseoso de aprovechar cada oportunidad de sacrificar a algún otro para salvar su propio pellejo.

Aquel era, en realidad, el principal interés de Sanso en Robert. Él era Jesús para la Judas de Janeal. La forma en la que ella trataba a Robert sería el indicador de la profundidad a la que se había hundido Janeal desde aquel primer día en que abandonó a la chica Morgon.

Sanso se deslizó en la oscuridad del cuarto de Katie Morgon por la ventana abierta. Janeal la cerró detrás de él y se quedó fuera. No tenía que esconderse si no quería. Podría hacerlo con las luces encendidas si le convenía.

Dejó las luces apagadas y se decidió por permanecer en el lavabo detrás de uno de los dos paneles deslizantes que ella había dejado abiertos. Cuando cerrara la puerta de su habitación le sería muy fácil salir y amarrar la cuerda de nailon sobre su garganta. No habría necesidad de hacer un estropicio o montar un escándalo con el ruido de la pistola que llevaba en una funda en el cinturón.

Pocas cosas en su vida eran así de fáciles.

Janeal regresó corriendo a la ventana abierta de su propia habitación. Mejor estar allí que en ningún otro sitio cuando aquella pequeña casa protegida explotara. Tiritó, pero no tenía frío. Sus nervios temblaban con la duda de lo que le había pedido a Sanso que hiciese.

Si Katie muere, ¿lo haré yo?

Por supuesto que no. Estamos separadas. Aunque seamos . . . la misma.

Tontamente había permitido a su mente extremadamente estresada que perdiera de vista el objetivo final. Podría volver a la superficie ahora que Sanso estaba allí. Con Katie fuera de la vida de Janeal, todo volvería a ser sencillo: sin miedo a la denuncia, sin miedo a la traición, sin competir por Robert. Según fueron pasando los minutos, se calmó. Sanso estaba obsesionado con ella, así que ella lo tendría más fácil para controlarle: un detalle importante, porque Sanso había descubierto su identidad como Jane Johnson, una arruga que había esperado prevenir. Pero era una arruga pequeña.

Demasiado pequeña comparada con aquel insondable encuentro con Katie. Encuentro temporal. Janeal no podía mantener quietas las manos. Manejaba torpemente la mosquitera. Debía ser temporal. Si lo era, nunca importaría que fuera real.

La muerte de Katie Morgon no significaría mucho para él, esperaba. Nunca había pretendido herir a Robert, y aquel sería su único pesar para aquel desafortunado dilema.

En realidad no lo quería muerto. Sanso quería encargarse todavía de que Robert muriera lo antes posible, y su retorcido amor por ella casi se correspondería, con toda seguridad, con la cantidad de dolor que él infligiría en ella hasta el momento en que también se llevase la vida de Robert.

Ella salió de los arbustos de mezquite, y ya había echado la pierna izquierda sobre el alféizar de su ventana abierta cuando se le ocurrió que podía matar a Sanso. Le quitaría la vida a Katie y escaparía por el mismo camino por el que entró, esperando que Janeal estuviera en su habitación o en el coche.

No esperándole allí, en la oscuridad.

¿Qué podría usar como arma?

Repasaba la lista mental de opciones (un cuchillo de la cocina, una piedra de la colina, una pistola de la camioneta de Robert, porque el viajaría armado, ¿no?), cuando la puerta de su habitación se abrió.

El ala de Katie estaba en el lado sur de la casa, aislada de las zonas principales de vivienda y del resto de residentes del ala norte. Robert tocó los números en su apartamento, el 21, que quedaba en la parte delantera del vestíbulo. Más allá, tres habitaciones flanqueaban cada lado del pasillo alfombrado, que llevaba hasta una séptima habitación al final. La número 28. Brillaba algo de luz por debajo de la puerta.

Se aproximó silenciosamente y puso su mano sobre el pomo y su oreja sobre el panel. No se escuchaba nada. Abrió con cuidado la puerta, con el arma arriba y a punto, esperado que Janice gritara o que se escapara de la amenaza de Sanso . . .

El cuarto estaba vacío. Robert lo recorrió de todas maneras, empezando por el lavabo. Un par de pantalones en un gancho. Una camiseta sobre la cama. Un bolso de mano de tela vaquera vacío sobre el suelo. Levantó las mantas del colchón, y después el colchón del somier. Nada. Dejó caer el colchón de nuevo sobre los muelles y éste rebotó una vez.

Algo golpeó el suelo y rodó, haciendo ruido. Robert lo recogió. Un bote marrón traslúcido de pastillas prescrito para Jane Johnson. Fioricet. Un analgésico con receta. Se lo guardó en el bolsillo para enseñárselo a Katie.

¿Quién eres, Jane Johnson? ¿Qué tienes que esconder?

Desanduvo sus pasos hasta el pasillo y cerró la puerta, echando un vistazo en las otras habitaciones. La luz brillaba bajo cinco de ellas, arrojando delgadas líneas doradas sobre el pasillo alfombrado. Dos estaban negros: uno a la izquierda y el cuarto de Katie.

Si estaba buscando un lugar donde esconderse, no sería a la luz y con extraños.

Empujó la puerta de la habitación desocupada y apretó el interruptor de la luz del techo. La habitación era tan sobria que no se podría haber escondido allí ni una araña. Comprobó el baño. Cuatro perchas de alambre se movieron y repicaron a la vez con el vacío que se creó al abrir la puerta. Comprobó la ventana. Estaba cerrada.

Al sonido de unos pies corriendo y de un pomo girando, Robert salió disparado al pasillo con la cabeza hacia la puerta de Janice. Estaba cerrada. Dirigió la cabeza y la pistola en la otra dirección.

Katie estaba abriendo la puerta de su habitación.

—¿Qué demonios estás haciendo? —dijo Robert con la mandíbula apretada. En dos pasos se puso a su lado, apartándola.

—Quería ser capaz de contactar contigo —susurró, tirando de su brazo para apartarlo de él y alargando la mano de nuevo hacia el pomo—. Mi teléfono móvil . . .

Robert le bloqueó el paso y usó su cuerpo para dirigir a Katie a una habitación desocupada.

—Haz lo que yo te diga esta vez y no salgas hasta que venga yo mismo a buscarte.

—Soy totalmente consciente . . .

—¿Has olvidado lo que hizo Sanso la última vez que nos encontramos con él? —Él estaba enojado porque ella se había arriesgado bajando allí. No, estaba furioso—. No seas tonta, Katie. No te vayas donde no pueda encontrarte, como la última vez.

Se enfrentó a él con su cara de seguridad, y a Robert le asaltó un poco de culpabilidad por haber hablado tan cruelmente de la noche en la que perdieron a sus familias.

—No soy la tonta en esta situación, Robert.

Él apagó la luz y cerró la puerta con el menor ruido posible, encerrándola a ella dentro.

Un zapato de suela dura conectó con la axila de Robert, enviando torrentes de dolor a través de su caja torácica y hacia el codo. Se giró para encarar la dirección del ataque mientras se tambaleaba. La pistola que sujetaba voló hacia arriba y golpeó con fuerza el techo provocando una ducha de trozos del relieve acolchado.

Se golpeó la cabeza contra el marco de la puerta, partiendo la madera al mismo tiempo que escuchaba aterrizar la pistola. Katie gritó desde dentro.

—¡No abras la puerta! —gritó él.

Se lanzó en dirección a la pistola pero calculó mal, golpeándola con la punta del pie. Voló pasillo abajo entre la alfombra del suelo y el rodapié.

Otra patada fue a parar al estómago de Robert antes de que su formación defensiva encontrara su equilibrio. Bloqueó con éxito un golpe que se dirigía a su cara y después empezó a repartir golpes con los puños, sin una idea clara de lo que estaba intentando golpear, esperando que al menos la velocidad, si no la exactitud, sirviera para algo.

Lo hizo. Sus nudillos golpearon dientes, lo que le rasgó la piel del dorso de su mano.

Robert estaba familiarizado con la sarta de maldiciones en español que siguieron. Había encontrado a Salazar Sanso.

Los tobillos del hombre barrieron los de Robert por debajo de él, y cayó de lado. Alzó los brazos instintivamente y aterrizó tendido. Rebuscó fuera del alcance de Sanso para levantarse, dejando la puerta de Katie expuesta.

Se abrieron puertas en el pasillo. Una mujer gritó.

—¡Quédate dentro! —a la voz atronadora de Robert le siguió el sonido de paneles dando portazos en sus marcos.

Cayó en la cuenta de que la silueta de Sanso venía hacia él, con las rodillas delante. Le golpearon en las costillas y perdió la respiración. Robert se estremeció.

Sanso levantó una pistola entre sus ojos y Robert se habría resignado a una muerte inmediata si no hubiera sido por la fantástica desmesura de Sanso: el criminal no podía resistir ninguna oportunidad de alardear.

Robert arrastró aire a sus pulmones.

—Tú no eres . . . al único al que estoy buscando —dijo Sanso entre jadeos.

—¿Quién entonces?

Robert tenía sus brazos atrapados bajo las rodillas de Sanso. Con la cabeza hacia la puerta de Janice, pero su arma más cerca de la de Katie. No había forma de llegar hasta ella. Vio sangre en la camisa de Sanso. ¿De la herida de cuando Robert le disparó en Arizona? Podría ser una debilidad.

Sanso usó su mano libre para secarse el sudor de la frente.

—Tú lo sabes.

El pasillo había caído en el silencio a excepción de sus voces.

—Estás aquí con Janice.

—¿Quién?

—Jane Johnson.

Sanso se rió.

—Sí. Jane Johnson. Es por ella que vine.

—¿Quién es?

—Un viejo amor —él sorbió por la nariz—. Tuyo.

Robert midió su fuerza apretando los puños.

—¿Qué quieres decir?

—Te sorprend . . .

Un disparo ocultó la respuesta de Sanso y una salpicadura de sangre golpeó la mejilla de Robert al mismo tiempo que la pared de yeso junto a su cabeza explotaba. El golpe del disparo levantó el pelo de uno de los lados del cráneo de Robert. La cara del señor de la droga cambió de arrogancia a dolor y arrojó su arma. Gritó y rodó alejándose de Robert, apretándose el hombro derecho, poniéndose en pie y tambaleándose hacia la habitación 28. Repicó otro disparo. Robert se cubrió la cabeza.

Al sonido de la madera crujiendo le siguió la caída de muebles derrumbándose.

Robert recuperó sus fuerzas y se puso rápidamente en posición vertical. El arma que Sanso dejó caer descansaba a su lado. La agarró y la levantó en dirección al origen de los disparos y se encontró mirando por el cañón a Katie, que sujetaba la pistola perdida de Robert nivelada y estable.

Katie. Se levantó del suelo y ella apuntó el arma al sonido de sus movimientos.

—¿Robert? ¿Robert?

—Soy yo. ¡Baja eso!

Él no quitaba el ojo de la pistola.

—¿Te ha herido?

—No.

Le agarró la muñeca y la desarmó. Podría haberle matado. No intentó esconder la acusación.

—Pero tú casi lo haces. ¿En qué estabas pensando?

—Estaba pensando en que estaba a punto de matarte —dijo ella ajustándose a la frustración de él—. Apunté a su voz. No podía errar con esa voz.

57

Al amanecer, Janeal se hizo un ovillo en posición fetal en su camastro, aga-rrándose los lados de la cabeza, con la cara contra la pared. Parecía que su cerebro estuviera a punto de echar a arder, y no tenía sus pastillas. Robert era un oportunista; le había visto registrando sus cosas y llevándose el bote de pastillas mientras permanecía al otro lado de la ventana. ¿Cuánto tiempo le llevaría ahora averiguar quién era Jane Johnson?

Lo que había pasado la noche anterior estaba tan lejos de lo que había previsto que no podía pensar con claridad. No pudo dormir. Era un zombi andante. Su estómago vacío se le revolvía con sólo pensar en comida. Pero su confusión solamente era temporal. Pronto tendría otro plan.

Sanso había echado abajo su puerta y se había lanzado a través de la ventana abierta, aterrizando a los pies de ella en el mismo momento en que las sirenas iluminaban el camino principal con luces chillonas. No esperó a preguntarle qué iba a hacer; aquel desastre lo tendría que arre-glar él solo. Ella corrió hacia la puerta de la terraza del jardín y simuló venir de la biblioteca mientras la casa entera se iluminaba de oficiales y de mujeres asustadas.

Robert se puso en el centro de la actividad. Insistió en estar presente en cada entrevista y también en que Katie no abandonara su lado. Dio permiso para que la policía local hiciera su trabajo mientras él mantuviera su dedo en el pastel como parte autorizada y relevante.

Había mirado fijamente a Janeal durante toda su entrevista de diez minutos. Ella intentaba mantener la cabeza baja y la mirada ausente. Perdió la concentración muchas veces, perdiendo palabras, perdiendo la seguridad y con la única esperanza de dar la impresión de estar traumatizada.

Para Robert, no obstante, creía que daba la impresión de haber hecho una revelación. Sus ojos taladraban el cráneo de ella como rayos láser, haciendo arder su más reciente e inflexible dolor. Sabía que no era Janice, pero aún así no le hizo ni una simple pregunta. ¿Estaba protegiéndola?

Ella podría marcharse ahora, mientras el caos de la tarde se disipaba con el amanecer. Pero si se iba tendría que desaparecer completamente, como la primera vez hacía quince años. Jane Johnson tendría que desaparecer y Janeal Mikkado empezaría una nueva vida otra vez como otra mujer.

¡Después de todo lo que había logrado!

Mientras se intensificaba el dolor de cabeza de Janeal, su odio hacía Katie crecía. El sentimiento de furia que brotaba de Janeal era inesperado e inexplicable. La mujer que se suponía que había muerto en aquel incendio había vivido para devolvérselo todo: los recuerdos de Janeal, el amor verdadero de Janeal, la vida cuidadosamente construida de Janeal.

Katie Morgon tendría que haber estado dos veces muerta ahora.

Escuchó mujeres hablando en voz baja en el pasillo. El desayuno habría terminado ya. El escenario se había despejado hacía dos horas. Janeal se levantó, se sobrepuso a un acceso de náuseas y presionó la oreja contra la puerta. Se pararon justo al otro lado de su cuarto, seguramente porque ocupaban las dos cajas de zapatos de ambos lados.

— . . . fuera de aquí —dijo una.

—¿Por qué?

—Para evitar que tuviera una crisis nerviosa, supongo. O tal vez porque están preocupados de que alguien tome represalias y vuelva por ella.

—¿Así que van a esconderla?

—Creo que quieren tener un poco de paz. Sé que no querría ver esa mancha de sangre justo en mi puerta.

—Ella es ciega, ¿recuerdas?

—Todavía.

—No puedo creer que casi haya matado a alguien.

—Bueno, es una suerte para ti que lo haya ahuyentado. ¿Quién sabe a cuántas de nosotras, asustadas, hubiera eliminado?

—¿Por qué quieren eliminarla a ella?

—¿Por alguna especie de alto secreto? ¿Cómo voy a saberlo?

Janeal apartó la oreja. Katie se estaba marchando. Y Robert seguramente iría con ella. ¿Quién sabe a dónde habría ido Sanso? Si encontraba a Katie antes que ella, también mataría a Robert. Tenía que moverse con rapidez.

Tan deprisa como pudo bajo el peso de aquel escandaloso dolor de cabeza.

Maldijo a Robert por haberse llevado su auxilio.

En treinta segundos cargó el bolso de mano con sus pocas cosas y salió de la habitación en dirección a la primera clase de la mañana a la que suponía que iba a asistir, y que estaba tres puertas más allá del despacho de Lucille.

Que resultó estar vacío cuando pasó. Paró, se inclinó a través de la entrada y comprobó los ganchos para llaves sobre la librería.

Sólo colgaba una llave bajo la etiqueta *Kia*.

Janeal la levantó suavemente y la dejó caer en su bolso. Después de que Katie se marchase, ella la seguiría.

El sol de la mañana sobrepasaba todavía lo alto de los árboles cuando Robert intentó ayudar a Katie a abrocharse el cinturón en la furgoneta de la Casa de la Esperanza, cerrando después la puerta del copiloto. Ella le arrebató la hebilla de las manos y la abrochó mientras discutía.

—Es innecesario que me saques volando de aquí como si fuera una damisela en apuros.

—Te dije que daría coces —dijo Lucille desde el asiento del conductor.

—Tiene sentido sacarte de aquí —dijo Robert—. No te lo tomes como algo personal. Haría lo que fuera para proteger a cualquiera en tus zapatos.

—¿Y qué pasa si no soy yo la que necesita protección? Él podría haber venido por ti, o por . . .

—Sanso salió de tu apartamento. Dejó una cuerda al otro lado de la puerta. Te habría asfixiado.

—No podía saber que esa era mi habitación.

Robert cerró la puerta de la furgoneta y se asomó por la ventana abierta.

—Discutiremos más tarde lo que estaba dispuesto a hacer, ¿vale?

Katie frunció el ceño y continuó haciendo girar el anillo de diamantes en su mano como había hecho las últimas horas.

Lucille agarraba el volante con la mirada más suave que Robert le había visto en aquella semana.

—Mis chicos estarán aquí en una hora —le dijo a Lucille—. Necesito ponerles al día en la investigación y después bajaré.

Alargó la mano para meter el pelo de Katie detrás de su oreja, esperando que fuera un gesto reconfortante. Ella se apartó y Robert encontró su irritación encantadora. Era una mujer fuerte.

—Gracias por lo que hiciste anoche.

Él tenía mucho que agradecer ahora que había terminado y había salido ileso.

Ella bajó los ojos y asintió con disimulo.

Lucille se estiró sobre Katie y le dio a Robert un trozo de papel.

—Aquí está la dirección —dijo ella—. No me la llevaría si no pensara que es el mejor lugar para que se quede.

—¿Descansará?

—Descansaré. No hace falta que hablen de mí como si no estuviera.

—Envío a un oficial para que les siga y acampe hasta que yo llegue. No quiero a Katie en ningún lugar cercano a éste.

La expresión de Lucille se endureció.

—Lukin, si has expuesto a mis chicas a un peligro mayor que el que ya han experimentado . . .

—Te entregaré mi pellejo yo mismo. Trata de no preocuparte, Lucille. Un refugio es el último lugar del mundo en el que le gustaría estar a la mayoría de la gente. Su punto de mira no estará en ustedes.

Robert se giró a Katie.

—Intenta dormir. Vendré lo más pronto que pueda.

Ella asintió y él se apartó de la furgoneta y se inclinó sobre el capó del Kia mientras Lucille arrancaba.

De vuelta en la casa, tomó el primer pasillo, que conducía a la habitación de Janice, y sacó su teléfono móvil. También sacó del bolsillo de su chaqueta el bote de medicinas de Jane Johnson. Se había roto durante su pelea con Sanso y la tapa ya no se ajustaba bien. Pero la etiqueta de la farmacia seguía intacta.

Deseoso de enfrentarse a Janice ahora que la policía local había vuelto a su distrito, llamó a Harlan. Necesitaba más información de esa mujer.

Sanso dijo que era un viejo amor. Aquel era un acertijo que le costaría desentrañar teniendo en cuenta que no había reconocido a Janice. Había salido apenas con media docena de mujeres en los últimos quince años. No se parecía en nada a ninguna de ellas.

Aunque . . .

Le encontraba algunas similitudes con Janeal Mikkado. Pero podía ser que su mente le estuviera jugando una mala pasada, ¿no? Había sido arrojado de forma violenta a su pasado desde el arresto de Sanso. Quizá aquel era otro de los juegos de Sanso, un truco rastrero y sucio.

—¿Algo que nos dirija a Jane Johnson ya?

—Nuestros chicos de allá afuera me contaron que la dirección que utilizó para alquilar el coche resultó ser falsa, y la tarjeta de crédito está remitida a un apartado de correos en Manhattan. Pero tu amable vecino el farmacéutico ha sido de más ayuda.

Robert golpeó el bote con el dedo, haciendo sonar las píldoras.

—La medicina es para migrañas crónicas. Nuestros chicos de Nueva York fueron a su dirección, un pretencioso apartamento en Broadway, pero nadie contestó. El vecino dijo que la Jane Johnson que vive allí trabaja para la revista *All Angles*. ¿Alguna vez la has leído?

La mente de Robert ya había abandonado la conversación y había ido a la búsqueda de algo de Brian Hoffer había dicho durante el viaje a la casa. Algo acerca de una publicación que estaba interesada en Katie.

—No creo que la orden de registro cubra una búsqueda en su casa.

—Para nada, de ninguna manera.

—¿Has investigado las oficinas de la revista?

—Sí. Ella es uno de los peces gordos. Su asistente personal dice que está de baja médica. Fuimos a Bethesda para buscar alguna prueba o tratamiento médico, o algo. Estamos buscando.

Bethesda, ni hablar.

—¿Tienes una descripción física?

—Alrededor del metro setenta y cinco, unos sesenta kilos, treinta y dos años. Pelo castaño rojizo, ojos color marrón oscuro. ¿Crees que podría ser tu residente misteriosa?

—El peso y la altura encajan, pero no mucho más. Janice parece mayor.

—Te mandaré una foto a tu teléfono.

—Lo esperaré.

Robert colgó el teléfono y continuó por el pasillo. Era hora de que Janice le explicara unas cuantas cosas.

La puerta estaba abierta cuando llegó. La habitación estaba vacía, no sólo de ella, sino también de sus pocas cosas. Vio que la sábana bajera del colchón estaba descolocada y levantó la esquina de la cama. Un borde desgarrado y un poco del relleno suelto sugerían que habían sacado algo de allí.

Los pantalones que colgaban del lavabo se habían esfumado.

Robert se dirigió a las habitaciones donde tenían lugar las sesiones de la mañana. Pasó junto a Frankie, que llevaba un manojo de ropa de lino bajo el brazo, y le preguntó si había visto a Janice. Negó con la cabeza.

Aula número 1: ninguna Janice.

Tampoco estaba en la biblioteca, donde tenían lugar los otros encuentros.

Robert comprobó la terraza, los baños, la oficina de Katie y de Lucille, y después echó un vistazo por la ventana que daba al aparcamiento. El Kia había desaparecido.

¿Quién lo estaba conduciendo?

Solamente el personal estaba autorizado a conducir los coches comunitarios, y los cinco . . .

Su teléfono chirrió para alertarle de la llegada de una fotografía. Casi seguro de que el Kia estaba en posesión de Jane Johnson, Robert corrió hacia su camioneta, obligó a las llaves a hacer contacto e hizo girar el camión en un arco inverso que le colocó en el polvoriento camino de bajada de la montaña.

Sujetando su móvil en lo alto del volante, Robert buscó en el menú las opciones para recuperar una nueva foto. Un reloj giratorio indicaba que se estaba cargando. Sus ojos vacilaron hacia la carretera y después volvió a mirar al teléfono.

La pantalla de dos pulgadas no estaba diseñada para imágenes en alta resolución, pero la cara que apareció allí podría haber sido un fax o un sello de correos y la habría reconocido igual. Robert pisó el freno para evitar darse un golpe al final de la curva, después se apartó y paró.

Janeal Mikkado era más hermosa a los treinta y tantos de lo que nunca fue de adolescente, con aquel impresionante cabello rojizo, cayéndole hasta los hombros en la foto. Tenía unos sonrientes ojos marrones, labios carnosos, pómulos amplios. Robert la miró hasta que el modo de ahorro de energía del teléfono apagó la fotografía.

Apretó para que volviese.

¿Cómo había sobrevivido también? ¿Por qué no había tratado de encontrarle?

¿Por qué había cambiado de nombre? Janeal era Jane Johnson . . .

. . . quien era Janice.

Que estaba conectada con Salazar Sanso, cosa que él no había podido entender hasta ahora.

Ella los había traicionado a todos. Y lo haría de nuevo para preservar aquel trato que había hecho con el demonio.

Robert dejó que su teléfono se apagara mientras su ira aumentaba. Regresó a la carretera. Ahora veía la similitud entre Janice y la adolescente que había ardido hacía mucho tiempo en su propia mente. Si Janice hubiera sonreído al menos una vez, sus ojos azules artificiales y su apagado color de pelo hubieran aparentado ser el disfraz de Halloween que eran.

Quería llorar y gritar a la vez. Se encontró sin ser capaz de nada más que apretar su teléfono y el volante hasta la extenuación. La camioneta bajó por el camino polvoriento a una velocidad arriesgada.

Abrió el teléfono de nuevo y presionó el número de móvil de Katie, pero no contestó. Dados los sucesos de la noche anterior, Katie probablemente nunca recuperó el teléfono de su cuarto, y Lucille no llevaba ninguno. Las mujeres se habían marchado hacía menos de diez minutos. Comprobó el mapa de Google que Lucille le había impreso. Decía que su destino estaba a veinticuatro minutos de distancia. Aceleró y miró a su teléfono inútil.

Llamó a Harlan de nuevo.

—¿Qué puedes hacer para conseguirme el teléfono móvil de Jane Johnson? —le preguntó.

Harlan no tenía una respuesta rápida.

—¿Alguien del FBI? —insistió Robert.

—Veré lo que puedo hacer —dijo Harlan.

—Tienes diez minutos.

—¡Oye! Que estás hablando con tu superior, amigo —y Harlan se rió a carcajadas. Robert no podía reírse con él—. Entonces no dejes que te entretenga.

Cuando llegó a la Autopista 68 giró en dirección norte hacia Taos, excediendo el límite de velocidad al menos en cuarenta kilómetros por hora. Si tenía suerte la patrulla de tráfico estaría en cualquier otro lugar hoy.

Esperaba y esperaba que Lucille fuera una fiel cumplidora de la ley y que Janeal las estuviera siguiendo a una distancia que a él le ayudase a encontrarla antes de que atrapara a Katie. Estaba suficientemente claro que Janeal la estaba persiguiendo. La única pregunta que no podía resolver era el porqué.

Esperó a que sonase su teléfono, dudando de que Harlan fuera capaz de ponerle en contacto con Janeal a tiempo.

58

Janeal estaba concentrada en la furgoneta que llevaba a Katie, sopesando la idea de que se estaba persiguiendo a sí misma.

Era una idea estúpida. Una idea descabellada. Pero lo aceptó en pocos instantes, permitiéndose sentir intriga más que repulsión o miedo. ¿Qué leyes del universo habían sido violadas para que aquella escisión tuviera lugar? ¿Cuáles eran las consecuencias a largo término de tal coexistencia?

Janeal no había bromeado con Alan cuando dijo que este mundo no necesitaba a dos como ella. Y si Katie realmente era Janeal, era de esperar que todo aquel espectáculo de servicio público no fuera más que una gran estratagema para sacarle ventaja al mundo.

Katie significaba competición. Por algo más que Robert.

Descabellado o no, Janeal creía que debía aproximarse a Katie por aquel camino, como una competencia, de ahora en adelante.

Estaba un poco preocupada de que Lucille pudiera verla por el espejo retrovisor, así que se quedó todo lo atrás que pudo, dejando dos o tres coches de distancia mientras la furgoneta se dirigía a Taos. Aquella estrategia funcionó hasta que llegaron a un pequeño pueblo de montaña y Lucille dejó la carretera principal en dirección a la zona residencial.

Dejó que la furgoneta avanzase todo lo que se atrevía a través de las grandes propiedades arboladas, aisladas unas de las otras por extensiones de varios acres delimitados con vallas de madera y estrechos senderos de gravilla. En cuanto Lucille girase, Janeal aceleraría, preocupada de perderla en cualquier otro giro antes de que el Kia lo alcanzase.

De hecho casi las pierde una vez, al final, cuando Janeal dobló una esquina hacia una calle vacía. Maldijo en voz baja, con miedo de haber llegado tan lejos sin disponer de otra manera de averiguar dónde iba Lucille. Recorrió hacia cada cruce, esperando vislumbrar la furgoneta. Janeal fue recompensada ochocientos metros más allá, cuando reconoció el recio vehículo adentrándose en un largo camino. La furgoneta dobló una curva peligrosa, frente a la casa, supuso Janeal.

Después de un par de segundos de deliberación, Janeal dirigió el Kia más allá del camino de grava a paso de tortuga. Vislumbró la furgoneta aparcada junto a la puerta delantera de una pequeña cabaña de madera. Debían haber entrado. Al otro lado de la verja un buzón de correos le decía el número de la casa. Tomó nota de la calle, dio un giro de 180 grados cuatrocientos metros más allá e hizo un mapa mental del camino de regreso a la autopista.

En una gasolinera encaramada en el borde de una concurrida carretera, Janeal aparcó y sacó su teléfono celular. Se desplazó por la lista de llamadas recibidas hasta que encontró el número que buscaba, y lo marcó.

Contestó una mujer.

—¿Quién es?

—Janeal Mikkado.

—¿Por qué llamas?

—¿Dónde está Sanso?

—Como si te fuera a dar esa información.

—Callista, te hice una promesa que intento mantener.

—Él está conmigo ahora, así que te eximo de tu inútil promesa.

—Pero *él* todavía tiene que cumplirme *a mí* su promesa.

—No me importa.

—Cuando él esté en su sano juicio para cuidar de sí mismo, estaremos de vuelta justo donde empezamos.

Callista no respondió a eso.

—¿Te ha hablado de Katie Morgon? —preguntó Janeal.

—Lo encuentra *divertido*. La gracia por poco le mata —lo dijo ligeramente lejos del micrófono, como si le estuviera hablando a él. Janeal se imaginó un antro tenebroso e insalubre y a un rudo barman dándole puntos a la herida de bala de Sanso con whiskey y una aguja de coser. Se lo tendría merecido.

—Katie ha abandonado la Casa de la Esperanza —dijo Janeal. La línea seguía abierta y Callista seguía callada, así que continuó—. Dile a Sanso que espero que termine lo que empezó. Tengo una dirección.

—Dámela a mí.

—Primero necesito instalarme en una habitación de hotel en Taos. Quiero que la reserves a tu nombre, porque Robert tendrá a sus amigos buscándome. ¿Cómo de lejos está Sanso de Taos?

—A un par de horas.

—¿Horas?

—No podíamos curarle las heridas precisamente en Santa Fe, ¿no crees?

—¿Cuándo estará listo para marcharse?

—Cuando él diga que lo está.

—Toma una decisión, Callista. Necesito saber dónde están yendo para estar aquí.

La mujer suspiró.

—Danos hasta mañana por la noche.

¿Mañana por la noche? Janeal tendría que proponer un plan para mantener a Robert alejado de la compañía de Katie hasta entonces. De otro modo permanecerían juntos como lapas.

Le vino una idea a la cabeza.

—Bien. Haz mi reserva para dos noches. Llámame cuando la tengas.

Janeal colgó y pensó que necesitaría sacar el Kia del camino principal. Tendría que deshacerse de él completamente, porque no les llevaría mucho a los empleados de la Casa de la Esperanza darse cuenta de que ya no estaba y a Robert tampoco le costaría mucho conectar su desaparición con ella.

Estaba pensando en la mejor manera de hacerlo sin quedarse tirada cuando el teléfono sonó. Comprobó el identificador de llamadas, que había dejado muchas llamadas en el buzón de voz durante los últimos dos días, y no reconoció el número. No contestó. Segundos más tarde fue al buzón de voz, y el teléfono sonó de nuevo. El mismo número.

Aquel mismo patrón se repitió dos veces más. Hubiera apagado el teléfono si no hubiera estado esperando la llamada de Callista. Por lo visto, quien fuera que no podía vivir sin el sonido de su voz impediría que Callista pudiera llegar en medio de tanta llamada.

La quinta vez que el número sonó, Janeal perdió la paciencia.

—¿Quién es? —increpó ella.

—Robert Lukin.

Janeal tragó saliva; esperaba a cualquiera menos a él. Calculó qué actitud esperaba él que ella tomase en la conversación. Sin saber exactamente lo que Robert sabía, estaba perdida.

—¿Quién? —dijo poco convincente.

—¿Eres Jane Johnson? —preguntó él.

Déjate llevar.

—Sí.

—Pero eres Janice Regan.

Janeal rugió para sus adentros.

—Lo siento. ¿Te conozco?

—Tú una vez me conociste, pero ya no puedo decir que te conozca. Janeal Mikkado.

Janeal se quedó sin respiración. Casi cuelga el teléfono, pero comprendió que él simplemente volvería a llamar.

—No sé lo que estás . . .

—No te atrevas a fingir que no sabes de lo que hablo. Mentir a tus mejores amigos acerca de quién eres es exactamente la clase de cosa que harías tú después de quince años de práctica. Eres Janeal de pleno derecho. Eres Janeal a la enésima potencia.

No podía ver otra manera de salir excepto por el camino por el que había navegado muchas, muchas veces desde que dejó la *kumpanía*: la ruta que la ponía al control de la situación.

—Lo siento, Robert.

—¿Por qué? ¿Por fingir? ¿Por traer a Sanso a la puerta de Katie y casi conseguir que la mataran? ¿Por escabullirte mientras tu familia se levantaba en llamas y por dejarnos pensando que estabas *muerta*?

Janeal cerró los ojos.

—Tampoco sabías que Katie también estaba viva.

—Katie tiene una excusa bastante buena. ¿Cuál es la tuya?

—Sanso me tenía agarrada, Robert. Mató a mi padre y me agarró y amenazó con matar a Katie si no me iba con él. Él . . . disparó a papá y ató a Katie a una silla y dejó que el edificio se incendiase. No tuve elección.

—Siempre tenemos elección.

Su ira se prendió.

—Bien, ¿qué habrías hecho tú?

Robert dejó caer el volumen de su voz lentamente.

—Dímelo tú.

—Él me hizo una promesa —dijo Janeal—. Sanso prometió dejarla marchar pero yo . . . yo nunca la vi. Callista me dijo que Katie ardió hasta la muerte.

—Nadie pensó que ella hubiera sobrevivido.

—Yo también morí, Robert. Pensé que lo había perdido todo —forzó la voz todo lo posible—. Incluido tú. Verte ayer . . .

—¿Cuánto tiempo estuviste con Sanso? —preguntó él.

—Dos años. Era su prisionera.

¿La creería?

—¿Cómo saliste?

Ella imaginaba que ahora él la hablaba del mismo modo que a los señores de la droga que él había derrocado. Le fastidiaba que él pudiera colocarla en la misma categoría que la gente que necesitaba una investigación completa.

—Es una historia muy larga.

Ninguno de los dos dijo nada por unos instantes.

—¿Te contó Katie cómo consiguió salir ella? —preguntó Janeal con lágrimas fingidas.

—No le gusta hablar mucho de esa noche.

Aquella información le dio a Janeal cierto alivio. Al final la ira de Robert no se derivaba de ninguna revelación sobre su culpabilidad. Se preguntó si Robert se había cuestionado la identidad de Katie del modo que ella lo había hecho.

Por supuesto que no. ¿Por qué lo haría, si ella no había hablado demasiado de aquella noche? Quizá no hablase mucho de sí misma.

Hablar de sí misma. Janeal casi se ríe de eso.

Tal vez se estuviera volviendo chiflada de verdad.

—Estoy segura de que a ti tampoco te gusta hablar de eso.

Ella sonó intencionadamente indefinida, creyendo que él le contaría tanto como quisiera.

Él no dijo nada.

—Pero tú escapaste bien —empujó ella.

—Define *bien*.

—Robert, esto es muy difícil para mí. Desearía haberlo sabido. Habría hecho algo. Por ti, por Katie . . .

—Podrías haberme encontrado si hubieras querido.

¿Aquello era una acusación? Janeal parpadeó y optó por una actitud defensiva.

—¿Cómo? ¿Cómo habría hecho eso, con la DEA poniéndote prácticamente en un programa de protección de testigos? Sanso tiene ojos . . . en todas partes. Si hubiera regresado a Nuevo México él me habría seguido, me habría encontrado . . .

—Así que en vez de eso te cambiaste el nombre y tomaste un importante puesto de trabajo en Nueva York, donde estabas a la vista de todos.

—¿Por qué estás tan enfadado conmigo?

—Tal vez porque estoy descubriendo que te marchaste sin mirar atrás. No puedo imaginar que fuera difícil para ti. Tú nunca quisiste quedarte en aquel campamento de todas maneras . . .

—¿Qué más podría haber hecho?

—¿Acaso no era la oportunidad perfecta para ti para salir al mundo real y tener algún hombre rico que te allanase el camino?

—Robert.

Él respiró hondo.

—¿Cuándo averiguaste sobre Katie y sobre mí?

—Cuando arrestaron a Sanso. Contacté con Brian Hoffer para que escribiese una historia . . .

Se calló de repente. Si Brian había explicado algo acerca de la historia a Robert, ella se habría pillado las manos.

Llenó sus carrillos de aire y después lo soltó.

Él no pareció darse cuenta.

—Me dijo que tú diste por terminada la historia —dijo Robert.

—Cuando me di cuenta de quién estábamos hablando, lo hice. Ponerte a ti y a Katie en el punto de mira así . . . Sanso ya os había echado el ojo, y después escapó.

Sus mentiras se prolongaban con más facilidad de lo que esperaba.

—Entonces, ¿por qué viniste? ¿Por qué no llamaste al refugio, le contaste todo a Katie y nos reunimos? Te metiste en un montón de problemas con ese atuendo tuyo. ¿Por qué?

—Tenía un vuelo programado cuando apareció la noticia de que Sanso había escapado. No era difícil adivinar que iría derecho a buscarte. Y si yo me dejaba ver como Janeal . . .

—¿Él te conoció como Jane?

—No. Pero mi apariencia no ha cambiado mucho. Perdí un poco de peso, gané unas cuantas arrugas.

El tono de voz de Robert se suavizó.

—Ese color de pelo es horrible.

—Funciona.

—Tal vez tendrías que haberte quedado en Nueva York. Haber esperado.

—Tenía que verte, al menos. Y a Katie —tiñó su voz de preocupación—. No puedo imaginar por lo que ha pasado.

—Es una persona impresionante.

La admiración en el tono de Robert rozó a Janeal de la manera equivocada. No podía evitar pensar que la muerte de Katie quince años atrás pudiera haber tenido el resultado más compasivo para todos.

—Ustedes tuvieron tiempo para ponerse al día.

—Un par de días.

—¿Habló de mí?

Robert dudó.

—¿Cuándo ibas a contarnos dónde estabas?

—No lo sé. No podía . . . Cuando vi lo que le ocurrió a Katie, no supe si podría alguna vez.

No le gustaba el camino que había tomado la conversación.

—¿Ni siquiera para advertirnos que Sanso estaba de camino?

—¿Cómo podría haberlo sabido? Tú sabías que había escapado. ¿Qué más te habría contado yo?

El suspiro de Robert la deprimió.

—Todo lo que estás diciendo . . . tienes que saber que parece como si estuvieras liada con Sanso. Es tan fácil de creer, después de todo lo que has hecho, que pudieras . . .

—Oh, Robert. No. No es verdad. Yo nunca . . .

—¿Dónde estás?

—Tengo que escapar. Tengo que pensar en lo que haré después. ¿Sabes dónde está Sanso?

—Aún no.

—Tomé el Kia. ¿Puedes pedirle a Lucille que me dé un día para devolverlo al refugio?

—No voy a llamarla para eso.

—Por favor. Te informaré. No puedo quedarme aquí, y no sé dónde ir mientras Sanso esté . . . perdido.

—No voy a hacerte una promesa.

—Por favor. Si significo algo para ti.

—Janeal . . .

Oh, ¡era reconfortante escucharle decir su nombre! Su corazón se llenó de una calidez que no había sentido en años. Tal vez pudiera encontrar el camino de volver a ser la persona de antes, la persona que era cuando él estaba cerca.

—Janeal, mira. Tú estás a tu aire aquí. Necesito cuidar de Katie ahora mismo. Ella es mi prioridad.

La calidez que la había llenado se congeló. *No sabes lo que estás diciendo. Quizá piensas que la amas, ¡pero ella no es la chica que se disputaba tu atención cuando eran unos críos!* Miró a través del parabrisas a una pareja paseando de la mano. ¿Cómo había conseguido Katie hacer funcionar su magia sobre él tan rápidamente?

El teléfono dio la señal de que estaba entrando otra llamada.

—La amas —murmuró ella.

—¿Qué? No te escucho.

Me amas a mí. Crees que quieres a Katie Morgon, pero me amas a mí. Ese trozo cicatrizado de basura soy yo, pero ella no es aquella a la que amas, Robert. ¡Si pudieras saber lo engañado que estás! Yo soy la real; ella no es más que una tramposa impostora. Una bruja deforme y mentirosa que te tiene bajo su hechizo. No tiene nada que ofrecerte. Pero yo sí. Sé lo que conlleva. Los hombres me aman: Milan, Sanso, una docena más que he conocido...*

—¿Janeal?

—¿Qué?

—No vas a desaparecer de nuevo, ¿verdad?

—¿Adónde iría, Robert?

El teléfono hizo de nuevo la señal.

—Lejos, a una nueva vida, un nuevo nombre, lo que sea.

Ella lo sopesó.

—Esa no es la respuesta, ¿verdad? No puedo seguir huyendo.

—Al final tus pecados te atraparán.

Ella se resintió ante su propuesta. Quizá porque era cierto.

—Te llamaré.

Colgó antes de que él dijera nada más y comprobó el número entrante. Callista.

—Sí.

—Estás en el Hostal Pueblo Vista —la voz era de Sanso—. Callista te enviará un mensaje con el número de reserva.

—¿Te encontrarás conmigo allí mañana por la noche?

—Mañana en algún momento. Estoy lleno de sorpresas. —Alguien cercano a Sanso hizo un comentario que le provocó la risa—. Mi Callista piensa que tendríamos que haberte dejado atrapar a Katie tú sola y habernos marchado al sur.

Ella era perfectamente capaz de encargarse de asuntos así con sus propias manos; no obstante, su vida sería más sencilla si otro mataba a Katie. Si lo hubiera hecho ella, Robert nunca la habría vuelto a mirar.

Por otro lado, matar a Katie sería más como un suicidio que un asesinato, ¿no? Aquella era una idea interesante. Por supuesto, Robert no lo entendería.

—Haz lo que quieras.

—Quiero mantener mis promesas.

—¿Dónde estás?

—En Las Vegas.

—¿En Nevada?

—En Nuevo México. No es *tan* difícil encontrar un buen cirujano, mi amor.

—Me sorprende que no recurras a uno de tu plantilla.

—Demasiado ego de mi parte. Esos pequeños centros abiertos las 24 horas son mucho más razonables.

—Y yo te doy permiso para que ejerzas tu encanto. ¿Cómo sé que no me vas a acusar?

—De la misma manera que sé que no te evaporarás en el aire.

—¿Confías en mí?

—No. No, para nada. Sólo sé que necesitas saber que Katie está muerta tanto como que una vez necesitaste un millón de dólares.

Janeal sacudió la cabeza. Se quedaría lo suficiente esta vez para alejar a Robert del daño y asegurarse de que Katie muriese. Entonces Sanso no la volvería a ver jamás.

En cuanto a ella y Robert, sólo esperaba que él se dejase convencer algún día. Tendrían tiempo.

59

Robert aparcó la camioneta enfrente de la moderna cabaña de madera donde Lucille había traído a Katie, sin estar aún preparado para entrar. La casa se asentaba en una extensión de muchos acres en el Cañón de Taos, en lo alto de una montaña que descendía hasta un estrecho arroyo. Vio a dos alces bebiendo del agua. La intensidad de los sucesos de la noche, la búsqueda de la mañana y la cegadora revelación llamada Janeal habían dejado su cabeza sumida en la niebla. Apenas se sentía aliviado de que Janeal no hubiera tomado el Kia para buscar a Katie.

Todavía estaba furioso con Janeal, ¿y por qué? ¿Acaso algo de lo que Sanso había maquinado era culpa suya? Y aunque lo fuera, la mujer a la que una vez amó tanto le había mentido indiscutiblemente, entrando en juego con aquel pelo teñido y mirándole fijamente sin cesar. Quizá aún estuviera mintiendo. No tenía manera de asegurarlo.

Quince *años*. Se habían esfumado. ¿Qué había hecho ella en todo ese tiempo? Lo que fuera la había envejecido. No físicamente, pero algunos aspectos de su personalidad se habían vuelto feos. Regresó a la entrevista de la DEA con Janice: el tono de su voz, su postura, la manera en la que esquivaba las preguntas y movía sus manos como si estuviera realizando un truco de magia.

¿Recuperaría todos esos años si alguien se lo ofreciera? Y si Janeal podía ser parte de ellos, ¿querría que ella estuviese?

Era una pregunta estúpida ahora mismo. Robert no confiaba en ella.

Además, a pesar del *shock* de haber redescubierto a Janeal, la mente de Robert seguía yendo hacia Katie. Se la imaginó resistiendo los primeros días de quemaduras sola, y deseó haber estado allí con ella. Por alguna razón encontró que le resultaba fácil querer recuperar *aquellos* quince años. No así que ella tuviese que pasar por eso otra vez, sino que no tuviera que pasar por eso junto a gente que nunca la conoció en otra condición.

Toda energía que él invirtió una vez en atrapar a Sanso se había transformado de la noche a la mañana en un deseo impulsivo igual de intenso por proteger a Katie y darle la clase de seguridad que se merecía. No porque ella fuese incapaz o porque tuviera carencias de alguna clase, sino porque . . .

Sólo había un porqué. Sólo porque él podía y quería hacerlo. Porque sería un modo más gratificante de pasar la vida, mejor que como lo había hecho la última década y media. Esa realidad parecía especialmente profunda ahora que Sanso se había ido de nuevo, habiéndose escapado dos veces entre sus dedos. La posibilidad de que siguiera en la misma situación a los cuarenta y nueve años no tenía ningún atractivo.

Rememoró a Katie enfrente de la escultura de *Los orígenes del fuego* con las manos levantadas para sentir el calor, sonriendo. Segura de sí misma y feliz de estar con él.

Janeal no necesita esa clase de seguridad de ninguna relación. Él sabía eso porque, ahora que lo pensaba, esa siempre había sido la verdad. Quizá eso fue lo que dividió su corazón. Ella podía protegerse con tal o cual plan sin necesitar nunca nada de nadie más allá de una promesa de ejecutar obedientemente su parte en la producción.

Robert salió de su camioneta y entró en la cabaña. Lucille le recibió en la cocina y le mostró la casa. A pesar de sus protestas, Katie estaba durmiendo. Testaruda como era, dijo Lucille, conocía el valor del descanso.

La modesta casa de tres dormitorios pertenecía a una abuela que normalmente estaría aquí para cacarear con el personal de la Casa de la Esperanza, explicó Lucille, pero que había regresado a California para visitar a su nieto un par de semanas.

Lucille se marchó a los pocos minutos de la llegada de Robert y regresó al refugio, donde se necesitaría su ayuda en ausencia de Katie.

Cuando se fue llamó a Harlan y después el agente se encargó de la investigación de las actividades de Sanso la noche previa, preguntando por aquello que aún no hubiera sido dirigido. Alrededor de las dos caminó hacia la cocina, pensando en encontrar algo de café para preparar y después se pasó a ver a Katie.

—Qué agradable que hayas venido —dijo ella desde el pasillo. Él se giró para mirarla y sonrió.

—No deberías acercarte sigilosamente a un tipo como yo —bromeó él. Ella llevaba un pijama de botones y una camiseta de algodón de manga de tres cuartos que dejaba ver las cicatrices de sus antebrazos, oscuras ristras de tejido mezclado con blanco que parecían un mapa topográfico. Robert cruzó la habitación, la agarró de las manos y la besó en la mejilla.

Ella se retiró y tiró de sus mangas con una mano, bajando la cabeza.

—Haré algo de café.

—Espera.

Él siguió sujetando sus dedos y la empujó de nuevo hacia él, rodeándola en un seguro abrazo. Él sujetó su cabeza contra su hombro suavemente hasta que sintió que ella relajaba los hombros. Cuando él bajó su mano hasta su cintura, ella se quedó allí.

No dijeron nada durante unos cuantos segundos.

—¿Dormiste bien? —preguntó él finalmente.

Ella asintió.

—Tú también podrías tratar de dormir algo.

—Lo intentaré.

—Nunca te pregunté cuánto planeas quedarte —dijo ella mientras iba al armario y alargaba la mano hacia una ancha lata de café que descansaba justo delante.

—Depende —dijo él.

La perspectiva de conducir seiscientos cincuenta kilómetros de vuelta a El Paso le hacían sentir cansado. Ella echó unas cuantas cucharadas en un filtro de papel, de espaldas a él, y no dijo nada. Katie llenó la cafetera de agua, la encendió y escucharon cómo la máquina empezaba a succionar el líquido.

—Pero he estado pensando —dijo Robert.

Katie se giró con los brazos atrapados detrás de ella mientras se apoyaba en la encimera.

—¿Sobre qué?

—Acerca de lo que debo hacer ahora.

—Te refieres a «¿Debería tomar sopa o prepararme un sándwich para el almuerzo?» o a «¿Cómo debería pasar los próximos cuarenta años de mi vida?»

Él se rió.

—Estaba pensando en mi trabajo.

—Prácticamente te has construido una carrera para ti mismo.

—Prácticamente no era lo que esperaba.

Ella esperó a que él se explicase.

—Estoy empezando a pensar que la única razón por la que me uní a la DEA fue para encontrar a Sanso.

—Ah.

—Pero estamos encerrados en este ciclo que no va a dejar de repetirse.

—Me inclino a pensar que en todo este tiempo has hecho algo más que frustrarte por la carrera de un criminal.

Él se encogió de hombros.

—Quizá.

—Quizá —se burló ella, dirigiéndose a una vitrina por unas tazas—. ¿Qué hay de malo en todo el gran trabajo que has hecho?

—En que lo he hecho movido por la ira.

La respuesta le sorprendió; era la primera vez que pensaba en ello conscientemente en esos términos. Se debatía entre intentar volver sobre el tema o no cuando vio que Katie inclinaba la cabeza ligeramente y dejaba las tazas sobre el mostrador.

—¿Por qué estás enfadado?

Su habilidad para sacar la verdad de dentro de él le hacía sentir incómodo. No tenía que haberlo dicho.

—Bueno, doctora Morgon, estoy enfadado por el cajero automático que masticó mi tarjeta bancaria la semana pasada, y por el precio que tuve que pagar para llenar mi camioneta devora-gasolina, y por el hecho de que no consigo que mi compañía telefónica resuelva ciertos cargos . . .

Se paró ante la expresión de Katie, que estaba defraudada. Cuando él no terminó, ella dijo:

—Ya veo.

—Lo siento —dijo él.

—No tienes que dar explicaciones.

—Pero quiero hacerlo.

Ella arqueó las cejas.

—Antes de que lo hagas, debo contarte . . .

—No, deja que lo escupa —se lanzó a hablar antes de perder la oportunidad de hablar con sinceridad con alguien que le entendería como nadie más podría—. Todo lo que hice lo hice porque quería justicia contra Sanso. Lo hice por la satisfacción que pensé que sentiría cuando al final cayera. Lo hice porque estaba furioso, y ese era todo el combustible que necesitaba para mantenerme en marcha. La ira es como nitro en una carrera callejera. Hay un montón de poder en ello, suficiente para mantenerte en marcha durante un largo tiempo. Pero cuando se consume . . . ¿entonces qué? ¿Adónde irás después de esa clase de prisa?

La cafetera gorgoteó.

—¿Sabes de lo que estoy hablando, Katie? ¿Alguna vez has estado furiosa por lo que él nos hizo?

—Por supuesto que sí.

—Pero nunca fuiste de esas que se lanzan a una carrera callejera, furiosa como Janeal y yo pudimos estar a veces.

Katie se giró hacia la cafetera y la manipuló con el agarrador de la garrafa.

Robert continuó:

—Nunca esperé esta . . . esta completa decepción al conseguir aquello que tanto había deseado, y después perderlo casi en el momento. ¡Dos veces! Sigo pensando: *¿Esto es? ¿Este es el propósito en el que he invertido mi vida? ¿Esta búsqueda que nunca terminará y que realmente no me importa?*

Katie se encogió de hombros.

—No creo que tenga una respuesta mágica para ti.

—Quizá no sea mágica, pero tú sabes algo que yo no sé.

Katie se giró bruscamente para enfrentarse a él.

—Robert, la verdad es . . .

—No, espera. Termina de escucharme. Te veo con esas mujeres en la Casa de la Esperanza y está muy claro. Tú tienes algo que poca gente tiene. Tú has perdido todo lo que el mundo valora: tu familia, tu casa, tu visión; pero continúas dando y dando. ¡Pareces feliz! Y sin embargo ellos siguen tomando. ¿No sientes como si te robasen?

—Para nada.

—¿Por qué no?

—Porque *soy* feliz. Lo que hago no se trata de mí, Robert. Nunca lo fue. Se trata sobre esas mujeres. Han perdido mucho más de lo que yo nunca tuve.

—Eso parece imposible.

—Es verdad.

—¿Qué es?

—Cuando dejamos de intentar encontrar nuestras propias necesidades, encontramos más satisfacción encontrando las de los demás. Dios nos enseña cuánto tenemos para ofrecer al mundo, y cómo son de insignificantes nuestros propios deseos.

—Yo diría que tú lo has dominado.

—Si supieras la verdad . . . Trabajo en una cómoda casa con un pequeño grupo de mujeres. No hace falta ser un santo.

Robert se movió por la cocina para servir el café.

—Me gusta tu marca de santidad. —Levantó la garrafa y vertió el líquido hirviendo en las tazas—. Es divertido que tú y yo termináramos trabajando en el problema de la droga de maneras tan diferentes.

Ella asintió y él se arriesgó con una idea sin mirarla.

—Quizá me vea haciendo algo diferente a partir de ahora. Tal vez aquí en Nuevo México. Contigo.

Katie se sonrojó.

—Creo que echarías de menos tu antigua vida. Puede llegar a ser solitario en las montañas, encerrado en una casa con un atajo de mujeres chifladas.

Él sujetó su taza y levantó la mano de ella para colocar sus dedos en el asa, y después paró, estudiando su cara. Su hermosa y fuerte cara.

—Tal vez quitar esa soledad de tus hombros es algo que puedo hacer por ti. Mi primer pequeño acto desinteresado.

No sería un gran sacrificio. Se inclinó y la besó en la boca, y cuando ella puso sus dedos sobre su mandíbula, él insistió. Sólo durante un segundo esta vez, aunque en su mente decidió que nunca, jamás, querría abandonarla.

Ella tenía los ojos vidriosos cuando él se apartó.

—Quiero lo que tú tienes, Katie. Tú eres . . . Eres el ejemplo más brillante de una vida con propósito que jamás haya visto. ¿Cómo has llegado hasta ese punto después de todo lo que has pasado?

Katie suspiró y aceptó su taza de Robert, dejando que el vapor acariciase su nariz.

—Una parte de mí tuvo que morir primero.

La respuesta confundió a Robert.

—Quieres decir metafóricamente.

Ella le dio un sorbo a la bebida caliente.

—No exactamente.

—Cuéntame más.

Katie frunció el ceño y tocó el anillo de su mano derecha.

—Estábamos juntas en el incendio. Janeal y yo.

—¿Janeal estaba allí? —Le vino a la mente la tez ajada pero inmaculada de Janeal. La historia que había contado de Sanso secuestrándola antes de la muerte de Katie arrojaba muchas cuestiones al montón. Se preguntó si debía revelarle que Janeal estaba viva—. Mencionaste a Janeal la otra noche. ¿Qué querías decir cuando dijiste que ella «lo intentó»? ¿Intentó ayudarte a salir?

—A su manera. No sé qué pretendía decir.

—¿Qué pasó? ¿Te dejó allí?

—¡No! No. Pero no pudo . . .

Su lucha era tan aparente en su nervioso movimiento de cabeza que él lo hubiera dejado pasar si no hubiera sido por la esperanza de que ella quizá estuviera lista para hablar. Toda la ira que le había conducido a cazar a Sanso se había consumido, y se sentía encallado a un lado de la carretera en mitad del desierto. Katie, creía, era el único coche que podía parar y ayudarle. Tal vez pudieran ayudarse mutuamente.

—Katie. Janeal está viva.

Katie dejó su café sobre el mostrador.

—Lo sé —dijo.

—¿Lo sabes? —Robert dejó caer un poco de café sobre el suelo—. ¿Cuándo . . . ? ¿Supiste siempre que Janice era . . . ? ¿Cuándo ibas a contármelo?

—Hay mucho de lo que no hemos tenido tiempo de hablar.

Katie sacudió la cabeza.

—Hablé con ella. Estoy tocado. ¿Por qué se complicaría con todo el problema del disfraz, y por qué Sanso está detrás de ella? Me refiero aquí, ahora, después de todo este tiempo.

Katie dejó caer las manos a ambos lados y sus labios se abrieron. Robert trató de descifrar su expresión . . . ¿ansiedad?

—Tal vez tres de nosotros deberíamos sentarnos y hablar —dijo ella. Sonó muy pobre una vez que lo pronunció, suspendiéndose en el aire frente a los ojos vacíos de Katie.

—Robert, hay algo que necesito explicarte.

60

Janeal se dejó llevar por las siguientes horas sin sentir nada más que odio hacia Katie Morgon y el deseo de enfrentarse a su alter ego y acabar con ella para siempre. Compró un teléfono móvil de prepago en Walgreens y una muda decente de ropa en una pequeña boutique antes de inscribirse en el hotel. Solamente se quedaría lo suficiente para cambiarse y hacer la llamada. Esperaba que el desvío no le restase mucho tiempo del que le tomaría estar un paso por delante de Salazar Sanso.

Era una buena noticia que no llegase hasta mañana. Dejó la ropa que había usado hasta ese momento en la papelera detrás del lavabo y se puso la ropa limpia.

El hotel tenía servicio de *wifi* gratuito, que ella utilizó para localizar las clínicas de urgencias en Las Vegas, en Nuevo México. Solamente había una, lo que haría su tarea mucho más fácil de lo que había imaginado. Buscó la comisaría de policía más cercana y encontró el enlace al número de teléfono de atención las 24 horas. Janeal estaba a punto de llamar desde el móvil desechable cuando le entró una llamada a su teléfono personal.

Contestó.

—Sí.

—Señora Johnson, ¿cómo está?

¿Quién era? ¿Alan?

—¿Qué es lo que . . . ? Te pedí que no llamases.

—Es un asunto urgente . . .

—Ahora no.

¿Urgente? ¿Qué podría ser más urgente que su propia situación?

—Milan Finch ha puesto una reclamación con la junta y les ha preguntado . . .

—He dicho que ahora no. No puedo . . . Tendrá que esperar.

—Pero el señor Sanders . . .

Janeal cerró el teléfono. ¿Señor Sanders? Ah, Thomas. Realmente no le importaba.

Janeal dejó el pensamiento de Alan a un lado y realizó su llamada a la policía de Las Vegas.

—Sí. Hola. Llamo por el tipo ese que ha salido en las noticias, el de la droga que se escapó hace unos días.

—Salazar Sanso.

—Sí, ese.

—¿Me podría indicar su nombre y su número, por favor?

—Oh, no. A mi marido le ha costado mucho convencerme de que los llamara. No creo que quiera tropezarme con ese hombre.

—¿Qué información tiene?

—Nuestra hija . . . bueno, habíamos salido a hacer una excursión antes de marchar a Santa Fe de vacaciones. Se hizo una especie de corte en el brazo en una caída, así que la llevamos a la clínica de urgencias de su precioso pueblecito.

—¿A qué hora ocurrió eso?

—Oh, no lo sé. Sobre las nueve o las diez de esta mañana. Pero mientras entrábamos, ya sabe, ese hombre, el de las noticias, salía del centro con una mujer rubia. ¡Así, a la luz del día!

—Está segura de que era él.

—Tan segura como que él no *me* vio, ya me entiende. Se subió a su precioso cochecito, uno deportivo plateado. ¿Qué me dijiste que era, cariño? —cubrió el auricular con la mano y después siguió—. Un Miata. Un Mazda Miata.

—¿Vio hacia dónde se dirigían?

—Oh, no. Tenía miedo de que se hubiera dado cuenta de que le mirábamos fijamente, ¿sabe? ¿Y después cómo acabaríamos? Como pobres víctimas de algún homicidio documental, estoy segura. No, le he contado todo lo que sé. Ya he hecho mi acto cívico del día.

—Lo investigaremos.

—Bien entonces, ha sido muy amable. Espero que tenga un muy buen día.

Janeal terminó la llamada y arrojó el teléfono sobre el montón de ropa de la papelera. Calculó mentalmente cuánto tardaría en llegar el soplo a la gente de Robert de la DEA y después a Robert. No había forma segura de saberlo.

Supuso que después de todo tampoco importaba. Su primer objetivo era mantener a Robert alejado de Katie, y tenía más de veinticuatro horas para hacer que eso sucediese. Tendría que ser paciente.

De hecho, tendría paciencia al esperar con ellos. Llegados a aquel punto, ¿qué tenía que perder? Si conocía en algo a Robert, ya le habría hablado a Katie de ella.

Y Janeal quería que prevaleciese su versión de la historia.

Callista se sentó en el asiento del conductor del Miata y se negó a poner la llave en el contacto.

—Lo estás arriesgando todo por una estúpida, estúpida cría —se quejó ella—. Podríamos haber estado en la frontera al anochecer, pero tú quieres quedarte aquí, donde el mundo está plagado de agentes que saben perfectamente dónde estás, gracias a la cita chapucera de anoche.

Ahora la diatriba de Callista se estaba volviendo rancia. Sanso se dio cuenta de que prefería la manera de discutir de Janeal, que era mucho más calmada y mucho más aguda por su agilidad mental.

Sanso ajustó su asiento para hacerlo más cómodo. El disparo había atravesado limpiamente la parte carnosa de su bíceps, por suerte para él. A la herida del hígado aún le faltaba un poco para curarse, en parte porque la refriega con Robert había agravado el daño.

—No voy a conducir este coche hasta que accedas a abandonar Estados Unidos hoy.

Sanso abrió su puerta y balanceó sus piernas más allá del bordillo del aquel aparcamiento abandonado donde ella le había llevado. Si ella no iba a conducir, él lo haría.

—Ni lo intentes, Salazar.

Ella se giró en su asiento siguiéndolo con los ojos mientras rodeaba el coche por detrás. Había sacado la capota, también a pesar de las objeciones de ella, después de abandonar el servicio de urgencias.

—Tenemos dos días como máximo para sacarte de aquí, y tú vas y le cuentas a ella dónde estamos. ¿Cuánto tiempo crees que tardará en llamar a la policía y continuar con su vida? ¿Un ahora? ¿Quizá menos?

Sanso abrió el maletero y se inclinó allí dentro con ambas manos. Tenía que estar por ahí, en algún lugar. Se permitió soltar un gruñido en dirección a Callista. Ella no entendía el lazo que compartía con Janeal. No era capaz de imaginar que Janeal no le traicionaría de tal manera. Janeal le había *elegido* a él en vez de a Katie, en vez de a Robert, y acabaría siendo suya al final. De hecho, ya lo era.

Sin embargo, era difícil perdonar la ignorancia de Callista.

—No hay tiempo para ser testarudo —decía ella.

Allí estaba el fardo de piel que estaba buscando, guardado apresuradamente bajo la alfombrilla que escondía la rueda de repuesto. La sacó y la desató, y entonces desenrolló la cubierta lentamente.

—Tenemos que irnos —insistió ella—. Ahora.

Sanso se enderezó, cerró el maletero y se aproximó a Callista. Ella se giró para observarle a través del espejo retrovisor.

—Sube al coche, Salazar. Tú descansas. Yo conduzco. A México. ¿Me escuchas?

Se acercó al asiento del conductor y se inclinó sobre ella, besándole la frente.

—Oh, sí que te escucho —dijo él. Sintió cómo ella se relajaba y entonces introdujo en su nuca el cuchillo de quince centímetros que acababa de recuperar—. El problema es que tú no me escuchas a mí.

Callista se desplomó sobre el volante, paralizada, aunque no muerta. No le llevaría mucho tiempo. Él abrió la puerta, levantando su diminuto cuerpo con su brazo bueno y la recolocó en el asiento del copiloto.

—Te daré un buen entierro, querida. Has sido de mucha ayuda todos estos años. Pero creo que te olvidaste de tu lugar. Me disculparás que vaya ahora a hacerle una visita a mi amor.

61

Robert caminaba frente a la ventana, sintiéndose como si la mañana se hubiera alargado durante varios días. No estaba seguro de qué hora era. El tiempo se había parado y el mundo ya no tenía sentido. La mujer a la que amaba le había contado una historia en la que no podía creer por mucho que lo intentase.

Katie estaba frente a Robert en el sofá, sin hablar. Después de explicarle su reacción a la revelación acerca de Janeal, ella estaba quieta y parecía esperar la respuesta de Robert.

La seca brisa de la montaña arañaba la garganta de Robert. No había suficiente oxígeno para ayudar a que su cerebro le diera sentido a lo que ella acababa de afirmar.

¿Qué esperaba que hiciese? ¿Creerse toda aquella incomprensible explicación y seguir con su vida como si no fuera nada extraordinario? ¿Acusarla de mentirosa y pedirle que probase sus argumentos?

Aquellas eran solamente dos de las posibilidades. Y no estaba seguro de que su respuesta importase.

El teléfono de Robert sonó. Él lo ignoró.

Después de unos cuantos minutos de silenciosas y meditabundas miradas a la mujer del sofá, limitó lo que *realmente* importaba a dos cosas:

La identidad de la mujer de la que se había enamorado aquella semana.

Y si aún podía amarla en el caso de que su historia fuera verdad. O mentira.

—Tú no eres Katie —dijo él por cuarta o quinta vez.

Ella negó con la cabeza con paciencia como si él solamente lo hubiera preguntado una vez.

—Katie murió.

—¿Entonces quién eres tú?

—Janeal.

—Y entonces . . . ¿la otra mujer?

—Janeal.

—¿Ves el problema que tengo con esto?

—Es una cuestión complicada, lo entiendo.

—Es algo inimaginable. Físicamente imposible. ¿Cómo pasó?

—No lo sé.

—¿Cuándo pasó? Y no me digas que durante el incendio. Quiero saber el momento preciso. Porque no puedo creer que . . . bueno, no puedo creerme nada, pero no entiendo cómo tú pudiste . . . abandonar tu cuerpo, o lo que sea que tú le llamas, sin ser consciente de lo que estaba sucediendo.

Katie asintió.

—Tuvo que pasar cuando . . .

—¿Me estás diciendo que no sabes el momento preciso?

—¿Preciso? No. Pero sentí que algo . . . sobrenatural ocurría. En el momento en que decidí ayudar a Katie.

Robert no podía contenerse. Soltó una risa burlona.

Ella continuó.

—No puedo explicar por qué fue una decisión tan difícil de tomar, pero la tensión mental . . .

—La tensión mental es una explicación mucho más razonable de por qué crees que eres Janeal. He tenido experiencias con supervivientes que se sienten culpables . . .

—No se trata de eso. Y no puedo explicar por qué somos dos las que estamos reclamando ser Janeal. O por qué he simpatizado con alguien que supuestamente me abandonó en mi lecho de muerte.

Robert no tenía réplica para eso.

—Han pasado cosas más difíciles de creer que ésta —dijo ella.

—¿Como qué?

—¿Cómo se abrió el Mar Rojo? ¿Cómo quedó paralizado el sol?

—Historias.

—Verdad.

—Para ti quizá.

Katie suspiró.

—No puedo habérmelo inventado. *¿Por qué* me lo inventaría?

—¿Por qué has fingido ser Katie?

—Porque estaba avergonzada de quién había sido, de la parte de mí que no quiso salvarla. Únicamente intenté vivir de la manera en que sabemos que Katie hubiera vivido. Fue un intento de mantener su bondad con vida.

La bondad de Katie era de lo que Robert se había enamorado, de hecho, tanto entonces como ahora.

—Por favor, perdóname por no contártelo en un primer momento —dijo ella—. No sabía cómo hacerlo.

Si ella le hubiera contado la verdad entonces, ¿habría cambiado la naturaleza de la historia salvaje que le estaba contando ahora? No estaba seguro de cuál podía ser la peor ofensa: ocultar la verdad o inventarse una fantástica mentira.

Su teléfono volvió a sonar con la misma furia que la primera vez.

—Creo que eres Katie pero que no quieres admitirlo —dijo él—. Sospecho el por qué.

—Aparte del hecho de que he estado utilizando su nombre los últimos quince años, no tiene sentido.

—Te pareces a Katie.

—¿Cuánto? Piénsalo por un momento, Robert. El cabello es fácil de copiar. Mis ojos podrían ser de cualquier color. El tono de mi piel está dañado. Soy más alta de lo que era Katie. Tú ves lo que quieres ver.

Robert se dio la vuelta y la examinó. Se apoyó contra el alféizar de la ventana y cruzó los tobillos y los brazos. ¿Hasta dónde había observado su cara todos aquellos días? Había hecho suposiciones basándose en su cabello, en su forma de hablar, en sus gestos. Sus ojos habían apuntado a su corazón.

Ella le enseñó el tatuaje derretido en su tobillo.

—Te enseñé esto la mañana de la masacre —le recordó ella—. Janice tiene uno igual. Sólo que el de ella no tiene cicatrices.

Robert se deslizó la mano por el cabello. Había demasiadas cosas que no podía explicar.

—¿Estarías dispuesta a hacerte un análisis de ADN y compararlo con el de Janeal?

Ella asintió.

—¿Crees que ella accederá?

Un test satisfaría su necesidad más apremiante (saber si aquellas dos mujeres eran la misma persona en realidad), pero no existía ciencia capaz de explicarle si su amor era suficientemente resistente a los resultados. Necesitaba tiempo para procesar aquella extraña historia y deseó haberlo sabido antes de haber sugerido la idea de quedarse aquí en Nuevo México.

Cuando el teléfono de Robert sonó la tercera vez cruzó la habitación y lo levantó de la mesa. Harlan Woodman.

—Lukin.

—Robert, tenemos una pista de Sanso. Alguien le ha visto en la I-25 en Las Vegas, y la policía local ha confirmado su descripción en un centro de urgencias. Podrían usar tu experiencia siguiéndole el rastro.

—¿Hace cuánto tiempo?

—Un par de horas.

Robert se golpeó con un muro de agotamiento. Estaba cansado de perseguir a aquel hombre y no le importaba si nunca más volvía a escuchar el nombre de Sanso.

—Deja que me ponga en camino y te devuelvo la llamada —dijo.

Colocó el teléfono en la funda de su cinturón y comenzó a recoger las pocas cosas que había traído consigo. Katie estaba en sintonía con la ventana, pero con el oído pendiente en dirección a los movimientos de Robert.

—Tengo que acercarme a Las Vegas. Eso está . . . ¿a dos horas de viaje de aquí?

Katie asintió.

—¿Estarás bien aquí sola?

Ella inclinó ligeramente la cara y él vio que estaba llorando.

No podía hacer nada al respecto.

Caminó hacia la entrada detrás del sofá, salió al pasillo que conducía a la parte delantera y se paró.

—Si alguien me hubiera dicho hace una semana que no había sido el único superviviente de la masacre, le hubiera cantado las cuarenta.

Katie bajó la cabeza.

—Ahora estoy aquí de pie y resulta que somos tres. Y hay dos de ti. Hay una parte de mí que piensa que debo estar alucinando. Tal vez yo mismo me lo he inventado todo después de arrestar a Sanso porque meterle en la cárcel no era realmente lo que siempre me esforcé por conseguir. Quizá deseaba algo completamente diferente. Un resultado diferente. Amigos y amantes que resucitaran de la muerte.

Estaba a punto de dejar a un lado una esperanza de carne y hueso o un deseo maldito. No estaba seguro de cuál de los dos.

62

Janeal estaba sentada en el Kia azul detrás de un árbol al final del camino, desde donde podía ver la entrada de la cabaña. Se sorprendió cuando Robert se montó en su camioneta y se marchó de allí apenas una hora después de que ella llegase. Una parte de ella se había preguntado si Robert se atrevería a dejar sola a Katie, incluso por Sanso.

Pero ahora se había ido, y siempre que Katie muriese antes de que él regresara, Robert estaría a salvo.

Quizá había ido al pueblo por comida. Janeal le siguió hasta la autopista y cuando tomó dirección sur y pasó de largo el área comercial de Tao, ella decidió pensar que él se había marchado por un largo periodo de tiempo. Katie lo sabría.

Janeal regresó a la cabaña y aparcó en una calle adyacente para hacer que su coche pasara más desapercibido si Robert regresaba. Era la hora de separar las mentiras de la verdad, recuperar el anillo de su madre y asegurarse de que Robert no estuviera presente en aquella cabaña cuando Sanso llegase al día siguiente por la noche.

Después, Janeal podría continuar con su vida.

Entró sin llamar a la puerta y siguió una estrecha entrada hasta una amplia sala de estar. Unas ventanas panorámicas se alineaban en la pared que daba a la inclinada ladera.

Katie estaba sentada en el sofá dándole la espalda a Janeal.

—Estaba esperando que vinieses —dijo Katie.

La conversación no había empezado aún cuando Janeal se anticipó. Rodeó el sofá y tomó asiento al otro lado de la mesa de café, dándole la espalda a la ventana.

—¿Quieres empezar tú o lo hago yo? —preguntó Katie. Un rayo de luz del atardecer le cruzó la cara. Lo miró fijamente sin parpadear. Tenía los ojos enrojecidos y la nariz congestionada; por lo demás, Katie estaba sorprendentemente serena.

—No sé lo que te ha dicho Robert —comenzó Janeal.

—No me había dado cuenta de que ustedes dos se conocían, Janice.

Janeal no podía estar segura, pero creía que había algo cercano al sarcasmo en el tono de Katie, sólo que menos hiriente.

—Desde hace mucho tiempo.

Katie asintió.

—Nosotros nos conocemos también desde hace mucho. Aún suenas un poco ronca. ¿Te encuentras bien?

Janeal se acomodó en su silla.

—Tan bien como cabría esperar. No ha sido demasiado fácil dormir últimamente.

—Sí, bueno, siento mucho lo que ocurrió en la casa anoche.

Janeal pensó que no sonaba para nada sincera. Se aclaró la garganta.

—¿Ya sabes quién entró?

—Casi tan bien como que él te conocía —dijo Katie. Se levantó y se acercó al ventanal, y apoyó su mano en el cristal.

Janeal se secó las manos en las perneras del pantalón. No había por qué seguir fingiendo.

—¿Qué tal si empezamos a contarnos la verdad, Janeal?

Janeal miró fijamente a aquel reflejo de sí misma, aquel reflejo hecho carne, preguntándose si tendría que estar asustada. Estaba hablando consigo misma de un modo que estaba segura que muy pocos habían experimentado.

Ni siquiera alguien que hubiera estado alucinando.

—¿Cuánto tiempo te llevó averiguarlo? —preguntó Janeal.

—Robert me lo dijo. Pero sabía que algo estaba fuera de lugar desde el momento en que entraste en el despacho de Lucille. Mucho de lo que ha ocurrido se me ha vuelto más claro en las últimas horas, incluyendo por qué Salazar Sanso se dejaría ver allí el mismo día que tú, tratando de matarme.

Janeal no estaba preparada para toda la información que tenía Katie, y le tomó mucho tiempo poder formular una pregunta.

—Somos la misma persona, y a ti te gustaría verme muerta. —Giró la cabeza hacia Janeal—. ¿No es eso cierto?

—¡No, no! No sé de qué hablas. Cuando descubrí que estabas viva . . . Katie, tenía que regresar. Tenía que verte. Siento muchísimo haberte fallado aquella noche. Si hubiera podido hacer algo de manera diferente . . .

—No caigamos en ese juego. No podemos explicar lo que ocurrió, pero podemos intentar averiguar lo que significa.

—Estás hablando en clave.

—Tú me entiendes.

—Demuéstralo. Demuestra que tú eres quien dices ser.

—Katie te contó que sabía que te llevaste el dinero.

—Tú eres Katie. Tú lo sabrías.

—Yo soy tú, Janeal. Yo sé dónde lo encontraste.

Janeal palideció.

—Lo encontraste en el botiquín. Después de buscar en la habitación de papá, en la caja fuerte, en el cuadro de luces, en los tablones del suelo.

—Puede que le haya contado eso a alguien.

—No, no lo hiciste. ¿Les contaste que te llevaste la navaja tallada, el anillo de boda, las piedras, las semillas . . . ?

—¡Para! —Janeal respiró profunda y lentamente—. ¿Qué quieres de mí?

—Quiero que me cuentes qué ha sido de tu vida desde el incendio. —Se echó atrás y puso sus pies sobre la mesa de café como si Janeal ya hubiese accedido a contarle una historia entretenida—. Quiero escuchar todo lo que te ocurrió desde aquella noche. Cada relación que has tenido. Cada decisión que has tomado. Cada momento en que te has sentido feliz. O triste.

Quizá Janeal se lo imaginó, pero le dio la sensación de que la temperatura de la habitación descendía siete grados. Se sentía enferma; no la indisposición de una inminente migraña, sino con una ansiosa comprensión: a pesar de cualquier cosa que hubiera previsto acerca del camino que tomaría aquella conversación, había fallado a la hora de anticiparse a lo que sería un duelo con alguien de una mente semejante.

O su misma mente.

Necesitaba tiempo para hacerse con el control de lo que estaba ocurriendo. Janeal se puso en pie para marcharse.

—Siéntate —dijo Katie—. Robert no sabe aún lo que has hecho, cómo le has traicionado a él y a Katie sólo por un poco de dinero de la droga que con toda seguridad nunca devolviste . . .

—Tú no sabes lo que yo . . .

—¡En realidad *lo* sé! —gritó Katie—. Así que si no quieres que te desenmascare frente a un hombre que te agarrará del pellejo más rápido de lo que ha hecho jamás con ningún delincuente, siéntate y empieza a hablar.

Janeal descendió de nuevo hacia el cojín. Consideró la idea de matar a Katie ahora, allí mismo, con sus propias manos y en un arrebato. Odiaba a la mujer que tenía delante, la odiaba con una energía que ni siquiera Milan o Sanso había conseguido sacar de ella.

Janeal empezó a hablar, aunque solamente para darse tiempo de organizarse. Katie cerró los ojos y echó la cabeza hacia atrás sobre el respaldo. Janeal repitió la historia que le había contado a Robert, y después le contó que fue a Nueva York, se matriculó en la escuela, trabajó como maestra pastelera; le habló de las citas que tuvo con varios hombres y de cómo finalmente acabó en una larga relación con Milan. Mientras hablaba de cómo consiguió subir peldaños en la escalera corporativa de *All Angles*, Janeal se sorprendió de la comodidad, como una catarsis, que le provocaba decir la verdad. Como si estuviera hablando con una vieja amiga.

Una verdadera amiga. Qué fácil resultaba, casi sin darse cuenta de las palabras que se derramaban de su boca, hablar del abuso. Le confesó cómo había utilizado a Milan para conseguir sus objetivos.

Pero aún más sorprendente fue para Janeal el dolor que sintió al contar todas aquellas historias. Había pasado mucho tiempo desde la última vez que pensó en el dolor y la soledad que sentía en cada paso del viaje. Aquello fue algo que había enterrado conscientemente.

Al final de toda aquella conversación fue mejor que cualquier terapia en la que hubiera invertido.

Katie escuchó durante una hora sin interrumpir, y Janeal se preguntaba si se había quedado dormida. Pero cuando Janeal llegó a la noche del golpe final de Milan Katie alzó la cabeza y abrió los ojos.

—No envidio ni un solo minuto de tu vida —dijo Katie.

La condescendencia de aquella observación, la engreída superioridad en el tono de voz de Katie, cerró el grifo de la narración de Janeal. Se puso en pie y miró a Katie desde arriba.

—Por supuesto que no. No puedes siquiera desear para ti una vida de tanto éxito como la mía. He visto y he hecho cosas que no podrías ni soñar, Katie Morgon.

—Lo que quiero decir es que no suenas feliz. Éxito, pero no felicidad.

—Éxito *es* felicidad.

—No siempre.

—¿Qué sabrás tú de eso? Mírate. Te escondes acá en las montañas actuando como si tu sufrimiento te hiciera noble y buena, cuando en realidad te estás escondiendo.

—Me das pena, Janeal.

Aquella palabra de cuatro letras, *pena*, removió la ira de Janeal con tanta fuerza que no pudo seguir conteniéndola.

—Tú me das asco. ¿Era eso lo que querías sacar de esta historia, Katie? ¿Que te hiciera sentir mejor en tu diminuta vida?

—Si hubiera querido eso habría organizado esta reunión en un lugar público.

—Estás enferma.

—No, tú eres la enferma.

Janeal echaba humo sobre la suave y dulce voz con la que Katie hablaba.

—Y tú has estado enferma desde el día en que decidiste que unos cuantos dólares valían más que una vida humana. La razón porque la que quise que me contases tu historia era que quería oírlo en tus propias palabras. Quería que consideraras detenidamente ese modo de vida que tú pareces creer tan valioso.

—¡No tienes derecho! —gritó Janeal—. Yo no soy una de tus residentes adictas.

—No, tú eres *yo*. Lo que me da todo el derecho. Le diste la espalda a la verdad y por culpa de ello tu vida es miserable. Encáralo, Janeal. Enfréntate a lo que has hecho y en lo que te has convertido.

—¿Por qué? ¿Para que pueda ser como *tú*? ¡No quiero lo que tú tienes! ¡Nunca envidiaré nada tuyo! ¡Te *odio*!

—Te odias a ti misma.

Janeal dio un grito de frustración. No tenía que escuchar aquello. No había ido allí para eso. Podía marcharse. Debía marcharse.

Sus pies no querían moverse.

Katie se puso en pie y enfocó con sus ojos vacíos a Janeal. Janeal se giró y Katie la siguió.

—Tú eres adicta a una droga mucho más poderosa de la que haya usado jamás cualquiera de nuestras residentes.

—¿Y cuál es?

—Tú misma. Vives para ti misma y para nadie más, y no eres capaz de reconocer que eso te reduce a un simple caparazón de la persona que eras.

—Estás loca.

—Me preocupo por ti.

—No *puedes*. Quieres que sea como tú.

—Claro que sí. Janeal, quiero que conozcas la paz que yo he encontrado.

Janeal se puso las manos a ambos lados de la cabeza.

—¡Para! ¡Ojalá te hubieras *muerto* en aquel incendio! ¡Ustedes dos!

—Escúchame, Janeal. No me odies. Yo soy *tú*, y soy la mejor versión de ti. Soy la persona en la que desearías haberte convertido. Soy la persona en la que *puedes* convertirte.

Aquella afirmación le llegó a lo más profundo.

—¿Cómo te atreves? ¿Cómo te *atreves*?

Janeal chocó su espalda contra una pared y Katie alzó la mano hacia ella. Colocó la mano en el centro del pecho de Janeal justo encima de su corazón. Janeal se encogió hasta quedarse de cuclillas y Katie se ajustó a sus movimientos.

—No tienes que darte en el camino que escojas esta noche. Puedes escoger un rumbo diferente.

—¿Por qué tendría que hacerlo? Soy *feliz*. ¡He hecho mi propia vida!

Janeal agitó los brazos para quitar las manos de Katie de su pecho, para romper la conexión que estaba matando la misma alma de Janeal.

¿Qué quería Katie? ¿Matar a Janeal? El miedo estalló en el pecho de Janeal. ¿Por qué no se le había ocurrido que ponía en peligro su propia vida al ir allí?, ¿que su alter ego sentía un deseo igual de poderoso de que Janeal muriese? Había sido una estúpida. Una completa y genuina estúpida.

—Apártate de mí —le increpó Janeal—. Apártate.

63

Robert paró junto a la Casa de la Esperanza mientras se marchaba y regresó al ala vacía donde se había estado quedando; empaquetó sus cosas. Todo le llevó tres minutos.

Salió de su cuarto, con la bolsa de lona sobre el hombro, y se preguntó si debía regresar a ver a Katie (o Janeal, lo que fuese en realidad) después de su visita a Las Vegas. Supuso que su decisión dependería en parte de dónde le llevara Sanso.

Se preguntó si debía llamar a Janeal pero desechó la idea. ¿Exactamente cómo plantearía la cuestión de si ella y Katie eran la misma persona? Incluso aunque fuera cierto, ¿lo sabría ella?

Lo cierto era que no quería dejar a Katie. Unos pocos minutos de honestidad le bastaban para comprender que lo que realmente deseaba era que las cosas siguieran siendo como eran en ese momento, con él y Katie en su mundo independiente lleno de posibilidades y Janeal y Sanso firmemente encerrados en un compartimento separado. Un mundo completamente diferente.

En vez de eso, Katie y él habían sido absorbidos por un agujero negro de confusión justo al lado de aquellos dos. Resolver el misterio de cómo eso había llegado a suceder estaba tan extremadamente lejos que sus posibilidades que Robert no podía siquiera vislumbrar la manera de enfrentarse a ello.

Lo cual era una razón más que suficiente para marcharse y regresar a su vida y su carrera como si la semana pasada nunca hubiera tenido lugar.

No quería herir a Katie.

No podía pensar en ella como *nadie* más que Katie, sin importar las vueltas que eso diera por su cabeza.

Asomó la cabeza al despacho de Lucille mientras se marchaba.

—¿Podrías echarle un vistazo a Katie esta noche? —preguntó él.

—¿Qué pasa contigo? ¿No era eso lo que tú ibas a hacer?

—Tengo que encargarme de algunos asuntos.

—Esta noche no puedo, Robert. Me encargaré de ella mañana por la tarde, pero esta noche es asunto tuyo —frunció el ceño—. No habrán tenido una estúpida riña, ¿no?

—Nada de eso.

—Bien por ustedes. Si regresa de Taos peor de cómo se marchó, voy a tener que replantearme mi política de apertura de puertas cuando se trate de ti.

—Lo entiendo. ¿Recuperaste el Kia ya?

—Oh, llegará en algún momento. Rellené el informe tan pronto como llegué y me imaginé lo que había ocurrido. Si Janice aún está en Nuevo México, nuestros agentes lo encontrarán.

Salazar Sanso cubrió el asiento ensangrentado del Miata con una bolsa de la lavandería del hotel y después se preparó para regresar a Taos. Le había llevado pocas horas arreglar el transporte de Callista. No había sido una hazaña sencilla a plena luz del día, ni más fácil que vendarse el bíceps con los dientes y una sola mano. Pero lo había hecho.

Hizo algunos arreglos para que el cuerpo de Callista fuera enviado a casa, a México, con su jefe de operaciones (el hombre al que había nombrado jefe de operaciones en el puesto de Callista). El chaval no era nada incompetente. Nada más pedírselo Sanso, rápidamente se hizo con un tanque de diez kilos de óxido nitroso de uso médico de un doctor con el que tenían relación y lo cargaron en la parte de atrás del Miata. También le proporcionó unas latas extra de gasolina por si le hiciesen falta a Sanso. Aun así, Sanso tendría que considerar con detenimiento si hacer permanente el nombramiento o si permitir que Janeal ocupase el puesto de Callista una vez que se asegurase su compañía. Ahora que Robert estaba sin duda al día de las últimas identidades de Janeal, la mujer tendría que renunciar a su glamuroso trabajo en Nueva York.

Sin duda él le haría una oferta de empleo mucho más atractiva de lo que nadie le hubiera ofrecido nunca.

La idea de trabajar hombro con hombro junto a Janeal durante el resto de su vida le hizo brotar la primera sonrisa del día en la cara. Agarró su teléfono. Necesitaba hablar con ella.

64

Janeal salió como una exhalación de la casa capturando un reflejo de sí misma en el espejo del recibidor por el camino. Tenía una pinta horrible. Sus ojos castaños eran del color de una turbia alcantarilla. Plano y enfermizo. No se había lavado el pelo en dos días y le salía a mechones grasientos del pasador. La ropa nueva no le quedaba nada bien.

Janeal desvió la mirada. Aun peor que su apariencia física era el estado de su corazón, que frenaba y aceleraba a un paso tan espasmódico que se sentía desfallecer.

Tengo que irme. La odio. Me odio.

Pero sabía que no todo era verdad, que no odiaba a otra persona más que a Janeal Mikkado, Jane Johnson, Janice Regan . . . a la bestia en la que se había convertido voluntariamente. Era miserable, y solitaria, y estaba destrozada, y todo lo demás que Katie había dicho que era. Bien, sabia Katie, que desde el principio había hablado solamente de la verdad.

Janeal nunca quiso ser otra persona más que ella misma. Nunca. ¿Cuál había sido el error? ¿Qué tenía de malo aquello en lo que se había convertido?

Murmuraba para sí misma mientras se dirigía al coche.

—Ella no es nadie, nadie, nadie. Yo hice lo correcto. Lo hice. Fue lo mejor. Estoy bien.

Pero muy dentro de ella ni siquiera Jane Johnson podía pretender que Janeal se encontraba bien. Estaba dividida, aún peor que con un trastorno de identidad, en contra de sí misma y (lo que era peor) enfrentándose a la posibilidad de que su otra yo fuera superior, más sabia y poderosa en todos los sentidos.

¿Y qué si *eso* era verdad? ¿Y si Janeal había alcanzado, de hecho, la cumbre de su poder mientras que Katie aún podía aspirar a algo mejor? ¿Y si

Janeal pasaba el resto de su vida huyendo de horrores que ella misma había creado, teniendo que malgastar una preciosa energía conspirando contra gente como Milan, evitando a gente como Sanso y mintiendo a gente como Robert?

Todo por conservar aquella vida miserable.

Las preguntas solamente le entenebrecieron el cerebro.

Buscó sus llaves en el bolso mientras se marchaba por la carretera andando la distancia que le separaba del Kia. Parecía estar mucho más lejos de lo que recordaba. Cuando dobló la esquina, que era un trozo de acera desmigajada que daba paso a un terraplén inclinado cubierto de hierba, paró de pronto. Un agente de policía hablaba con el operador de una grúa que estaba levantando el Kia sobre su remolque

¿Ya la habían encontrado? ¡Robert había hecho una promesa!

Bajó la cabeza y se giró antes de ser vista. La verdad era que Robert no le había prometido nada.

Se encaminó de nuevo hacia la cabaña sin la intención de regresar, pero sin saber dónde más podía dirigirse. Su mente estaba confusa, su corazón aún palpitaba, y de repente se encontraba en un apuro y sin transporte.

Sin libertad.

¿Alguna vez había sido libre Janeal? Pensaba que había sido así desde que se alejó de Salazar Sanso la primera vez con un millón de dólares de verdad en el maletero del destrozado coche de su padre.

Janeal dejó de caminar. Paró en medio de la carretera y se preguntó qué hubiera sido de su vida si nunca se hubiera marchado con Sanso la primera noche que se acercó a ella en la colina.

Un destello dorado y fucsia tiró de su mirada hacia la casa frente a la que se encontraba. Una mujer estaba sentada en el porche en una mecedora. El sol del atardecer se reflejaba en su falda de colores vivos, que fue lo que le había llamado la atención. La ropa le sonaba familiar.

También las manos arrugadas y morenas enlazadas sobre su ancho vientre. Y la larga cabellera gris cepillada con suavidad sobre el pecho de la mujer hasta su regazo. Le sonrió a Janeal, una sonrisa que bien podía haber estado corrompida por la edad, pero que en vez de eso estaba entera y era sobrenaturalmente brillante.

La señora Marković.

Hay dos cámaras en cada corazón, una para Judas y otra para Juan. Una de las dos debe desaparecer o ustedes dos morirán.

La bocina de un coche gritó detrás de Janeal. Se giró para verlo de frente. El impaciente conductor se encogía de hombros como si dijera: *¿Vas a quedarte ahí todo el día?*

Sin aliento, Janeal se apartó tres pasos de su camino, tres pasos hacia la señora Marković, que tendría que llevar mucho tiempo muerta.

El conductor hizo el intento de acelerar agresivamente y Janeal le ignoró. Regresó la vista al porche, donde una mecedora vacía se balanceaba ahora.

Esta vez Janeal no la dejaría marchar tan fácilmente. Atravesó rápidamente la valla metálica de la entrada al patio y corrió por el sendero hasta la silla bamboleante, y golpeó la puerta que había detrás. Como nadie contestaba, presionó su frente contra los cristales intentando detectar movimiento allí dentro. Golpeó la puerta de nuevo.

—¿Hola? ¿Señora Marković?

Janeal podía tener mucha paciencia cuando se lo proponía. Así que perseveró.

Después de unos cuantos minutos la puerta se abrió. Una mujer joven con un bebé en cada cadera miraba a Janeal. Uno de los bebés lloraba. El otro observaba a Janeal con curiosidad.

—No quiero lo que sea que esté vendiendo. Sólo quiero que estos dos duerman una siesta de más de cinco minutos.

—Necesito hablar con la mujer que estaba en su porche.

—¿Qué mujer?

—La señora Marković. Estaba justo aquí.

—No hay nadie aquí con ese nombre.

—La vi . . .

—Yo no sé lo que vio, ¿vale? No sé quién era esa mujer o por qué estaba aquí o dónde puede encontrarla.

El bebé que lloraba estaba armando un buen escándalo. El otro balbuceaba y le ofreció a Janeal un mordedor como un regalo.

Ella le miró y le dijo a su madre:

—Lo siento, les desperté.

La mujer arrugó la boca.

—Si no hubieras sido tú hubiera sido cualquier otra cosa.

Janeal desvió la mirada al niño descontento.

—¿Son gemelos?

—Sí. Lo mismo que los ángeles y los demonios. Mira, me tengo que ir. Y cerró la puerta.

Janeal se quedó inmóvil en el porche durante todo un minuto antes de que el timbre de su teléfono la arrancara de sus pensamientos.

65

Sanso encendió la radio de su coche y golpeó el volante con su pulgar, sintiéndose más enérgico de como se había sentido en años. El acalorado espíritu de Janeal sería bueno para él y él no lo extinguiría. La llamó.

—¿Qué?

Su tono de voz era distraído, más que su acostumbrada brusquedad.

—Debo verte, querida. No creo que pueda esperar hasta mañana.

—Tendrás que esperar. Esta noche no me viene bien.

—Lo que lo hace una noche perfecta para mí. Quiero decir, si no me están distrayendo porque te estás entreteniendo con nuestro amigo Robert.

—*Nuestro amigo* Robert está enamorado de *ti*, Sanso. Ha salido a buscarte otra vez, hasta donde sé. Dudo de que siga en la ciudad.

—Perfecto, perfecto. Escucha, tenemos que hablar, pero me niego a hacerlo por teléfono. Muchas cosas han . . . cambiado en los últimos días. Muchas nuevas oportunidades nos esperan. Me reuniré contigo.

—Esta noche no.

—Iré cuando me apetezca.

—¡Vendrás cuanto yo te diga!

Sanso lanzó un aullido de gusto. Ahí estaba la Janeal que necesitaba.

—Esa es mi chica. Esa es con la que yo quiero hablar. Te esperaré. Llama cuando estés lista.

Janeal le colgó.

Mientras él esperaba su llamada, le haría una visita a Katie Morgon.

Janeal volvió a entrar en la cabaña y escuchó la casa en calma, preguntándose dónde se habría ido Katie. Era muy difícil, demasiado doloroso, pensar en aquella mujer como en sí misma, la versión de su yo que hubiera existido si hubiera tomado otras decisiones diferentes.

Anduvo de puntillas hacia la cocina y se sirvió un vaso de agua, entonces deambuló por el comedor antes de darse cuenta de que Katie estaba dormida en el sofá de la salita.

Su peluca estaba junto a ella, en un cojín, un montón impecable de rizos negros. Observándola sin su pelo por primera vez, Janeal vio una cara en forma de corazón que se parecía muchísimo a la suya (que era, de hecho, la suya), pero que había sido cubierta por el peinado.

Janeal dejó el agua encima de la mesa de café.

El cuerpo de Katie aún estaba sentado pero se inclinaba hacia un lado sobre el brazo del sofá. Los ojos de Janeal se llenaron de lágrimas al ver el escarpado amasijo de cicatrices que entrecruzaban el lado izquierdo del cuero cabelludo de Katie y deformaban su oreja. Se puso de pie tras ella y alargó la mano para tocar su piel grumosa. Su mano se detuvo apenas a un centímetro de la cabeza de Katie. No podía hacerlo. Tenía muchísimas ganas de saber lo que significaba tocar a su alter ego, verificar que vivía y respiraba y que estaba hecha de suave y cálida carne. ¿Acaso lo dudaba? Aunque lo hiciera, no tenía derecho. Janeal se había divorciado del bien hacía años.

Se sentó en la silla y observó a Katie dormir, sintiendo curiosidad por la sensación ajena a su cuerpo que subía desde lo más profundo de sus costillas hasta sus pulmones.

Envidia.

Era tan fea como las cicatrices, tan repulsiva como debía resultar a los demás la cabeza sin pelo; Katie tenía muchas cosas que Janeal nunca fue capaz de poseer. El amor incondicional de un hombre. La admiración audaz de la gente. La seguridad para actuar por una causa superior.

Katie no envidiaba ni un solo minuto de la vida de Janeal, había dicho hacía muy poco. ¿Sería posible que Janeal estuviera celosa de aquella mujer ciega, calva y con el cuerpo lleno de cicatrices que dormía con estelas de sal bajando por sus mejillas? Janeal nunca había envidiado a nadie, y mucho menos a aquella figura lamentable.

Janeal bajó de la silla y se puso de rodillas a pocos centímetros de Katie, sintiendo pena por primera vez en años. Pena por cada decisión que había tomado desde que decidió negociar un acuerdo con Sanso por su dinero. Y por las decisiones que habían llevado a aquella. Alzó la mano y tocó los zapatos de Katie, que habían caminado por un sendero diferente. Un sendero que Janeal pudo haber tomado.

¿Valía algo la pena en un día como hoy, después de tanto tiempo?

El sol se puso y la habitación se atenuó. Se levantó y encendió una lámpara en una esquina. Katie se movió y Janeal pensó que se había despertado, aunque tenía los ojos aún cerrados. Quizá estuviera escuchando. Janeal regresó a su silla y se sentó.

—Pensé que te habías ido —dijo Katie.

—No tengo coche.

Katie suspiró y se enderezó. Buscó a tientas la peluca con su mano. La agarró, se la ofreció a Janeal y se encogió de hombros.

—Debe ser incómoda en verano —dijo Janeal, esperando que Katie no reconociese la suavidad de su voz.

—Es mi única vanidad —Katie la volvió a dejar sobre el cojín.

—Estás preciosa con ella.

—Eso es algo muy presumido.

Esta vez fue Katie quien sonrió.

Se sumieron en un silencio que fue, milagrosamente, confortable. Un reloj hacía tictac en la otra habitación.

—Lo siento —dijo Janeal al final.

Katie inclinó la cabeza a un lado: un gesto que una vez perteneció a la Katie que había muerto y Janeal lo reconoció.

—Por abandonarte . . . por abandonar a Katie en aquella pesadilla.

—Yo siento no haberla podido salvar —dijo Katie.

—No debes pedir perdón por eso. Quiero decir, no es una verdadera ofensa de tu parte. Lo que yo hice fue imperdonable.

—Nada es imperdonable, Janeal.

—Yo estoy más allá del perdón.

—La gracia de Dios nunca está fuera del alcance de nadie.

—Ya no queda ni una sola célula de bondad dentro de mí.

—Eso no importa. Dios es más grande que tú, que la suma de todas tus decisiones. Él puede vencer cualquier cosa.

—He pasado quince años viviendo como si nunca pudiera ser perdonada.

—¿Qué vas a hacer los próximos quince?

La pregunta llegó como un desafío más que como una curiosidad. Janeal no tenía una respuesta apropiada. La siguiente década y media de su vida parecía tan desconectada de aquel lugar como de su despacho de Nueva York. Era difícil pensar en ninguna de las dos cosas como algo real en ese momento.

—Dime qué paso la noche que Katie murió —dijo Janeal—. Cuéntame acerca de la decisión que tú tomaste.

—Si no hubiera tardado tanto en decidirme quizá ella hubiera vivido.

—No me interesa lo que podría haber pasado. Me interesa lo que pasó.

Katie se tocó las cicatrices de su oreja izquierda y le contó la historia, entremezclando la narración con sus disculpas por la neblina de su memoria. Y aunque solamente le llevó unos minutos hacerlo, Janeal estaba llorando tanto cuando Katie terminó que no podía hablar.

Katie se incorporó del sofá y caminó hacia la silla de Janeal. Tiró del anillo de su dedo, el anillo de su madre, hasta que se deslizó en su palma.

—Puedes quedarte con esto un tiempo. Lo compartiremos.

Janeal dejó escapar un sollozo y agarró la mano de Katie (su propia mano sin cicatrices) apretándolo entre sus palmas. Lo presionó contra su mejilla, justo donde sus lágrimas mojaban los dedos de Katie. Katie no se apartó. En vez de eso, posó su otra mano en lo alto de la cabeza despeinada de Janeal.

Janeal se sentía como una niña y no se resistió a la sensación. Se sumergió en la seguridad de ser muy pequeña en la presencia de alguien mucho más fuerte que ella. Janeal cerró los ojos.

—¿Cómo arreglamos esto, Katie?

—¿Qué hay que arreglar?

—No sé qué hacer ahora. No sé adónde ir.

—Puedes ir a cualquier lugar, excepto regresar al lugar en el que has estado.

—¿Qué quiere decir eso?

—Tienes que escoger un nuevo camino. Estás muriendo, Janeal. Por dentro, me refiero. Tu corazón está muriendo. ¿Elegirás seguir con vida?

Janeal sacudió la cabeza. No sabía donde empezar a buscar una respuesta para esa pregunta. Pero su mente estaba lista para el cambio, y ya no tenía dolor de cabeza, y eso le dio algo por donde empezar. Dejó que su mente empezara a divagar y palpó el círculo perfecto del anillo de su madre, permitiendo que le devolviese a la memoria el lugar donde todo aquello había empezado, un lugar al que, de alguna manera, sería capaz de regresar. Un lugar de inocencia, y pureza, y franqueza con la idea de que todo era posible.

66

A las 19:45, mientras el sol bajaba sobre las montañas Sangre de Cristo a su izquierda, Robert recibió una llamada desde el teléfono fijo de la Casa de la Esperanza.

—¿Tan pronto me echas de menos? —le dijo amablemente esperando a Lucille.

—Encontraron el Kia —dijo ella bruscamente.

—Eso está bi . . .

—Lo encontraron a medio kilómetro de la cabaña, Robert.

La mente de Robert empezó a planear en busca de explicaciones. En realidad Janeal no le dijo nunca dónde había ido. Él había asumido . . .

—No hay rastro de Janice, sin embargo —reclamó Lucille.

—Llama a Katie.

—Lo hice. Dijo que está bien, que todo está bien.

—¿Está Janice con ella?

—Katie dijo que no, pero Robert . . .

—Lo sé. Estoy de acuerdo. Ya estoy de vuelta.

Robert salió de la I-25 por la siguiente salida e hizo un cambio de sentido para regresar camino del sur. Se recriminó haberse marchado. Le llevaría una hora regresar.

⁓

Eran casi las ocho y media cuando Janeal decidió darse una ducha mientras Katie iba a ver si tenía una muda de ropa que ofrecerle. Pero primero Katie iría en busca de algo para comer. A pesar del estrés emocional de aquel día, podía sentir el hambre devorando el interior de su estómago mientras notaba cómo descendía el nivel de azúcar en su sangre. Sentía la cabeza ligera y tambaleante cuando se puso en pie.

Abrió una puerta del armario y escuchó a Janeal encendiendo el ventilador de baño mientras ella buscaba algo insípido y seco. Galletas saladas o tortas de arroz estaría bien.

Encontró cacahuetes. No era exactamente lo que esperaba que le subiera rápidamente el azúcar en la sangre, pero eran proteínas decentes. Se arrojó un par de ellos en la boca pensando en llamar a Robert.

Un delicado *pop*, un suave siseo y un ligero golpe se escucharon en la parte de atrás de la casa. Giró la cabeza hacia el sonido. Sus oídos recogieron algo que sonaba como una ventana cerrándose.

Empezó a correr el agua en la ducha, cubriendo el sonido. Katie caminó hacia la entrada para investigar.

Katie no había pretendido engañar a Lucille cuando llamó. Era verdad que Janice no estaba allí: Janice no volvería a ser vista nunca, creía Katie; pero Lucille no era de las que se creerían el tipo de historia que Katie y Janeal tenían para contar. Tendría que resolver aquello.

Katie imaginó la posibilidad de que Robert no regresase. No le culparía por ello. ¿Cómo hubiera reaccionado cualquier hombre ante su historia de que eran . . . qué? ¿Una persona dividida en dos como si lo hubiera hecho el mismo Salomón? ¿Quién no huiría ante esa clase de horror?

El perfume de la gasolina pasó sobre ella, llevándola a detenerse enfrente de las habitaciones en la parte de atrás de la casa. ¿O era gas natural? Regresó a la cocina y comprobó los quemadores. Todo estaba apagado. Se paró enfrente de la chimenea de la salita de estar pero no olió nada inusual allí. Anduvo por toda la casa, terminando en la lavandería detrás de la cocina, hasta que se convenció de que todo estaba en orden.

A veces su cerebro le hacía esas cosas. Podía pensar en un camión zumbando por la autopista y podía generar el olor de su gasolina como si lo fuera siguiendo con una bicicleta.

Katie decidió volver a su habitación y ver lo que tenía de ropa para ofrecerle a Janeal. Katie no tenía idea de lo que Lucille le había empacado ayer a toda prisa.

Había estado en aquella habitación muchas veces, como tantas mujeres de la Casa de la Esperanza, y conocía muy bien la distribución. Era pequeña, más que su pequeño cuarto en la Casa de la Esperanza, pero perfectamente suficiente para una escapada de descanso. Cuatro pasos hacia las once en punto la ponían en la cama, en la pared izquierda, bajo la ventana. Una estantería que servía como mesilla de noche lindaba con la cama. La silla estaba a dos pasos hacia la izquierda, a las nueve en punto, entre la estantería y la puerta. El armario: tres pasos adelante sobre la pared derecha, a los pies de la cama.

El aire de la habitación olía dulce, placentero. Pesado. Katie se preguntó por qué no se había dado cuenta cuando se echó a dormir allí antes. A veces el cansancio le tomaba ventaja a los sentidos.

Se dirigió a su bolsa de viaje encima de la silla y se inclinó sobre ella para rebuscar en su contenido. Un par de pantalones vaqueros limpios y de algodón de color crema, calcetines, tres camisetas. Un libro en braille que estaba leyendo. Lucille había empaquetado todo aquello para ella. Mucha gente encontraba a Lucille insensible e irreflexiva, pero le prestaba atención a detalles como aquel. No todo eran bordes afilados en ella.

Katie se sintió mareada y se arrodilló frente a la silla. El dulce aroma de la habitación parecía casi aplastante.

Buscó los pantalones vaqueros y su camiseta de algodón más cómoda y las sacó de la bolsa para dárselo a Janeal. Debía estar más hambrienta de lo que se había percatado.

Sujetando la ropa sobre su regazo, Katie echó la cabeza hacia delante para descansarla sobre el cojín de la silla. Cerró los ojos un minuto.

67

Quizá fuera que los músculos de su nunca al final se habían relajado mientras permanecía debajo del agua caliente, dejando que la sangre fluyese libremente hacia su cerebro. O quizá fuera el golpe del agua fría al final, no gradualmente, sino de golpe, como si le hubieran arrojado un cubo.

Janeal entendió la importancia del deseo de Sanso de verla aquella noche. No podía esperar a que ella se pusiera en contacto con él. Tenía la dirección de Katie.

Ahogó un grito y buscó el grifo con las manos.

Necesitaba avisarle. Lo que en esencia quería decir que necesitaba sacar a Katie de la casa. ¿Dónde podría ir? ¿Y cómo?

Más alerta de lo que había estado en todo el día, Janeal empezó a formular un plan.

Llamaría a un taxi tan pronto se vistiera. Tendría que llevarlas a un hotel (no, que las llevara a Santa Fe directamente, ella podía pagarlo), donde les resultara más difícil a Callista y a Sanso encontrarlas. Necesitaría sacar suficiente dinero en Taos para evitar el rastro de la tarjeta de crédito. ¿Cuál era su límite diario? Tendría que sacarlo durante los próximos días.

Janeal no pensó mucho más en el futuro. Vio a Sanso añadiendo el nombre de Katie a la lista, persiguiéndola en gran parte de la misma manera que había perseguido a Janeal, pero sin el amor. Aquel amor enfermizo y enrevesado.

Había demasiadas cosas en las que pensar ahora.

Salió de la ducha y se envolvió el cuerpo mojado con un albornoz que encontró colgado de un gancho de la puerta. Katie aún no le había traído la muda de ropa que le prometió.

Cuando Janeal abrió la puerta todo estaba envuelto en un humo negro asfixiante y cegador.

¿Qué?

—¿Katie?

El humo llenó rápidamente el baño, aspirado por el ventilador. ¿Había algo ardiendo en la cocina? Katie dijo que estaba hambrienta . . .

—¡Katie!

No hubo respuesta. Janeal agarró la blusa rosa y se la ató alrededor de la nariz y la boca, atando las mangas en la parte de atrás de la cabeza. No había nada que ayudase a sus ojos, que ya le ardían.

En la entrada, sus pies, aún mojados por el agua que se resbalaba de sus piernas, resbalaron un poco en el suelo laminado. Tanteó el camino por las paredes en dirección a la cocina, ya con miedo de lo que pudiera encontrarse.

No podía ver nada.

Jancal dobló la esquina del pasillo y gritó. Un fuego de brillantes llamas de color naranja y azul lamían las paredes de la salita de estar. El cristal de la gran ventana panorámica había empezado a combarse en sus paneles, creando agujeros en lo alto que permitían que algo del humo se escapase.

El miedo se apoderó del cuerpo de Janeal. Su voluntad se separó de sus extremidades y se desplomó contra el suelo, temblando. Se le entumecieron las manos y los pies y un escalofrío le atravesó el cuerpo. La arrolladora convicción de que iba a morir arrojó cualquier otro pensamiento de su mente.

Echada boca arriba tenía una vista completa de la puerta delantera. Las llamas ya la habían consumido hasta reducir el trozo de madera a un pedazo de carbón. Si pudiera abrirse paso entre los restos llameantes, alcanzaría el aire azul de medianoche del otro lado.

Cerró los ojos para hacer callar lo que le rodeaba y tiró su cuerpo sobre su estómago, conduciéndose con los codos por el suelo. Un dolor punzante le cerró el brazo, haciéndola retroceder al pánico durante unos preciosos segundos. Janeal se puso a cuatro patas, y después de pie, y huyó por la puerta. Cayó al espacio donde había estado el porche y chocó con los tobillos, después se abrió paso con dificultad hacia el sendero de gravilla, dándose la vuelta y andando hacia atrás por seguridad.

A su derecha las llamas ganaban altura sobre un pino seco. Si nadie se había dado cuenta aún del incendio, lo harían ahora. Debajo de él las llamas se arremolinaban alrededor de la casa como la cáscara de un tomate, ascendiendo desde el suelo y extendiéndose en un esfuerzo por alcanzar el tejado.

Estaba hiperventilando.

¿Dónde estaban los bomberos? ¿Nadie los había llamado? Su teléfono . . . estaba cargándose en la habitación de atrás. No podía ver su cuarto desde donde estaba pero pensó que la parte de atrás de la casa seguramente se vería igual que la delantera.

Quizá Katie había . . .

Katie.

¿Dónde estaba Katie?

Janeal empezó a chillar, apenas haciendo salir los gritos con cada bocanada de aire que tomaba.

—¡Katie! ¡Katie! ¡Respóndeme! ¡Kaaaatieeee!

Empezó a correr rodeando la casa, deseando que ella hubiera saltado por una ventana, o por la puerta trasera, por algún lado.

A los pocos segundos volvía a estar en la parte delantera de la casa. Le sangraban los pies. Katie estaba dentro.

Janeal, ayúdame. Aquello era un recuerdo pero sonó tan fuerte como si Katie hubiera susurrado las palabras sobre su oreja. Solo que esta vez la súplica era para salvarse a sí misma. Janeal observaba cómo las llamas se tornaban azules. Una ventana estalló como una burbuja. La madera crujió.

No puedo. Lo siento muchísimo. Katie, no puedo.

Janeal alzó la cara hacia el fuego y cerró los ojos, dejándose vencer por el pánico y el miedo. El calor empujaba su piel en ondas palpitantes. Podía sentir el vapor elevándose de su pelo húmedo. Dio un paso adelante hacia lo que quedaba de la puerta delantera. Milagrosamente, el pasillo detrás de ella no había ardido.

Se abrió un agujero en el tejado como un portal hacia su propia mente.

Tú puedes. Lo harás porque quieres vivir . . . y esta noche, si Katie muere por segunda vez, tú también lo harás. Morirás en este mismo lugar a salvo, donde te encuentras, y el resto de tu vida serás un muerto viviente.

Los ojos de Janeal se abrieron de golpe. Sus pies la llevaban de nuevo de regreso a la casa en llamas.

El anillo de gasolina que Sanso había derramado alrededor de la casita estaba trepando por las paredes exteriores cuando una mujer prorrumpió por la puerta delante en una nube de humo. ¿Katie?

Sanso levantó los prismáticos. La mujer gritaba y corría alrededor del perímetro del incendio. ¿Cómo, en nombre de todo lo que él adoraba, se las había arreglado para salir con vida? ¡Otra vez! Desapareció por la parte de atrás de la casa y después regresó al frente, mirando fijamente la puerta que la había expulsado. El óxido nitroso tenía que haberla dejado fuera de combate hacía tiempo . . .

No era Katie. Sanso lanzó sus prismáticos a la hierba y empezó a correr al mismo tiempo que Janeal cruzaba el umbral de la trampa mortal.

68

A eso de un kilómetro y medio de la cabaña, Robert empezó a ver a personas de pie en sus patios en la oscuridad. Una pareja acá, una familia allá, un grupo de adolescentes, todos mirando en la misma dirección. Finalmente se dio cuenta de lo que estaban mirando: un resplandor naranja que latía en rojo y amarillo.

Cuando comprendió que la fuente de luz era probablemente un incendio, y que no se movía de la dirección hacia la que él se dirigía, Robert pisó el acelerador. Entonces, cuando tuvo claro que el fuego era su punto de destino, llamó al 911 y les informó de que no sólo había un incendio, sino también un pirómano al que atrapar. Janeal había llegado a unos límites que estaban fuera de la decencia. Iría a la cárcel por eso. Para siempre. Él no se presentaría demasiado tarde para su captura.

Se negó a pensar que ya era demasiado tarde para Katie.

Su camioneta se deslizó por la grava mientras frenaba tan cerca del infierno como se atrevía. No había ninguna señal de ninguna mujer en el . . .

¡Boom! Una explosión sacudió su vehículo y reventó la ventana, arrojando trozos del cristal irrompible hacia Robert. Levantó las manos para protegerse la cara, y entonces, mientras dejaba caer los brazos y la mandíbula, vio una sombra negra alzarse sobre la mitad occidental de la casa.

Tal vez sólo hubieran pasado dos minutos desde que Janeal saliera del baño. En aquel parpadeo de tiempo el exterior de la casa se había convertido en un sol abrasador y el interior en una negra trampa de humo.

La explosión lo cambió todo.

Janeal estaba en el primero de los tres dormitorios cuando ocurrió, sacudiendo la casa y arrojándola sobre la cama. Una ráfaga de fuego recorrió la entrada, el aliento de un demonio, empujando su cabeza hacia la habitación durante un instante terrorífico antes de ser absorbida de nuevo. Janeal se cubrió la cabeza y gruñó.

Una llamarada saltó de la pared al edredón.

Janeal rodó, dejándose caer sobre su barriga en un intento de permanecer debajo del humo, y después se arrastró hacia la puerta. Miró en dirección a la cocina pero no podía ver nada al final de la entrada. Las llamas se movían hacia fuera, hacia ella.

¿Dónde estaba Katie? No respondió en la segunda habitación.

Por encima del humo Janeal vio un destello naranja en el techo. O en lo que había sido el techo. Un marco de fotos en el pasillo se encendió y empezó a desaparecer como si estuviera siendo comido por el ácido.

Katie se despertó con el estruendo, y después escuchó a alguien gritar. *¡Iiiiiii! ¡Iiiiiii!* Después más claro: *¡Eeeee . . . iiiiiii!* Y al final las largas vocales se convirtieron en un nombre. Su nombre. *¡Kaaatieee!*

Necesitaba aire en los pulmones e inspiró con fuerza. Pero no había aire, sólo humo. A la tos que la sacudió después le siguió un dolor en la cabeza. Katie trató de sentarse pero el mareo la obligó a volver al suelo.

¿Dónde estaba?

En la casa de la señora Weinstein. La salita . . . no, la habitación de invitados. Un intenso calor en el lado derecho de su cuerpo forzó a Katie a rodar sobre su barriga, lejos de aquello. La librería. En llamas.

¿Janeal? —dijo. Las palabras raspaban contra su garganta—. Janeal, los libros están ardiendo.

—¡Katie!

—Janeal. Los libros.

Jadeando y en lágrimas, alguien se arrojó al suelo junto a ella.

—¿Katie?

—¿Por qué están ardiendo los libros?

—¿Por qué hay una lata de gasolina sobre tu cama?

—¿Qué?

Katie intentó encontrar la conexión entre aquellas dos cosas mientras Janeal agarraba sus muñecas y tiraba de ella hacia arriba.

—¡Arrástrate!

—Estoy mareada.

—¡Katie, necesito que te arrastres! —empujó a Katie entre los omoplatos—. ¡No puedo llevarte a cuestas! ¡La casa entera está ardiendo!

La cabeza de Katie se aclaró hasta tal punto que encontró la fuerzas para mover las piernas. Cuando Janeal le empujó de nuevo la espalda y deslizó una mano alrededor de su muñeca para hacer de apoyo, Katie estaba a cuatro patas.

—¿Por dónde salimos? —dijo.

Janeal empezó a sollozar. Empujó a Katie hacia ella y la atrapó en un abrazo, presionando su húmeda mejilla contra la seca piel de Katie.

—No lo sé —dijo—. Algo ha explotado allá afuera.

Las tuberías del gas de la cocina y de la lavandería, pensó Katie.

—No podemos regresar por ese lado.

Por delante o por las puertas traseras, se dio cuenta Katie.

—No sé si hay otra salida.

69

La librería era una cortina de fuego enfrente de la única ventana de la habitación. Las ventanas de la otra habitación estaban igualmente inaccesibles porque la casa ardía de fuera a dentro.

Janeal no podía imaginar lo que aquella lata redonda y verde sobre la cama contenía. Lo que habría contenido. Esperaba que estuviese vacía.

Katie había empezado a temblar, quizá como reacción al miedo, y su tos se volvía más violenta. La conciencia de Janeal de la respuesta física a la crisis hizo que sus propias lágrimas se evaporasen. Katie había estado allí antes, casi comida viva por el egoísmo de Janeal.

El fuego era culpa de Janeal.

Las quemaduras de Katie eran la elección de Janeal.

La vida de Katie iba a salvar la de Janeal. Esta vez lo haría.

Se quitó la blusa de la cara y la ató alrededor de la de Katie para ayudarla a detener la tos.

—Vámonos —dijo Janeal sin saber adónde. Tomó la iniciativa—. Agárrate a mi tobillo.

Se desplazaron a gatas sobre la alfombra de retales en la que Katie se había arrodillado, y Janeal la arrastró con ellas. Quizá pudiera usarla para abrirse paso.

El pasillo se había convertido en un túnel ardiente, y algunos trozos del techo rugosos caían como lluvia en llamas. Su lento avance se hacía aún más lento mientras Janeal no dejaba de golpear las ascuas como si fueran mosquitos sobre su ropa. Su cabello, casi seco ahora, se prendió más de una vez.

A mitad de camino del pasillo, enfrente del cuarto de baño, Janeal confirmó que su situación era peor de lo que había pensado en un principio. El gas que había explotado en la cocina no había ardido, sino que se había convertido en una fuente continua de combustible en el extremo delantero de la casa. No podía ver el suelo ni las paredes ni el techo, solamente aquel infierno.

Janeal intento dar marcha atrás con la alfombra, pero en un cruel giro la acción solamente sirvió como ventilador, alimentando la bestia hambrienta que el oxígeno había hecho prosperar.

Se dejó caer sobre sus codos, sin respiración, tosiendo, con los ojos apenas capaces de ver más.

—¿Tan malo es? —dijo Katie.

—Veo una salida —dijo Janeal. Era mentira. Era, tal vez, la primera cosa honesta que Janeal le había dicho a Katie desde que se encontraron. Podía ver una salida, un camino a la salvación, una puerta a la libertad de Katie, y solamente estaría abierta durante unos pocos segundos.

Allí estaba aquel reloj de nuevo marcando la cuenta atrás en la cabeza de Janeal. *Diez . . . nueve . . . ocho...*

Aquella vez tomó una decisión diferente. Era consciente de que no había nada más que decidir, y aquello liberó a Janeal en aquel mismo instante para hacer lo único que había hecho bien en los últimos quince años.

Tener éxito.

No importaba el precio.

—Ponte de pie —le ordenó a Katie. Cuando Katie no se puso de pie Janeal tiró de ella hacia arriba. Envolvió a Katie en la alfombra de tiras como un burrito y estiró los bordes hasta sus dedos—. Sujeta esto.

Katie lo agarró cruzando los bordes sobre su pecho.

Janeal deslizó el albornoz que llevaba puesto por los hombros. Su piel llevaba bastante tiempo seca en la cara, el cuello y las piernas, que habían estado expuestas, pero la pesada tela de felpa todavía tenía un poco de humedad en ella. No mucho, pero lo suficiente.

La lanzó sobre la cabeza de Katie.

—¿Qué estás . . . ?

—De todos modos no puedes ver. Vamos a salir por la puerta principal. Te mostraré . . .

Un brazo serpenteó por la puerta del baño y agarró a Janeal por el pelo.

—¿Tengo que sacarte yo de los problemas? —silbó Sanso.

Janeal gritó. Se llevó las manos al pelo mientras él empezaba a arrastrarla lejos de Katie.

—¡Janeal! —gritó Katie.

—¿Qué estás haciendo? —gritó Janeal.

—Hay espacio para dos en la bañera —refunfuñó él—. Tomaremos aire de la cañería. Un truco de un bombero viejo.

—¡Katie!

—¿Dónde estás? —chilló Katie.

Janeal cayó sobre sus rodillas y sus manos, y su cabello se escapó del agarre de Sanso. Agitaba los brazos mientras él tiraba de su espalda hacia el baño, intentando hacerse demasiado ancha como para pasar a través. Se sujetó a cada lado del marco de la puerta con las yemas ardiendo.

No sentía vergüenza de su desnudez. Le parecía la forma adecuada de luchar aquella batalla en particular, desmontada hasta el núcleo de su verdadero yo.

—Katie, escúchame —gritó a través del ruido del fuego.

Sanso rugió y pateó las manos de Janeal.

—¿No entiendes lo que ocurre, mujer? —Sintió cómo los nudillos de su mano derecha se quebraron—. Estoy tratando de salvarte la vida.

No, yo *estoy tratando de salvar mi vida. Y yo soy la única que puede hacerlo.*

—Katie, estás entre el baño y la cocina. Tres pasos hacia delante, luego a la izquierda, después todo recto a través de la puerta principal.

—Está ardiendo —dijo ella con el miedo temblándole en la voz.

—Sí. Tendrás que deshacerte de todo eso en el mismo instante en que estés fuera.

La mano izquierda de Janeal se estaba soltando. Sanso había liberado su pelo y tiraba de sus axilas. Ella creía que él ya la habría derrotado si no hubiera estado atontado por el humo.

La furia de él estaba a todo vapor, de todas maneras, y le gritó:

—¿Vendrías más rápido si la mato a ella primero?

—¿Me escuchas? —le repitió Janeal a Katie—. Deshazte de ello.

—¿Y qué pasa contigo?

Janeal vio el fuego danzando enfrente de ellos, un niño alterado y diabólico anticipándose a la oportunidad de arrancarle las alas y las patas a un insecto. Ella se soltó del marco de la puerta y su cuerpo cayó de espaldas sobre Sanso, que se vino abajo. Golpeó un toallero en la pared de enfrente y cayó, rebotando la cabeza en la taza del inodoro.

—¡Janeal! —gritó Katie.

—Iré detrás de ti —gritó Janeal gateando sobre sus rodillas. No lo haría, por supuesto. Así era como lo había planeado en primer lugar, sabiendo que las llamas inmovilizarían su cuerpo desprotegido antes de que cruzara el umbral. Pero esperaba que Katie pudiera salir finalmente.

Sanso estaba aturdido pero no se había desmayado. Empezó a levantarse.

—¿Qué vas a . . . ?

—¡Vete! ¡Vete ahora!

Janeal agarró el pomo y cerró la puerta de golpe, separándose de Sanso. Separando a Sanso de *Katie*. El metal caliente le quemó las palmas. Puso un pie en cada extremo del marco y se inclinó hacia atrás como un escalador descendiendo una pared vertical.

Katie aún estaba allí.

—*¡Vete!* —gritó Janeal.

Katie desapareció dentro del humo.

Al otro lado de la puerta Sanso zarandeaba el pomo.

—¡Janeal Mikkado! —bramaba. La puerta se sacudía bajo su marco—. No desperdicies tu vida.

Oh, no lo haría. Nunca más. Podía contar con que Sanso desperdiciara la suya, sin embargo. Gastaría su último aliento intentado colar sus mentiras y olvidándose de aquella cañería del baño hasta que fuera demasiado tarde. De hecho, continuaba tirando de la puerta.

Janeal había cerrado los ojos ante la oscuridad que se espesaba. Cada vez era más difícil respirar. Tal vez no fuera lo suficientemente fuerte para mantener a aquel demonio de hombre atrapado.

La puerta, la puerta, la puerta. Céntrate en la puerta en vez de en el dolor. El dolor pasará. Arderá hasta que todo lo que quede sea lo único que importa: la mejor parte de ti, la única parte de ti misma que merece ser salvada.

La mejor parte.

La única parte.

El resto, los residuos, todo se consumirá en llamas.

70

Robert estaba aún en la camioneta con una mano en lo alto de su cabeza y la otra sobre el cinturón cuando la figura en llamas salió como una exhalación de la casa y se dirigió derecha hacia él, ciega y sin dirección, la visión del pánico silencioso.

Agarró el fardo y lo tiró al suelo. Se agitó, intentando escapar. Arañó la envoltura en llamas hasta que se partió. Una alfombra. La mujer que había dentro desgarró el interior de la ropa sobre su cabeza y la arrancó, saliendo entre bocanadas de aire.

—Katie —susurró él.

Ella jadeó buscando el aire fresco.

Robert cubrió sus piernas y golpeó las lenguas naranjas en el bajo de los pantalones de ella hasta que se volvieron humeantes. Alargó la mano hacia sus zapatos y se quemó con las suelas derretidas. Agarró la toalla. O lo que aquello fuera ya. Lo usó para sacar los zapatos de los pies de ella antes de que empezaran también a gotear como cera.

La planta de sus pies estaban rosas. Tenía quemaduras recientes en los tobillos. Sus ropas estaban ennegrecidas pero intactas. Sus manos intactas. Su cara . . . no podía pensar en ninguna otra cosa a la que quisiera mirar.

Robert la levantó por los hombros y la atrajo torpemente hacia su pecho allí en el suelo, besándole cada centímetro de la cara. Se reía al mismo tiempo que las lágrimas se derramaban por sus mejillas.

—Otra vez no —suspiró—. No podría haber pasado por esto otra vez.

La respiración de ella empezó a serenarse. Colocó su mano sobre el brazo con el que él la rodeaba.

—¿Dónde está Janeal?

71

Al final, los investigadores no encontraron ningún rastro de Janeal Mikkado o de Salazar Sanso. Solamente cenizas (en todas partes cenizas), y a un metro del esqueleto fundido de una bañera, un montón de seis pequeños diamantes incrustado en un charco de oro.

Dos meses después del incendio Katie pudo devolver la masa refundida a sus dedos. Robert y ella estaban sentados en unas sillas acolchadas de mimbre en la terraza del jardín de la Casa de la Esperanza, con las piernas extendidas sobre un reposapiés. Sus tobillos vendados casi habían cicatrizado.

Robert había aparecido aquel fin de semana con los resultados del test de ADN que confirmaban que la saliva de Katie coincidía con las muestras tomadas del apartamento de Jane Johnson.

—¿Sabes lo que significa eso? —dijo Robert.

—¿Que al final crees que hubiera dos de mí?

—Supongo que tengo que hacerlo. Aún es complicado, sin embargo.

—Te irás haciendo a la idea.

—Pero no era eso lo que iba a decir. Prueba de nuevo.

—¿Significa que he sido despedida de mi carrera en Nueva York por haberme ausentado sin permiso?

—No. Significa que el valor de la herencia de Jane Johnson te va a ser transferida.

—¿Cómo va a ser eso si creen que Jane es una persona desaparecida?

—No está desaparecida. Sufrió un trágico accidente y ha tomado una nueva vida ayudando a los demás.

Katie abrió la boca.

—Necesitaré un abogado de mucho talento para explicarle eso a un jurado.

—Ya lo hizo uno. La prueba era más que convincente.

—Entonces, ¿cuánto valgo?

—Lo suficiente para abrir un centro de rehabilitación en cada estado si tú quieres.

Ella suspiró asombrada.

—Suficiente para devolverle a la DEA su millón, entonces.

Robert se rió.

—Eso sería lo más justo.

—¿Cuándo dijo Harlan que quería que regresases? —preguntó Katie.

—Hoy.

—Pero estás aquí.

—Hay una chica con la que prometí encontrarme. La nieta de alguien que me ayudó a encontrarte. Lo arreglé con Lucille para proporcionarle una habitación en la casa.

—¿Y ella accedió a traer a alguien a la propiedad que no estuviera acompañada por la policía?

—Parece ser que se le ha pegado algo de tu dulce corazón —dijo Robert.

—¿Y también se te ha pegado a ti? ¿O fuc El Paso quien ganó la batalla por tu corazón?

—Oh, no. Tú ganaste esa batalla el primer día que te vi aquí. En realidad, estaba pensando que El Paso quizá necesite una Casa de la Esperanza propia.

Katie reposó su cabeza contra el respaldo de la silla y sonrió.

—Estaba pensando en cambiarme el nombre de nuevo a Janeal —dijo ella.

—Estás jugando conmigo.

—Lo digo en serio.

—Dime por qué.

Abrió su boca en un gesto de exagerada incredulidad.

—Porque esa es quien realmente soy.

—La mejor mitad de ella.

—La mitad que sobrevivió.

Robert asintió y tomó su mano, apretándola entre las suyas.

—La mitad que amé desde el principio.

Su aventador está en su mano, y limpiará su era; y recogerá su trigo en el granero, y quemará la paja en fuego que nunca se apagará.

—MATEO 3.12

Guía de lectura en grupo

1. En un primer borrador de *Llamas*, Janeal era secuestrada por Salazar Sanso en el capítulo 3. Más tarde los autores decidieron que Janeal debía ir voluntariamente con él a petición de éste. ¿Por qué hizo eso? ¿De qué manera estuvieron influidas las decisiones que Janeal tuvo que tomar después de su encuentro con Sanso por su voluntad de tener una relación con él, en lugar de un enfrentamiento forzado?

2. Janeal odia a Sanso pero a la vez se siente atraída por algunas de las mismas cualidades que desprecia. ¿Qué cualidades son esas? ¿Qué provoca que sus sentimientos hacia él estén divididos? ¿Por qué razón él se obsesiona más tarde con ella?

3. ¿Qué o quién representa Sanso para Janeal? ¿Por qué?

4. ¿Qué quiere decir la señora Marković cuando dice: «Hay dos cámaras en cada corazón, una para Judas y otra para Juan»? ¿Estás de acuerdo con ella?

5. Cuando Janeal abandona a Katie en el fuego, ¿lo entiendes como una decisión moral (salvar o no una vida humana) o como una decisión práctica (conservar una vida en vez de destruir dos)? ¿O describirías ese momento de toma de decisiones con otros términos? Explícalo.

6. ¿En qué se parece la larga búsqueda de Sanso de parte de Robert a la atracción de Janeal hacia Sanso? ¿En qué se diferencia? Ese compromiso de llevar a Sanso a la justicia, ¿saca lo mejor o lo peor de Robert?

7. La Katie que sobrevivió representa lo mejor de ambas mujeres, de Janeal y de la Katie que murió. ¿La hace eso mejor que ambas o sólo diferente

de ellas? ¿Qué rasgos de la personalidad de Janeal se conservan en la Katie posterior al fuego? ¿Merecía la pena el precio que tuvo que pagar para conseguir su madurez? Explica por qué sí o por qué no.

8. ¿Qué impide a Robert ver la verdad sobre Katie y Janeal, antes y después del fuego? ¿Por qué está desgarrado por el amor que siente por cada una de ellas?

9. Katie le dice a Robert: «Lo que es más asombroso que la justicia es la misericordia». ¿Qué quiere decir? ¿Cómo habría reaccionado Janeal a aquella observación si Katie se lo hubiera dicho a ella?

10. Piensa en una decisión que tomaste en el pasado que, tal vez en perspectiva, tuviera implicaciones morales de las que no te diste cuenta en el momento. Si hubieras tomado una decisión diferente, ¿de qué manera hubiera sido diferente tu vida hoy, para bien o para mal?

Entrevista con Erin

1. ¿Cómo es el proceso de escribir junto a un autor superventas del *New York Times* como Ted Dekker?

Erin Healy: Se parece un poco a ir detrás de Tyra Banks en la pasarela con un bikini. ¡Muy intimidante! Pero también es maravilloso y emocionante. Ted es tan divertido como talentoso, y ha tenido mucha paciencia con los que a veces han sido mis primeros pasos tambaleantes a la hora de escribir una novela.

Cada una de nuestras historias se ha creado en su momento. Para *Beso* le mandé muchas ideas y él sacó de una de ellas un recurso que le gustó: la idea de que una mujer pudiera robar recuerdos de otra gente. Después él construyó una historia a partir de eso que era bastante diferente a la que yo había imaginado, pero que por supuesto era espectacular. *Llamas*, bastante curioso, surgió de dos ideas que tuvimos cada uno por separado acerca del arrepentimiento y las segundas oportunidades. Las juntamos y nació un precioso bebé de esa unión. Así que el proceso se ha reinventado a sí mismo en cada ocasión.

Ted y yo pasamos mucho tiempo al teléfono discutiendo ideas. Hablamos, hablamos, hablamos. Por lo menos he gastado tres baterías solamente al teléfono con Ted. Luego yo escribo y él lee y hablamos un poco más. Entonces yo escribo y reescribo, y él escribe y reescribe, y vamos adelante y atrás en este proceso hasta que nace la historia. Es un esfuerzo sinérgico, y en cada ocasión yo aprendo algo nuevo . . . como lo que no tienes que comer si quieres verte bien en una pasarela en bikini.

2. ¿Cómo serán de diferentes tus novelas en solitario de las que has escrito con Ted Dekker?

EH: En muchos aspectos mis novelas en solitario son semejantes a las que he escrito con él, lo que dará sensación de continuidad para los lectores. Ted y yo creamos adrede novelas en las que se escuchan ecos de *En un instante* o *Tr3s*, que son muy populares entre el público femenino de Ted y no son tan oscuras como sus trabajos más recientes. Las historias de estas novelas que hemos escrito juntos son las que yo quiero contar: thrillers sobrenaturales con fuerte temática cristiana y con unas protagonistas femeninas muy enérgicas.

Mis historias compartirán esos rasgos. Continuarán siendo historias comerciales y entretenidas, pero tendrán también algo que las diferencie de la línea de fantasía y thriller de Ted.

Creo que las novelas de Ted son **parábolas**. Le dicen a los lectores: «El reino de los cielos es como esto», o «el amor de Dios es como esto». Yo veo mis novelas como **fábulas**, historias que exploran el valor de las decisiones de los personajes. Esas historias les cuentan a los lectores: «¿Qué importancia tiene una decisión sobre otra? ¿Qué impacto tiene en la vida física? ¿En las relaciones? ¿En la vida espiritual?» Las respuestas no son siempre en blanco o negro. *Beso* es una fábula sobre la pérdida y la recuperación de la memoria. *Llamas* es una fábula sobre la propia muerte. *No te dejaré ir* es una fábula sobre el perdón y el rencor.

La acción en las novelas de Ted es en gran medida **física**. En mis novelas la acción será más **psicológica** y espiritual, movida por las relaciones y por la sensibilidad femenina. Si las historias de Ted se parecen a películas como *300* o *Gladiator*, las mías serán más como thrillers psicológicos al estilo de *Casa de juegos* o *Sabotaje*, de Hitchcock.

En mis novelas el suspense viene conducido por **altas cuestiones espirituales o morales** pero no necesariamente por **la oscuridad y la muerte**. Creo que para un cristiano hay muchas cosas peores que la muerte. Con las promesas que nos dio Cristo no deberíamos temer a la muerte. Puede que no nos quede mucho, pero no deberíamos tenerle miedo.

3. Háblanos de los «lugares sagrados» que tanto te gusta explorar en tus novelas.

EH: Si has leído a C. S. Lewis o a algún otro acerca de la historia irlandesa, sabrás que la idea de «lugares sagrados», o *«thin places»*, es celta. Describe esos sitios en todo el mundo donde el velo entre la realidad física y la espiritual es tan delgado que una persona puede ver a través de él (o incluso quizás caminar entre los dos mundos). Hablando figuradamente, estos lugares sagrados representan momentos de revelación espiritual, una conexión entre los elementos visibles e invisibles de nuestras vidas.

La chica irlandesa que hay en mí ha estado fascinada durante mucho tiempo por ese concepto. Tanto mi apellido de casada, como el de soltera, como mi nombre de pila son irlandeses, y quizá fuera inevitable. De joven pasaba la mitad del día en la iglesia pentecostal, y salí de aquella tradición con una inquebrantable creencia en la existencia de un mundo espiritual activo. En mi segundo año de secundaria mi madre me regaló una copia de un libro que acababa de salir, *Esta patente oscuridad*, y la imaginería del mundo espiritual invadiendo el nuestro se quedó conmigo.

No espero que mis historias sean tan literales como las de Frank Peretti. Pero deseo que tengan el mismo impacto. Al poco de empezar mi carrera editorial Dean Merrill me desafió con una crítica de los libros publicados en el mercado cristiano. Los más flojos, dijo él, provocan que los lectores digan: «¡Amén! ¡Estoy de acuerdo contigo!» Los más fuertes, por otro lado, hacen que los lectores digan: «Nunca lo había pensado desde ese punto de vista».

Espero que mi exploración de esos lugares sagrados haga que los lectores piensen en sus vidas físicas y espirituales en una forma nueva y libre de prejuicios.

4. Cuéntanos un poco cómo ha surgido la idea de tu primer trabajo en solitario, *No te dejaré ir*.

EH: Todos hemos tenido una de esas relaciones que te hacen pensar: «Es una buena persona, ¡pero de veras espero no tener nunca que vérmelas con su lado malo!» Son buena gente, adultos maduros, pero tienen un punto rencoroso e implacable. No dejan pasar las ofensas con facilidad. He conocido a algunas de esas personas. Podría nombrarlas pero no lo haré . . . nunca me perdonarían. Lo que es excepcional en la gente en la que estoy pensando es que también he tenido la oportunidad de conocer a sus padres. En uno de estos encuentros, particularmente insólito, uno de sus padres empezó a parlotear sobre un resentimiento de años atrás, y como no pertenecía a la familia me resultaba muy obvio que la amargura del hijo estaba enraizada en la de los padres. Como si fuera genético, no solamente aprendido, sino inculcado.

Esas personas son cristianas, por cierto. Como progenitor cristiano, la revelación provoca una búsqueda espiritual. Mis engranajes empezaron a girar: ¿por qué a algunos cristianos les cuesta tanto perdonar? Pienso que algunas veces es porque el daño que nos hacen es real y nuestra ofensa es justificable. Algunas otras veces es porque nos vemos a nosotros mismos como buenas personas. Y en otros casos es porque creemos sinceramente que no perdonar no daña a nadie más que (tal vez) a nosotros mismos.

Así que creé a un personaje que cree en todas estas cosas y después es desafiado con una idea: ¿qué ocurre si tu amargura justificada te cuesta el único tesoro que aprecias en este mundo: la vida de tu único hijo? Y *No te dejaré ir* creció alrededor de esa pregunta.

5. Háblanos más de los elementos espirituales de *No te dejaré ir.*

EH: Tengo un hijo de quince meses que está en la etapa de querer sujetar todos sus juguetes al mismo tiempo. Se las arregla para agarrar uno o dos con los brazos y después sencillamente disfruto viendo cómo intenta agarrar otro, y otro más mientras se le caen. Hace esos malabares intentando quedarse con todo. La historia de *No te dejaré ir* trata acerca de lo que eliges agarrar y la idea de que no podemos sujetarlo todo. No puedes sujetar tu pastel y comértelo además. No puedes agarrarte al rencor y a la falta de perdón y al amor al mismo tiempo. ¿A qué quieres agarrarte? *No te dejaré ir* se refiere a muchas cosas diferentes que dependen del personaje, que tiene que ver con los muchos significados del título, pero que es la clave del elemento espiritual: ¿nunca dejarás marchar el amor o nunca dejarás marchar el rencor? Y el precio de ambos es muy alto. No es una elección sencilla.

6. ¿Cuál es la alegría más inesperada de ser una autora publicada?

EH: Tener encuentros significativos con completos extraños. En nombre de la transparencia tengo que decir que los medios sociales me ponen nerviosa. Contraté a alguien para que me ayudase a sobrellevar algo tan desbordante. Soy una persona muy íntima e introvertida. Hasta hace muy poco si alguien decía «Facebook» mi ojo izquierdo empezaba a parpadear y mi hombro empezaba a moverse con un tic nervioso. Pero por encima de todas estas rarezas, he aprendido a actualizar mi *fan page* y publico en un *blog* esporádicamente; tengo una cuenta en Twitter y mi página web está sufriendo una completa restructuración con tan sólo dieciocho meses de vida.

Ha sido una auténtica sorpresa el que la gente realmente quiera conectarse conmigo. Cuando un fan preguntó si Ted y yo seguiríamos escribiendo juntos, el chaval se emocionó cuando le sugerí que debía preguntar a otros fans si nosotros *debíamos* seguir haciéndolo. (¡Todavía estoy esperando los resultados!) Me han animado personas que no me conocen pero que se sienten como si lo hicieran después de haber leído *Beso*. He recibido invitaciones para escribir. Mi favorita de todas es un correo electrónico de una chica de sexto grado que está segura al cien por ciento de que quiere ser editora cuando crezca. Me escribió para que la aconsejara cómo conseguirlo. Imagínatelo: lo di todo para contestarle lo mejor posible.

7. ¿Cómo es tu día ideal como escritora?

EH: Mi día perfecto es un día irlandés: frío, húmedo y gris, con mi familia metida en casa y una taza sin fondo de café en la mano. En un día de escritura perfecto hay tiempo para leer por placer e inspiración. Hay silencio y espacio para escuchar lo que Dios quiere decir. Hay oportunidades de ser sorprendida por una nueva idea, quizá una nueva conexión dentro de la historia. Lo ideal son 3,000 palabras lúcidas y una idea bastante buena de dónde me están llevando. Dejo el trabajo a tiempo para hacer la cena para mi familia. Mi maridito me cuenta lo que necesito saber sobre un arma de fuego o una escena de deportes sobre la que estoy escribiendo. Mi hija me cuenta los últimos detalles de la historia que *ella* está escribiendo. Y mi hijo me trae *Oso pardo, oso pardo* para que se lo lea antes de irse a dormir.

Antes de *Llamas* . . . estuvo *Beso*.

No te pierdas la primera novela de Dekker y Healy.

A VECES MORIR POR LA VERDAD ES MEJOR
QUE VIVIR CON UNA MENTIRA.

Perderlo todo hizo que Lexi agarrara
aquello que amaba aún con más fuerza.
El infierno está decidido a aflojar su lazo.

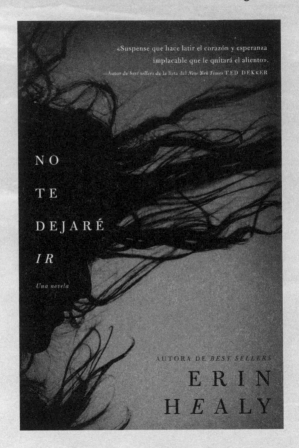

El suspense de *Ted Dekker*

La guerra espiritual de *Frank Peretti*

El drama humano de *Karen Kingsbury*

A LA VENTA NOVIEMBRE 2011

{Extracto de *No te dejaré ir*}

Durante siete años, Lexi Solomon se había sentido fría como el viento que bajaba de la montaña que estaba por encima de su casa. No era el tipo de frío «que-te-hiela-las-venas» o «te-dejo-helado-con-una-mirada», sino el entumecimiento que produce el frío de sentirse desprotegida y abandonada.

Sólo el amor de su hija, cálido e inocente, tan fácil de devolver, había evitado que muriera de frío.

En la parte trasera del bar y asador Red Rocks, Lexi comprobó que el escalón de la puerta trasera no estuviese helado, luego salió y cerró la puerta de la cocina. Las inclemencias del tiempo habían castigado la parte trasera del local favorito de la ciudad, no dejando más que un toldo hecho jirones y una puerta de tela metálica estropeada. El robusto bloque, pintado a juego con el color rojizo de la mugrienta arcilla que cubría Crag's Nest, era tan obcecado como la nieve que se negaba a derretirse antes de mediados de verano, en aquella altitud. Y todavía estaban en marzo.

Lexi apretó contra su garganta el cuello de su raída chaqueta de plumón, la misma que había usado desde que estaba en la escuela superior, mientras buscaba a tientas las llaves del restaurante con la otra mano en la que tampoco llevaba guante. Aquella mañana había metido su único par de guantes a la fuerza en los bolsillos del abrigo de su hija porque Molly había perdido los suyos en el camino de regreso a casa desde la escuela.

Eso significaba que no los llevaba puestos. Probablemente, tampoco se los habría puesto hoy. En fin, sólo tenía nueve años. Lexi sonrió ante esa idea y pensó que quizás los volvería a encontrar. ¡Si ella pudiera volver a ser una niña, totalmente ajena al tiempo y a la lluvia!

Lexi metió la llave en la cerradura barata y le dio fácilmente la vuelta. Aquella grasa de hamburguesa lo cubría todo. Por encima de su cabeza, una luz amarilla lucía intermitente sobre un bloque resquebrajado. Su respiración cansada formaba una nube en el aire de la noche y se convertía en niebla al contacto con el cristal de la puerta mezclado con hilos de alambre.

Eran las 2:13 de la madrugada, trece minutos más tarde de la hora de cierre habitual, porque el ordenador se había quedado colgado y había tenido que reiniciarlo dos veces antes de poder cerrar la caja y guardar los recibos del día en la caja fuerte. Había perdido trece minutos de los pocos momentos que tenía para estar con Molly, acurrucada contra ella en su única y endeble cama. Según sus cálculos, los dos trabajos de Lexi y el tiempo que Molly pasaba en la escuela, no les dejaba más que noventa y cuatro minutos para estar juntas, cada día. Y eso, contando sólo el tiempo en el que estaban despiertas. No era suficiente.

Lexi cerraba el restaurante por la noche los lunes, jueves y viernes. *Restaurante* era una palabra demasiado generosa para un sitio en el que se ofrecían comidas grasientas a ochocientos metros del lugar de mayor atracción turística. Pero el personal era bastante familiar y la gente local era bastante fiel y dejaban buenas propinas. Los cincuenta dólares de más que conseguía por ser la última en marcharse tres veces por semana no le costaban demasiado. Cada una de esas pequeñas cantidades la ponían a ella y a Molly más cerca de una posición mejor: una casa mejor, en un barrio mejor, un coche más fiable, ropa de más abrigo.

Molly necesitaba zapatos nuevos y cuando se puso al día con aquella factura de servicios pendiente, pensó que tendría bastante para pagar un par que había visto y que llevaban lentejuelas a los lados. Quizás para su cumpleaños. Había visto a su hija mirando una foto de aquellos zapatos en las circulares del domingo que Gina, su compañera de habitación, había dejado por allí.

Tras asegurarse de que la puerta de la cocina estuviese bien cerrada, Lexi dio la espalda al resplandor de la bombilla desnuda y se dirigió hacia su Volvo. La vieja y sólida chatarra estaba aparcada en el lado más alejado de la extensión cubierta de asfalto y rodeada de neumáticos de un campo de hierba crecida porque era el único lugar donde había un poste de luz que funcionara y Lexi no era tonta cuando se trataba de aparcamientos vacíos y de garajes a horas tardías de la noche.

El viento atravesaba sus finos pantalones caqui, y entumecía sus muslos.

Tocó el espray de pimienta que llevaba en el llavero cuando pasó por delante del oscuro contenedor, detrás de la cocina. Había sitio para que un hombre grande se escondiera con facilidad entre éste y el bloque de hormigón donde estaba el cubo de basura. Jacob, el friegaplatos, lo hacía en sus descansos para fumar un pitillo, porque el dueño no toleraba el tabaco ni siquiera en el exterior.

Una silueta oscura salió como una flecha, saltando por encima de la larga sombra de su cuerpo bajo la luz dorada. Se estremeció y luego se regañó por ello.

«¡Largo, Félix!» El gato callejero del vecindario llevaba algo en la boca. Lexi pensó que debía ser un hueso de pollo, aunque también podría ser un ratón. Saltó la inestable valla de tablillas entre el restaurante y la tintorería de al lado.

La hierba del campo, tan alta que le llegaba a los hombros, susurraba sus secretos.

Bajó el bordillo y caminó por el aparcamiento de asfalto. El foco que alumbraba el Volvo de color gris plata mate y que estaba inclinado hacia la izquierda a causa de un puntal flojo, se apagó durante un segundo, volviéndose a encender tras unos cuantos intentos. No tardaría mucho en fundirse y pasarían semanas o meses antes de que el administrador pasara por allí y lo repusiese. Cada vez que abría la puerta del coche pensaba lo mismo:

«¡Ojalá que la luz aguante una noche más!» Sopesó si debía empezar a aparcar más cerca de la cocina, por si acaso.

¿Por si acaso qué? A Tara la habían asesinado en un luminoso centro comercial, en medio de una animada multitud. Después de todo quizás no importara tanto como ella pensaba que una mujer aparcara en un sitio u otro en la oscuridad de la noche.

La suela blanda de los zapatos de Lexi sonaba contra el frío asfalto y crujía cuando apresuró el paso, mientras barría el aparcamiento con la mirada como si fuera un escáner de última generación. Sus llaves emitían un sonido metálico al balancearse contra la lata de espray de pimienta. Tenía otra de repuesto en la mochila que llevaba colgada del hombro, otra en la guantera y una cuarta enterrada en el tiesto que tenía en el borde exterior de la ventana de su cocina, en casa, junto a la puerta principal. Por millonésima vez Lexi se preguntó a qué edad debería Molly empezar a llevar uno de esos en su mochila.

Echó un vistazo al oscuro cristal de las puertas traseras del coche y pensó una vez más que le gustaría tener un llavero con mando a distancia que encendiera las luces interiores del coche desde una distancia prudencial.

La luz del aparcamiento volvió a parpadear y, esta vez, se apagó. La quieta luz amarilla detrás de ella también tituló y murió, abandonando a Lexi en la oscuridad exactamente a mitad de camino entre el restaurante y el coche. Se detuvo. Un segundo más tarde, dos como mucho, volvió a encenderse la luz encima del Volvo, aunque no alumbraba demasiado.

Se le escapó un pequeño grito ahogado. El aire enrarecido le acuchillaba la garganta. La hierba se había quedado silenciosa y no soplaba viento. Era como si Dios se hubiese interpuesto entre éste y la tierra.

Las cuatro puertas de su coche estaban abiertas de par en par. Dos segundos antes estaban bien cerradas, pero ahora estaban tan abiertas como la boca incrédula de Lexi, habían saltado con la rapidez que se abre una navaja automática, como forzadas con una palanca invisible, como el latigazo de la luz de un ilusionista.

Desde detrás de ella, una mano pesada le cayó sobre el hombro. Lexi soltó un aullido y se giró bajo aquella presión.

—Sexy Lexi.

Con la mano en la garganta, podía sentir el latido de su pulso a través de las capas de la fina chaqueta y su respiración era demasiado superficial para poder hablar.

Un delgado sobre blanco se agitó entre los impacientes dedos de la mano izquierda del hombre. Por la manga de su camiseta asomaba un tatuaje que le ocupaba casi toda la parte superior del brazo izquierdo. Era un juego de llaves, llaves maestras, que colgaba de un gran aro redondo.

Era de edad media, de piel cetrina, y su pelo oscuro necesitaba un buen corte. Mechones grasientos salían por debajo de una gorra de punto y se revolvían en pequeños rizos. La deshilachada camiseta parecía muy fina sobre su estrecho pecho y sus brazos vigorosos, pero no temblaba de frío por las bajas temperaturas.

Dijo:

—Por una parte esperaba que estuvieras fuera de la ciudad, después de todos estos años.

El miedo de Lexi disminuyó un poco y pasó del primer sobresalto a la incomodidad. Dio un paso atrás, mirando de manera involuntaria hacia su coche. Años atrás, cuando Warden Pavo era un adolescente, le había tomado gusto a las travesuras. Ella se preguntaba cuántas personas tendrían que verse involucradas para quitarse de en medio a alguien como él.

—¿Por qué iba a abandonar Crag's Nest si pensaba que tú no volverías a poner un pie por aquí, Ward?

—Warden.

—Sí. Me olvidaba.

Esbozó una sonrisa de suficiencia.

—¿Qué tal la familia?

—Bien.

—¿Sigue tu madre trotando por el mundo?

Lexi le miró fijamente, ya que ese interés por su familia le parecía nuevo y extraño, y hasta ofensivo quizás.

—¿Alguna mejoría en el viejo y querido papá? —preguntó.

—¿Qué es lo que quieres, Ward?

—Warden.

Lexi se cruzó de brazos para esconder su temblor.

—¿Qué? —dijo—. Me enteré que tu viejo había tocado fondo y me preocupé por ti.

—Tú jamás te has preocupado por nadie que no fueras tú mismo. Además, eso pasó hace años.

—Después de todo aquello que ocurrió con tu hermana. ¡Qué tragedia! Vaya, lo siento mucho, ya sabes.

Ward sacó un cordón de nilón del bolsillo de sus vaqueros. Al final del mismo colgaba un pequeño llavero. Giró el cordón como la pala de una hélice, enroscándolo y desenroscándolo alrededor de su muñeca sin parar.

Lexi miró para otro lado.

—Eso ya ha pasado —contestó.

—¿De verdad? Von Ruden está en libertad condicional. Me imagino que te has enterado.

Ella no lo sabía. Un escalofrío sacudió sus hombros, aunque el viento no había vuelto a soplar. En libertad condicional en sólo siete años.

Norman Von Ruden había asesinado a Tara, la hermana mayor de Lexi. La había apuñalado en una zona de restauración a la hora de comer durante las prisas navideñas, cuando había tanta gente que nadie notó que había sido atacada hasta que alguien golpeó su cuerpo encogido con la bolsa de la compra. Después del funeral de Tara, el padre de Lexi había levantado el puente levadizo de su mente dejándola a ella con su madre en el lado incorrecto del foso.

—¿Por qué será que siempre que apareces espero malas noticias?

—Eh, eso no es justo, Lexi. Sólo estoy aquí para ayudarte, como siempre.

—Un dedo es demasiado para contar las veces que me has ayudado.

—Sé amable.

—Lo estoy siendo. Me podías haber ayudado hace años negándote a venderle a Norm.

—Venga ya. Sabes que no fue eso lo que ocurrió.

Lexi se dio la vuelta y se dirigió rápidamente hacia su Volvo abierto. La voz de Ward la persiguió.

—Norm era cliente de Grant, no mío.

Lexi siguió caminando. Ward la siguió.

—Si quieres culpar a alguien, tendrá que ser a Grant —replicó. Las llaves de Ward hicieron un sonido metálico seco al golpear la parte interior de su muñeca—. Puedes culpar a Grant por muchos de tus problemas.

—Te agradecería que no sacaras a relucir a Grant —dijo.

Era cierto que el marido de Lexi no le había dado una vida de color de rosa. El mismo año que mataron a Tara, Grant salió de la ciudad en el único coche que tenían y nunca más volvió. Lexi, que no tenía dinero para pagar un divorcio, tampoco recibió ninguna petición por parte de Grant y algunas veces se preguntaba si sólo con las leyes de abandono su separación se consideraba oficial.

Aparte de eso, ella había conseguido impedir que sus pensamientos persiguieran a Grant con demasiada frecuencia. Sólo Molly merecía la concentración incondicional de Lexi. Por el bien de Molly había prometido tener más cabeza que Grant.

Lexi alargó la mano y cerró la puerta trasera izquierda de un portazo. El marco de metal estaba caliente al tacto, por haber estado todo el día al sol, aunque ahora fuese de noche. La inesperada sensación hizo que titubeara antes de dar la vuelta y cerrar la otra puerta trasera. Aquella también estaba anormalmente caliente. Se limpió la palma de la mano en la parte de atrás de sus pantalones.

—Si eso es todo lo que has venido a decirme, buenas noches.

—Es que no lo es.

Ward dejó de girar el cordel y se quedó de pie junto a la puerta del conductor. Ella le miró por encima del techo del Volvo y volvió a fijarse en el sobre que él tenía en la mano y que extendía hacia ella.

—Te he recogido el correo.

—¿Cómo?

—Intercepté al cartero.

—¿Por qué?

—Para ahorrarte la molestia.

—En vista de que no es ninguna molestia para mí, te ruego que no lo vuelvas a hacer.

—La verdad es que podrías ser un poco más agradecida.

Ella se inclinó contra el coche, estiró el brazo por encima del techo y le hizo un gesto para que le entregara el sobre. Él lo balanceó encima de la palma extendida de la mano de ella que lo arrancó de entre sus dedos.

—Gracias —dijo ella, esperando que se fuera. Levantó la solapa de su mochila con la intención de meter la carta en el interior.

—Ábrela.

—Lo haré cuando llegue a casa.

—Ahora —insistió, y sus llaves volvieron a cortar el aire al final de aquel cordel que giraba. En lugar de irritarla, aquel movimiento le resultó amenazante. Aquellas llaves eran un arma que podía infligir un serio daño si la golpeaban entre los ojos a la velocidad que fuese. Le pareció que las llaves venían hacia ella y se echó hacia atrás bruscamente. Luego se sintió avergonzada.

—Me gusta leer mi correo sin espectadores.

—Ponle un poco de emoción a tu vida. Hazlo de un modo distinto esta noche.

—No.

—No es una sugerencia.

Lexi cerró la tercera puerta y volvió junto a Ward, pasando por detrás del coche. Se concentró en mantener una voz segura.

—Ward, es tarde. Me voy a casa. Mi hija . . .

—Molly. Se ha convertido en toda una señorita y está lista para la cosecha, ¿verdad? —dijo, y a Lexi le subió una bocanada de calor por el cuello—. La vi hoy en la escuela. En mi humilde opinión, se relajan demasiado con la seguridad por allí.

Las lágrimas que se agolparon en los ojos de Lexi eran tan calientes y cegadoras como su ira. Ese lenguaje tan ofensivo no merecía respuesta. En dos largas zancadas llegó a la puerta del conductor sosteniendo todavía la misteriosa carta y apoyó la mano izquierda en el marco para equilibrar su entrada.

El cordel de nilón de Ward serpenteó y la golpeó en la muñeca, haciendo que retirara la mano de la puerta que se cerró de un portazo. El papel revoloteó y cayó al suelo. Ella se quedó mirándolo fijamente con aire estúpido, sin alcanzar a comprender qué estaba ocurriendo.

Él se agachó para recogerla.

—Lee la carta, Lexi, y luego dejaré que te marches a casa.

Le dolía el hueso de la muñeca en la parte donde las llaves la habían golpeado. Dio un paso y se apartó de Ward, luego dio la vuelta a la carta para leer quién era el destinatario. El sobre era de la oficina del fiscal del distrito de un condado vecino. Tembló entre sus dedos. Lo sostuvo debajo de la luz de la farola durante varios segundos. La luz parpadeó.

—La fecha del matasellos es de hace más de un mes —observó ella.

—Sí, bueno, no te he dicho que haya recogido tu correo *hoy*.

Sus dedos estaban pegajosos de sudor y combaron ligeramente el sobre blanco. Lexi golpeó el lado más corto del sobre contra el techo del Volvo, luego arrancó una estrecha tira del lado opuesto y dejó caer el trocito de papel en el suelo. Sacó una pesada hoja de papel doblada que extendió sobre el capó.

Pensó que se trataba de la notificación de la vista para la libertad condicional de Norman Von Ruden. A primera vista vio frases como: *su derecho a participar* y *testimonio oral o escrito*. Pero un garabato rojo, como si un niño de guardería se hubiera vuelto loco con un rotulador, tachaba la mayor parte del texto. Un círculo, con media docena de flechas pinchadas en él, rodeaba la fecha y la hora. Unos dibujos a base de palitos, en la parte inferior de la página, representaban a un hombre que salía de una celda de prisión abierta y a una mujer feliz que le esperaba.

Ward respiraba cerca de la oreja de Lexi. Ella sintió su cuerpo demasiado cerca, por detrás de ella.

—¿No es hermoso? —dijo, señalando con el dedo—. ¡Éste es Norm y ésta eres tú!

Lexi miró el dorso del sobre para ver si él había manipulado la carta, pero seguía completamente sellado. Él lo sabía. ¿Pero cómo podía saberlo? Se retiró del coche y le apartó de ella, empujándole y dejándose la carta allí. Dirigiéndose a él con brusquedad para que no notara en su voz el miedo que sentía le dijo:

—Estás enfermo, Ward. Me voy a casa.

—Estoy perfectamente bien, aunque aprecio tu preocupación. ¿No me vas a preguntar qué significa?

—Significa que no has cambiado en absoluto desde la última vez que te vi. No tengo tiempo para tus travesuras.

Abrió la puerta de un tirón y se dejó caer sobre el asiento sin descolgar la mochila de su hombro.

Ward tomó la carta y le dio la vuelta, extendiéndosela a ella. Apoyó sus antebrazos sobre la puerta abierta y bajó la hoja de papel garabateada con lo que, a ojos de ella, era otro dibujo juvenil. Era un dibujo rojo con lo que parecía un niño con dos «x» por ojos, que se veía a través de la puerta de cristal de un horno.

—No es ninguna travesura, Sexy Lexi.

Lexi sintió que la sangre se retiraba de su cabeza. Tomó una corta bocanada de aire y bajó la voz.

—Está bien. ¿Qué significa esto, Ward?

—War-*den*. *Warden*. Entérate bien.

No había sarcasmo en la voz de ella en esos momentos.

—Warden. ¿Qué significa esto?

—Ésa es mi chica. Significa que, si amas a tu hija y yo creo que sí, comparecerás en la vista de Norm el próximo viernes y testificarás a su favor.

—¿Qué? ¿Por qué?

—Porque amas a tu hija.

—No puedo hacer eso.

—¿No puedes amarla?

—¡No! No puedo . . . ¿Norman von Ruden? Está loco.

—No clínicamente.

—No hagas eso. Le diagnosticaron algo.

—Nada que no pudiera arreglarse con un buen loquero y unos cuantos botes de pastillas.

—No —respondió ella sacudiendo la cabeza—. No. Le odio.

—Una vez le amaste. Apuesto a que sigue habiendo una zorra dentro de ti.

Lexi arremetió contra él, arrancándole la carta de las manos y arañándole la piel de los nudillos. A él se le cayeron las llaves sobre el asfalto.

—¡Cómo te atreves!

Ward la agarró con facilidad por ambas muñecas y la empujó hacia el asiento del coche.

—¡Él mató a mi hermana! ¡Destrozó a mi familia! Mis padres . . .

—Lamentarán también la pérdida de la pequeña señorita Molly si no vienes a la fiesta. De modo que sé inteligente con respecto a esto o contaré tus secretos a todos los que amas y a mucha gente a la que no quieres.

—¿Por qué haces esto?

—Porque deberías haberme elegido a mí, Lexi. Todos esos años pasados elegiste a Von Ruden, pero deberías haberme escogido a mí —dijo arrugando la carta y haciendo una bola con ella. La tiró por delante de Lexi al asiento del copiloto.

Se volvió a apagar la luz que daba sobre el coche. En la oscuridad, Lexi alargó el brazo y cerró la puerta del coche de un portazo, echó el cierre manual y apretó los tres botones restantes uno detrás de otro.

—Acuérdate de la fecha —gritó él a través del cristal.

Deseó que el viento se hubiera llevado las palabras de él, pero el aire estaba tan inmóvil como su hermana muerta, sangrando sobre las pegajosas losas de aquel centro comercial.

Acerca de los autores

Ted Dekker es reconocido por novelas que combinan historias llenas de adrenalina con giros inesperados en la trama, personajes inolvidables e increíbles confrontaciones entre el bien y el mal. Él es el autor de la serie del Círculo (*Verde, Negro, Rojo, Blanco*), *Tr3s, En un instante*, la serie La Canción del Mártir (*La apuesta del cielo, Cuando llora el cielo* y *Trueno del cielo*). También es coautor de *La casa*. Ted vive actualmente con su familia en Austin, TX. Visita TedDekker.com.

Erin Healy es la reconocida coautora de mayor ventas de *Beso* y *Llamas* con Ted Dekker y ganadora de un premio, y ha sido editora, sumamente aclamada, de numerosos grandes escritores. Ella y su familia viven en Colorado. Visita ErinHealy.com.